OPERACIÓN GLADIO

Benjamín Prado (Madrid, 1961) ha publicado las novelas *Raro* (1995), *Nunca le des la mano a un pistolero zurdo* (1996), *Dónde crees que vas y quién te crees que eres* (1996), *Alguien se acerca* (Alfaguara, 1998), *No sólo el fuego* (Alfaguara, 1999), *La nieve está vacía* (Punto de Lectura, 2012), *Mala gente que camina* (Punto de Lectura, 2007) y *Operación Gladio* (Punto de Lectura, 2012), y el libro de relatos *Jamás saldré vivo de este mundo* (Alfaguara, 2003). También es autor de los ensayos *Siete maneras de decir manzana* (2000), *Los nombres de Antígona* (Aguilar, 2001), *A la sombra del ángel (trece años con Alberti)* (Aguilar, 2002) y *Romper una canción* (Aguilar, 2010). Su obra poética está reunida en los volúmenes *Ecuador* (poesía 1986-2001), *Iceberg* —ambos aparecidos en 2002— y *Marea humana* (2006). Sus libros han sido traducidos, hasta el momento, en Estados Unidos, Alemania, Francia, Gran Bretaña, Italia, Grecia, Dinamarca, Portugal, Croacia, Estonia, Letonia y Hungría, y editados también en Argentina, México, Perú y Cuba. Dirige la revista *Cuadernos Hispanoamericanos*.

Benjamín Prado
OPERACIÓN GLADIO

punto de lectura

© 2011, Benjamín Prado
© De esta edición:
2012, Santillana Ediciones Generales, S.L.
Torrelaguna, 60. 28043 Madrid (España)
Teléfono 91 744 90 60
www.puntodelectura.com

ISBN: 978-84-663-2574-5
Depósito legal: M-8.082-2012
Impreso en España – Printed in Spain

© Imagen de cubierta: Eduardo Gruber, «The Un-Dead»

Primera edición: abril 2012

Impreso por **black**print
A CPI COMPANY

Tal vez yo sea el hombre que vuelve de tu olvido.

LOUIS ARAGON

Capítulo uno

Miró hacia la derecha, al grupo de los que insultaban a los policías y a los operarios que en ese preciso instante amarraban con cables de acero la estatua del dictador, y después de estudiarlos detenidamente sacó una libreta y un bolígrafo y se puso a tomar notas sobre algunos de ellos. Lo hacía de tal manera, sin quitarles ojo mientras apuntaba en su cuaderno frases rápidas como latigazos, que alguien podría haber pensado que en lugar de escribir, dibujaba. En primer lugar, se fijó en un hombre de entre cuarenta y cincuenta años, vestido con un traje azul, que se mantenía un poco apartado del tumulto y miraba a su alrededor con una mezcla de apatía y desdén, mientras hablaba por su teléfono móvil. No gritaba ni hacía aspavientos, como los otros, pero si te concentrabas en su boca podías ver la brusquedad con que las palabras salían de ella, de un modo tajante, a veces como si fueran pequeñas explosiones, y no era difícil llegar a la conclusión de que no le gustaba en absoluto lo que estaba pasando allí. Después se detuvo en una mujer morena que estaba justo enfrente de él, cerca de los que iban a aplaudir emocionados, unos minutos más tarde, cuando la grúa se pusiese en marcha, el general a caballo desapareciera y sólo quedase del monumento injurioso un pedestal vacío. Llevaba una blusa roja y, aunque antes la había visto con otras tres personas, en ese momento se había separado de ellas y fumaba parsimoniosamente, apoyada en un coche oscuro. También ella parecía observar lo que pasaba con un distanciamiento que sólo te podías creer si no reparabas en sus ojos, porque en ellos se escondía un destello de ira, lo mismo que bajo la delicada piel del pomelo se oculta la vorágine del amargor.

A primera vista, no se trataba de personas muy diferentes, porque ambos aparentaban tener más o menos la misma edad, vestían de un modo parecido, con la clase de ropa que usa alguien que tiene la nevera llena y un buen coche en el garaje; y tanto él como ella se conservaban bien, estaban delgados y su aspecto era vigoroso. Los partidarios de las expresiones paradójicas los definirían como personas de clase media-alta, de esas a las que a fin de mes les sobra dinero, aunque no sean tan ricas que para calcularlo hagan falta dos contables y un astrónomo, como les ocurre a algunos empresarios, a ciertos políticos y a todos los banqueros.

Sin embargo, su actitud era opuesta, y fue ese contraste lo que hizo que se detuviese en ellos. En el caso del hombre, que ya había acabado su charla telefónica, parecía obvio que se encontraba sometido a una gran tensión, porque el gesto irónico con el que se enmascaraba lo desmentían el trazo rígido de la boca, la mirada violenta y hasta su misma forma de permanecer inmutable, tan quieto y tan silencioso en un lugar en el que todos gritaban y se movían. Estaba claro que no quería hacerse notar en medio del jaleo, pero tampoco pasar inadvertido, así que intentaba dejar clara su postura y a la vez mantenerse al margen del alboroto, desligado de los que supuestamente estaban en su mismo bando, y a los que incluso daba la impresión de observar de forma despectiva, lo mismo que si los considerara unos aliados tan inevitables como indeseables. Le cayó mal a primera vista, y tanto los rasgos de su cara como sus movimientos, que en su opinión proporcionan siempre datos muy fiables sobre la naturaleza de las personas, le hicieron considerarlo, al menos de forma preventiva, uno de esos seres serviles con los poderosos y altaneros con los subordinados a quienes ella suele comparar con ciertas aves carroñeras, tan majestuosas mientras están en las alturas y tan repulsivas cuando se posan en el suelo.

La mujer, por su parte, apuró su cigarrillo, sacó del bolso un teléfono móvil y le hizo una fotografía a la estatua, que ya había sido separada de su base y estaba dentro del camión en el que se la iban a llevar. Tampoco se podía decir que intentase destacar entre los suyos, pero al contrario que el hombre, y dejando aparte los ojos indignados, en su cara no había ninguna emoción legible a primera vista, sólo una paz exótica en aquel lugar e incongruente con aquella situación, que ella parecía afrontar, más bien, como quien celebra un ritual privado. Mientras la miraba, apuntó esa impresión en su cuaderno, en cuya tapa estaban escritos su nombre, Alicia Durán, y un número de teléfono, y empezó a preguntarse cómo podría explicarla en pocas palabras, porque ése es su trabajo, resumir, condensar, hacer que lo más grande quepa dentro de lo más pequeño.

Alicia es periodista, aunque espera no serlo por mucho tiempo, y no sólo había ido a aquella plaza a cubrir la noticia del desmontaje de la estatua del dictador, sino también para buscarle el final a una serie de entrevistas con personajes clave de la Transición que había publicado en su diario y con las que pensaba editar un libro. Lo que apareció en la prensa, y tal vez algunos de ustedes habrán leído, fueron siete conversaciones centradas en un momento terrible del año 1977, la llamada Semana Negra, que se vivió con la angustia de una cuenta atrás porque asesinos de todas clases envenenaban el país, la sangre corría de nuevo por las calles y la democracia, que tanto tiempo se había hecho esperar, pendía de un hilo muy débil al que acechaban numerosas tijeras, algunas de ellas ocultas en las manos más insospechadas, como empezó a intuir según avanzaba en su investigación y ciertas preguntas incómodas empezaban a llevarle la contraria a la verdad oficial. ¿Qué papel jugó el espionaje norteamericano en esos instantes? ¿Qué y quiénes estaban detrás de los GRAPO, un supues-

11

to grupo maoísta que, sin embargo, parecía más interesado que nadie en una nueva rebelión militar y que un ex agente de los servicios secretos de Estados Unidos, llamado Philip Agee, afirma que fue manejado por la CIA? ¿Qué precio pagaron los comunistas por su legalización? ¿Por qué se impidió que los jueces llegaran hasta los auténticos inspiradores de la célebre matanza de la calle de Atocha, en la que se mató a varios abogados laboralistas? ¿Por qué se abandonó, en ese caso, la pista que hablaba de organizaciones de ultraderecha italianas como Ordine Nuovo y de la red paramilitar Gladio? ¿Tal vez porque la última de ellas estaba controlada por la inteligencia norteamericana?

Cuando el director le encomendó el trabajo, por una parte se alegró, porque sabía que era un tema de portada; pero por otro lado le dio pereza ponerse a investigar aquella época que para ella resultaba bastante indefinida, porque es demasiado joven: tiene treinta y cinco años y cuando murió el dictador tenía dos. A algunos de sus compañeros de la redacción también les pareció que era pronto para poner en sus manos esa responsabilidad, porque se lo notó en la cara, y supo que en cuanto se diese la vuelta empezarían a calumniarla como hacen siempre que una mujer tiene éxito, que es atribuyéndole un lío con algún jefe. Pero como ella misma se suele decir para infundirse ánimos: a quién le importan los reyes del pasillo, esa gente que se pasa el día murmurando e intrigando en lugar de cumplir con sus obligaciones; que no considera su oficio una profesión sino sólo un empleo y que ve un rival en cualquiera que se tome en serio su trabajo, puesto que esa seriedad los pone en evidencia y los delata.

—Ojalá nunca dejen de hablar mal de mí —piensa—, porque con esos gandules no hay medias tintas: o eres su enemigo, o eres uno de ellos.

La serie de entrevistas tenía que empezar a publicarse en dos semanas, lo cual era toda una eternidad en ese mundo en el que, como suele decirse, generalmente te piden las cosas para ayer; y todo ese tiempo lo pasó pegada al ordenador y leyendo, lo primero por la mañana y en la redacción y lo segundo de noche y en el salón de casa. A su pareja, que se llama Juan y es profesor en un instituto, se lo llevaban los demonios, porque la verdad es que no le hacía mucho caso, y tuvieron alguna que otra pelea; pero como él también escribe y, de hecho, ya ha publicado algunos ensayos y hasta una novela, al final tuvo que entenderlo y la ayudó bastante. Cuando todo acabó, Alicia le invitó a pasar un fin de semana en París, con una cena en La Coupole y una botella de Château Mouton Rothschild incluidas, así que no le salió mal el negocio. Ella es así, su lema es que el amor hay que ganárselo cada día y que a las personas que quieres hay que dárselo todo pero sin regalarles nada.

El director del periódico la animó a hacer las entrevistas a su manera, y le confesó que si había pensado en ella era porque le gustaba su estilo un poco irreverente; pero también le advirtió que no quería que se pusiera tan en primer plano, con lo cual Alicia supuso que la estaba acusando de ser una engreída. «Que se te vea en el texto —le dijo—, pero al lado del protagonista, no delante de él». Y acabó como lo hace siempre, poniendo un ejemplo, porque es de esas personas que parecen creer que los demás no les entienden o que ellas no saben explicarse, y por lo tanto recurren por costumbre a las parábolas, las alegorías y las moralejas. Esa vez, dijo: «No lo olvides: si eres el hombre del tiempo, tienes que apartarte para dejar ver los mapas». Hizo bien en no seguir al pie de la letra su consejo, porque seguramente de lo contrario no la habrían llamado de la editorial, donde le dijeron que lo que les había gustado de su trabajo era que fuese «tan controvertido, tan espontáneo y tan personal». Cuando le hicieron la proposición de convertir las entrevistas en un libro se llevó a la vez una sorpresa, una alegría y un susto, porque le hacía ilusión la idea pero no tenía muy claro de dónde iba a sacar el tiempo para desarrollarla: los que no lo sepan por propia experiencia, no pueden ni imaginar hasta qué punto un periódico es, en muchos aspectos, un territorio al margen del mundo real, en el que al reloj no lo mueven las horas sino la actualidad, de manera que puedes llevar un día entero preparando tu sección, cerrando páginas y ajustando titulares, sumarios y entradillas, discutiendo con los fotógrafos que te quieren imponer imágenes que no te gustan, con los maquetadores que defienden su diseño aunque en él no quepan tus noticias o con el redactor jefe de mesa que quiere quitarte espacio para dárselo a Deportes o para poner un anuncio que ha llegado tarde; y después de todo eso, hacia las nueve de la noche, diez minutos antes de irte a casa, sucede algo que hace que vuelvan a ser las diez de la mañana, ocurre que alguien muere o nace, comete un atentado, sufre un accidente, recibe un premio, anuncia que se casa o que se divorcia, lo detiene la policía o sale de la prisión en la que estaba, dimite de su cargo o es sorprendido haciendo lo que no debiera... Pueden ocurrir mil cosas distintas, pero el resultado es siempre el mismo: has corrido mucho y no has avanzado nada, y te sientes igual que si una ola se hubiera llevado de repente todo lo que habías escrito sobre la arena. Si alguien obligara a Alicia a quitarse el blindaje del orgullo y ser sincera, tendría que admitir que algunas veces eso la ha obligado a encerrarse en el servicio para llorar.

En cualquier caso, al final le ganó tiempo al tiempo, rehízo las entrevistas, les añadió todo lo que estaba en las grabaciones originales y no había podido salir en el periódico por falta de espacio, o porque al director no le había parecido oportuno; escribió una introducción y, al ver el resultado, supo que no era bastante, con lo cual se encontró en una de esas situaciones en las que uno tiene la respuesta pero no la pregunta, porque sabe que necesitaba más, pero no sabe más de qué. Encontró la salida del laberinto aquella noche en la plaza de la que se llevaban la estatua del dictador, mientras observaba a las personas que se habían reunido allí, y al verlas se dio cuenta de que también era necesario contar su historia para que el círculo se cerrase y la realidad quedara atrapada en su interior. «Me alegro de estar aquí y de haberme ofrecido voluntaria para cubrir la noticia en cuanto los teletipos dieron la alerta —se dijo, sin dejar de tomar apuntes en su cuaderno—. Y mira que estaba cansada y me moría de ganas de ir a casa, cenar algo ligero y meterme en la cama».

¿Por qué fue allí, entonces? Personalmente, no creo que fuera por simple curiosidad, suponiendo que tal cosa exista, porque en mi opinión la curiosidad nunca es simple, sólo lo es el desinterés. ¿Qué fue, entonces? ¿Un presentimiento? Yo diría que más bien fue la suma de una sospecha y una certeza, porque después de haberse dedicado muchas horas a estudiar el asunto que la ocupaba, había concluido, y así lo escribió en la última línea de su última entrevista, que «la Transición fue un triunfo de todos que también tuvo sus perdedores», y estuvo segura de que ellos también tendrían que estar presentes en su libro si quería contar en él la verdad. En cualquier caso, Alicia sabe que su trabajo no consiste en dar respuestas, sino sólo en buscarlas, porque un buen periodista no tiene que orquestar las cosas, sino oír su sonido y silbárselo a los lectores. Nada más que eso.

Cuando acabó de tomar las anotaciones que necesitaba para poder mandar su crónica, se acercó a la mujer y al hombre en los que se había fijado, y a algún otro de los presentes, y les preguntó si ellos, o alguien a quien conocieran y que creyese tener una historia que contar, le permitirían que los entrevistara para su libro. Algunos le dijeron que no y otros que sí, por ejemplo la mujer de la camisa roja, que trabajaba como voluntaria en una ONG dedicada a rehabilitar a víctimas de la Guerra Civil, y un matrimonio que estaba en primera línea, ella con un chándal verde oscuro y él con una camisa a cuadros; ella llorando sin estridencias, tal vez con lágrimas que venían de una tristeza muy antigua que fue pasando con el tiempo del dolor a la amargura y de la amargura a la resignación como lava que se enfría, y él más exaltado, hasta el punto de que en un momento llegó a gritarles algo a los que defendían la estatua, algo dicho con rabia contenida, sin poderse reprimir pero a la vez queriendo sujetarse: sinvergüenzas, canallas, indecentes... El hombre del traje azul, con quien hablaba en el momento en que el otro lanzó su insulto, lo miró unos segundos y Alicia vio en su boca el veinte por ciento de una sonrisa: el resto se le fue en comisiones pagadas al sarcasmo, la displicencia y el enojo.

También escribió eso en su cuaderno, porque como les decía antes, le gusta estudiar la cara y los gestos de las personas y tratar de leer en ellos lo que a menudo ocultan sus palabras o sus actos, y por eso siempre ha sido aficionada a la morfopsicología, que es la ciencia que estudia la expresión de la gente y lee en ella los verdaderos rasgos de su carácter, los que se expresan a través de lo que llamamos comunicación no verbal, que es la responsable del setenta por ciento del impacto que causan en nosotros las personas con las que hablamos. Los viernes por la tarde, de cuatro a diez, asistía también a clases de Inteligencia Emocional en una escuela de Madrid, porque intentaba aprender a conocerse y, sobre todo, a descifrar a los demás, y también porque pensaba dedicarse a eso en el futuro. Su objetivo era sacarse el título, comprar una casa en algún lugar apartado, preferentemente en la sierra de Guadarrama, y montar allí un hotel en el que se pudiera pasar un buen fin de semana y en el que se enseñara a los alumnos a encontrar lo mejor de sí mismos y a ser más felices, por resumirlo a lo grande. En su imaginación, ese hotel ya estaba construido y era un sitio adorable, con un jardín, una chimenea y libros que leer, en el que se enseñaba a los alumnos a comprender y manejar las emociones, a reconocer los sentimientos, a ser más creativos, a luchar contra la ansiedad, a controlar la timidez, a saber elegir y, entre otras muchas cosas, a no sabotearse a sí mismos, como la mayor parte de nosotros hacemos más veces de las que nos damos cuenta. Ése era su sueño.

Mientras lo hacía realidad, se contentaba con experimentar sus conocimientos en el campo del periodismo, lo cual incomodaba a algunos de sus entrevistados, que al someterlos a lo que los especialistas llaman una *lectura en frío,* se sentían tan cohibidos por la intensidad con que los analizaba, que uno de ellos llegó un momento en el que levantó las manos, se echó teatralmente hacia atrás y le dijo: «¡O te sueltas de mi esqueleto o no sigo hablando!». No es raro que el hombre se sintiese así ante una persona cuya máxima era: no tengo que escucharlos, tengo que ver qué tratan de ocultar con lo que dicen. Alicia está segura de que nada es invisible para quien sabe mirar, porque de una u otra manera todos llevamos la combinación de la caja fuerte escrita en la piel, y piensa que el diccionario se equivoca y *ver* vale menos que *entrever,* que en su opinión es el verbo que define la clarividencia. A menudo, ella y Juan apuestan sobre la verdadera índole de las personas con las que se cruzan, y como mientras Alicia recurre a la psicología él se ampara en el humor, se lo imaginó allí a su lado, mirando sarcásticamente al hombre del traje azul y diciendo: «No es mal tipo, lo que ocurre es que fue a que le operasen de cataratas y le implantaron por error el hígado de una orca». Cuando la divertía con esa clase de bromas, lo adoraba.

En cuanto tuvo los teléfonos que quería y el vehículo que se llevaba la estatua se marchó de la plaza, Alicia paró un taxi con una mano urgente y se fue a la carrera, porque tenía que enviar su crónica al periódico, que había retrasado el cierre para esperarla. La escribiría casi por completo de camino a casa, en el ordenador diminuto que le había traído Juan de un viaje que hizo a Estados Unidos, para asistir a un congreso de profesores, y que ella llevaba siempre en el bolso, junto a una cámara digital, por lo que pudiera ocurrir. Sin embargo, cuando iba a comenzar el artículo, miró por el cristal trasero hacia la calle y al ver el camión en el que iba la estatua, que se alejaba lentamente por una avenida, escoltado por dos coches patrulla, le dijo al conductor que diera la vuelta y lo siguiese. La persecución llegó hasta las afueras y a un polígono, a cuya entrada les paró la policía para prohibirles el paso. Alicia fue a hacer una foto y se lo impidieron, aunque se identificara enseñando su carnet de periodista, pero al menos tuvo tiempo para anotar en su libreta el nombre que estaba escrito en la nave industrial frente a la que se había detenido la caravana. Luego, le pidió al chófer que la llevara a casa, lo más rápido que le fuera posible.

Con tanta precipitación, al salir de la plaza no se había dado cuenta de que aquel taxi se lo robaba, con muy malos modos, a otra mujer que también lo llamaba, unos metros más allá, y que se la quedó mirando con cara de fastidio e incluso golpeó furiosamente el suelo con el pie, lo mismo que si aplastase un insecto, al ver que se le adelantaban de esa forma. Alicia la había entrevisto antes, junto a aquella voluntaria de una ONG que vestía una camisa roja, pero ni entonces sintió mayor interés por aquella mujer de aspecto irascible que parecía tener prisa por marcharse de allí, ni en ese momento reparó en ella, y por lo tanto no la vio sacar un teléfono del bolso para responder con cara de pocos amigos a una llamada, diciendo:

—Soy la jueza Bárbara Valdés. ¿Quién habla?

Capítulo dos

Nada más entrar en el juzgado dejaba de sonreír. Bárbara Valdés solía llegar hasta allí con un gesto amable que se iba diluyendo a medida que le daba los buenos días a la sucesión de funcionarios, policías y secretarias que se encontraba en los pasillos, y que mientras subía a su despacho, consultaba su agenda y se ponía su toga, se desvanecía por completo. Diez minutos más tarde, al hacer acto de presencia en la sala donde se celebrase la primera vista de la mañana, su boca ya era como un árbol del que se acabasen de volar todos los pájaros. Un árbol seco e inhóspito, bajo el cual no podía esperarse encontrar ningún abrigo.

Para ella, su trabajo era demasiado serio y requería concentración, aislamiento y sobre todo desconfianza, porque la mayor parte de las personas con las que se las tenía que ver intentaba engañarla, puesto que en eso consiste un juicio: en esconder la verdad; en buscar tretas, atajos legales y coartadas. A Bárbara, cuya envoltura profesional era la de alguien inconmovible y aparentemente no demasiado afectado por lo que oía, se la llevaban los demonios por dentro al ver el grado de cinismo al que podía llegar la gente, y en muchas ocasiones hubiese querido saltar desde el estrado, en mitad de una vista, para abofetear al demandante o al acusado que mentían hasta la náusea sobre su vida, su dinero, sus posesiones y sus actos, casi siempre por consejo de sus abogados, que según ella lo único que les enseñan a sus clientes es a transformar cada proceso en una carrera de tramposos cuyas asignaturas son el embuste, la hipocresía y la falsificación. La jueza

Valdés se mantenía por principio a distancia de ellos, se negaba a concederles reuniones que no fuesen imprescindibles y apenas los saludaba con un ademán malhumorado cuando se los encontraba en cualquier parte. Tenía fama de intransigente y antipática, lo sabía y estaba orgullosa de ello.

Aquella mañana se sentía muy cansada. Había dormido poco, apenas tres horas, porque el levantamiento de la estatua acabó de madrugada, y luego tuvo que esperar un taxi que las llevara a ella y a la amiga que la llevó allí hasta donde habían aparcado el coche, y llegar hasta su casa, que está en Navacerrada, a unos cuarenta kilómetros de Madrid... Cuando el despertador empezó a sonar, a las seis y media, Bárbara Valdés dejó escapar un lamento y se levantó de la cama con la sensación de haber pasado la noche en un portaequipajes. ¿Por qué se habría dejado arrastrar hasta aquella plaza por las personas con quienes cenaba esa noche, cuando una de ellas, que es arqueóloga y se llama Mónica, recibió una llamada que la avisaba de lo que estaba ocurriendo? Eso es lo que se preguntó mientras el agua de la ducha corría como desorientada por su cuerpo, aturdido por la fatiga; y mientras tomaba una taza de café en la cocina; y durante los quince minutos que tardó en llegar al juzgado, al que iba a pie siempre que el tiempo lo permitiera, y a veces incluso cuando no era así, porque al llegar el invierno también le gustaba caminar sobre la nieve y disfrutar de aquel paisaje helado que, sin embargo, disgustaba profundamente a su marido, que se llama Enrique, es psiquiatra y odia el frío.

Muchos fines de semana, Bárbara se dedicaba a pasear por la montaña en compañía de Mónica, con la que últimamente mantenía conversaciones incómodas tanto desde el punto de vista personal como desde el profesional. En el primer caso, el problema estaba en las relaciones de la arqueóloga con su marido, que se quejaba de la poca pasión que parecía poner en su matrimonio y la acusaba de haberle dejado de querer.

—No lo entiende —decía Mónica—. Es incapaz de comprender que el amor y el deseo son cosas distintas, y que una relación puede pasar por temporadas menos, cómo te diría..., fogosas, sin que eso signifique dejar de quererse.

Bárbara estuvo a punto de echar mano de su humor cáustico y contestarle: «Sí, efectivamente, son muy distintos: el amor se congela y el deseo se evapora». Pero, por suerte, se contuvo. En cualquier caso, ese tipo de confidencias la violentaba, porque tenía la impresión de estar siendo obligada a saber más de lo debido acerca de la intimidad de un hombre al que, a fin de cuentas, conocía sólo de una forma colateral, como esposo de su amiga.

En cuanto a la cuestión profesional, lo que a Bárbara le resultaba embarazoso era el ardor con que Mónica defendía las actividades de una organización llamada Asociación para la Recuperación de la Memoria Histórica, en la que desde hacía un par de años trabajaba como voluntaria y cuya principal tarea era desenterrar muertos de la Guerra Civil. La jueza Valdés no dudaba de que su amiga se hubiese entregado a esa causa por idealismo, pero también tenía la sospecha de que lo hiciese para llenar los espacios en blanco que empezaban a abrirse en su vida familiar. Cuando le comentó eso a su marido, que es aficionado a la filosofía y, por lo tanto, propenso a las frases sentenciosas, el médico levantó la vista del libro que estaba leyendo, la miró condescendientemente por encima de las gafas y dijo:

—Bueno, pues como ya se sabe que sólo hay dos clases de matrimonios, los que acaban bien y los que duran para siempre, pregúntate de qué tipo crees que es el suyo y sabrás lo que va a ocurrir.

Bárbara curvó la boca, se dio media vuelta y salió del cuarto sin contestar, pero negando con la cabeza como quien quiere decir: este hombre no tiene remedio.

La noche de la estatua había sido Mónica, por supuesto, la que insistió en invitarla a cenar para que conociese a dos compañeros de la ARMH, y éstos le contaron los últimos casos en los que trabajaban por la zona oeste de Madrid, que eran los de cuatro hermanos, llamados José, Juan, Nicolás y Francisco Gutiérrez, asesinados en el pueblo de La Serna del Monte, y otros cuatro a los que mataron junto a su padre en El Escorial y que se suponía que estaban enterrados en una fosa común, junto al cementerio.

—El padre se llamaba Gregorio Cuesta García, y sus hijos Anastasio, Cecilio, Gabriel y Restituto —le dijeron, como si esos nombres que parecían tener el perfume de otro tiempo fuesen también, en sí mismos, un extracto de su tragedia.

La jueza Valdés, que seguía al pie de la letra la idea de que uno es dueño de lo que calla y esclavo de lo que dice, no les contó que acababa de recibir en su propio juzgado una solicitud para que autorizase la exhumación de otros cinco fusilados en 1940, pero escuchó con interés todo lo que le contaban, que eran anécdotas sobre algunos casos en los que habían participado últimamente y detalles acerca de las técnicas que siguen los arqueólogos, forenses, planimetristas, fotógrafos, psicólogos y antropólogos que colaboran en los trabajos; o del instrumental que usan, que va de los aparatos más sofisticados, como los georradares o los detectores de metal, a las herramientas más humildes: brochas, paletas, tizas, plomadas, brújulas, zarandas para cribar la tierra...

—Es una tarea lenta y dura, pero merece la pena, con tal de devolverles la dignidad a los muertos y la paz a sus familias —dijo el que llevaba la voz cantante, que era filólogo y profesor de francés en la Universidad. Y luego, sin duda porque el vino que había tomado durante la cena ensanchaba una tendencia a la solemnidad que Bárbara vislumbró en él desde el principio, añadió—: Porque de lo que estamos hablando es de eso, de dignidad e indignidad. ¿Sabéis lo que dijo Molière? Que quien tras vencer se venga del derrotado, es indigno de la victoria. En este país hubo gente indigna de su victoria; no seamos nosotros indignos de nuestra democracia y de nuestra libertad.

Y dicho eso, vació su copa de golpe y los miró para calibrar el efecto que había causado su arenga, mientras flotaba a su alrededor el silencio barroco que suele seguir a las frases grandilocuentes. No debió de gustarle lo que vio, porque a partir de ese momento se quedó callado y pareció hundirse en una profunda melancolía. Mónica se acercó a Bárbara y le dijo al oído: «No se lo tomes en cuenta, es buena gente, pero algo..., en fin..., algo ampuloso. Además, creo que trata de impresionarte». Y ella le respondió, en voz aún más baja: «Vale, por hoy le perdono; pero cuando tengas un momento, explícale que la oratoria es un arte, no un gas».

El caso que había llegado a sus manos, y del que no les dijo una palabra ni a su amiga ni a las otras dos personas con las que estaba cenando, la tenía muy ocupada desde hacía un par de semanas. La solicitud del permiso necesario para buscar los restos de un hombre ejecutado en diciembre de 1940, junto a otras cuatro personas, la había presentado su hija, y en ella se contaba de forma pormenorizada su historia, que acababa dos veces, según su relato: una cuando lo mataron y lo echaron a una fosa común y otra cuando, dos décadas más tarde, su tumba furtiva fue profanada y sus huesos robados, igual que los de otros miles de víctimas de la represión, para llevarlos a la cripta del Valle de los Caídos, el fantasmagórico mausoleo que mandó construir el dictador en la sierra de Madrid. De hecho, el permiso que solicitaba para abrir la fosa en la que supuestamente estaba enterrado su padre, junto al cementerio de Navacerrada, no era para encontrarlo, sino para demostrar que no estaba allí.

La jueza Valdés recordó, en una ráfaga, que el hombre se llamaba Salvador Silva, era impresor, estaba afiliado al Partido Comunista y durante la Guerra Civil había trabajado, primero en Madrid, luego en Gerona y más tarde en Valencia, haciendo carteles de propaganda para el ejército republicano, revistas en las que colaboraban escritores célebres y, eventualmente, algunos libros legendarios de poetas como Pablo Neruda y Miguel Hernández.

Mientras se acordaba de todo eso, Bárbara oyó que la otra persona que cenaba con ellos, una estudiante de Química cuyo nombre era Laura Roiz, hablaba de una mujer llamada Obdulia Granada, superviviente de un paseo llevado a cabo en Candeleda, Ávila, por una banda de falangistas que comandaba «un canalla apodado el Quinientos Uno, por el número de rojos que había asesinado». A Bárbara le gustó el modo de explicar las cosas de la joven, que hablaba con claridad y sin caer en ningún momento en la demagogia, más preocupada por hacerse entender que por ser admirada. Pensó que podría haber sido un buen fiscal.

—... Así que en el camión iban cinco —dijo Laura, extendiendo la mano en el aire para que los dedos se convirtiesen en números—: Virtudes de la Puente, Pilar Espinosa, Valeriana Granada y las hijas de las dos últimas, Heliodora, de dos años, y Obdulia, de catorce, cuyas madres estaban acusadas de leer *El Socialista*. A mitad del trayecto algo hizo cambiar de opinión a los criminales, que de pronto detuvieron el vehículo y mandaron a las niñas de vuelta a casa. Las tres mujeres fueron fusiladas y a Valeriana, que estaba encinta, le abrieron el vientre, le arrancaron el feto y la rellenaron de hierbas. Los cuerpos quedaron a la intemperie, para que sirvieran de escarmiento a sus vecinos. Uno de ellos, el que se atrevió a enterrarlos y a poner sobre la fosa una piedra que sirviese de señal, murió una semana después, a causa de la depresión insufrible en que lo había sumido aquel espectáculo macabro. Todo eso nos lo contó la propia Obdulia, mientras nos veía limpiar con un pincel la calavera de su madre...

La jueza Valdés se dijo que tal vez, después de todo, podría sacar algún provecho de aquella cita, y forzando un tono de voz neutro que diera a entender que sentía curiosidad, pero no verdadero interés, le preguntó a Laura Roiz:

—He leído alguna cosa sobre muertos republicanos enterrados en el Valle de los Caídos. ¿Es eso cierto?

—¡Pues claro! Casi la mitad de los alrededor de cincuenta mil cuerpos que hay allí son de republicanos. Parece raro, pero la explicación es sencilla: el dictador no había podido llenar su monumento fúnebre con las víctimas de su bando, como pretendía, porque tardaron veinte años en acabarlo, y cuando fueron a pedirles a las viudas de sus combatientes que autorizasen la exhumación y el traslado de los restos de sus maridos, la gran mayoría se negó.

—Te quedas corta con lo de la gran mayoría: se negaron todas —puntualizó el profesor de francés.

—Sí, perfecto, pues entonces se negaron todas, si lo prefieres —le cortó Laura—. El caso es que para que la cripta no se quedara vacía, el Ministerio de la Gobernación pidió su ayuda a los ayuntamientos de toda España, y muchos contestaron que no podían disponer de muertos «nacionales», pero sí de los que estaban en las «fosas del ejército rojo». Nosotros hemos trabajado en Ávila, por ejemplo, en el caso de seis hombres y una mujer secuestrados por los falangistas en Pajares de Adaja, asesinados en Aldeaseca y arrojados a un pozo por un vecino al que los pistoleros obligaron a deshacerse de los cadáveres. Sus restos fueron sacados de allí en secreto, veintitrés años más tarde, para llevarlos al Valle de los Caídos, y las familias sólo supieron la verdad cuando el pozo fue sondeado y allí sólo aparecieron un cráneo, algunas piezas dentales y el dedal que llevaba puesto la mujer cuando la fusilaron.

—Así que a las familias no se les pedía autorización, ni se las informaba del traslado.

—Jamás. De hecho, otro de los casos con los que hemos trabajado es el de un soldado que murió de tifus en una prisión de Lérida y cuya viuda siempre creyó que estaba enterrado en una fosa común bajo las tapias del cementerio de la ciudad. Ella y sus hijos iban allí a menudo, a llevarle flores. Ahora ya saben que no está en ese lugar, sino en el Valle de los Caídos, y han puesto una demanda para intentar que se lo devuelvan.

Bárbara se fijó en la cara de Mónica, que la miraba de un modo algo equívoco desde el otro lado de la mesa, y se preguntó si en realidad sabría lo de la solicitud presentada en su juzgado y aquella cena no era más que una maniobra para influir en ella. Durante unos segundos, se miraron como queriendo leer cada una los pensamientos de la otra. Pero no podemos saber si alguna hubiera dicho algo a continuación, porque en ese preciso instante fue cuando llamaron a Mónica para decirle que estaban quitando de la calle la estatua del dictador, y en un abrir y cerrar de ojos el plan de ir a verlo se adueñó de la conversación. Unas horas más tarde, mientras regresaban a casa por la autopista, charlaron sobre lo que acababan de presenciar, pero ninguna de las dos dijo una sola palabra sobre la cena; y cuando, al llegar, la arqueóloga le preguntó qué le habían parecido sus compañeros, Bárbara Valdés se limitó a contestarle:

—Bueno..., parece que actúan de buena fe, y eso siempre es positivo. Espero que tengan suerte. Y si la tienen, espero que la merezcan.

—La tendremos, te lo aseguro. Las autoridades no nos ayudan apenas, ni creo que vayan a hacerlo, pero la opinión pública sí, y la prensa está cada vez más interesada. Mira, esto puede ir más rápido o puede ir más lento, pero no se va a parar, y cada vez va a haber más voces que reclamen lo que es lógico y es justo.

—Cuidado —la interrumpió Bárbara—, que la retórica la carga el diablo y si sigues por ahí, pronto te parecerás a tu amigo...

—No es retórica, es la verdad. Y te repito que esta batalla no va a poder silenciarse.

—Ah, pero ¿es que es una batalla? Yo creí que la guerra había acabado en el 39.

—Llámalo como quieras. Hoy mismo, una de las periodistas que estaban en la plaza me ha preguntado quién era y por qué había ido allí. No te fijaste porque se me acercó justo cuando te acababan de llamar por teléfono y fuiste a buscar un sitio donde poder oír lo que te decían. Se llama Alicia Durán y está escribiendo un libro. Hemos quedado en vernos, para que le cuente algunas de las historias que he conocido a través de la Asociación.

La jueza Valdés pensó que si en ese momento le contase lo de Salvador Silva, la dejaría helada. Pero, naturalmente, guardó silencio, se despidió de ella con un gesto de la mano y entró en su casa haciendo más ruido del necesario, por ver si Enrique se despertaba. Pero su marido no se despertó; o al menos fingió que no lo hacía.

En cuanto a Mónica, entró en su casa justo al revés, intentando sortear el silencio lleno de escollos de la noche. En el planeta que ella pisaba, un mal paso puede dar pie a una catástrofe.

Al otro lado de la ciudad, Alicia Durán ya había llegado hacía un buen rato a casa, había mandado la crónica y una fotografía al periódico y, como no podía dormir, corregía la primera de las entrevistas que iban a formar parte de su libro.

Capítulo tres

Alfonso Llamas: «La verdad no es todo lo que pasa, sino la parte que se puede contar».

Alfonso Llamas ya no es el que era, y según dice, no le importa demasiado, porque es una de esas personas que piensan que sobrevivir es irse haciendo del tamaño de las circunstancias y cree que tiene las dos únicas cosas que hacen falta para ser feliz a su edad: «Una conciencia limpia y mala memoria para los malos recuerdos». En sus tiempos de político activo ocupó puestos de responsabilidad en el primer Gobierno de la democracia, y conoce algunos entresijos de aquellos años difíciles que, en su opinión, es mejor no revelar. «La verdad no es todo lo que pasa, sino la parte que se puede contar», sentencia, con un brillo de astucia en los ojos, que suele clavar en su interlocutor al acabar cada una de sus respuestas igual que si le echara la llave a lo que acaba de decir: asunto concluido, siguiente pregunta. Es un hombre locuaz pero al mismo tiempo cauteloso, que habla como si pisara un terreno a punto de resquebrajarse o estableciera un perímetro de seguridad alrededor de lo que dice. Defiende contra viento y marea los pactos y las cadencias de la Transición, «porque conducir un país es igual que conducir un coche: puedes tener toda la prisa que quieras por llegar a tu destino —dice—, pero cuando hay un camión delante, debes esperar el momento propicio para adelantarlo, porque si te precipitas, te estrellas». Y añade, con un tono enigmático que parece gustarle y con el que da a entender que oculta más de lo que está dispuesto a revelar: «Otra cosa es que a algunos les hubiese gustado pisar el acelerador y que las curvas de la carretera se llenasen de muertos». Y, haciendo un ademán con las manos, que abre con las palmas hacia arriba mientras ladea la cabeza y entorna los párpados, todo ello con un deje algo sacerdotal, pone esa acusación velada sobre la mesa, la abandona allí, ante nuestros ojos, como si fuese una caja sin desembalar, y no dice nada más. Su modo de callarse te hace pensar que el silencio es una forma de poder, y su manera de hablar revela que se siente una persona señalada, alguien cuyos apellidos tienen un lugar reservado en la Historia. Probablemente le ocurre igual que al resto de los protagonistas esenciales de la Transición, cuya imagen ha sido agigantada en base al siguiente axioma: si aquel proceso que era tan escabroso se resolvió con una eficacia casi sobrehumana, quienes lo comandaron merecen el rango de héroes.

Pero si sus silencios son lapidarios, su manera de expresarse no es menos contundente, quizá porque todo en él parece enfocado a convencer a su interlocutor, a quien acorralan sus ojos persuasivos y, cuando lo cree oportuno, le paran los pies sus frases categóricas. Cuando sale el tema del Rey, por ejemplo, y le pregunto por su papel en el intento de golpe de Estado de 1981, me interrumpe sin contemplaciones y exclama: «Decisivo, y para bien. Todas esas historias que corren por ahí sobre los dos presuntos vídeos que hizo el 23-F, uno a favor del levantamiento y otro en contra, no son nada más que calumnias lanzadas por los mismos que intentaron evitar la llegada de la democracia, o por sus herederos ideológicos». Eso último, lo dice con determinación y con evidentes ganas de zanjar el tema, pero sin brusquedad, porque incluso en estas ocasiones, cuando se abordan los asuntos del pasado que más le desagradan, da la sensación de que la cólera que deja vislumbrar es un simulacro, algo que quizá fue cierto entonces pero que hoy es una parodia. Es posible, por otra parte, que eso sea el síntoma de cómo se serena un país cuando la tensión disminuye y los enemigos se rebajan a simples contendientes, personas a las que hay que ganar, pero a las que no se pretende someter. Sea como sea, en su caso el ardor retórico ha cedido el paso a las matemáticas, y por eso afronta la entrevista con unos folios en la mano, donde están escritas algunas cifras en las que va a apoyarse a lo largo de la conversación.

Vestido de blanco riguroso, con pantalones de lino y camisa de aire tropical, nos recibe a las diez de la mañana en su casa de Rota, Cádiz, una edificación de dos alturas y ventanas ambiciosas que absorben con voracidad la estampa del océano Atlántico, donde se retiró hace ya cinco o seis años en busca de reposo y tiempo libre. Cuando le preguntamos en qué emplea ese tiempo, se limita a señalar los miles de libros que cubren las paredes del salón en el que estamos sentados y a encogerse de hombros. Le gusta leer, pero no escribir, y afirma que jamás se le ha pasado por la cabeza hacer una autobiografía. «Eso lo dejo para los que llegaron a la política por ambición o por simple narcisismo. Yo sólo lo hice porque pensaba que era mi deber; de manera que ni me importó ni me importa la primera persona del singular, sino la del plural». Es curioso que las frases de ese tipo siempre las diga alguien que cree tener una razón para que los focos lo iluminen y la multitud lo siga.

PREGUNTA: *¿No cree que se ha creado una especie de verdad oficial respecto a la Transición y que a estas alturas ya nadie dice lo que piensa sobre ella, sino sólo lo que hay que decir?*

RESPUESTA: Mire usted, yo no sé lo que les ocurrirá a otros, aunque supongo que habrá de todo, personas que evolucionan y gente dispuesta a cambiar de convicciones según en qué dirección sople el viento. En mi caso, no veo ningún motivo para renegar de mis ideas ni para alterar el discurso.

—*¿Por obstinación?*

—Por coherencia. Y porque es imposible decir algo nuevo sobre algo que no cambia.

—*Entonces ¿es que nada ha cambiado en España desde 1977 hasta ahora?*

—Las cosas no cambian ni dejan de cambiar, simplemente suceden en un lugar y un momento determinados y a partir de ahí progresan y forman una corriente que en algunas cosas es bueno que fluya y en otras es mejor que se estanque, porque no se evoluciona sólo a base renovar y sustituir, también hay que saber conservar lo ya logrado.

—*Pero hay personas como usted, que encauzan esa corriente.*

—No, lo siento pero nunca me he visto de ese modo ni he tenido esa clase de vanidad. Ya sé que otros se consideran los arquitectos de nuestra democracia, pero yo me conformo con haber sido uno de los albañiles que ayudaron a demoler el muro, que era muy alto y muy sólido. Mire, cada uno es de una manera, hay engreídos que cuando van en un tren creen que lo que pasa de largo es el paisaje, no ellos; pero yo, por suerte o por desgracia, no soy así, qué le vamos a hacer.

—*El muro, como usted lo llama, estuvo a punto de no caer, porque tenía muchos defensores.*

—No sé si eran muchos o pocos, pero desde luego eran peligrosos, porque tenían conexiones en las Fuerzas Armadas y gente en la calle que intentaba desestabilizar, imponer un clima de miedo que evitara el cambio. Algunos venían de la ultraderecha, otros eran radicales de la izquierda, estaban los grupos terroristas, los pistoleros de ETA y los GRAPO... Pero le voy a decir una cosa: en mi opinión, jamás tuvieron la más mínima oportunidad de detener el proceso. ¿Sabe por qué? Pues muy sencillo: porque tenían enfrente al resto del país.

—*Casi todos los golpistas tienen enfrente al resto del país; pero como también tienen las armas, lo callan a tiros.*

—No se puede generalizar. Cada situación y cada momento histórico tienen sus particularidades. Y, desde luego, ni la España de 1977 ni la de 1981 estaban dispuestas a dejarse avasallar.

—*¿A dejarse avasallar... de nuevo?*

—Se lo repito: cada situación y cada momento tienen sus particularidades. Simplificar las cosas sirve para hacerlas más accesibles, pero también menos exactas.

—*¿Qué recuerda de la llamada Semana Negra, aquellos días de enero de 1977 en los que los presidentes del Consejo de Estado y del Consejo Supremo de Justicia Militar estaban secuestrados, y fueron asesinadas cinco personas en un despacho de abogados laboralistas de la calle de Atocha, y dos estudiantes murieron en dos manifestaciones, también en Madrid, uno a manos de la ultraderecha y otro a manos de la policía?*

—Fue un momento crítico. Los extremistas habían tensado mucho la cuerda, y esos sucesos dramáticos no fueron fruto de la casualidad ni de la improvisación, sino parte de una estrategia cuyo fin no era otro que regresar a la dictadura. No les salió la jugada, pero ¿y si lo hubieran conseguido? ¿Piensan alguna vez en esa posibilidad los que tanto critican la Transición, los que nos acusan, a quienes de un modo u otro la propiciamos, de cobardes, o afirman que todo estuvo pactado con los poderes que manejaban la dictadura, y hasta han tenido la ocurrencia de cambiarle un par de letras para llamarla malintencionadamente «la transacción»?

—*Sin embargo, algo de eso debe de haber cuando los analistas más prestigiosos han tenido que inventar una definición contradictoria para definir aquel proceso como una «ruptura pactada».*

—Es decir, como una auténtica proeza, un alarde de sensatez y equilibrio.

—*¿No cree que en ese contexto* equilibrio *es una palabra que parece darles la razón a quienes piensan que se hicieron* *demasiadas concesiones? Al fin y al cabo, la famosa Ley para la Reforma Política consistía en que las propias Cortes franquistas aprobasen las normas que iban a propiciar su desaparición. ¿Se puede creer que lo hiciesen sin pedir nada a cambio?*

—Lo que no comprendo es cómo se podría no creer, dado que eso es exactamente lo que ocurrió.

—Pero lo cierto es que los seis ponentes que prepararon esa ley fueron dos antiguos ministros del Régimen, un consejero del Movimiento, una dirigente de la Sección Femenina, otro de los sindicatos verticales y un procurador en Cortes.

—Habían sido todo eso en el pasado y en aquel instante eran personas sinceramente convencidas de que el único camino hacia el futuro era la democracia. Y no sólo ellos. Permítame que vuelva a las cifras, que no suelen mentir: de los cuatrocientos cincuenta y nueve procuradores que votaron la ley en las Cortes, lo hicieron a favor cuatrocientos veinticinco y trece se abstuvieron. La gente evoluciona, las circunstancias cambian y los que no quieren evolucionar, se quedan solos. Pero mire, yo, en cualquier caso, a los que sostienen esas extravagancias y otras, como decir que la democracia no fue el resultado de una gestión política tenaz y eficaz sino sólo de la buena marcha de la economía, les propongo que hagan un análisis contrafactual, como dicen los ingleses; es decir, que imaginen la España de hoy partiendo de la hipótesis de que esa gente nos hubiera hecho perder los nervios, y en lugar de combatirlos con serenidad y con la ley en la mano nos hubiéramos entregado a la violencia y al rencor.

—Pero la ley de la que habla no existía: la estaban haciendo ustedes. Y cuando por fin existió, ¿no cree que pudo propiciar cierta impunidad para algunos y ser un gran desengaño para otros?

—La venganza no es una forma de justicia, si es a eso a lo que se refiere. Y en cualquier caso, yo creo que la función de los políticos es llegar a acuerdos, no hacer ajustes de cuentas.

—*¿Sin importar el precio que se pague para conseguirlo?*

—Los pactos no se compran ni se venden, se negocian, de modo que no creo que se puedan valorar en esos términos. En cualquier caso, le aseguro que ahora es muy fácil criticar lo que se hizo o no se hizo y entonces fue muy difícil hacerlo. Se necesitó mucha fuerza para no dejarse arrastrar por el caos, y aún más para no caer en la parálisis que buscaban los inmovilistas y permitir vacíos de poder que se llenaran de conspiradores. A veces se olvida lo delicada que era la situación en la España de 1977 y, en general, lo complicado que es pasar de una dictadura a una democracia. Que se lo pregunten si no a los iraníes, que pasaron del Sha a Jomeini; o a los cubanos, que fueron de Batista a Fidel Castro.

—*En otros países, como Chile, Uruguay o Argentina, también pasaron de la dictadura a la democracia amnistiando a los represores y, con el tiempo, han terminado por llevarlos a los tribunales y, en ocasiones, a la cárcel.*

—Pues a mí me parece que nosotros podemos estar muy orgullosos de que la palabra *reconciliación* sea la que mejor nos defina. Y más aún de que todo ocurriese por mandato popular, porque en definitiva fueron los españoles en su conjunto, que habían comprendido que no es posible avanzar mientras se vuelve al pasado, quienes regularon el proceso. Si me permite que se lo recuerde, en el referéndum de 1976 sobre el Proyecto de Ley para la Reforma Política votaron a favor más de dieciséis millones y medio de españoles y en contra poco más de cuatrocientos mil.

—*Pero la oposición no era partidaria de la reforma, sino de la ruptura, se oponía a ese referéndum y pidió la abstención a los ciudadanos.*

—¿Y a usted no le parece que ése era un acto irresponsable, en un momento en el que algunos intentábamos conseguir un cambio radical de nuestro sistema político, mientras que otros hablaban simplemente de apertura y propugnaban una especie de democracia orgánica? De todas formas, es evidente que los partidos que usted llama la oposición cambiaron de estrategia muy pronto, en vista del éxito logrado en su campaña contra el referéndum...

—*¿Es verdad que ustedes consultaron los pasos a dar en España con el secretario de Estado norteamericano, Henry Kissinger, y que de hecho esas negociaciones se iniciaron aún en vida del dictador?*

—En absoluto. ¿De dónde saca esas cosas la gente y quién puede llegar a creer semejante despropósito? Es ridículo, es irreal y es malintencionado.

—*Hay una teoría sobre el famoso atentado que le costó la vida al almirante Carrero Blanco, que era el delfín del dictador y el encargado de perpetuar su Régimen, según la cual quien lo ideó y financió fue la CIA, porque en aquellos momentos a Estados Unidos ya le interesaba más una democracia manejable que una tiranía anquilosada. ¿Ustedes pactaron con los norteamericanos ese magnicidio? Y, si es así, ¿qué garantías les ofrecieron a cambio?*

—Me va a disculpar, pero no creo que un disparate merezca un desmentido, ni una broma una explicación seria. Hay gente que sostiene eso, claro que sí, y hay otra gente que afirma que no descendemos del mono sino de los peces. Pues muy bien, se sustituye la ciencia por la ficción y asunto resuelto, porque al fin y al cabo expresar opiniones es gratis. Lo único que hay que esperar es que los medios de comunicación no les pongan altavoces en la mano a los locos.

—*¿Le parece de locos extrañarse de que unos días antes del homicidio la CIA peinara esa zona de la calle Claudio Coello, muy cercana a la embajada de los Estados Unidos, donde explotó la bomba que lo mató, porque venía a Madrid el secretario de Estado, Henry Kissinger, y no descubriera nada?*

—Me parece que esa clase de suposiciones no hacen más que crear confusión e inventar fantasmas.

—*En cualquier caso, son suposiciones que tienen una base documental: en el año 2008 se desclasificó una nota de la embajada norteamericana en Madrid, fechada unos meses antes del crimen, en la que se decía, literalmente, que «lo mejor para nosotros sería que Carrero Blanco desaparezca de escena».*

—Se lo repito: eso no son más que especulaciones, leyendas hechas a base de rumores, fábulas, maledicencias, lecturas parciales de la realidad y datos sacados de contexto. Es decir, todo lo que sirve para intoxicar y nada de lo que hace falta para decir la verdad.

—*Volvamos a la Semana Negra y al riesgo de involución que propiciaron aquellos acontecimientos. ¿Dónde veía usted más peligro: en la ultraderecha o en el Ejército?*

—Peligros, como le dije, había por todas partes y llegaban desde la derecha y desde la izquierda. Obviamente, en el Ejército había más cosas que adecuar a la nueva situación, porque para algunos jefes militares, que tenían muy enraizados los antagonismos de la Guerra Civil, fue duro tolerar cosas como la legalización del Partido Comunista; que, por cierto, no sólo tenía enemigos en las iglesias y los cuarteles, como algunos prefieren creer...

—*¿Qué quiere decir?*

—Pues algo muy obvio que pocos quieren recordar cuando se habla de ese tema: que quienes más pelearon por retrasar la legalización del PCE fueron los socialistas, para ganar tiempo y hacerse con el control del voto de izquierdas, lo cual consiguieron, sin duda, porque en las elecciones unos sacaron ciento dieciocho escaños y los otros veinte. En fin, que las balas nos llegaban a todos de todas partes y que algunas eran lo que hoy se conoce como fuego amigo.

—*Al PCE también se le cobró cara su legalización, ¿no cree? Tuvo que arriar la bandera republicana, admitir la monarquía y olvidarse de la reparación histórica que siempre había exigido.*

—Yo creo que en aquel momento los comunistas hicieron lo que tenían que hacer y actuaron con inteligencia y pragmatismo, en lugar de entregarse a la nostalgia. Me da la impresión de que han cometido muchos más errores antes y después de eso. Pero en aquellos instantes no tuvieron ninguna duda de cuál era el camino a seguir. Aún recuerdo lo que decían sus carteles propagandísticos de la época en que se celebró el referéndum sobre la Carta Magna: sí a la Constitución, sí a la democracia, sí a la reconciliación.

—*¿Y no cree que para no quedarse rezagados en la carrera del cambio político ellos y otros renunciaron a demasiadas cosas?*

—¿Le da usted un valor negativo a la palabra *renuncia*? Si es así, se equivoca. Los acuerdos de Estado entre partidos políticos sólo se pueden conseguir si todos ellos renuncian a algo, en lugar de querer imponerse. Si en 1978 nadie hubiera cedido en nada, la Constitución no se habría firmado. La democracia se basa en la elasticidad, por las mismas razones que las dictaduras se basan en la rigidez. Si no te mueves, el país se paraliza.

—*Ya, pero el PCE se movió tanto que se dejó los votantes atrás, en el PSOE.*

—A lo mejor es que no había tanta gente esperándolos como ellos creían. Y lo que está claro es que el movimiento que querían los ciudadanos no era hacia los extremos, sino hacia el centro. Ése fue el espíritu de aquellos días en los que las diferentes fuerzas políticas intentaban hacer valer sus ideas con pasión —y en ese sentido conviene recordar que se presentaron más de tres mil enmiendas al anteproyecto de la Constitución—, pero sólo hasta el punto en que pudiesen poner en peligro el objetivo común, que era lograr la democracia y la concordia que exigían los españoles. Ahí están, por ejemplo, los Pactos de la Moncloa, con los que se logró, gracias a la cooperación de todas las fuerzas políticas, salvar la situación económica, que era muy delicada, emprendiendo reformas fiscales, presupuestarias, laborales y financieras. Pero permítame que vuelva a los números, que no engañan: en el referéndum constitucional votaron casi dieciocho millones de españoles y, de ellos, quince millones setecientos mil lo hicieron a favor del proyecto. Eso quiere decir que los ciudadanos estaban satisfechos de los acuerdos a los que se había llegado y que, se lo repito, nunca habrían tenido lugar si nadie hubiese cedido en sus posiciones.

—*Resalta usted la legalización del PCE, pero ésta se produjo en abril de 1977 y los sucesos trágicos de los que hablamos son anteriores, del mes de enero de ese mismo año; de manera que tampoco parece que ese hecho fuera tan decisivo.*

—Lo decisivo era que en junio se celebraban las elecciones. Eso es lo que querían impedir los saboteadores, que actuaban en muchos frentes, porque no sólo se produjeron los crímenes y los secuestros que usted menciona, y que eran una respuesta a la Ley para la Reforma Política; ni los atentados desaparecieron al acabar la semana de la que a usted le interesa hablar: también se sucedían las huelgas salvajes en la enseñanza, en los medios de transporte, en las empresas de recogida de basuras... Y cuatro días después de la matanza de la calle de Atocha, los GRAPO asesinaron como represalia a un guardia civil y a dos policías. Esa gente quería sembrar el caos y dar la impresión de que el país estaba en peligro y necesitaba una mano de hierro que lo domase. Sin embargo, todo lo que hicieron se volvió en su contra, porque el rechazo masivo de los españoles a la violencia los aisló y les dejó claro que sus únicos destinos eran la marginalidad y, tarde o temprano, la cárcel.

—*Pero no por mucho tiempo: los dos ultraderechistas a los que se juzgó como autores materiales del crimen de la calle de Atocha fueron condenados a ciento noventa y tres años de prisión y sólo cumplieron catorce y quince.*

—Pues será porque el Código Penal vigente lo permitió, y en un Estado de derecho nadie está al margen de la ley, ni los mejores ciudadanos ni los peores. Ahora bien, si usted quiere saber mi opinión, le diré que soy partidario del cumplimiento íntegro de las penas que se les impongan a los terroristas, los violadores y otros delincuentes con las manos manchadas de sangre.

—*Uno de ellos se beneficiaría del Código Penal, pero al otro le concedieron una extraña libertad condicional, cuando le quedaban más de diez años de cárcel por cumplir, y un permiso aún más extraño para viajar a Paraguay, que aprovechó para fugarse a Bolivia antes de que ambas decisiones fuesen revocadas. El tercer implicado también escapó, antes de ser juzgado.*

—Y todos los que creemos en la Justicia lo lamentamos, puede usted estar segura.

—*Ha mencionado antes el malestar de los militares ante el cambio político. ¿Qué piensa de su posible implicación en aquellos sucesos? Una de las pistolas que utilizaron los asaltantes del despacho de los abogados laboralistas era una Star de nueve milímetros, el arma reglamentaria del Ejército.*

—Yo creo lo que sentenciaron los jueces: que esas personas actuaban a nivel individual, aunque estaban vinculadas al grupo extremista Fuerza Nueva y al Sindicato Vertical de Transportes.

—*¿Por qué no se fue más severo con bandas paramilitares como ésa, que se denominaba Triple A, o el Batallón Vasco Español, que atentaban contra los pistoleros de ETA en un intento de convertir la lucha antiterrorista en una guerra subterránea? Mataron a diez terroristas en Francia, a dos en Venezuela y a veinte en España. También se dice que estaban formadas, al menos en parte, por miembros de las fuerzas del orden. ¿Qué información manejaban ustedes al respecto?*

—Nosotros lo que hacíamos era no dejarnos manejar por nadie. Simplemente, trabajábamos para que los homicidas de cualquier signo fueran arrestados y llevados ante la Justicia.

—*También hubo sospechas más que fundadas de que los tres pistoleros de la Alianza Apostólica Anticomunista eran los ejecutores del crimen, pero que quien los reclutó y dirigió desde la sombra fue un conocido policía de la Brigada Especial de Operaciones, apodado Billy el Niño. Los abogados de la acusación se quejaron siempre de que no les habían dejado investigar el crimen hasta sus últimas consecuencias, ni llegar hasta sus autores intelectuales.*

—Pero usted no ignora que la Justicia no se hace a base de sospechas, sino de pruebas; y por lo que yo sé, nunca se demostró que esas acusaciones fueran ciertas.

—*¿Sabe algo sobre la supuesta implicación del grupo neofascista italiano Ordine Nuovo en el crimen?*

—Sea más concreta —responde en un tono súbitamente glacial que, de inmediato, intenta rectificar con una sonrisa forzada.

—*Hay algunas informaciones que hablan de que fue uno de sus activistas quien ametralló a los abogados de Atocha. Y también se dice que trabajaban a las órdenes de los servicios secretos españoles.*

—Mire, se lo voy a repetir una vez más: en los Estados de derecho sólo ocurre aquello que se puede probar. Lo demás son conjeturas, supercherías, infundios, artimañas, figuraciones... Llámelo como quiera y dará igual, porque a la ley lo único que le importa es lo que no son: no son hechos. Punto y final.

—*¿Y qué me dice de la supuesta implicación de la CIA? Los servicios secretos italianos afirmaron que en la matanza había participado un neofascista llamado Carlo Cicuttini, que era parte de la organización Gladio, una red anticomunista dirigida por el espionaje norteamericano.*

—¡Por favor! Eso es pura ciencia ficción.

—*¿Usted cree? Lo dijo el Primer Ministro italiano, Giulio Andreotti, en el Parlamento. Y lo certificó el Presidente de la República, Francesco Cossiga.*

—Se lo repito: eso no son más que elucubraciones absurdas de la prensa amarilla, inventadas para vender titulares.

—La prensa no inventa los titulares, los saca de lo que dicen ustedes los políticos. A Cossiga lo apodaban Il Picconatore, *la piqueta, porque era considerado un hombre honesto, valiente e incorruptible hasta que hizo pública la existencia de la red Gladio, denunció sus crímenes y por ello sufrió una campaña de acoso tan insoportable que tuvo que dimitir.*

—Si me lo permite, le recordaré que el señor Cossiga también sostuvo hasta su muerte que el atentado del 11 de septiembre de 2001 contra las Torres Gemelas de Nueva York, que él calificaba como «el engaño más grande de la Historia», fue planificado y ejecutado por la CIA y el Mossad, para poder acusar de terrorismo a los países árabes e invadir Irak y Afganistán. Afirmaba que las confesiones de los jefes de Al Qaeda sobre la autoría de la matanza eran un montaje.

—Volvamos de nuevo a España y a la Semana Negra. Dígame la verdad: ¿el Gobierno pensó en aquellos instantes declarar el Estado de excepción?

—No. Esa posibilidad la alentó cierta prensa interesada en que el cambio no se produjese, pero nunca el Gobierno. En realidad, toda la estrategia de crispación que llevaban a cabo los diferentes grupos de los que hemos hablado perseguía ese fin, provocar la intervención de las Fuerzas Armadas. Como sabe, eso se intentó en 1981 y nuestro país estuvo entonces mucho más cerca de la catástrofe de lo que algunos quieren aceptar hoy; aunque aquella tentativa de golpe de Estado tuvo, en mi opinión, algo positivo, y fue que al fracasar de manera tan rotunda y con una oposición tan serena, valiente y multitudinaria por parte del pueblo español, se desanimó para siempre a los involucionistas.

—¿También ETA buscaba una insurrección militar?

—Pues mire, los objetivos de ETA nunca han estado muy claros, sólo sus medios, que no son ni fueron jamás otros que la extorsión y el crimen. Pero lo que parece obvio es que la llegada de la democracia no era una de sus prioridades, porque su época más sanguinaria fue, precisamente, la que siguió a las elecciones: en 1977 los terroristas asesinaron a diez personas; en 1978 a sesenta y cinco; a setenta y seis el año siguiente, y en 1980 nada más y nada menos que a ochenta y nueve.

—*Sin embargo, en 1977 ustedes amnistiaron a los etarras con delitos de sangre.*

—La amnistía general la redactaron todos los partidos y lo cierto es que nosotros nos opusimos frontalmente a que los terroristas se beneficiasen de ella, y avisamos de que esa gente no dejaría de matar, porque es lo único que sabe hacer. ETA, por desgracia, nos dio la razón a los pocos días, asesinando al presidente de la Diputación Foral de Vizcaya y a los dos guardias civiles que iban con él.

—*Pero ustedes negociaron con los dirigentes de la organización al año siguiente. O al menos les enviaron una propuesta para reunirse con ellos en Ginebra.*

—No es cierto.

—*¿No lo es que el periodista que hizo de intermediario no sólo fracasó en su intento, sino que fue asesinado a tiros por la banda?*

—Le repito que nosotros no negociamos nunca con nadie, y por lo tanto no necesitábamos ningún intermediario para nada. Grábese esto en la cabeza: nunca, nadie, nada.

—*Algunas personas no pueden evitar pensar que la esencia de la Transición fue el olvido, y que las ganas de dejar atrás la pesadilla de la dictadura y empezar de cero no sólo propiciaron esa amnistía indiscriminada, sino también el que muchas personas no obtuviesen la reparación que merecía el sufrimiento que les había causado aquel régimen despótico.*

—Usted lo ha dicho: algunas personas creen eso, pero la gran mayoría de los españoles piensa justo lo contrario y sabe que la democracia que hoy disfrutamos, y que merece la pena repetir que es el periodo de libertad más duradero de nuestra Historia, está basada en las decisiones que se tomaron en aquellos años.

—*Contésteme con sinceridad: ¿cree que la Transición dejó resueltos todos los problemas que había creado la dictadura o piensa que quedaron algunos asuntos importantes sin arreglar?*

—Creo que la política de consenso que se llevó a cabo evitó que se reprodujeran los mismos antagonismos que llevaron a la Guerra Civil y encarriló el país hacia el futuro. De manera que me resulta muy fácil ser sincero para decirle que la Transición fue modélica y que, desde mi punto de vista, todo lo que de verdad era importante solucionar, quedó resuelto. Es verdad que hay quienes se quejaban entonces, se quejan ahora y a buen seguro se quejarán mañana, pero ni antes ni después han hecho gran cosa por mejorar la vida de los españoles. Eso lo hicimos otros, y si se pudo salir adelante fue porque mientras algunos buscaban fantasmas entre las ruinas, los demás nos dedicamos a reconstruir el castillo. Me parece que el resultado salta a la vista.

Y tras esa frase, se levanta bruscamente del sillón en el que estaba sentado, me invita a salir a la terraza y cambia de tono para hablar del paisaje marino que acecha la casa y de los vientos de Cádiz. Sus palabras son suaves y actúan sobre su rostro como el látigo de un domador sobre la pista de un circo, haciendo retroceder los gestos duros que se habían ido formando en él a lo largo de nuestra conversación. Cuando ya estamos en la puerta, le pregunto si he sido excesivamente agresiva y le pido que me disculpe si en algún momento le he molestado. Entonces sonríe por primera vez y me mira como si yo fuese un gato de Angora y él acabase de regresar de una jungla llena de fieras salvajes. «No se apure, hija —dice, al despedirme—: En peores plazas hemos toreado». No tengo la más mínima duda de que eso sea verdad.

Capítulo cuatro

Dejó sobre la mesa la moneda que tenía acuñada la imagen de la diosa Juno y puso la otra bajo su lupa binocular. Era un denario de plata, que llevaba en el anverso la cara del emperador Adriano, con barba, y en el reverso una alegoría de Egipto: una mujer apoyada sobre una cesta de la que salía una serpiente, que sostenía un instrumento musical en la mano derecha y a cuyos pies había un pájaro enorme. Mónica apuntó en su cuaderno de notas lo que eran, un sistro y un ibis, puso al lado «año 136 d. C.» y a continuación marcó el número de Héctor, su pareja, aunque ya sabía que no iba a contestar. El timbre de llamada sonó tres, cuatro, cinco veces, y cuando saltó el contestador, dejó un mensaje: «Llámame, por favor, no te enfades, no seas así...».

Pero Héctor, efectivamente, no iba a responder, ni iba a llamarla; lo sabía porque aquella mañana era la de siempre, la que seguía a otra noche en la que él había querido hacer el amor y ella lo había rechazado. Al levantarse, entregados al amargo rencor de las personas que se quieren pero no se entienden, habían desayunado en uno de esos silencios que son la suma de dos orgullos, sintiéndose ridículos por el modo en que fingían que les daba igual no darse ni los buenos días. Justo antes de salir de casa dando un portazo, él le había dicho:

—No me extraña que te guste tanto vivir aquí, entre la nieve, donde todo es tan hermoso, superficial y frío como tú.

Mónica no negaba que su relación hubiese perdido la fogosidad de los primeros tiempos, cuando ella y Héctor pasaban los días repitiéndose cuánto se deseaban y las noches casi en vela, pero tampoco era capaz de entender que él no se conformase nunca con lo que le daba, que no aceptara que perder algo de ardor no significa dejar de quererse y que no se diera cuenta de que su misma insistencia la atenazaba al hacerle ver el sexo como una obligación y, finalmente, le quitaba las ganas, lo cual era motivo de aquellos continuos enfados. A veces, como había ocurrido esa mañana, Héctor ni siquiera le dirigía la palabra, y no volvía a saber nada de él hasta que regresaba del hospital. Y cuando decidían hablar, sus peleas nunca llegaban a resolverse, sino todo lo contrario, los separaban más porque en lugar de intentar entender al otro pretendían derrotarlo, de modo que terminaban quedándose cada uno en su lado del abismo, parapetados tras sus propios argumentos y utilizando como barricada las tablas del puente que no habían querido cruzar. Quizá parte del problema era que a la hora de analizar su relación se situaban en tiempos distintos, él en el pasado y ella en el presente.

—No te enfades, por favor —le suplicaba Mónica—. Estoy cansada. ¿Es que no lo puedes respetar?

—Antes nunca estabas cansada —le respondía Héctor—, y ahora lo estás siempre. Reconócelo: he dejado de gustarte.

—No es cierto. Es que por las noches no me quedan fuerzas, estoy casi dormida.

—Te lo repito: eso es ahora; antes pasábamos la noche haciendo el amor, y yo no te daba tanto sueño.

—¡Pero es que tú quieres hacerlo todas las noches!

—Antes decías que eso te halagaba.

—¡Por Dios, deja de decir antes, antes, antes...! Abrázame, anda, eso también es bonito; también es quererse.

—Sí, claro, es precioso que lo humillen y lo desprecien a uno —le contestaba él, antes de darle la espalda para recluirse, otra vez, en un silencio ultrajado.

Llevaban así alrededor de un año, y los dos sabían que no podrían aguantar mucho más de ese modo. En su interior, Mónica había empezado a pensar que tal vez Héctor no era realmente el hombre de su vida, y vio en esa idea un mal presagio, la prehistoria de un futuro incierto y doloroso. El último verano, de hecho, habían decidido pasar un tiempo separados, él se fue a casa de unos amigos, en una playa de Galicia, y ella al apartamento de su madre, en la Costa Brava. En el tren, un hombre se sentó a su lado, intercambiaron algunas bromas y esa misma noche Mónica se acostó con él. Para seguir haciéndolo el resto del mes, se convenció de que Héctor seguramente también estaba con alguien. ¿Por qué no había aceptado la oferta de aquel amante ocasional de acompañarlo a Londres, donde estaba destinado en un puesto diplomático? Era simpático e inteligente, y un triunfador en todos los sentidos, uno de esos seres con los que se tiene la sensación de pasar a la otra mitad del mundo, la de las personas fuertes y seguras de sí mismas. ¿Por qué seguir con Héctor, en lugar de emprender aquella aventura? Tal vez por cobardía, por miedo a cambiar. O porque siempre cabe más vértigo en un avión que en un ascensor.

Miró los objetos que estaban a su alrededor en el laboratorio del museo donde trabajaba, y que eran los que en ese momento intentaba catalogar: un frasco de vidrio en forma de diosa Vesta, la guardiana del hogar, un anillo de oro, un botiquín y tres o cuatro piezas de una vajilla... Todos eran de la época del Imperio Romano y contaban la historia de las personas que los habían utilizado, pero también la de quienes jamás hubieran podido permitírselos, que era algo que a Mónica le interesaba, porque era seguidora de la arqueología marxista, de forma que al analizar los objetos cotidianos de la antigüedad deducía de ellos las relaciones de producción de la época, la infraestructura social y su organización jerárquica, económica y política; es decir, que le daba a su trabajo una dimensión ideológica y de ninguna manera creía que su profesión consistiera en ponerle fecha a un peine, como solía decir Héctor cuando bromeaba a su costa, sino en comprender el pensamiento, los valores y la cultura de quien lo fabricó y de quienes lo usaban. Había aprendido esos principios en la Universidad y no renegaba de ellos; al contrario, seguía creyendo en el materialismo histórico y en las superestructuras sociales.

Pero lo cierto es que esas teorías estaban en desuso y la mayor parte de la gente con la que Mónica había coincidido desde que salió de la facultad estaba preocupada, casi exclusivamente, por abrirse paso en la vida, por ganar dinero y mejorar su posición; y muchos de ellos sonreían con disimulo, pero también con suficiencia, en cuanto les hablabas de utopías, compromisos morales o luchas solidarias.

Todo eso cambió cuando un día leyó un artículo sobre las fosas comunes de la Guerra Civil y, siguiendo un impulso, entró en contacto con los voluntarios que formaban la ARMH. Le bastó una conversación de diez minutos para darse cuenta de que entre esas personas iba a sentirse como un pez en el agua, y muy pronto aquello se convirtió en el centro de su vida, y palabras como *justicia, militancia* o *verdad* volvieron a hacerse fuertes en su boca. A los treinta y ocho años, dejó de tener su edad para ser, de nuevo, mucho más joven.

Cuando le contó a Héctor que había estado con esa gente y que pensaba alistarse como voluntaria en la ARMH, a él no le gustó la idea, como se temía, y le echó en cara que buscase mil excusas para estar lejos de él.

—Pero eso, aunque fuera verdad, no es malo, sino bueno —intentó explicarle Mónica—, porque está bien que cada uno de nosotros tenga su propio espacio, y su propia vida.

—Lo que hacen las parejas normales es compartir su vida, no parcelarla en zonas independientes. Tú me has oído decir que el corazón está dividido en cuatro secciones, dos aurículas y dos ventrículos, y no entiendes que eso vale para la medicina, pero no para los sentimientos.

—Eres tú quien te confundes, doctor. ¿No te das cuenta de que estar siempre juntos es lo que nos está separando?

—Lo que nos está separando es que tú has dejado de quererme —contestó él, y si se hubiera podido coger un cuchillo y cortar por la mitad cualquiera de esas doce palabras, se habría comprobado que estaba llena del zumo de la amargura. A Mónica le resultaba terrible ver el modo en que sufría Héctor, pero no era capaz de evitar hacerle daño. O él o yo, pensaba, y eso, naturalmente, no le dejaba mucho sitio a la palabra *nosotros*.

—No —dijo—, eso no es verdad. Lo que ocurre, y ya te lo he explicado un millón de veces, es que tú confundes querer con poseer; y no te das cuenta de que a mí me emociona la forma en que me quieres, pero me espanta que intentes ser mi dueño.

—Genial —le respondió Héctor, mientras salía de la habitación—, pues que disfrutes de tu libertad. Vete a desenterrar gente por ahí; puedes usar la misma pala con la que estás cavando nuestra tumba.

Su primera experiencia con la ARMH la tuvo un día del verano siguiente, en un pueblo de Burgos llamado La Andaya, y se sintió fascinada por el ambiente conmovedor que rodeaba todo el proceso y por la dedicación con que hacían su trabajo los implicados en él, desde los que manejaban los georradares en busca de indicios subterráneos, hasta los psicólogos que atendían a las familias, pasando por los fotógrafos que tomaban imágenes que certificaran la posición de los cuerpos en la sepultura. Aunque lo que más la impresionó fueron las historias que se contaban de cada una de las víctimas, y el modo en que algunos detalles entresacados de ellas hacían que se las pudiera identificar: a uno, que había sido diputado provincial y segundo teniente de alcalde en el Ayuntamiento de Aranda de Duero, se le reconoció por la alianza de matrimonio, que llevaba puesta el día que lo asesinaron, y en la que estaban grabados la fecha de su boda y el nombre de su mujer; a otro, que fue recepcionista del albergue de la ciudad, por los botones de un uniforme con las iniciales del Patronato Nacional de Turismo, que vestía cuando se lo llevaron; a un tercero, porque se había roto las piernas en un accidente laboral en Vizcaya, cuando estaba empleado en los Altos Hornos, y las señales de las fracturas se podían ver claramente en su esqueleto. A lo largo de aquella jornada agotadora, Mónica comprendió lo bien que explica el título de arqueólogo forense la suma de ciencia y espanto que abarca esa profesión. Pero, sobre todo, fue testigo de la gratitud que sentían las esposas, hijos o nietos de los represaliados hacia los voluntarios de la Asociación, y del bien que les hacía poder recuperar a sus muertos, aunque fuera setenta años después de que hubieran sido ejecutados. Porque, al final, todos ellos, cada uno a su modo, venían a decir lo mismo: ahora ya podemos descansar. En un estado de exaltación que no recordaba haber sentido jamás, Mónica se juró que nunca iba a abandonarlos.

En el autobús que los llevaba de regreso a Madrid, tuvo tiempo suficiente para pensar en su vida y preguntarse hasta qué punto se parecía a la que alguna vez había soñado. ¿El trabajo en el museo era lo que quería hacer? ¿Sus amigos tenían mucho o, más bien, muy poco que ver con ella? Y, sobre todo: ¿Héctor era realmente la persona que necesitaba para ser feliz? Desde luego, lo quería, y no podía negar que cuando lo conoció se había enamorado de él como nunca antes de nadie; ni que la atracción que cada uno de ellos sintió por el otro fue un huracán que pudo con todo, y que hizo que los dos abandonasen a sus parejas, creando un mar de dolor, para poder estar juntos. Pero algo había ocurrido, eso era evidente, y el amor de

Héctor, posesivo, insistente y celoso, había terminado por ponerla a la defensiva, dando pie a una relación descompensada en la que el único equilibrio estaba en el sufrimiento que ambos padecían, uno por no lograr lo que esperaba y la otra por no poder dárselo. Ella, además, empezaba a sentir pena de él, a veces intentaba complacerlo para que no sufriese, para sacarle de la cara aquella angustia que Mónica sentía como una humedad que le calase la ropa, le atravesara la piel y le mordiera los huesos. Pero la compasión siempre es prepotente, siempre es un acto de superioridad, y sentirla por Héctor la separaba aún más de él: la lástima no puede ser parte del amor, pero sí del desprecio. Entre una y otra cosa, Mónica empezó a echar de menos lo que tenía antes de conocer a Héctor, y a sospechar que se había equivocado al sustituir la tranquilidad por la pasión. Se sentía deprimida, como todas las personas que tienen que elegir entre dos malas opciones. ¿Qué es peor: un día vacío o lleno de problemas?

Al menos, había encontrado una confidente en Bárbara. Es verdad que eran muy distintas, tanto en su forma de ser como en sus ideas, pero tenían una serie de aficiones comunes, como los paseos por la montaña, las novelas históricas y el cine, que tal vez no fuesen a hacerlas íntimas pero bastaban para sostener una buena relación. Aunque la jueza Valdés, siempre tan sarcástica, sostenía que su amistad estaba basada en lo poco que todo eso les interesaba a sus parejas.

—Cómo no van a entenderse dos mujeres cuyos maridos tienen defectos tan similares —le dijo en una ocasión, hablando con el tono casual que utilizaba siempre que se entregaba a la ironía.

Sin embargo, otras cosas las distanciaban, y sobre todo la política, un terreno en donde Mónica buscaba la cercanía y Bárbara la distancia, tal vez porque la base de su profesión, que es la ecuanimidad, se había filtrado a su vida o porque, simplemente, estaba en su carácter ser neutral en todo aquello en que es posible serlo y moderada a la hora de expresar lo que pensaba. Enrique, su marido, solía decirle que tenía alma de árbitro, y que el problema de los árbitros es que son los únicos que no se divierten, primero porque trabajan mientras los demás juegan y segundo porque ellos juzgan a veintidós tipos, mientras que a ellos los juzga todo el país.

—Es que a veces no se trata de divertirse, sino de pensar —le contestó un día, intentando tumbar a base de sarcasmo el argumento del psiquiatra.

—O de no pensar, querida mía, sobre todo si se trata de cosas con las que no merece la pena perder el tiempo. «No guardes nunca en la cabeza lo que te quepa en un bolsillo», decía Einstein.

—Bueno, viniendo de un psiquiatra, parece un consejo raro: no pienses.

Bárbara sonrió al recordar el final de esa escena: acababan de llegar a casa, después de comer con unos compañeros, y mientras mantenían esa conversación ella se había quitado la camisa para ponerse el pijama, pero Enrique se acercó por la espalda, le dio la vuelta, la apoyó contra la pared del dormitorio y mientras le quitaba el sujetador con el punto exacto de violencia que hacía falta para que no quedase claro si se lo desabrochaba o se lo arrancaba, dijo: «Eso es, nena: no pienses». Nunca se lo había dicho y nunca se lo diría, pero le encantaba que hiciera esas cosas.

Desde luego, Mónica Grandes jamás sabría que eso había ocurrido, porque la jueza Valdés guardaba bajo siete llaves su vida privada. Pero, bien pensado, a la arqueóloga tampoco le importaba mucho, ya que la naturaleza reservada de su vecina le daba a ella un espacio enorme en el que desahogarse y poder hablar de las cosas que la angustiaban. Porque con Héctor la cuestión es que ya no hablaba, según él porque Mónica estaba refugiada en un mundo de autoindulgencia en el que sólo existían su verdad y sus sentimientos y en donde, por lo tanto, el único responsable de que todo se estuviese derrumbando era él.

—Has caído en la hipocresía absoluta —le dijo en más de una ocasión—. Te mientes tanto para justificarte ahora como para poder creer tus mentiras en el futuro.

—¿Y por qué quieres estar conmigo, si soy tan horrible? —le respondía siempre Mónica, segura de su poder sobre él.

—Porque te quiero, aunque sepa que no va a servir de nada.

Fuera quien fuese el culpable, el caso es que era cierto que su relación se había llenado de puertas cerradas y de temas prohibidos, porque ambos temían hablar de los problemas que empezaban a gobernarlos. De ese modo, el mismo hecho de no quererse hacer daño los estaba destruyendo, porque esconder sus emociones a ella la hacía sentirse culpable y a él lo inundaba de sospechas, con lo que el resultado era que por no hacerse heridas se llenaban de cicatrices.

Para apartarse de todo eso, que daba vueltas y vueltas en su cabeza el día entero, y que por las noches no la dejaba dormir, llamó por teléfono a Laura Roiz, la compañera con la que ella y Bárbara habían cenado la noche en que fueron a ver quitar la estatua del dictador, y como no estaba lejos del museo, quedaron en que se pasaría por allí a última hora, para almorzar juntas. Mónica quería comentar el último caso en que trabajaban, que era el de ocho republicanos asesinados por los nacionalistas en La Serna del Monte, un pueblo de la sierra de Guadarrama. Según las investigaciones que habían llevado a cabo, la fosa en la cual los enterraron fue profanada años más tarde para trasladar los cuerpos al Valle de los Caídos. La ARMH había pedido el permiso necesario para excavar la zona y demostrar que allí hubo una tumba que ahora estaba vacía.

Cuando llegó Laura, le hizo algunas preguntas sobre los objetos que tenía sobre la mesa, y pareció mostrar gran interés por el denario con la cara de Adriano y, sobre todo, por la moneda en la que estaba representada la diosa Juno. Mónica le explicó que, de hecho, era de esa pieza de la que provenía la misma palabra *moneda:* la leyenda dice que durante la guerra contra los celtas, los romanos dormían una noche tras las murallas del Capitolio cuando, silenciosamente, sus enemigos intentaron sorprenderlos, amparados en la oscuridad. No lo lograron porque los gansos sagrados que guardaban el templo de Juno empezaron a graznar y despertaron a los soldados, que consiguieron repeler el ataque. Desde entonces, la diosa Juno fue apodada *moneta,* que significa avisadora, y como las primeras monedas que puso en circulación el Imperio llevaban su imagen, empezaron a llamarlas, por extensión, igual que a Juno: *monetas.*

Al acabar esa conversación ocasional, saltaron al tema de los cuerpos robados de La Serna del Monte, y entonces es cuando Laura Roiz le dijo a Mónica:

—¡Por cierto! Supongo que ya sabes que otra persona ha solicitado abrir una fosa en Navacerrada, ¿no? Para que se vea que está vacía, como tantas otras, porque al parecer manejan informaciones según las cuales al familiar que estaba allí, con otros cuatro, también lo llevaron al Valle de los Caídos.

—No, no lo sabía. ¿En Navacerrada?

—Ah, bueno... Es que el permiso tiene que darlo, como es lógico, tu amiga Bárbara. Pensé que te lo habría comentado.

—No, en realidad... he tenido mucho lío en el trabajo y creo que... prácticamente no hemos hablado esta semana —mintió Mónica.

—Pues cuando lo haga, verás que el caso es una auténtica bomba, porque el difunto, si es verdad todo lo que dice su hija, que es quien ha venido a la Asociación a contárnoslo, era amigo ni más ni menos que de Antonio Machado, o al menos lo trató en Valencia y en Barcelona cuando lo evacuaron de Madrid, e incluso tuvo algo que ver con su salida hacia el exilio, y con algunas de sus últimas publicaciones. Imagínate el ruido que puede llegar a hacer esa historia. No sé si recuerdas el lío que se montó cuando a alguien se le ocurrió sugerir que trasladaran los restos del poeta desde Collioure a España.

Laura tenía razón, sin duda, pero lo cierto es que en aquel instante lo único que estaba haciendo ruido en la cabeza de Mónica era que Bárbara no le hubiese dicho una palabra de aquello. ¿Por qué? ¿Cómo podía ser tan egoísta, tan desatenta con ella, tan insensible? No era capaz de comprenderlo, y se sintió desairada, víctima de un atropello intolerable. ¿A qué venía esa desconfianza? A veces le daban ganas de dejarlo todo, cambiar de casa, de pareja y de amigos y volver a empezar desde el principio. Y últimamente, por el motivo que fuera, tenía la sensación de que empezaba a tener la fuerza necesaria para atreverse a hacerlo. Será que si te empujan y no caes, avanzas más deprisa.

Capítulo cinco

Alicia y Juan se dejaron caer, consumidos, cada uno en su lado de la cama. Habían estado en la sierra toda la mañana, visitando algunos terrenos en venta donde pensaban que se podría construir su hotel y dar sus cursos de Inteligencia Emocional, y por la noche, de regreso a Madrid, primero fueron al teatro y después a un restaurante que les gustaba a los dos, a él porque tenían platos vegetarianos y alguno de sus vinos favoritos, y a ella porque había una buena cocina mediterránea. Se habían tomado una botella de Château Cantemerle a la luz de una vela, mientras hacían planes y hablaban del libro de entrevistas de Alicia y de una novela que Juan acababa de empezar a escribir; y al regresar a casa se habían arrebatado uno a otro la ropa en el recibidor con manos urgentes, como si fuera una vez más la primera vez. Antes de quedarse dormidos, los dos le dijeron al otro que era el gran amor de su vida, aunque uno de ellos no lo pensaba de verdad.

Juan la despertó temprano, con un buen desayuno listo en la cocina, y aprovechando que era sábado y ninguno de los dos tenía que ir a trabajar, cada uno se puso a escribir en una habitación distinta. Ella tenía tiempo sólo hasta el mediodía, porque después había quedado con los dos primeros personajes desconocidos a los que pensaba entrevistar, que eran el matrimonio que había visto en la plaza, ella vestida con un chándal y él con una camisa a cuadros, y que a primera vista le habían parecido tan diferentes, o más bien tan opuestos en todo, desde su expresión a su forma de moverse y de hablar. Aunque quién sabe, porque las parejas son como los números impares: si los divides para ver qué hay dentro, el resultado nunca es una cifra redonda, sino que está lleno de decimales, de inexactitudes. Una pareja es un río con tres orillas.

Alicia llegó puntual y enfadada a la casa de Dolores y Paulino, que así es como se llamaban. El enfado provenía de una discusión que acababa de tener con el redactor jefe de su sección, que la había llamado para ponerle unas cuantas pegas absurdas a un reportaje que dejó preparado para que el periódico lo publicara el domingo. El muy cretino era de esos a los que les gusta que quede claro quién manda, sin importar si sabes más o sabes menos que la persona a quien le das las órdenes. Y sin que le preocupara tampoco, como había vuelto a quedar claro esa mañana, meterse en tu vida privada y amargarte un sábado que tenías libre para que le hicieras a un texto dos correcciones innecesarias que, en cualquier caso, podría haber hecho cualquiera de los periodistas que estaban en la redacción. Ella siempre se preguntaba cómo era posible que hubiese llegado tan lejos un individuo así, tonto a jornada completa, cuyo nivel intelectual daba, según solía decir Juan, «para trabajar en una fábrica de conservas metiéndoles las anchoas a las aceitunas». Se rió al recordar esa broma, y tuvo un cierto arrebato de nostalgia al rehacer la conversación que habían tenido al poco de conocerse, cuando ella se aficionó a la forma en que la hacía reír aquel profesor de instituto y a la manera en que escuchaba sus problemas, siempre atentamente, y luego, por lo general, la animaba a restarles importancia.

—¡Odio a ese tío! —se oyó decir tres años antes, durante una cena en la que le contaba a su nuevo amigo alguna de las faenas que disfrutaba haciéndole su superior.

—Pues no lo hagas, no es necesario. ¿Por qué perder el tiempo en odiar a un idiota, cuando basta con que lo desprecies?

—Llámalo como quieras, pero el caso es que no lo soporto. No sabe nada de nada pero se mete en todo. Es un estúpido, aunque sea redactor jefe.

—No, no —la interrumpió Juan, fingiéndose muy alarmado—, el aunque no va ahí, y el estúpido tampoco; tienes que ponerlos al revés para que digan la verdad.

—¿El aunque?

—Sí. Los aunque, los pero... Hay que saber dónde colocarlos, porque lo que queda es lo que va detrás de ellos. Es decir, en este caso hay que darle la vuelta para que diga: «Aunque sea redactor jefe, es un estúpido».

Alicia recordaba bien aquella noche, porque fue la primera que durmieron juntos, y no podía olvidar lo mucho que le gustaron algunos detalles de Juan, como el de pedir una botella de Nuits-Saint-Georges, que sin duda valía mucho más de lo que podía permitirse, y además hacerlo sin añadirle una sola palabra a aquel alarde, igual que si beber ese vino imponente fuera lo más normal del mundo. «Un hombre con estilo, para variar», se dijo, mientras se enamoraba de sus manos porque eran fuertes, habladoras y elegantes.

Pensando en todo eso para no tener que pensar en el redactor jefe, ni en ninguna otra cosa desagradable que pudiese distraerla, Alicia Durán fue a hacer su entrevista, tomó sus notas y, al regresar a casa, se puso a escribir de inmediato, como hacía siempre, sin darse un respiro y antes de que el perfume de lo que acababa de ver y oír, que era mucho más intenso de lo que esperaba, pudiera evaporarse:

Los dos entierros del camarada Salvador Silva

La casa de Dolores Silva y Paulino Valverde está en un barrio periférico, y es bastante humilde. En el pequeño salón hay una foto enmarcada que, aunque está al fondo del cuarto, es su centro, porque toda la conversación gira a su alrededor. El protagonista del retrato, que fue tomado en 1929 o 1930, ha muerto hace casi setenta años, pero su hija, Dolores, habla de él como si aún viviera, o al menos como si el último capítulo de su vida estuviese por escribir. Lo primero que dice, como si lo tuviese preparado, es que la democracia no ha sido justa con él y que no dejará de luchar hasta que su memoria se rehabilite. «¿Usted no lo haría?», me pregunta, envuelta en las púas del enfado y usando un tono agresivo que se combina en su forma de hablar con una inseguridad que le hace repetir las cosas y buscar sinónimos como quien prueba diferentes llaves en una cerradura. A veces, incluso, le faltan las palabras, y entonces su discurso se colapsa y se llena de sonidos de tanteo, una serie de uh..., ahmmm... y ehhh... que forman un archipiélago de islas vírgenes aún no colonizadas por el lenguaje. En su cara, dominada de forma autoritaria por unos ojos carismáticos, que son negros como el carbón, se alternan la ira y el desengaño.

—Es que no hay derecho —añade— a que a un ciudadano honrado al que asesinaron, metieron en una fosa común y luego llevaron al Valle de los Caídos robando sus restos, se le considere redimido con romper su ficha policial y darle una pensión ridícula a su mujer. Éstos se creen que una mancha de humedad se arregla pintando encima; pues no, señores: hay que llamar a los albañiles, abrir la pared y cambiar la cañería. ¿Me explico?

—Sí, mujer, sí; te explicas perfectamente, quédate tranquila —dice Paulino, el marido, un hombre de rostro accidentado y ojos impenetrables que habla poco y de forma laboriosa, pero que de vez en cuando da la sensación de perder la paciencia con ella; aunque lo hace de un modo raro, que es dándole la razón en lugar de llevarle la contraria, para detener así las vueltas interminables que suele dar su esposa.

—Yo siempre estoy tranquila —le responde, con un tono oblicuo, pero él sonríe, niega con la cabeza y me mira como si quisiese decir que entre la tranquilidad y el carácter de esa mujer hay las mismas diferencias que entre un balneario y un gallinero.

El hombre de la fotografía se llamaba Salvador Silva y en el momento en el que se la tomaron tenía diecinueve años y acababa de llegar a Madrid desde Asturias, para trabajar en la rotativa del periódico comunista *Mundo Obrero,* que estaba a punto de salir a la calle. Había nacido en Oviedo, en una aldea minúscula llamada Freal, que está cerca de Navia y donde por aquel tiempo casi todo el mundo se dedicaba a la agricultura y a la ganadería, naturalmente trabajando las tierras de otros, o estaba empleado en las minas de carbón. Su padre era ferroviario, militaba en el movimiento sindical y por esa razón, al producirse el levantamiento de 1936, cuatro pistoleros de la Falange lo fueron a buscar a su casa, en mitad de la noche, y lo asesinaron junto a otros cuatro camaradas en la cuneta de una carretera. Tenía cuarenta y nueve años. A Salvador siempre le había torturado imaginarlo allí, esperando a que lo mataran, de pie en medio de la oscuridad, tan indefenso y tan solo, con los faros de un camión iluminándolo para que los verdugos no fallasen los tiros, pero nunca pudo imaginar que poco después a él le iba a suceder lo mismo.

Pero para que eso le ocurriera al hombre de la fotografía, aún faltaban algunos años, aunque no muchos, y de ninguna manera ese muchacho en mangas de camisa y con corbata oscura, que sonríe a alguien situado más allá de la cámara y agita un brazo optimista en señal de saludo, podría haber sospechado lo cerca que él y los suyos estaban de la perdición.

En Madrid, además de aprender un oficio, divertirse lo que le permitía su sueldo y encontrar a la mujer con la que iba a compartir su tempestuosa vida, Salvador siguió el camino de la lucha obrera con una convicción que había heredado de su padre; participó en huelgas y manifestaciones y, nada más producirse el golpe de Estado de 1936, se afilió al Partido Comunista y trabajó toda la primera parte de la guerra para la Junta Delegada de Defensa de Madrid, imprimiendo carteles antifascistas. Estuvo también en Gerona, trabajando en un monasterio en el que había una tipografía y donde se hicieron algunos libros muy importantes, de Pablo Neruda y César Vallejo, en las Ediciones Literarias del Comisariado. En 1938 huyó a Valencia, pero allí siguió con su labor, participando en la edición de la revista *Comisario,* donde colaboraban poetas como Rafael Alberti, Miguel Hernández o Antonio Machado, a quien conoció cuando fueron a llevarle un ejemplar de aquella publicación a Villa Amparo, la casa en la que vivía en el pueblo de Rocafort, o tal vez un poco más tarde, cuando ya estaba en Gerona, en la masía Mas Faixat, cerca de Viladasens. Solía contar que el último número no se pudo distribuir, porque el enemigo estaba ya en la ciudad, y que cuando lo dejaron abandonado en los talleres, junto a él estaban dos libros que ellos habían compuesto: *El hombre acecha,* del propio Miguel Hernández, y *Colección de canciones de lucha,* de Carlos Palacio, un compositor famoso por haber escrito el himno de las Brigadas Internacionales. Tras caer la ciudad, Salvador y su esposa, que se llamaba Visitación, se dirigieron a Barcelona e intentaron cruzar la frontera con Francia, pero algo ocurrió cerca de Cerbère, o tal vez fuese aún a este lado de la frontera, en Portbou, eso no está claro, porque fue detenido y entregado a la policía española. A ella, que estaba embarazada de ocho meses, la recogió a la mañana siguiente un coche lleno de republicanos que huían de sus perseguidores, pasó la aduana y, nada más hacerlo, tuvo en un hospital de Bourg-Madame a su hija Dolores, que de ese modo se convirtió en ciudadana francesa y le otorgó a su madre el derecho a permanecer en el país. Salvador fue trasladado a Madrid y asesinado en Navacerrada. ¿Qué habría sucedido si aquella noche no se hubiese separado de ella? ¿Por qué fue a Cerbère, si es que de verdad llegó hasta allí? Seguramente ésa es una pregunta absurda: en el destino no existen las opciones.

—Mi padre tenía lo que entonces se llamaba orgullo de clase —dice Dolores— y unas ideas que defender, un sentido de la justicia, un espíritu de lucha... Todo eso que ha desaparecido ahora que lo único que les importa a los obreros es vivir como abogados. Pero él no era así y no lo fue desde niño, porque aprendió de su familia a pelear por las cosas en las que creía. Nada más llegar aquí, que fue al poco de caer la dictadura de Primo de Rivera, se había afiliado a las Juventudes Socialistas, y participó en muchas de las cosas que pasaron por entonces, estuvo en los mítines y en las barricadas, lo detuvieron, los policías le pegaron en los calabozos hasta darlo por muerto..., pero no se echó atrás, ni renegó de sus principios; al contrario, lo que no lo mató lo hizo más fuerte, y siguió bregando, siguió asistiendo cada noche a la Casa del Pueblo, no se sometió nunca. Mi madre solía recordar una cosa que por lo visto él decía siempre, y que se me ha quedado grabada: «Yo no tuve valor para rendirme, no lo tuve jamás». Es bonito eso, ¿no? Pues sí —se responde a sí misma—, es muy bonito y no sirvió para nada, porque luego llegaron los otros y sí que se rindieron, con tanta Transición y tanto firmar todo lo que les pusieron delante. Y nos han dejado solos, hija, nos han dejado completamente solos.

Como la sonrisa que le cruza la cara parece la de un hombre cautivado por lo que mira, es posible que la persona a quien Salvador saluda en la foto fuera Visitación, la joven planchadora que había conocido en la Casa del Pueblo, en una reunión en la cual los sindicalistas de la UGT estudiaban los problemas de las trabajadoras del servicio doméstico, y de la que no volvió a separarse el resto de su vida. Le gustaba contar que en eso sí tuvo suerte, porque la disculpa para acercarse a ella y entablar conversación fue sencilla, ya que su periódico acababa de iniciar una campaña de apoyo a las mujeres que trabajaban en casa, que reclamaba para ellas mejores salarios y una jornada laboral de ocho horas, y que ayudó a que se organizasen en grupos como la Asociación de Obreros y Obreras del Hogar, la Unión de Modistas o el conocido como Sindicato de la Aguja, fundado por una amiga de Visitación que se llamaba Petra Cuevas y que era compañera suya en La Bordadora Española, un taller de Lavapiés en el que casi mil empleadas cosían la ropa de las mujeres de la alta sociedad.

—Mi madre no era una modistilla ignorante en busca de marido —dice Dolores en un tono retador y adelantando el cuerpo mientras echa hacia atrás los hombros, como si quisiese recortarle espacio a la duda—, sino una persona con inquietudes, a la que le gustaba ir al cine y leer. También salía con Petra y con el resto de sus amigas a pasear por Madrid, que una cosa no quita la otra, siempre desde el Banco de España hasta la calle Peligros, que era por donde andaban también los dependientes de los comercios, que les decían cosas, las invitaban a un helado, o a un café... Y ya estoy viendo a cuatro —aquí hace una pausa y aprieta los labios como para esperar a que se pacifique dentro de su boca el enjambre de los insultos—... a cuatro idiotas que piensan: ¿ves como esas republicanas eran unas perdidas? Pues miren ustedes: no. Y si me tiran de la lengua, les digo que peor eran las otras, las que nunca hicieron más que pescar a un hombre, dejarse hacer cinco hijos y que las mantuviesen toda su vida. Las nuestras tenían su empleo, eran independientes, se divertían y en los ratos libres se iban de voluntarias al Socorro Rojo para escribirles a las mujeres de los presos las cartas que ellas no podían mandarles, porque eran analfabetas. Vamos, que a muchas que yo me sé les podían dar lecciones de honradez y de bondad. Luego, cuando la guerra, mientras las señoras de derechas ayudaban a los suyos rezando el rosario, mi madre pasaba las noches en un taller que había en la calle de Atocha, cosiéndoles los agujeros de bala a los uniformes de los muertos, para que los pudieran usar otros soldados. Cuando cayó Madrid, a su camarada Petra, que estaba también en estado, la metieron en la prisión de San Isidro, y allí tuvo a su hija, y se le puso mala... y la perdió. Y después la llevaron de penal en penal, porque esa gente no tenía piedad, fue a Amorebieta, a Guadalajara, a Bilbao, a Zaragoza... En fin, que muchas veces he pensado que si aquel camión de milicianos hubiera pasado cinco minutos antes por el lugar donde estaba mi madre y no la hubiese podido recoger, ella no habría cruzado la frontera y yo habría muerto en la enfermería de alguna cárcel, igual que la niña de Petra.

Después de decir eso, Dolores levanta la cabeza, mira al cielo y aprieta los labios para fortalecerse, porque da la impresión de que está a punto de llorar. Pero toma aire, sacude violentamente su melena, teñida de un negro rabioso cuyos reflejos tantean el azul, va a buscar un remedio contra la emoción al botiquín del orgullo y vuelve a mirarnos a su marido y a mí con ojos retadores, como si no dejar caer una lágrima hubiera sido una victoria sobre nosotros. Luego sigue contándome que al quedar viuda, Visitación fue con ella a Burdeos, donde lograron sobrevivir a duras penas. Allí encontró trabajo en una sastrería y siguió en contacto con los compañeros del Partido Comunista. Con el tiempo, lograron reproducir en algunas tertulias de café las reuniones que tenían en Madrid, en la Casa del Pueblo de la calle Piamonte, donde Salvador había participado muy activamente en las discusiones que dieron lugar a la escisión comunista del PSOE de la que salió el PCE. Allí habían aprendido que el primer objetivo de los obreros era combatir la ignorancia al tiempo que luchaban contra la desigualdad, adquiriendo a la vez cultura y conciencia de clase. Para lograrlo, la Casa del Pueblo les ofrecía la llamada mutualidad obrera, una cooperativa que ponía a su disposición médicos de cabecera, ginecólogos, cirujanos, odontólogos, farmacéuticos y hasta empresarios de pompas fúnebres, pero también becas de estudio en el extranjero y una biblioteca que llegó a contar con treinta y cinco mil volúmenes, cien de ellos donados por el novelista Benito Pérez Galdós. En los años cuarenta, sin embargo, las noticias que llegaban de España decían que la Falange se había incautado del edificio para usarlo como tribunal y que su biblioteca fue asaltada, algunos libros se destruyeron y los demás se dispersaron. Años más tarde, en 1953, el edificio sería derribado.

Para relajar el ambiente, Paulino, que durante todo este tiempo ha callado, me ofrece un vermú, y yo aprovecho que él y Dolores van a la cocina a servirlo para darle otro vistazo a la fotografía de Salvador y al salón en el que estoy sentada. Tengo la certidumbre de que la humildad de la casa deriva de la persecución política que sufrió aquel hombre, pero tal vez sea porque soy de esas personas que creen más en las circunstancias que en el destino. En cualquier caso, Dolores y Paulino son dos seres que parecen vivir sin perspectivas, en un tiempo plano en el que no hay ni pasado ni futuro, uno porque está lejos y el otro porque ya los ha dejado atrás.

Me fijo en que cuando estaban a punto de salir del cuarto para servir el vermú, él le ha pasado un brazo por el hombro y ella se ha erguido orgullosamente al notarlo. Qué unidos parecen y qué distintos son, Dolores tan nerviosa, irritable, expansiva y, tal vez, tan agobiada por algún inexplicable sentimiento de culpa, como suele ocurrirles a las personas emocionalmente frágiles; y él, en el otro extremo, absolutamente entregado al ejercicio del autocontrol, quizá por contraste, obligado por la necesidad de repartirse los papeles que hay en toda pareja. O porque adora a su mujer, sin más. Intuyo que si Paulino dibujase su árbol vital, ese que se hace poniendo en el tronco lo que somos y en las ramas lo que nos ha llevado a serlo, es decir, los acontecimientos que marcaron grandes puntos de inflexión en nuestra existencia y las decisiones cruciales que nosotros mismos tomamos, en su caso la rama de la pareja sería la más robusta, mucho más que las de la profesión o la amistad.

—Ya ves tú qué maravilla: ¡la Transición! —dice Dolores a mi espalda, agrandando esa última palabra, *Transición,* al ponerle encima la lupa de la sospecha—. ¿Sabes lo que ocurrió en esos años? Yo te lo voy a explicar: ocurrió que ahí había cuatro para repartirse la tarta y el más tonto fue el nuestro. Eso es lo que ocurrió. ¿Me explico?

Paulino le hace un gesto para que se calme, le coge de las manos una bandeja de alpaca en la que hay una botella de Martini rojo, unos vasos con hielo y limón, un cuenco con patatas fritas y un plato de aceitunas, y la pone con cuidado encima de la mesa. Es un hombre sujeto a una continua tensión, alguien que sabe dominarse, pero que parece hacerlo trabajosamente. Su postura cuando está sentado es rígida y le da el aspecto de alguien que se mantuviese siempre alerta, listo para echar a correr. Escucha más de lo que habla, aunque a menudo da la impresión de ir a decir algo y contenerse para no resultar violento. En general, aparenta ser uno de esos individuos que mantienen más la calma cuanto mayor es la excitación que los rodea, y por eso resulta muy llamativa su actitud de aquella noche en la plaza, cuando insultó a los que se oponían al levantamiento de la estatua del dictador. ¿Fue por solidaridad con su esposa o él también tiene su propia historia que contar? Se lo pregunto directamente, y después de mirarme de arriba abajo, sin ninguna prisa y con los ojos llenos de escrúpulos, me responde:

—Pues claro, hija. Ésa es la otra historia que podríamos contarte... —dice, igual que si las palabras de esa frase quemaran y él las sorbiese con cuidado—. Mi padre y el de ésta eran camaradas. Y a él, que vivió siempre con la necesidad de vengarse de todo lo que les habían hecho, lo detuvieron en el hospital de La Paz, en noviembre del 75, cuando estaba a punto de matar al Caudillo, en un atentado. Una pena, porque al final el canalla se murió él solo.

Me digo que sí, que sin duda ésa es una historia que voy a tener que contar.

Alicia dejó de escribir después de esa frase, porque sonó el teléfono y al leer el número y el nombre que salían en el visor, 630 20 18 14, María Rey, supo que la llamada le interesaba. Era una compañera que vivía cerca del polígono industrial hasta el que ella había perseguido la estatua del dictador, la noche que la retiraron, y al que había pedido que investigara lo que había pasado, que se enterase de si seguía allí o la habían trasladado a cualquier otra parte. Por cierto, que aquella aventura la había tenido que pagar Alicia de su bolsillo, dado que en el periódico no le habían reembolsado el dinero del taxi porque su amigo el redactor jefe se negó a firmar el recibo, argumentando que la decisión de seguir a aquel camión la había tomado por su cuenta, sin pedir permiso a nadie. ¿Qué diferencia hay entre un explotador y un buitre? Que uno es un despreciable animal carroñero y el otro un inocente pajarito.

—¿Qué tal, María? ¿Has descubierto algo?

—Una cosa que te va a encantar. Me la contó el encargado de un taller que hay enfrente de la nave donde llevaron la estatua.

—Dispara...

—Pues resulta que cuando estaban metiendo el camión, oyeron un golpe brutal, y era que la cabeza del general había dado contra el borde, porque no entraba por la puerta. Como ahí no tenían una grúa para bajarla, y no sabían qué hacer, llamaron a algún superior, para preguntar si la podían cortar.

—¡No fastidies! ¿La decapitaron? Es todo un símbolo.

—Sí, pero justo de lo contrario de lo que tú crees: les dijeron que ni hablar; que si no cabía, que rompieran la pared con un mazo, o cortaran la chapa, si era de metal, o lo que fuese. Y eso hicieron. Y así es como entró allí, por un hueco hecho a su medida.

Alicia le dio las gracias, le dijo que le debía una y le prometió invitarla a comer cualquier tarde. Y luego se dio la razón a sí misma: efectivamente, en este mundo hay historias que uno no tiene ningún derecho a dejar de contar.

Capítulo seis

Si a la jueza Valdés la hubiesen obligado a definirse con una sola palabra, esa palabra habría sido *equilibrio*. Le gustaban las personas que, en su opinión, se le parecían; las que eran prudentes y demostraban tener aplomo en los momentos complicados; y solía añadir que a lo largo de su vida había encontrado tan pocas, que tuvo que casarse con una de ellas. Es cierto que Bárbara sospechaba que con los años Enrique se había entregado a su personaje y exageraba hasta la parodia, o tal vez hasta el simple cinismo, su papel de hombre sarcástico e inmutable, de esos que lo miran todo por encima de las gafas; y tampoco dejaba de notar que eso era un modo de poner distancia entre ellos y fomentar las suplantaciones a las que suelen entregarse casi todas las parejas: un hogar es una casa de cambios donde el amor se canjea por el cariño. A pesar de todo, y aunque resultaba obvio que en algunas cosas eran muy distintos, una evidencia a la que Enrique oponía una frase de Freud según la cual dos personas sólo pueden estar absolutamente de acuerdo en todo si una de ellas es estúpida, la verdad es que Bárbara se sentía cómoda con él. Una vez se lo dijo, y el psiquiatra le respondió, antes de regresar al libro que tenía entre las manos:

—¿Cómoda? ¿Que te sientes cómoda? Bueno, supongo que eso es lo que ocurre con los zapatos usados, los sillones viejos y los maridos.

En su trabajo, Bárbara era meticulosa y competente, pero lo cierto es que con los años se había vuelto también insensible, aunque ella lo llamaba ser profesional. Por supuesto, la sucesión de farsas, componendas y argucias que cada mañana le pasaban por delante de los ojos en el juzgado la había convertido en un ser suspicaz, pero también apático, como suelen serlo las personas que no creen en nada. Cuando llegó a sus manos el caso de Salvador Silva, lo primero que pensó fue que su hija pretendía lograr algún beneficio presentando aquella demanda a la que, nada más acabar de leerla, le dijo la jueza Valdés: «¿Qué es lo que andas buscando? ¿Notoriedad o dinero?». Pero claro, no obtuvo ninguna contestación, porque los documentos son como las caracolas: no oyen, sólo pueden ser escuchados.

Con su reserva habitual, Bárbara no sólo le había ocultado ese caso a Mónica, sino que tampoco le dijo que, en realidad, era contraria a la apertura de las fosas de la Guerra Civil, porque le parecía innecesario remover una época tan lúgubre y tan digna de ser olvidada. Si le hubiese dicho lo que pensaba, su amiga le habría dado una respuesta encerrada entre dos preguntas: «¿Para qué? Pues para no seguir caminando sobre cadáveres y para que los cadáveres dejen de caminar sobre sus familias. ¿Te parece poco?».

Sin embargo, ella estaba tan acostumbrada a ver el modo en que la verdad se llena de dobles fondos y esquinas, que pensaba que con tanta exhumación corríamos el peligro de que esos huesos cayeran en malas manos, que saliesen de detrás de las tumbas demagogos capaces de volver a montar con ellos el esqueleto del rencor. ¿Merecía realmente la pena arriesgarse? La jueza Valdés no tenía dudas, pero nunca dijo nada de eso en voz alta, ni a Mónica ni a nadie.

Pese a todo, debía reconocer que el caso de aquel impresor supuestamente ejecutado al finalizar la Guerra Civil y luego trasladado al Valle de los Caídos le interesaba y preocupaba a partes iguales, porque desde el primer momento supo que tenía sobre la mesa algo que podría volverse contra ella si no lo trataba con cuidado.

—Ándate con pies de plomo —le había dicho Enrique, que era la única persona con la que se permitió hablar del asunto—, porque ésta es la típica historia que a la prensa le gusta usar para pintarle la cara a un juez.

Estaba segura de que tenía razón; pero, sobre todo, estaba contenta de que aquella demanda hubiese conseguido lo que no lograba desde hacía una eternidad ninguno de sus pleitos, que era despertar el interés de su marido y conseguir que volviesen a hablar de su trabajo, que arrastraran la conversación iniciada en la cocina, durante la cena, al salón y de ahí al dormitorio, donde le estuvo contando que aquel hombre supuestamente había conocido al poeta Antonio Machado en Valencia, o tal vez en Gerona, había hecho algunos de los carteles de guerra más famosos de aquellos años, había participado en la composición de revistas en las que escribían los principales autores del momento, y sobre todo de algunos libros míticos —según los definía Dolores Silva, su hija—, como *España en el corazón,* de Pablo Neruda, y *El hombre acecha,* de Miguel Hernández. Bárbara estaría mintiendo si no aceptara que cuando al día siguiente pensó en llamar a la hija de Salvador Silva para tener una entrevista personal con ella, lo que la impulsó a hacerlo fue pensar que luego iba a contárselo todo a Enrique. Y se convenció aún más cuando a la mañana siguiente lo llamó desde el juzgado, para consultarle su plan, y a él pareció entusiasmarlo.

—Fantástico, ni lo dudes, me parece realmente perfecto. Te voy a decir lo que vamos a hacer: esta noche salimos a cenar a un restaurante, y así no tenemos que perder el tiempo en preparar nada en casa. Yo me dedico a leer algunas cosas sobre el tema, Machado, Neruda y todo eso; tú charlas con esa mujer y luego comparamos los resultados, ¿de acuerdo?

Silva, según afirmaba su hija, no sólo había conocido a Antonio Machado en Valencia, y había vuelto a verlo en Gerona, muy poco antes de su salida hacia el exilio, en la masía Mas Faixat, cerca de Viladasens, aunque no tenía pruebas de esos encuentros, sino que además, según sostenían su madre y sobre todo su suegro, el Partido Comunista le había encargado que actuase de avanzadilla y fuera a investigar lo que ocurría en los pasos fronterizos, para ver por dónde era más fácil sacar al poeta, y que esa misión fue la que propició que lo arrestasen. «Eso no era raro —continuaba el texto— porque la frontera estaba tomada por gendarmes senegaleses. Iban armados con metralletas y porras. Maltrataban sin contemplaciones a los que pretendían escapar de España. En muchos casos, los entregaban a los sublevados. En otros, acababan en campos de concentración como los de Le Perthus, Argelès-sur-Mer, Portbou o Saint-Cyprien. A él le hicieron las dos cosas: primero lo internaron en Argelès-sur-Mer y, unos meses más tarde, lo deportaron a España para que lo matasen». El texto, escrito con frases cortas que parecían golpes de fusta, daba a entender que quien las había escrito tenía prisa por llegar al final, y concluía recalcando «la trascendencia histórica del personaje» y «la obligación moral de rehabilitar su memoria». Lo firmaba Dolores Silva Merodio.

Aquella mañana, lo primero que hizo Bárbara Valdés nada más llegar a su despacho fue apuntar que tenía que preguntarle por aquello a esa mujer, y luego la telefoneó para decirle que le gustaría conocer algunos datos más de la demanda que había interpuesto, concertar una cita en el juzgado a esos efectos e iniciar la instrucción del caso, si no tenía inconveniente, con una declaración oral. Dolores Silva, cuya voz le pareció que tenía el sello imperativo de las personas acostumbradas a dar órdenes, lo cual la hizo preguntarse a qué se dedicaría, no pareció entenderla muy bien, y Bárbara notó que desconfiaba, hasta el punto de que en un momento determinado le preguntó si su llamada era «algo irregular» y si lo que le proponía era «un arreglo de carácter privado». Le explicó que en absoluto, y que en los tribunales no se hacían arreglos ni nada por el estilo, y quedaron en verse hacia el final de esa misma mañana, dado que a las dos les era posible. Dolores preguntó si podía acudir acompañada de una persona que, según dejó caer, la estaba asesorando en todo aquel asunto.

—¿Un abogado? ¿Se refiere usted a llevar a su abogado? —le preguntó la jueza Valdés, siendo consciente de que al hacerlo el tono de su propia voz se endurecía y afilaba—. Naturalmente, está en su derecho, aunque en este tramo del proceso no es estrictamente necesario.

—No, no, en absoluto —respondió, pronunciando esa última palabra en dos tiempos y con un ímpetu excesivo, igual que si antes de pasar a la ese saliera de la be dando un portazo—. Es una investigadora, alguien a quien le interesan mi padre y su historia.

Al oírle decir eso, Bárbara tuvo la seguridad de que no le convenía seguir adelante con aquello, y pensó poner cualquier disculpa barnizada de lenguaje legal y decirle a Dolores que lo olvidara y que, en todo caso, recibiría una citación en su domicilio. Pero lo que respondió, sin saber muy bien por qué, fue:

—Por supuesto, puede venir al juzgado con quien guste; pero a la hora de tomarle declaración sólo podrá estar o sola o acompañada por un abogado.

Cuando colgó el teléfono, lo hizo convencida de que estaba cometiendo un error. ¿Y si aquella investigadora escribía un artículo que la comprometiese? Tuvo el impulso de llamar a Mónica, para pedirle su opinión y, de paso, lavar la mala conciencia que tenía con ella, pero en dos segundos ya había descartado esa posibilidad: no se resuelve un problema a base de añadirle complicaciones. Sabía que tarde o temprano iba a tener que contarle a su amiga lo de Salvador Silva, pero ¿ése era el momento? Todavía no, hasta ver dónde desembocaba el asunto, se dijo. Llamó a Enrique para pedirle consejo.

—Pues claro que has hecho bien, Barbi —le contestó, sin dudarlo un instante—. Te has puesto en marcha y, como dijo el filósofo Joseph Joubert, la justicia es la verdad en acción. Hablando en plata: que para ir en su busca hay que mover el culo y, a veces, saltarse el reglamento. Lástima que yo no pueda acompañarte, porque si no, cambiaba la guardia en el hospital y lo hacía encantado. Y en cuanto a Mónica... Bueno, es tu amiga, ¿no? Queda con ella y se lo cuentas después. O marcharos todas a comer juntas y luego me cuentas lo que han dicho.

La jueza Valdés, sin embargo, no oyó ninguna de las noventa palabras que siguieron a Barbi, un apodo cariñoso que había inventado su marido para llamarla en la intimidad, pero que no usaba desde hacía lustros.

—Lo que tú digas —contestó, con una rudeza que aparentaba justo lo contrario de lo que sentía en ese momento—; si te parece bien, sigo adelante. Espero que al final no me pinten la cara, como tú dices...

Tuvo que atender dos demandas de divorcio para empezar la mañana. Las solucionó pronto y sin prestarles demasiada atención a los abogados de los maridos, que como era habitual intentaban hacer pasar a sus clientes por hombres arruinados y al borde de la desesperación. Mientras pensaba en lo que iba a preguntarle a la hija de Salvador Silva, entrevió frente a ella la misma comedia de siempre, los gestos enfáticos de los letrados y sus ademanes declamatorios; y cuando se levantaron para salir de la sala, mirándola con hostilidad, se fijó en la manera ridícula en que les asomaban los pantalones del traje gris o azul bajo las togas. En ambos casos le otorgó a la mujer la guarda y custodia de los hijos y el usufructo del domicilio familiar, como hacía siempre, y mandó que el cónyuge le pasara cada mes una cantidad de dinero que, según el cálculo de la fiscal, equivalía al cuarenta por ciento de lo que ganaba. Al oír el veredicto, uno de los padres se llevó las manos a la cabeza y en la cara del otro, un señor de melena erudita y mentón macizo, pelearon el orgullo contra la angustia y ganó el primero, porque logró no echarse a llorar. «Si no estáis de acuerdo —se dijo Bárbara, mirándolos con toda la displicencia que puede caber en un solo par de ojos—, ya apelaréis, y volveremos a vernos las caras». Su teoría era que quienes de verdad no pudieran pagar la pensión alimenticia que les impusiese, tarde o temprano serían capaces de demostrarlo; y el argumento que usaba para justificar ese modo de pensar era que, en todo caso, es mejor correr el riesgo de equivocarse con los padres que el de perjudicar a los niños.

En una ocasión, cuando salía de su casa rumbo al trabajo vio que alguien había hecho en el muro de su jardín una pintada que era una frase de Bertolt Brecht: «La mayor parte de los jueces son incorruptibles: nadie puede inducirlos a hacer justicia». Bárbara estaba segura de que la había hecho, o mandado hacer, un escritor bastante célebre a quien poco antes había condenado a que abonara dos mil euros al mes a su esposa, y al que había impuesto un régimen de visitas según el cual veía a su hija dos días por semana. ¿Quién si no? Estuvo tentada de ordenar una investigación, pero decidió dejarlo pasar al ver el efecto que aquello causaba en Enrique, que no sólo no montó en cólera, sino que se rió a carcajadas y hasta se puso a aplaudir.

—¡Muy bueno! Ja, ja, ja. ¡Sí señor! A eso lo llamo yo tener clase embadurnando paredes. No me digas que no es para quitarse el sombrero. Yo que tú, lo dejaba ahí escrito, para que no se te olvide nunca.

Por cierto, que el novelista recurrió la sentencia, ganó el segundo proceso en una instancia superior y, cuando ya tenía asegurada la custodia compartida de su hija, publicó en un diario un artículo en el que criticaba sin piedad a la Justicia española, enumeraba una serie de ejemplos en los que los magistrados habían cometido errores o negligencias sorprendentes, los llamaba inhumanos, altaneros y oportunistas y acababa citando, sin duda para mortificar a Bárbara, aquella misma sentencia de Brecht, que según él había visto un amigo suyo, por pura casualidad, pintada en una valla. A Enrique eso le hizo tanta gracia que fue a una librería y compró las dos últimas novelas del escritor vengativo. Le gustaron bastante.

Bárbara celebró otras dos vistas tras la pausa que cada día utilizaba para tomar un té rojo, soñando que todas las propiedades que se le atribuían fuesen verdad y esa infusión la llenara de vitaminas y sales minerales, la relajara, beneficiase su sistema digestivo y nervioso y, al llegar la hora de irse a la cama, la ayudara a conciliar el sueño.

Con su estilo habitual, cuando llamó a Mónica no se anduvo por las ramas, ni quiso perder el tiempo con demasiadas explicaciones. La verdad es que Bárbara es una persona tan apremiante que Enrique la suele definir como «alguien que lo primero que te ofrece siempre es tu última oportunidad».

—Hola, soy yo: Bárbara. Mira, te llamo para preguntarte si puedes comer conmigo. Me gustaría que me dieras tu opinión sobre algo. ¿Te parece a las dos y media, en el restaurante vegetariano del centro? El Deméter. ¿Lo recuerdas?

—Sí, claro.

A la jueza Valdés le sorprendió tanta circunspección en alguien tan elocuente como Mónica Grandes, y de hecho se quedó esperando a que añadiese algo. Pero la arqueóloga también guardó silencio.

—Bueno, pero ¿te apetece venir o no?

—Pues... La verdad es que acabo de llegar a casa y estoy muerta. No sé si te conté que iba a pasar el fin de semana en León. Ya sabes, en uno de esos desenterramientos míos...

Por el modo en que pronunció cada una de esas palabras, haciéndolas acabar en punta, Bárbara supo que, como había supuesto, Mónica estaba enfadada, y no tuvo dudas de que era porque alguien, seguramente cualquiera de sus compañeros de la ARMH, le había contado lo de Salvador Silva.

—A propósito —dijo—, la reunión de la que quiero hablarte es con la hija de un hombre que, al parecer, fue fusilado en 1940 y enterrado por esta zona, en una fosa común. Ha presentado un escrito en el juzgado, pidiendo permiso para exhumarlo. Pensé que te gustaría saberlo. Creo que algunos detalles del caso te van a interesar. Eso sí, te pido discreción absoluta.

—Ah, pues... gracias —dijo Mónica, cambiando el tono y despreciándose ligeramente por ser incapaz de mantener un solo minuto su propósito de no confiar nunca más en ella—. Y, claro, no te preocupes: como suele decirse, mis labios están sellados... De hecho, yo también quería contarte algo. Pero ¿qué detalles?

—¿Qué algo?

—Héctor. Te lo puedes imaginar.

—Luego hablamos. Ahora te voy a tener que dejar —respondió Bárbara, lacónicamente.

Al colgar sus teléfonos, ninguna de las dos se sintió demasiado bien. Empatar es repartirse la derrota.

Capítulo siete

Había sido un gesto casi imperceptible, pero suficiente para los ojos de Alicia Durán, que en cuanto lo vio supo que tenía que seguirle la pista, buscar la raíz de aquel destello de incomodidad que había pasado por el rostro de Alfonso Llamas cuando le preguntó por la supuesta implicación del grupo neofascista italiano Ordine Nuovo y de la CIA en el crimen de los abogados de la calle de Atocha. «Sea más concreta», le había respondido, sin duda para ganar tiempo, mientras aumentaba la velocidad con que hacía dar vueltas entre sus dedos el bolígrafo que usaba para entretener las manos y que Alicia había consignado como un truco de ex fumador; y después había añadido una frase tan cínica que casi sonaba a provocación: «En los Estados de derecho sólo ocurre aquello que se puede probar». Ni en la entrevista publicada por el diario ni en la versión ampliada que, de momento, había puesto en el libro, salía sin embargo la siguiente cuestión que le había planteado, que era por qué razones el Gobierno del que él formaba parte podría haber querido encubrir a los agentes que, en el fondo, intentaban derribarlo, puesto que lo que buscaban era una insurrección militar. ¿Tanto pánico les daban los servicios secretos de la dictadura o había algo más, tal vez el convencimiento, a todas luces inconfesable, de que al terrorismo sólo se le puede combatir con más terrorismo? ¿Había pasado eso y a los ultraderechistas se les fue la mano, y en lugar de matar activistas de ETA se dedicaron a asesinar rojos, como en la Guerra Civil? ¿O es que las autoridades españolas, al saber que la CIA estaba al fondo, decidieron mirar para otra parte? Si Alicia no incluyó eso en el texto fue porque él, sencillamente, no le contestó, sino que se echó hacia atrás en su asiento y se mantuvo callado mientras cruzaba sucesivamente las piernas y los brazos, igual que si hiciese un nudo imposible de desatar. Y cuando ella, tentando la suerte, insistió, pretendiendo formular la misma pregunta con otras palabras, la detuvo con un gesto imperioso y dijo:

—A eso ya he respondido. Y me va usted a disculpar la franqueza, pero si tengo que explicarle dos veces cada cosa, no terminaremos nunca.

Ella cambió de tercio ante la agresividad de esas palabras y de los gestos que las acompañaron, que eran los de una persona a punto de levantarse para poner fin a la conversación; pero, como es lógico, no se iba a conformar con aquel silencio ni con la censura que imponía, y desde entonces investigó obsesivamente ese asunto, releyó hasta aprenderla de memoria la historia mil veces contada de los ultras llegando al despacho de los abogados laboralistas y asesinándolos sin piedad; y, al mismo tiempo, siguió buscando las zonas en sombra de ese crimen a base de repetirles la misma pregunta a todas las personas a quienes entrevistaba; entre ellas al hombre del traje azul, aquel a quien vio hablar por un teléfono móvil la noche en que le restaron la estatua del dictador a la plaza de San Juan de la Cruz. Y ese individuo, un radical de derechas que decía no entender por qué los abogados de Atocha tienen un monumento y los policías que asesina ETA no, y que resultaba tan poco interesante en sí mismo como suelen serlo todas las personas que se atienen a consignas de las que no se atreven a dudar, le dio a Alicia una buena idea y, sobre todo, un buen contacto.

—¿La gente de Ordine Nuovo? Sí, naturalmente, cómo no voy a saber quiénes eran —le dijo, respondiendo a una de sus primeras preguntas—. Los de la pizzería Il Appuntamento, y toda esa historia. Pero lo sé yo y lo deberías saber tú, porque en su momento lo publicaron los periódicos.

—Desde luego; pero no me interesa lo que dijeron los periódicos sino lo que se callaron los jueces, la policía y el Gobierno.

—Ve a preguntarles a ellos, entonces —le respondió, de forma adusta. Pero inmediatamente su gesto cambió, los labios serpentearon hasta una sonrisa mordaz y añadió—: O sé más lista y encuentra a los que estaban allí. Quién sabe, igual te dicen que todos los caminos van a Roma... y empiezan en Madrid.

—¿A Roma... o a Washington? —dijo Alicia, midiendo el terreno.

—Ya te lo he dicho: entérate de a quién tienes que preguntar y búscalo.

—¿Cómo puedo llegar hasta esa gente?

El hombre del traje azul se inclinó hacia ella, le clavó una mirada ensayada que a él le pareció turbadora y a ella patética, y la estuvo observando una eternidad. Su actitud era la de quien posee una información valiosa y trata de decidir si debe confiársela a la persona que tiene enfrente. A Alicia le pareció un pobre diablo.

—Yo conozco bastante a uno de los picapleitos que defendieron a los muchachos a los que acusaron del crimen de la calle de Atocha... Aunque no sé si le apetecerá hablar contigo.

—¿El abogado de los... —igual que si desechase naipes de una baraja, Alicia descartó rápidamente, para no ahuyentar a su entrevistado, *asesinos, pistoleros, ultraderechistas...*—, de los incriminados?

—Eso es.

—Interesante... No se me había ocurrido —dijo Alicia, sonriendo a la vez que ponía un categórico punto y final a las notas que estaba tomando en el cuaderno que lleva siempre con ella, por si un día el magnetófono fallase, y lo cerraba como dando por concluida la conversación.

—Muy interesante —dijo el mequetrefe, algo desconcertado por aquel gesto, y sin saber a qué carta quedarse al ver que la periodista lo miraba con una lástima ostensible, negando con la cabeza y con una agria sonrisa de conmiseración en la boca. Si hubiese podido entrar en su mente, habría sabido que ella pensaba que, de puro imitativa, su cara parecía la filial de otra cara, y de tanto repetir poses aprendidas de otros, seguramente en las peores películas de la historia, daba la impresión de no tener nada de primera mano, de ser una simple secuela.

—¿Y me podría poner en contacto con él? ¿Tiene su número de teléfono?

—Eso depende de si estás dispuesta a pagar lo que vale esa información. Y no estoy hablando de dinero... —dijo él, recuperando la onda que había perdido durante unos segundos y torciendo los labios para formar una sonrisa marrullera que desapareció al ver que ella lo miraba con toda la compasión que era capaz de fingir, recogía sus cosas, se levantaba echándose el bolso al hombro y le decía:

—¿Y por qué iba a pagar nada por lo que ya me has dado gratis? Me invitas al café, ¿verdad?

Alicia pasó el resto de la mañana en el periódico, consultando el archivo digital y haciendo llamadas. Y en un par de horas había localizado al abogado del que hablaba el hombre del traje azul, que le dijo que no tenía inconveniente alguno en recibirla, aunque le advirtió que él también llevaría una grabadora, para asegurarse de que la entrevista no se manipulaba. Se citaron para esa misma tarde, a las siete en punto, en su despacho.

Dedicó la jornada a escribir una columna intrascendente, destinada a un rincón oscuro del periódico y hecha con informaciones sacadas de las agencias, que por supuesto le había encargado el redactor jefe con ánimo de fastidiarla, y a la hora de comer le pidió a una compañera que le subiese un sándwich de la cafetería y se quedó en la redacción, preparando la entrevista al abogado, a quien llamaremos Juan Garcés. Unas horas más tarde, nada más acabarla y despedirse de él, paró un taxi a la puerta de aquel bufete, que estaba en uno de los barrios adinerados de Madrid, se fue directamente a casa y, como de costumbre, transcribió y redactó el texto antes de hacer ninguna otra cosa, incluso antes de cenar, mientras aquella conversación, que había sido ambigua, incómoda y soterradamente agresiva, aún estaba fresca en su mente. No tenía la más mínima duda de cuál iba a ser el título.

Juan Garcés: «La matanza de Atocha la instigó el Gobierno, para preparar la legalización del PCE».

Juan Garcés te recibe tras una enorme mesa de caoba que tiene tallados unos centuriones romanos en la madera, y que hace juego con el resto de los muebles de la habitación, todos ellos de una suntuosidad decadente. Es un individuo de cara redonda con contornos de manzana, nariz recta y ojos intrascendentes, sin brillo, que parecen carbón apagado tras el cristal de las pequeñas gafas de miope, hechas de pasta negra, y que por su falta de pasión le dan a su mirada un aspecto despiadado. En las comisuras de sus labios hay unas profundas líneas de expresión que contradicen su pose de hombre inexpresivo, porque dan la impresión de ser las secuelas de un rostro sonriente. Su estatura es normal, lo mismo que todo él, y le sobran unos kilos que, como suele ocurrir, le obligan a elevar sus pantalones más allá de la cintura, para salvar el estómago, lo que le convierte en un globo terráqueo con el ecuador fuera de sitio. El pelo, ni largo ni corto, es todavía más gris que blanco y no abunda, pero tampoco se le echa de menos, porque lo peina con una buena estrategia. Usa un bigote fino y recto, pasado de moda, tal vez con la intención de añadirle a su rostro trivial algo distintivo. Lleva un sello de oro en la mano izquierda, y viste un traje caro, probablemente cortado a la medida, que hace pensar en un armario lleno de otros parecidos, siempre de colores cautelosos; pero él resulta menos elegante que su ropa. Lleva su jota y su ge en la camisa, bordadas con un hilo claro. Gesticula poco, entre otras cosas porque mientras habla suele dejar las manos enlazadas y quietas sobre el escritorio. Su voz tiene una vibración metálica que, según el caso, les añade a sus frases una estela de emotividad, demagogia o sarcasmo. Con frecuencia, convierte las afirmaciones ajenas en preguntas, para desarmarlas, y en general actúa a la vez de forma defensiva y agresiva, escuchando atentamente a su interlocutor para buscar puntos débiles en lo que le dice y quebrarlo, como quien busca la línea de puntos por la que abrir un envase.

—*Cuando hablamos por teléfono* —le digo—, *me anticipó que defendería lo que había defendido siempre: que los acusados del crimen de Atocha no tuvieron un juicio justo.*

—Mire usted —responde, colocando el cuerpo como para un combate y soltando por la nariz una gran cantidad de aire ofendido—, es que era imposible que lo tuvieran, cuando los medios de comunicación ya los habían puesto a los pies de los caballos.

—*¿Los consideraba usted, entonces, inocentes?*

—Nunca sostuve tal cosa. Lo que dije, y repito, es que en su caso había una serie de atenuantes obvias que, sin embargo, no se quisieron tener en cuenta.

—*Sí, conozco las cuatro circunstancias atenuantes que alegaron ustedes y que rechazó el tribunal, que eran la de trastorno mental transitorio, la de no haber pretendido en ningún momento el resultado dañoso que se produjo, la de haber mediado provocación previa de las víctimas y la de*

*haber hecho lo que hicieron impulsados por motivos morales
y patrióticos.*

—Así es.

—*Sin embargo, no parece que actuaran impulsivamente, ni que padecieran ninguna clase de perturbación psicológica.*

—¿Usted cree entonces que es posible hacer algo
así sin encontrarse en una situación de fuerte desequilibrio?

—*Sí, cuando uno se entrega a convicciones fanáticas
o es manipulado por otros.*

—¿Fueron manipulados? Si es así, me está usted
dando la razón y también cree que no actuaron por voluntad propia.

—*O que lo hicieron siguiendo órdenes. Parece que
quienes los empujaron al crimen les hicieron creer que eran
héroes cumpliendo una misión y, por lo tanto, en lugar de una
condena recibirían un premio.*

—¿Lo ve? Así que creían tener una misión y, por
lo tanto, actuaban por motivos morales y patrióticos. Otra
vez estamos de acuerdo. En cuanto a lo otro, ¿a qué clase
de premio se refiere? ¿Tiene usted datos que avalen esa
afirmación?

—*Hay algunos indicios bastante claros. Por ejemplo,
que ni siquiera se tomasen la molestia de huir de Madrid tras
cometer el asesinato, sin duda porque se creían amparados por
sus contactos políticos y policiales, sobre todo por parte de
algunos agentes del Servicio Central de Documentación.*

—Eso no son más que simples especulaciones. Usted sabe perfectamente que esos contactos nunca fueron
probados. Es más, lo que se concluyó fue que actuaron
por cuenta propia e impulsivamente, en un arrebato.

—*¿Y presentarse al juicio en actitud desafiante y vestidos con el uniforme falangista también era consecuencia de
ese larguísimo arrebato?*

—¿Y por qué había de serlo? Uno puede avergon-
zarse de sus actos pero no de sus ideas.

A Garcés parece satisfacerle decir ese tipo de cosas, porque inmediatamente después de soltarlas se echa hacia atrás en su silla, sonríe, se encoge de hombros y levanta los pulgares, que son los únicos que no están trabados por los dedos de la otra mano, queriendo dar a entender con todo eso que lo que acaba de exponer es irrebatible.

—*En cuanto a otra de las atenuantes —continúo, sin atender a lo que acaba de decir—, la de «no haber pretendido en ningún momento el resultado dañoso que se produjo», parece claro que los acusados fueron a aquel despacho a cometer un delito.*

—Pero no ese delito.

—*No, iban a por un sindicalista que había logrado con sus movilizaciones desarticular la mafia del transporte que tenía montada en la capital la dictadura. O al menos eso fue lo que declararon.*

—Es lo que declararon y era la verdad. Nada de lo que ocurrió estaba previsto. Pero eso no lo digo yo, lo recogió la sentencia, que considera probado que nuestros clientes habían ido allí enviados por el jefe del antiguo Sindicato Vertical de Transportes para asustar a aquel individuo, tal vez para darle una paliza. Nada más que para eso. Lo dijo la Audiencia Nacional y lo reiteró el Tribunal Supremo.

—*No, la sentencia dice que habían ido allí a eso «o incluso a matarlo». Supongo que, de lo contrario, no hubiesen necesitado las pistolas.*

—Unos chicos jugando a soldados suelen llevar armas, eso es verdad.

—*En su caso, parecía más que un juego. El servicio de Intervención de Armas de la Guardia Civil les encontró seis revólveres.*

—Sí, pero ellos creían que las necesitaban como protección, para defenderse si eran atacados.

El caso es que las llevaban en la mano cuando entraron en el despacho de los abogados en busca de aquel dirigente comunista que les había arruinado el negocio a los burócratas del Sindicato Vertical de Transportes. Cuando les abrió la puerta un trabajador despedido de Telefónica, que había ido allí en busca de asesoramiento legal, le pusieron en la sien el cañón de la Browning de 9 milímetros, o tal vez fuera el de la Star. Luego, entraron en el piso, arrancaron los cables de los teléfonos y registraron todas las habitaciones en busca de sus víctimas. Eran nueve. Las congregaron en el recibidor. Abrieron fuego.

—*¿Sus defendidos actuaron en respuesta a los sucesos de ese mismo día? La secuencia parece clara: por la mañana los GRAPO raptan al presidente del Consejo Supremo de Justicia Militar; por la tarde, la policía mata a la estudiante Mari Luz Nájera durante una manifestación de protesta por la muerte de otro joven llamado Arturo Ruiz, al que había disparado por la espalda un guerrillero de Cristo Rey, durante una concentración pro amnistía. Por la noche, pensaron que era su turno.*

—Discúlpeme, pero la policía no mató a nadie. Lo que ocurrió con esa muchacha fue que un bote de humo le dio, por casualidad, en la cabeza, y eso no es un crimen: se llama accidente. Hablemos con propiedad.

—*En cualquier caso, eso no responde mi pregunta.*

—... O quizás es que usted no quiere darse cuenta de que ya la he respondido antes. Pero con mucho gusto volveré a hacerlo: efectivamente, los chicos actuaron en un impulso, como contestación a los sucesos de los que habla, y a algunos otros. Eso es lo que siempre he dicho y me alegra que, una vez más, esté de acuerdo conmigo.

—*Así que se les fue la mano esa noche; iban allí a buscar al cabecilla del sindicato del transporte de Comisiones Obreras, que acababa de organizar una huelga del sector en Madrid, y como no estaba, decidieron matar a los abogados comunistas.*

—Ya lo ve, usted misma lo está diciendo: no hubo premeditación alguna.

—*Hasta cierto punto, ¿no cree? A fin de cuentas, formaban parte de un grupo armado cuyo fin era desestabilizar el país.*

—No, en absoluto. Yo siempre he considerado aquello un acto repentino y aislado.

—*Pero eso no encaja con el hecho de que un hombre que se identificó como representante de la Triple A llamase a la agencia Cifra, de Barcelona, para reivindicar el atentado, y después al* Diario de Barcelona *para comunicar que si los presidentes del Consejo de Estado y del Consejo Supremo de Justicia Militar eran asesinados por sus secuestradores, llevarían a cabo una noche de cuchillos largos.*

—Siempre hay locos llamando a los periódicos para decir disparates.

—*Ese hombre se identificó como miembro del comando Roberto Hugo Sosa, y anunció que pronto se producirían «nuevos sucesos como el de los abogados laboralistas».*

—Como le digo, cualquiera puede hacer una llamada de ese tipo. ¿Por qué? ¿Para qué? Pues mire, no lo sé; soy abogado, no psicólogo. Quizá sea para sentirse importante o, en algunos casos, por simple diversión.

—*Uno de los heridos de la matanza asegura que quisieron rematarle en el hospital donde convalecía; que le enviaron varios anónimos amenazándolo de muerte y que los pistoleros de la Triple A lo estuvieron persiguiendo a él y a los otros cuatro sobrevivientes para matarlos y evitar que los identificasen.*

—Sí, sí... Ya sé quién es ese hombre: uno que también va por ahí contando que salvó la vida porque la bala que lo iba a matar dio en un bolígrafo que llevaba en el bolsillo. ¡Por favor! La gente ve demasiadas películas. Y algunos confunden tener algo que contar con tener algo que decir, que no es lo mismo, y se sienten importantes porque les hayan pegado un balazo; y yo, sin pretender faltarle al respeto a nadie, tengo que decir que no opino que eso sea, en sí mismo, un gran mérito. Pero, en fin, le reitero que en esta profesión lo que nos interesa son los hechos, no las teorías, porque ésas las hay de todos los colores: también existe quien sostiene que en realidad aquel suceso lo instigó el Gobierno, para preparar el terreno a la legalización del PCE.

—*¿Y usted le da alguna credibilidad a eso?*

—Yo no doy ni quito nada. Sólo digo que eso también está ahí y que como hipótesis no es desdeñable.

—*¿Y conoce algún dato que lo justifique, o esta vez sí le concede credibilidad a un simple rumor?*

Garcés hace una pausa, me evalúa con una mirada tan impasible que roza la apatía, me ofrece un cigarrillo en lugar de preguntarme si me molesta que fume y enciende él uno. Se toma su tiempo antes de continuar.

—Mire, se sabe que hubo dos agentes de los servicios secretos infiltrados en las juventudes de Fuerza Nueva... Incluso se conocen sus alias, que eran Barco y Barber. Se dice que buscaron a los más ingenuos y a los que en aquellos momentos eran emocionalmente más frágiles, entre otros al hijo de un militar asesinado por ETA. Hay testigos que los vieron reunirse con ellos, dos días antes de lo de la calle de Atocha, en la cafetería Dólar.

—*¿A usted le contaron todo eso sus clientes, o las personas de su entorno?*

—Usted es periodista y sabe muy bien que uno debe comprobar la veracidad de sus informaciones, pero no está obligado a revelar su origen.

—*Así que, en su opinión, es cierto que los servicios secretos participaron en el atentado, aunque por otras razones.*

—Permítame que la corrija de nuevo: no por otras razones, sino por razones opuestas a las que se ha querido hacer ver que estaban detrás de aquel suceso. ¿No le parece que está muy claro a quiénes benefició ese turbio asunto? No tiene nada más que fijarse en la utilización política que se hizo del entierro.

—*Ésa es una idea original, porque todo el mundo lo consideró, más bien, un duelo popular espontáneo. Y, sobre todo, una demostración de la voluntad democrática de los españoles.*

—Claro, claro: la voluntad democrática... En fin, usted sabe que las corrientes de opinión son fáciles de encauzar. Y también es sencillo amedrentar a una población aturdida, para manejarla. Al día siguiente del funeral, hubo un paro en todo el país. Y tres meses después, cuando el miedo ya había allanado el camino, se legalizó el PCE de manera vergonzante, un sábado y en plena Semana Santa. ¿De verdad no encuentra usted ningún vínculo entre todas esas cosas?

—*Volvamos a la escena del crimen. Parece probado que aquel 24 de enero de 1977 no sólo fueron sus defendidos los que asaltaron el número 55 de la calle de Atocha.*

—Pues mire usted: no. Probado no está, puesto que no se recoge en la sentencia.

—*Pero hubo otras personas en el lugar del crimen.*

—Seguramente...

—*¿Y me va a decir quiénes eran? No tiene nada que perder. Ya ha pasado mucho tiempo, tanto que los delitos que se les imputaban a algunas de las personas que usted defendió y que huyeron de España han prescrito.*

—Bueno, bueno... Eso no es exactamente así, o al menos no lo es en todos los casos. De cualquier modo, quiero recalcar, y lo digo alto y fuerte para que quede bien registrado en su grabadora y en la mía, que yo no estoy protegiendo, ni lo he hecho jamás, a ningún prófugo, y que mi trabajo consiste en defender los derechos de mis clientes ante los tribunales, no en ayudarlos a escapar de la Justicia.

—*Pero usted sabe que en aquel despacho hubo más personas de las que se ha dicho. Alguien usó una metralleta y eso se sabe por los impactos de bala en los cuerpos de las víctimas y en las paredes, que eran más numerosos que los que podían haberse hecho con dos pistolas.*

—Con una, en realidad, porque quedó probado que uno de nuestros clientes no usó su arma.

—*Discúlpeme, pero eso no es así. Tal vez no usó su Star para tirotearlos, eso lo hizo su compinche con la Browning, pero sí para rematar con ella al menos a dos de las víctimas. En cualquier caso, hablábamos de la metralleta y de la persona que la utilizó.*

—Pues mire, lo único que le puedo decir es que alguien no tenía ningún interés en que eso se investigara, porque los agujeros de la pared fueron tapados urgentemente, antes de que pudieran analizarlos los peritos. No sabemos quién ordenó eso, que en realidad no debería haber servido de nada, porque de todas formas ahí estaban como prueba los casquillos que recogió la policía en el despacho, entre ellos algunos de los que se usan para las metralletas Ingram. Pero sirvió, porque el tribunal echó tierra sobre el asunto.

—*Efectivamente, era una Ingram M-10 —digo, para que la conversación no se disperse—, que luego se encontró en Roma, en poder de un conocido neofascista italiano, que la había utilizado para asesinar a un juez.*

—Sí, una M-10, de esas a las que llaman Marietta —responde, igual que si sólo hubiera oído la primera parte de lo que acabo de decir. Para asegurarme de que vamos a llegar a donde me interesa, decido dar un rodeo.

—*Así que para usted no es cierto lo que ratificó la sentencia judicial, tres años después del crimen: que la matanza fue el resultado de un enfrentamiento entre sindicalistas de derechas e izquierdas; que la encargó el secretario del Sindicato Vertical de Transportes en Madrid y la ejecutaron dos ultraderechistas de la Triple A.*

—Para mí, y para cualquier persona con dos dedos de frente que lea el sumario, lo que es indudable es que en él hay algunas contradicciones muy llamativas. La mayor es ésta: ¿cómo se puede decir que se encargó una cosa que no estaba prevista? ¿No se demostró, acaso, que ellos fueron allí a asustar a aquel dirigente de las Comisiones Obreras? Algo no encaja.

—*¿Conoce usted al terrorista italiano del grupo Ordine Nuovo y de la organización paramilitar Gladio que participó en el asalto?*

Sonríe y niega con la cabeza, sin duda ante mi ingenuidad de creer que iba a sorprenderlo con la guardia baja.

—No, como usted ya supondrá. Pero soy consciente de que circularon algunos rumores al respecto.

—*Algo más que rumores. El asunto lo destapó el diario* Il Messaggero *y lo llevó al Congreso italiano el Primer Ministro, Giulio Andreotti, en octubre de 1990, revelando que el servicio de inteligencia de su país, el CESIS, sabía que un ultraderechista llamado Carlo Cicuttini había participado en la matanza de Atocha. Los Gobiernos de la propia Italia, de Suiza y de Bélgica promovieron diversas investigaciones oficiales, y una resolución del Parlamento Europeo condenó aquella trama siniestra en noviembre de 1990. ¿Sus clientes le hablaron de ese hombre, Carlo Cicuttini?*

—Usted sabrá, en cualquier caso —dice, sin responder a mi pregunta pero a la vez dejando claro que conoce los entresijos de ese asunto—, que el nombre de Cicuttini es uno de los que salió, pero hay más: Stefano Delle Chiaie, Pietro Benvenuto...

—*Sí, Delle Chiaie, el fundador de Avanguardia Nazionale. Sabemos que en enero de 1977 estaba en Madrid, porque en los archivos de la Comisaría General de Información hay un informe que lo demuestra. Y en cuanto a Benvenuto, llegó a ser detenido como posible implicado en lo de Atocha, pero fue puesto en libertad tras el interrogatorio. Su declaración no fue tenida en cuenta por el tribunal.*

—Exacto.

—*¿Sus clientes eran asiduos de la pizzería Il Appuntamento?*

—Sí, la conocían, claro está. Era un buen restaurante, según tengo entendido.

—*Y, sobre todo, era el punto de reunión de la extrema derecha italiana y española, y entre estos últimos, de algunos policías de la Brigada Político-Social de Madrid.*

—Habría que saber qué considera usted los extremos y qué considera el centro, pero al margen de eso, lo que dice concuerda con lo que he manifestado antes.

—*¿En qué sentido?*

—Bueno, ya le expliqué que hubo algunos agentes infiltrados entre los muchachos de Fuerza Nueva. Igual eran de la Brigada Político-Social y a lo mejor eran del CESID.

—*Y los camaradas de la Internacional Negra les debieron de explicar en las reuniones de Il Appuntamento las ventajas de lo que llamaban estrategia de la tensión, que consistía en realizar atentados y esperar a que la situación fuera tan insostenible que justificase un golpe de Estado para salvar a la patria.*

—O que justificase la legalización del PCE, la amnistía a los etarras con delitos de sangre, el desmantelamiento del Tribunal de Orden Público o el cese de algunos altos mandos militares, entre otras muchas cosas.

—*¿Está hablando de un Gobierno que, de alguna manera, se hacía la guerra sucia a sí mismo?*

—Estoy preguntándome de dónde eran los policías que frecuentaban Il Appuntamento y para qué iban allí. Pudiera ser que ni ellos ni otros que supuestamente defendían el marxismo-leninismo fuesen lo que parecían.

—*¿A qué se refiere exactamente?*

—Bueno, había grupos armados que secuestraban y asesinaban a integrantes de las Fuerzas Armadas en los momentos más oportunos para alimentar eso que usted llama estrategia de la tensión, y que, a la luz de sus actos, lo mismo podían ser opositores al Gobierno que estar a su servicio, igual ser rivales de los cuerpos de seguridad del Estado que mercenarios suyos.

—*¿Los GRAPO? Supuestamente, eran maoístas.*

—Sí, tal vez. Pero fíjese: cuando cuatro días después de lo de la calle de Atocha asesinaron a dos policías y a un guardia civil, se suponía que era en venganza por lo de los abogados y, si lo piensa, más bien parece una prolongación de los fines que, según ellos mismos, perseguía aquella acción: todo eso de crear un clima irrespirable, desprestigiar la democracia, conseguir que empezara a oírse ruido de sables en los cuarteles y demás. En resumen, que cuando todo el mundo estaba tan asustado que se había vuelto dócil, en poco más de diez días los secuestrados por los GRAPO fueron fácilmente rescatados y mis clientes detenidos y usados como cabezas de turco. Todo el mundo contento.

—*Fueron unas cabezas de turco con bastante suerte, en cualquier caso. La Audiencia Nacional los condenó, en conjunto, a 464 años de cárcel y entre todos cumplieron 37. Dos se fugaron, uno de ellos a Bolivia, donde casualmente también había ido a parar Delle Chiaie y donde se dedicó al narcotráfico hasta que fue detenido; un tercero, al que le habían caído 193 años como autor material del crimen, fue puesto en libertad a los 15; y otros dos ni siquiera llegaron a entrar en prisión.*

—Y el sexto murió en ella. No lo olvide.

—*Sí, aquel dirigente del Sindicato Vertical de Transportes. Pero sólo llevaba allí algo más de 4 años y su pena era de 63.*

—A los cabecillas de los GRAPO los llevaron a la cárcel de Zamora, donde no había ni luz por las noches, para que pudiesen fugarse sin ningún problema. Y por si acaso, les dieron herramientas para poner en marcha un taller de bricolaje, y con ellas excavaron un túnel y se escaparon.

—*Pero dos años más tarde, la policía abatió a dos de ellos, a uno en Barcelona y al otro en Madrid.*

—Mejor, ¿no? Los muertos no hablan... Pero fíjese en la secuencia: a finales del 76, los GRAPO raptan al presidente del Consejo de Estado y al presidente del Consejo Supremo de Justicia Militar; a comienzos del 77, la policía los detiene y rescata a los secuestrados; en el 79 huyen de la cárcel y en el 80 y el 81, los matan.

—*Volvamos, una vez más, al crimen de la calle de Atocha. ¿Se ha mantenido en contacto con los implicados?*

—Debo decirle que no, como comprenderá.

—*¿No tiene, entonces, ninguna relación con ellos?*

—Si así fuera, eso pertenecería a mi vida privada, y de ella no hablo en público, como es natural.

—*¿Ni siquiera con el que sigue en España, trabajando al parecer en una empresa de seguridad?*

—Señorita —dice, apoyando las palmas de las manos sobre la mesa y clavándome los ojos incómodos e imposibles de leer—, va usted a ser una buena periodista... cuando aprenda qué cosas no tiene que preguntar.

Y tras esas palabras, detiene su magnetófono, con un golpe seco, en señal de que ha dado por concluida la entrevista, y llama por un interfono a su secretaria, para que me acompañe a la puerta.

Una tiene la sensación de que este hombre calla muchas cosas, tal vez porque no le conviene hacerlas públicas o porque le interesa dosificarlas y así poder sacarles provecho durante más tiempo; pero también la seguridad de que, tarde o temprano y en parte gracias a sus silencios, que en esta profesión siempre deben entenderse como rastros a seguir, va a terminar por averiguarlas.

Alicia Durán escribió sólo para sí misma esa frase desafiante, que no podía publicar en el periódico, con el fin de darse ánimos, porque el encuentro con Garcés le había dejado una sensación de malestar y había multiplicado la inquietud que se apoderaba de ella según avanzaba en aquel trabajo. ¿Dónde se estaba metiendo? ¿Qué aguas pantanosas pisaba? ¿Por qué le daba la impresión de estar removiendo un basurero? ¿Hasta qué punto estaba entrando en un territorio vedado, en el que imperaba la ley de las verdades oficiales y las mentiras pactadas? Hacía poco había leído una novela del escritor argentino Tomás Eloy Martínez en la que los militares golpistas obligaban a un cartógrafo a tergiversar el mapa de su país haciendo desaparecer de él una zona en la que, obviamente, debían de estar enterradas las víctimas de la represión. Salvando todas las distancias, ¿nosotros escondíamos algo similar en el patio trasero de nuestra democracia? ¿Cómo es que una historia que a grandes rasgos parecía tan clara se llenaba de sombras tan lúgubres cuando te acercabas a ella? No sabía las respuestas, pero sí qué hacer para intentar encontrarlas: no pararse, seguir descendiendo. Ésa es su manera de ser. Seguiría indagando, hasta llegar al fondo del asunto.

Al apagar las luces para irse a la cama sintió miedo, sin saber por qué. Y tal vez por eso, cuando Juan se volvió hacia ella Alicia lo abrazó de tal modo que, una vez más, le hizo creer que aún lo quería. Y se odió por eso.

Capítulo ocho

¿Puede esconderse un tigre de Bengala de trescientos kilos detrás de un gato persa? Sí, cuando los dos son Bárbara Valdés. Eso lo dice su marido, que conoce bien la furia que oculta en su interior esa mujer aparentemente serena que a menudo, durante los juicios, siente deseos de lanzarse contra los abogados y darles de bofetadas; o de insultar de la manera más soez a las personas que en los procesos de separación intentan, según ella, evaporarse de sus vidas, parar el cronómetro a mitad de la carrera y eludir sus obligaciones. Enrique suele decirle que en ese terreno es una retrógrada de manual, que actúa en base a criterios morales propios de la Edad Media y, por lo tanto, está convencida de que un hombre que se quiere divorciar debe ser castigado a vivir con una cruz al hombro. Más de una vez han tenido peleas muy serias sobre ese asunto que, en algunas ocasiones, dejaron en ellos una oscura cicatriz.

—No me extraña que defiendas a tus iguales —le dijo un día la jueza—; es decir, a los que no se comprometen jamás, con nada ni con nadie.

—Para ti comprometerse es atarse a otro y cumplir sus órdenes. Tienes una idea castrense del matrimonio, y por eso afrontas los divorcios como si celebraras un consejo de guerra contra el marido.

—Te equivocas. Yo me limito a valorar los hechos. O sea, a sumar, restar y decidir.

—¿Sabes?, creo que padeces lo que llamamos «negligencia hemisférica». Es un deterioro cerebral que provoca que el enfermo sólo vea la mitad de las cosas. De manera que algunos sólo comen del lado izquierdo del plato, otros se atan sólo el zapato derecho y tú sólo ves culpables a los hombres.

—A los que no quieren cumplir con sus obligaciones, sí; y también a los que sólo piensan en ellos, como tú.

—Eso no es verdad.

—Lo es. Y también es la razón, por ejemplo, de que no hayamos tenido hijos, porque tú no te has atrevido a tenerlos.

—No es recomendable tener hijos con alguien que siente «rencor hacia la vida», como dice Nietzsche.

—¿Lo dices por ti o por mí?

—Lo digo porque uno de nosotros es un escéptico y el otro un amargado —respondió Enrique, abriendo una herida que tardó semanas en cerrarse.

No estaba segura de por qué había recordado eso de repente, mientras cenaban en una pizzería cercana a su casa, el mismo día que conoció a Dolores Silva. Tal vez porque en el rencor suenan todos los discos a la vez, de manera que uno sigue oyendo la marcha fúnebre mientras baila la rumba. O quizá, simplemente, porque en aquel momento sus sensaciones eran agridulces: por un lado, estaba contenta de salir con Enrique y de que compartieran aquel asunto del impresor fusilado en Navacerrada; por otro, no le había gustado lo que ocurrió en la reunión con su hija, que no apareció acompañada por una historiadora, como había creído entender que haría, sino por una periodista. ¿Cómo se le ocurrió semejante cosa? ¿No se daba cuenta de que aquello la comprometía?

—No te preocupes tanto —le dijo Enrique, sirviéndole más vino italiano, «un Brunello di Montalcino, del 2001», según les informó solemnemente el camarero, «hecho con uva sangiovese, de la Toscana»—. No has cometido ningún delito llamándola por teléfono, puesto que, según me dices, ésa es una práctica poco frecuente pero legal, ¿no? Lo único que pretendías con ese encuentro era conocer más a fondo el caso, antes de tomar una decisión. ¿Quién podría echarte eso en cara? Y en cuanto a la periodista, le iba a contar todo en cualquier caso, si es que son amigas, o están en contacto, así que no le veo tanta importancia al hecho de que la saludases en el pasillo. Ummmm, sangiovese: sanguis Jovis: la sangre de Júpiter.

—Ya, pero no me gustó en modo alguno que estuviese allí —respondió Bárbara, pasando por encima del último comentario—. Y en cuanto a la declaración oral, no es muy frecuente. No te digo que sea irregular, porque no lo es; pero no se suele hacer. En todo caso, lo lógico hubiera sido contactar con su abogado, no directamente con ella. Y encima, da la casualidad de que la tal Alicia Durán también conocía de antes a Mónica, porque estaba en la plaza de San Juan de la Cruz la famosa noche de la estatua, cubriendo la noticia para su periódico, y de hecho ya habían hablado y pensaban verse esta semana. ¿No es increíble?

—No, lo que era es inevitable. A fin de cuentas, sois cuatro mujeres que se están ocupando del mismo asunto, y os movéis en un terreno pequeño. Dolores Silva fue a ti y a la asociación con la que colabora Mónica; Alicia Durán fue a ellas dos y, tarde o temprano, habría ido a por ti. Ella y la historia del impresor han hecho de imán, si quieres, pero poco más. Así de fácil. O sea, que alégrate: si era algo que iba a ocurrir tarde o temprano, mejor que haya sido cuanto antes, ¿no?

—Yo no lo veo tan sencillo, si quieres que te diga la verdad —respondió la jueza Valdés, haciendo un mohín de niña contrariada que a Enrique debió de gustarle, porque sonrió, la tomó de la barbilla impulsivamente y la besó en los labios.

—La única casualidad es que el muerto esté aquí, en Navacerrada —dijo, llenando su copa, mientras su mujer miraba a su alrededor para ver si alguien los observaba—; y aun así, lo es relativamente, porque si de verdad se ponen a desenterrar a todos los que hay en fosas comunes por el país, me temo que dentro de poco no va a existir un juzgado que no tenga su Salvador Silva. De modo que estamos en las mismas: sólo era cuestión de tiempo. La historia que ha acabado en tus manos es ésta; pero si no, hubiera sido otra igual de insólita.

—Ay, sí, pero tenías que haber oído a esa mujer, Dolores... Cree que su padre era el no va más, y sólo porque le llevó una revista a Antonio Machado y estuvo diez minutos con él.

—¡Mujer, y porque lo mataron, lo enterraron en una fosa común, robaron sus huesos y se los llevaron al Valle de los Caídos! —replicó Enrique, sacando sucesivamente, igual que si fueran zarpas, el pulgar, el índice, el corazón y el anular de la mano derecha.

—Sí, sí, claro, aunque lo último aún está por ver, ¿eh? Y en cualquier caso, lo que digo es que esa gente vive fuera de la realidad, se ha fabricado una mitología de andar por casa y piensa que todos sus familiares, sin excepción, fueron mártires, héroes...

—Y a sus ojos lo son. El tamaño de las cosas cambia con la distancia, no lo olvides, y ellos te están hablando de algo muy cercano —añadió Enrique, levantando el dedo índice y clavándole una mirada que a la jueza Valdés la volvía loca.

—Precisamente: ellos hablan de cosas muy cercanas, y cuando algo está demasiado próximo, lo que ocurre es que se vuelve borroso.

—En fin... Ya sé que tú no eres lo que se dice muy partidaria de la memoria histórica.

—Ni tampoco enemiga suya, no se trata de eso, sino de que encuentro..., cómo decirte... —la jueza Valdés tanteó distraídamente, moviéndolos con su tenedor hacia los lados del plato, los *tagliolini* con trufa negra que le habían servido—, algo indecorosas todas estas ganas de darle vueltas al pasado. Hay algo obsceno en ello, si me apuras. ¡Como si el presente no nos planteara problemas de sobra!

—Lo que tú quieras, pero por lo común no son tan interesantes como las andanzas de tu impresor comunista —dijo Enrique, a la vez que le pedía al camarero, con una seña inequívoca, una segunda botella de Brunello di Montalcino—. ¿Sabes?, he estado hojeando una biografía de Miguel Hernández y ahí se cuenta que cuando cayó Madrid, en lugar de refugiarse en la embajada de Chile, como le ofrecían, se fue andando a Orihuela, pero de camino pasó por Valencia, ¿adivinas para qué? Pues para recoger en los talleres de la Tipografía Moderna un ejemplar sin encuadernar de *El hombre acecha,* el libro que hizo nuestro Salvador Silva. Qué emocionante todo, ¿no crees?

A Bárbara Valdés le sonaron a música celestial esas dos palabras, *emocionante* y *nuestro.*

No muy lejos de allí, en otro restaurante de la zona, Héctor y Mónica cenaban en un silencio arisco que lo volvía todo absurdo, desde el propio acto de alimentarse hasta el ruido de los cubiertos sobre la loza, pasando por la vela verde encendida en la mesa.

—¿Te he contado que me llamó esta mañana la periodista de la que te hablé? —preguntó ella, para romper aquel hielo.

—¿Eh? ¡Ah, no! Perdona, ¿que si me has dicho qué? —respondió él, saliendo de sus propios pensamientos con tanto sobresalto que Mónica supo que lo fingía, para aparentar un desinterés ridículo.

—Lo de Alicia Durán —dijo, suspirando también aparatosamente, como lo hacen quienes luchan para dominar su impaciencia o su cólera—. La periodista a la que conocí el día de la estatua.

—Lo recuerdo, claro. La que te iba a hacer una entrevista.

—Bueno, más bien me va a pedir algunos datos, para hacer un reportaje que tal vez acabe siendo parte de un libro. Quiere que le cuente cosas de la Asociación, desde cuándo y por qué colaboro con ellos, ese tipo de cosas.

—Respóndele que es para perderme de vista.

—Pues mira, igual sí. «¿Que por qué trabajo como voluntaria para la Asociación para la Recuperación de la Memoria Histórica? Para no oír las impertinencias de mi novio.»

—Genial. Si lo haces, descubriremos que todo el mundo puede ser sincero una vez en su vida —contestó, con los ojos clavados en el mantel y con una sonrisa de hombre vencido.

—No seas desagradable, por favor. Bueno, pues resulta que una mujer que sabe que a su padre lo mataron aquí en Navacerrada, al acabar la Guerra Civil, y sospecha que veinte años más tarde robaron sus huesos y los trasladaron al Valle de los Caídos, ha puesto una denuncia ¡en el juzgado de Bárbara!

—¿Y qué tiene eso que ver contigo?

—Todo, porque ella ha hablado con la Asociación, o sea que vamos a asesorarla, y también ha hablado con Alicia Durán...

—... Y tú, por tu parte, lo has hecho con la periodista y con la jueza. Y mañana mismo, lo harás con la demandante.

—Claro, he pedido que me dejaran ocuparme de estudiar ese caso, y vendrá a verme al museo, a las once. Y ya he quedado también con Alicia, para comer.

—Qué bien. Ojalá te tomases el diez por ciento de esas molestias por mí.

—No, otra vez no, ¡para ya con eso, por Dios! Estás obsesionado.

—Normal, cuando tu pareja te rehúye lo mismo de día que de noche.

—Pues mira, pregúntate por qué.

—Sería una pérdida de tiempo. ¿De qué sirven las preguntas cuando lo único que puedes recibir a cambio de ellas son mentiras?

—¿No podemos hablar, sólo dejar de dirigirnos la palabra o pelearnos?

—Podríamos hacer cualquier cosa, si estuviéramos juntos.

—Estamos juntos.

—No, sólo estamos al lado.

—Tú no estás al lado, sino enfrente. Te opones a todo. Te parece mal cualquier cosa que haga. Nunca me apoyas. Nunca me ayudas. Nunca te interesas por mis proyectos, sean los que sean. He encontrado en la Asociación un motivo para sentirme útil, y tú lo pisoteas. No te imaginas cómo fue lo de la fosa de Lerma, sacamos treinta cuerpos, incluidos los del alcalde y media corporación municipal del Ayuntamiento de Aranda de Duero, y venían con nosotros voluntarios de Estados Unidos, Canadá, Guatemala, Japón... Es una lástima que no quieras compartir esto conmigo.

—Pero ¿cómo te atreves a ser tan cínica? Te dije que estaba dispuesto a acompañarte en esa historia, ir contigo a esos lugares a los que vas, lo que fuera; y me soltaste el sermón de siempre, todo eso de guardar las distancias y tener cada uno su propio espacio.

—Dos personas normales pueden compartir las cosas que hacen por separado. Pero el problema es que a ti no te interesa nada en cuyo centro no estés tú. Yo llego a casa con ganas de contarte lo que he hecho, de implicarte en mis asuntos, y eres tú el que cierra la puerta.

—Qué buen detalle. Eres un empleado de pompas fúnebres que vuelve a casa con un ramo de flores robadas de las coronas de muerto.

—Y tú una persona que cree que querer a alguien es tenerlo encerrado en un puño.

—Lo de Lerma, sí... ¿Cómo olvidarlo? Solicitaste un permiso, cosa que jamás has hecho para que tú y yo nos marcháramos de vacaciones a alguna parte, y te fuiste dos días a Burgos, y luego tres más a Bilbao, de fin de semana...

—¿Por qué dices eso? Sabes de sobra dónde estuve y para qué. ¿Te lo repito? En el laboratorio del Departamento de Medicina Forense de la Universidad del País Vasco —dijo, imitando una voz mecánica, igual que si repitiera una lección de memoria—, que es donde se estudiaron los restos para poderlos identificar, trabajando con la catedrática Francisca Prieto, que era la directora de la excavación.

—¿Y allí trabajan los sábados y los domingos?

—¿Y tus suposiciones ridículas no descansan nunca?

En ese preciso instante, el teléfono de Mónica sonó de forma inoportuna, dentro de su bolso. Pero ella no contestó.

—¿Cómo se llama? —dijo Héctor—. ¿Quién es? ¿Un colega de la Asociación?

—¿Qué? ¿De qué me estás hablando? ¿Quién es qué?

—Por favor, Mónica, no me ofendas: lo sabes perfectamente. ¿Quién es el tío con el que me estás engañando? El que acaba de llamarte.

—Estás loco, Héctor. Y ¿sabes lo que te digo? Que yo no quiero estar con un loco —le respondió, con los ojos llenos de furia.

En la pantalla del móvil, el número del hombre con el que, efectivamente, estaba siéndole infiel brilló unos segundos, iluminando los objetos que había a su alrededor: una pluma estilográfica, una cartera, las llaves, una caja de aspirinas, un pintalabios, un libro... Y después todo quedó de nuevo a oscuras.

La segunda botella de Brunello di Montalcino aún estaba por la mitad, y Bárbara y Enrique acababan de pedir el postre, *panna cotta* con chocolate caliente, para compartir. Él tenía en la mano las memorias de Neruda, *Confieso que he vivido,* y le leía algunos párrafos.

—«La guerra comenzaba a perderse. Federico ya había sido asesinado en Granada. Miguel Hernández se había transformado en verbo militante. Manuel Altolaguirre seguía con sus imprentas...»

—¿Quién era ese Altolaguirre? Me resulta familiar.

—Un poeta y editor, amigo íntimo de Lorca, Alberti, Cernuda y todos esos.

—Perdona, te he interrumpido. Continúa.

—«... Altolaguirre seguía con sus imprentas e instaló una en pleno frente del Este, cerca de Gerona, en un viejo monasterio. Allí se imprimió de manera singular mi libro *España en el corazón.* Creo que pocos libros hayan tenido tan curiosa gestación y destino. Los soldados del frente aprendieron a parar los tipos de imprenta. Pero entonces faltó el papel. Encontraron un viejo molino y allí decidieron fabricarlo. De todo le echaban al molino, desde una bandera del enemigo hasta la túnica ensangrentada de un soldado moro. A pesar de los insólitos materiales, y de la total inexperiencia de los fabricantes, el papel quedó muy hermoso. Los pocos ejemplares que de ese libro se conservan, asombran por la tipografía y por los pliegos de misteriosa manufactura. Años después vi uno en Washington, en la biblioteca del Congreso, colocado en una vitrina como uno de los libros más raros de nuestro tiempo.» Bueno, y luego cuenta cómo decenas de miles de fugitivos se echaron a las carreteras, huyendo de los fascistas con dirección a Francia, y que entre ellos iban Altolaguirre y los soldados que hicieron *España en el corazón.* Uno de ellos debía de ser tu Salvador Silva. Otro era Antonio Machado, al que visitó en aquella masía llamada Mas

Faixat, en un pueblo de Gerona, que fue su última casa en España.

—Es posible. Y también que de verdad el Partido Comunista lo enviara a la frontera, a ver por dónde sacaban de España a Antonio Machado. O no es más que un invento de su hija.

—Huiría con Altolaguirre; volvería atrás y tal vez se reencontrase con Machado, con otros compañeros del PCE... Quién sabe, nada es raro en medio del caos, todo es imaginable cuando se produce un éxodo de aquellas dimensiones, con cientos de miles de personas que trataban de escapar sabiendo que tenían una frontera cerrada al frente y un ejército de asesinos a sus espaldas. En algún momento le transmitirían esa orden que su familia magnifica pero que, en realidad, no es para tanto: acércate a la aduana, mira cómo está el patio y nos lo cuentas. De hecho, lo interesante del personaje no es eso, sino todo lo que hizo antes y todo lo que le hicieron después.

—Bueno, pero ese episodio sí que tiene relevancia, porque igual si no va allí no lo detienen y lo mandan a un campo de concentración.

—O sí, porque en esos campos acabaron muchísimos republicanos, entre ellos el propio Altolaguirre, que debía de estar en la misma columna de fugitivos que él. Hay quien afirma que el propio Machado también fue internado en uno, de hecho en el de tu Salvador Silva, el de Argelès-sur-Mer, y que lo sacaron de allí medio muerto, para llevarlo a Collioure, que está muy cerca.

—Pero ¿quiénes? Y ¿por qué?

—El propio Gobierno francés, porque la humillación a un intelectual tan conocido como Antonio Machado, al que ellos mismos habían concedido la Legión de Honor, les habría parecido comprometedora. Pero, en fin, eso es simplemente algo que he encontrado en Internet y que me parece difícil de creer —enfatizó Enrique, bebiendo un poco más de Brunello di Montalcino.

—Veo que te has tomado muy en serio tu investigación del caso —dijo Bárbara, por fuera tan sardónica como siempre y por dentro complacida como nunca por el interés de su marido.

—Es que ya sabes que a mí estas cosas me fascinan. Si no fuese médico, sería historiador, fíjate qué contrasentido: una cosa que trata de resolver el futuro y otra que trata de resolver el pasado.

—Cariño, los matasanos sabéis mejor que nadie que el futuro no se resuelve, sólo se aplaza.

—¡Ja, ja, ¡bien, nena, bien! ¡Ésa es mi Barbi! —dijo Enrique, dando palmas, tal vez eufórico a causa del vino—. Pero no nos dispersemos. Escucha lo que escribe Neruda del libro que imprimió tu Salvador Silva: «La inmensa columna que caminaba rumbo al destierro fue bombardeada cientos de veces. Cayeron muchos soldados y se desparramaron los libros en la carretera. Otros continuaron la inacabable huida. Más allá de la frontera trataron brutalmente a los españoles que llegaban al exilio. En una hoguera fueron inmolados los últimos ejemplares de aquel libro ardiente que nació y murió en plena batalla». Bueno, es emocionante estar, de algún modo, en contacto con todo eso, ¿no crees?

Mientras veía resucitar ante sus ojos al Enrique de veinte años antes, aquel joven entusiasta, infatigable y ávido de conocimientos que acababa de terminar Psiquiatría, trabajaba por las mañanas en un sanatorio privado y se había puesto a estudiar Filosofía y Letras por las tardes, la jueza Valdés pensó que si le dabas la vuelta a todo aquel entusiasmo, tendrías la medida de su fracaso. Porque él no lo iba a reconocer jamás, pero sus sueños se parecían mucho más a lo que no logró que a lo que había conseguido. ¿Por qué nunca pudo escribir los libros que proyectó alguna vez? ¿Por qué no llegó a ser catedrático, o al menos profesor en la Universidad, como sin duda le hubiese gustado? Pretender abarcar tanto ¿no era un síntoma, más que de ambición, de indecisión? ¿Por qué las innumerables anotaciones que les hacía a los cientos de libros que había leído en todo ese tiempo no cristalizaron en nada? Enrique era una de esas personas que teniéndolo todo no tienen lo que quieren, pero Bárbara no estaba segura de si él estaría de acuerdo con eso.

—No sé si es emocionante, pero al menos es... curioso —le respondió—. ¿Qué? ¿Por qué me miras con esa cara? ¿Te parece poco *curioso*? Vale, ¿te gusta más, por ejemplo, *distinto*?

—No.

—¿*Original*?

—Tampoco.

—¿*Llamativo*?

—Menos aún.

Siguieron con ese flirteo hasta la última copa de Brunello di Montalcino y la última cucharada de *panna cotta,* y después pagaron su cuenta, la mitad cada uno como de costumbre, y se fueron a casa. Como en sus mejores épocas, cuando llegaron al dormitorio ya estaban casi desnudos, y Enrique le dijo al oído todas las palabras que la excitaban y que al día siguiente fingiría no haber escuchado.

Capítulo nueve

«Gladio fue una organización terrorista creada y financiada por los servicios de inteligencia norteamericanos, al acabar la Segunda Guerra Mundial, para luchar contra el comunismo en Europa. La integraban grupos paramilitares de diferentes países, básicamente nutridos con los neofascistas de la Internacional Negra, pero donde más arraigó fue en Italia... No... Pero donde más cuajó... No, tampoco... Pero donde más acogida obtuvo fue entre los miembros de la ultraderecha italiana.»

Alicia dio por buena la última frase, apartó el ordenador, se echó hacia atrás en su asiento y cerró los ojos. Estaba aburrida de corregir su texto, debilitada por las pocas horas de sueño, porque se había levantado muy temprano para poder avanzar en su libro antes de ir al periódico, y también algo anonadada por las dimensiones del asunto en el que se había metido; aparte de que, por momentos, caía en el escepticismo clásico de las personas que se dedican a escribir, cuyos oídos suelen estar envenenados por esta pregunta: ¿de verdad crees que todo esto merece la pena? El hecho de que esa misma tarde, al acabar su jornada en el diario, tuviese que volar a Roma y allí tomar un tren para Florencia, con el fin de realizar otra de sus entrevistas, hacía que se sintiese aún más insegura acerca del valor de su esfuerzo. Sabía, sin embargo, que aquel episodio era crucial, que debería explicarlo bien y tratar de arrojar alguna luz sobre él, o al menos hacer un inventario completo de las sombras que lo rodeaban; porque el crimen de la calle de Atocha, tan célebre como lleno de ocultaciones, silencios y verdades a medias, era un tesoro, como lo es para cualquier investigador una historia de la que todo el mundo sabe algo pero de la que nadie sabe toda la verdad. Ése era el mismo argumento que había usado con el director de su periódico para que autorizase el viaje, que en principio no veía muy necesario.

—¿El juez Baresi? ¿Pretendes que te paguemos un viaje a Florencia para hablar con él?

—Es uno de los dos magistrados que relacionó a los neofascistas de Ordine Nuovo con el crimen de la calle de Atocha y a la red Gladio con los servicios secretos de los Estados Unidos. Y no te ofrezco la entrevista para ahorrarme el billete de avión, sino porque creo que puede ser importante para nosotros. Estamos hablando de darle otra dimensión al crimen de la calle de Atocha, de no verlo como un hecho casual ni aislado, sino como parte de la estrategia de la tensión que quería imponer la Internacional Negra en toda Europa, y en algunos otros países, para evitar la expansión del comunismo. Todo eso se instigó desde Washington tan claramente que, si me permites que lo diga así, los abogados laboralistas empezaron a estar muertos en la Casa Blanca, igual que otros cientos de personas caídas en Alemania, en Italia o en Grecia. Si no te parece oportuno, de verdad que no hay ningún problema: me voy en mis dos días de libranza, me pago yo el pasaje y lo publico nada más que en mi libro.

—A ver, a ver, explícame algo —le dijo, cruzándose de brazos, lo que Alicia recordó que, según la quinésica, que es la ciencia que estudia el significado de los gestos y los movimientos, es un modo de interponer una barrera entre tú y la persona que te habla—: ¿Y por qué si esa entrevista es tan importante no la hiciste en su momento?

—No hice ni ésa ni otras porque sólo tenía siete días y tres páginas para cada una.

—Bueno, eso suma veintiuna y descarta alrededor de quinientas. ¿Ése es el número de páginas que tendrá tu libro? Me parece perfecto; pero como periodista, tu trabajo era elegir qué veintiuna sí y qué cuatrocientas setenta y nueve no.

—Tienes toda la razón —dijo, para camelarlo, asintiendo de forma tan ostentosa que los pendientes que llevaba tintinearon como las pulseras de una bailarina árabe—, y creo que es lo que hice. Pero podía haber hecho más y quiero hacerlo ahora, porque asumo que si soy la responsable del error también lo soy de su arreglo. Ya sabes lo que dicen los norteamericanos: si lo rompes, es tuyo. Lo contabas tú, en el artículo del domingo...

—Sí, sí, es verdad —dijo, descruzando los brazos, metiéndose las manos en los bolsillos de los pantalones y sentándose en el borde de su mesa. En el idioma del lenguaje corporal, adoptar una postura relajada es una invitación a la cercanía, un gesto de confianza. Alicia tomó nota y se lanzó al ataque: el director había pasado de una postura cerrada a una postura abierta. Es decir, que se había vuelto vulnerable.

—Te pido que confíes en mí, porque he descubierto algunas cosas nuevas que creo que son importantes y que darán lugar a un buen artículo —dijo, mostrándole las palmas de las manos, un gesto que se ha interpretado a lo largo de la Historia como una señal de honestidad: antiguamente, eso se hacía para demostrar que uno no llevaba armas, que era una preocupación bastante extendida: los romanos se saludaban cogiéndose mutuamente de las muñecas, para comprobar que el otro no llevaba un puñal oculto en la manga.

—¿Qué cosas?

—Pues, por ejemplo, he encontrado la manera de seguir el rastro que dejaron las balas de aquella metralleta Ingram que estuvo en Atocha, 55 y no está en el sumario.

—¿Lo has leído?

—Por supuesto. De arriba abajo.

—¿No escribiste que, además, alguien había tapado con cemento los impactos, en la pared del despacho?

—Sí, pero no pudieron taparlos en la cara y el cuello de una de las supervivientes, que tenía una serie de balazos encadenados que demuestran de manera innegable que recibió una ráfaga de aquella Marietta. Ya sabes a quién me refiero, Lola González, la esposa de uno de los abogados muertos, que estaba embarazada y perdió el niño.

El director inclinó la cabeza hacia un lado y Alicia supo que eso era una demostración de que el asunto le interesaba.

—¿Por qué no hablaste con esa sobreviviente? Todo el mundo sabe quién es y supongo que no es difícil averiguar dónde está.

—Lo hice, di con su dirección, en Santander, y hablé con ella por teléfono, pero no quiso recibirme, porque no le apetece regresar una y otra vez a aquel horror, que para ella fue doble, porque era la segunda vez que lo vivía... ¿Sabes que esas dos veces están separadas por ocho años pero tienen en común al mismo policía?

—¿La segunda vez? ¿Ocho años y el mismo policía? ¿Qué quieres decir? No me vengas con acertijos.

Alicia dejó transcurrir unos segundos, para saborear su impaciencia.

—Es que ella, antes de casarse con ese abogado que iba a morir en la calle de Atocha, fue la novia de aquel famoso estudiante de Derecho llamado Enrique Ruano, al que mató la policía en 1969.

—No lo sabía, o al menos no lo recordaba. Pero él, desde luego, sé perfectamente quién era: los de la Brigada Político-Social lo arrojaron por la ventana y dijeron que se había caído cuando intentaba huir.

—No que se había caído, sino que se había suicidado. Llevaba tres días en comisaría, y los habían detenido a los dos, a Lola y a él, por repartir propaganda del Frente de Liberación Popular. En el bolso de ella encontraron unas llaves que resultaron ser de un piso en el que fabricaban las octavillas. Cuando lograron sacarles esa información a golpes, trasladaron allí a Ruano para hacer un registro y lo tiraron al vacío desde la séptima planta. Luego filtraron a la prensa un supuesto diario suyo en el que se expresaban ideas autodestructivas. Pero la versión oficial tenía numerosas contradicciones y algún misterio, como por ejemplo el hecho de que al cadáver le faltase la clavícula. El caso se archivó, naturalmente, pero la familia consiguió que el Tribunal Supremo ordenara reabrirlo, y en 1996 fueron encausados los tres policías que se encontraban con Ruano cuando éste cayó. Su jefe era el célebre Billy el Niño, el mismo sobre el que recaen las sospechas de estar detrás de la matanza de Atocha.

—No está mal... —dijo el director, acariciándose la barbilla con el pulgar y el índice—. ¿Y en qué se fundan esas sospechas?

—En lo que se refiere a los abogados laboralistas, está claro, todos hablaban de él como uno de los clientes asiduos de la pizzería Il Appuntamento y como el vínculo más obvio entre la policía y los ultraderechistas que cometieron el atentado de la calle de Atocha. De hecho, fue llamado a declarar y mantuvo algunos careos ante el juez. Y en relación con el asunto Ruano, un sindicalista que estudiaba Telecomunicaciones en Madrid y que también fue arrestado y golpeado por él, recuerda que en medio de la paliza otro de los agentes que participaban en el interrogatorio le gritó al torturador: «¡Ten cuidado, que se te va a ir la mano otra vez y lo vas a matar!». Y que Billy el Niño respondió: «No importa, hacemos lo mismo que con el tal Ruano: lo tiramos por la ventana y decimos que se quería dar a la fuga».

—Suena inverosímil. ¿Y lo de la clavícula?

—El abogado de la familia afirmó que había descubierto que uno de los policías le disparó antes de arrojarle por la ventana y que, posteriormente, serraron ese hueso para borrar las huellas que la bala había dejado allí y falsearon la autopsia. El proceso acabó con la absolución de los tres agentes, que antes de jubilarse fueron condecorados veintiséis veces. Uno de ellos perteneció a la escolta de la Casa Real y otro fue destinado a la Delegación del Gobierno en Madrid.

—¿Y Billy el Niño? ¿Dónde andaba por esa época?

—Se había jubilado en 1979, tras sufrir un infarto, o al menos eso es lo que se dijo; pero hasta entonces vivió igual de bien en la democracia que en la dictadura, porque pasó de dirigir la Brigada Político-Social a ser nombrado jefe superior de policía en Valencia, a encargarse de la desarticulación de los GRAPO y a dirigir la operación que acabaría liberando a los presidentes del Consejo de Estado y del Consejo Supremo de Justicia Militar, cuyo secuestro ya sabes que, en mi opinión, fue una farsa montada en beneficio del Gobierno o, como mínimo, aprovechada por él para lograr sus fines. No descarto que la matanza de la calle de Atocha también lo fuera.

—Es una acusación grave, de esas que no pueden hacerse sin pruebas... —dijo el director, mirando la hora: empezaba a aburrirse.

—Por supuesto. Pero hay hechos muy delatadores y personajes que son todo un símbolo del modo en que los siniestros servicios secretos de la dictadura siguieron activos después de 1975. A Billy el Niño, tras aquel éxito, lo ascendieron a comisario general de Información; después le fue impuesta la Medalla de Oro al Mérito Policial, igual que a su jefe, el famoso comisario Conesa; y luego lo mandaron al País Vasco para dirigir la lucha contra ETA. Eso sí, cuando murió, creo que en el año 94, ninguna autoridad quiso saber nada de él, ni asistió a su entierro. A mí me parece que estaría bien sacarlo de esa tumba de silencio y aclarar sus relaciones con los terroristas italianos, con los ultras españoles, con la CIA y con algunos políticos de la Transición.

—Habla con esa mujer, la sobreviviente de Atocha —dijo el director, cambiando de tema, como acostumbraba a hacer cuando quería transmitir la impresión de que en su periódico él era quien daba las órdenes—. Estaría bien una entrevista con ella, me parece que se ha dejado ver en muchos actos públicos pero apenas ha hecho declaraciones, al contrario que sus compañeros, porque uno que se ha muerto hace poco se prodigaba bastante, y otro incluso publicó un libro sobre aquello, ¿no?

—Sí, lo he leído, dice que ellos dos, Lola y él, se han preguntado a menudo de qué sirvieron aquellas muertes, y que ven en aquel tiempo una suma de años malgastados, malogrados... Creo que es un punto de vista que debemos tener en cuenta.

—... Pero, hasta donde yo sé, ella siempre ha sido muy reservada. Y, desde luego, tiene una historia que contar.

—... O una historia que olvidar, porque pasó por un auténtico calvario, ¿no te parece? Primero, el asesinato del novio; luego, el del marido; después, el trauma de sus propias heridas físicas y mentales, la pérdida del hijo que esperaba, las diez operaciones, o por ahí, que tuvo que hacerse para reconstruir su rostro... A pesar de eso, tengo la esperanza de que me reciba. Aunque, al parecer, según declaró en su momento, el día del atentado no vio gran cosa, porque cuando empezaron los tiros se tumbó en un banco y se tapó instintivamente con una trenca. De hecho, no recibió ningún impacto hasta el final, que fue cuando asomó la cabeza para ver qué pasaba. Lo único que recuerda es que uno de los pistoleros tenía los ojos muy azules.

—Tal vez... —dijo el director, lanzando una mirada acerada al vacío y frotándose las manos como hacía siempre que intentaba dilucidar qué hacer—. Porque, claro, no podemos volver a darlo en el periódico, eso sería aceptar que antes se nos había pasado... Pero quizá sí en el suplemento dominical y a modo de adelanto del libro, una semana antes de que salga a la venta.

—Eso sería perfecto. Me parece una gran idea. Y muy generosa por tu parte. Te aseguro que mi trabajo no te defraudará. Iré a Florencia y hablaré con el juez Baresi; al regresar, intentaré por todos los medios verme con Dolores González; y con una cosa y la otra, voy a escribir un reportaje que te gustará publicar.

—Tenemos un corresponsal en Roma que podría hacer esa parte del trabajo, pero voy a dejarte ir porque espero que tu libro sea un éxito y que tu éxito le haga publicidad al periódico. ¿Me explico? Y, por supuesto —añadió, levantando el dedo índice a modo de advertencia, para dejar claro quién estaba al mando y ponía las condiciones—, cuando hables con la señora González ella tiene que recordar una metralleta. Si no lo hace, tu teoría y la del juez Baresi no valdrán nada.

Alicia recordó esa conversación en su casa, al día siguiente, mientras desayunaba té y fruta con yogur, le ponía mala cara al olor del café negro que le gustaba beber a Juan y se sentía inquieta por la complejidad de su investigación, que se iba llenando de esquinas según avanzaba. ¿Sería capaz de reconstruir aquel rompecabezas? La versión oficial del atentado de la calle de Atocha daba un resumen tan escueto de lo que había ocurrido, que más bien parecía un montaje, por no decir una caricatura. Y lo cierto era que ella estaba cada vez más convencida de que en el despacho de los abogados laboralistas no sólo se habían tapado los agujeros de bala que hizo la metralleta Ingram en las paredes.

—Pues sí, supongo que no te equivocas, pero te recomiendo que además de tener razón tengas cuidado —le había dicho Juan unos minutos antes, cuando hablaron del tema.

—¿Por qué?

—Porque puedes cometer un error muy común, que es el de juzgar las cosas desde el futuro, sin tener en cuenta que las circunstancias cambian, la gente no es la misma y los países se transforman.

—Dime algo que no sepa.

—Ya sé que lo sabes, lo que hace falta es que no lo olvides. Ten en cuenta que lo que ahora nos parece muy sencillo quizá no lo era tanto en el año 77 —dijo, mientras movía adelante y atrás las manos, con las yemas de los dedos apoyadas unas en otras, formando la figura que los morfopsicólogos llaman *el campanario* y que es un gesto propio de quien se siente superior a la persona con quien conversa.

—Eso es una obviedad —respondió Alicia con rabia— y yo no estoy juzgando a nadie, sólo pretendo descubrir lo que pasó.

—Sí, claro, y eso está muy bien; pero lo que yo quiero decir...

—... Es que no siempre hay que decir algo, ¿vale? A veces lo que hay que hacer es escuchar.

Hacia la ese o la ce de *escuchar,* Alicia ya lamentaba sus palabras, y aún más el tono que había empleado. Pero, sobre todo, sintió que él no le diera la respuesta que se merecía y que guardase silencio, como tantas veces. Lo vio coger un objeto cualquiera de la mesa y volver a dejarlo, poner las manos sobre los muslos igual que si buscara un punto de apoyo para levantarse y, en lugar de hacerlo, quedarse sentado, mirar al vacío y mover los pies de una manera absurda, como si fueran un limpiaparabrisas. Por algún motivo, eso la desagradó y la puso más furiosa, sin duda porque al traducirlo a lo que en el lenguaje de los gestos se llama *el eco de las posturas,* lo interpretó, una vez más, como la expresión de un carácter débil y, por lo tanto, incompetente. ¿Qué le había ocurrido a Juan? ¿Dónde estaba el hombre enérgico y seguro de sí mismo que la había conquistado? ¿Por qué no supo gestionar sus emociones y obtener de ellas algún beneficio, algún provecho que, como decían los profesores de Alicia, lograra transformar sus estados de ánimo en acciones específicas, sacarles un rendimiento práctico? ¿Por qué se conformaba con su vida de profesor de instituto y no apostaba por emprender una carrera literaria? La novela que publicó había tenido cierto éxito, pero eso no le hizo abandonar su rutina y tomarse en serio algo que ella le dijo en más de una ocasión: «¿Por qué vivir dando clases si podrías vivir de que otros dieran clases sobre ti?». Tal vez lo que ocurría era que ese Juan al que ella echaba de menos nunca existió; o sí, pero en dosis tan insignificantes como las que contienen esas muestras de perfumes o cosméticos que regalan las revistas de moda. O tal vez nada de eso era cierto, sólo era una cortina de humo que intentaba ocultar el hecho de que se había cansado de él, quería dejarlo y, al igual que hace la mayor parte de la gente, lo culpaba para no tener que culparse a sí misma. En cualquier caso, la palabra *decepción* es una miniatura perfecta de lo que sentía Alicia. ¿Para qué hacían entonces proyectos a largo plazo? ¿Por qué subían los fines de semana a la sierra para mirar terrenos donde construir su famosa escuela de Inteligencia Emocional? La única explicación que se me ocurre es que a la mayoría de las personas nos cuesta más desatar los nudos que hacerlos.

—Voy a ducharme, que se me está echando el tiempo encima —le dijo, al fin—. Si no me doy prisa, llegaré tarde. Y tengo que estar a las siete en el aeropuerto.

—Genial —respondió Juan—. Usa agua fría, que es mejor para bajar los humos.

Alicia puso gesto de pena.

—Estás harto de mí, ¿verdad?

—¿Eso es lo que te gustaría? De acuerdo: si tú quieres, lo estaré. Pero, bueno, perdona, yo también tengo obligaciones y debo irme ya al instituto.

—¿Por qué nos pasa esto?

—Tú sabrás. Tal vez es que has repetido tantas veces eso que tanto te gusta de que «la vida es lo que sucede mientras la planeamos», que al final nos ha ocurrido.

Siguiendo uno de esos cambios de dirección que suelen producirse cuando nos movemos por impulsos, de pronto Alicia y Juan salvaron los tres pasos del abismo que los separaba, se abrazaron hasta los huesos y, después de unos instantes sin decir nada, ella le preguntó por su novela y él por su libro de entrevistas: interesarse por las cosas del otro es siempre un buen recurso, y si dentro de la palabra *trabajo* está la palabra *atajo,* no debe de ser por casualidad. Cuando, finalmente, se fueron a cumplir con sus obligaciones, los dos se sentían moderadamente reconfortados. ¿Se puede dar por aprobada una mañana en la que has sacado un bien en afecto, un cinco en convivencia y un insuficiente en felicidad?

Alicia asistió en el centro de la ciudad a una rueda de prensa elegida para ella por el redactor jefe, entre todas las noticias del día, porque era la más irrelevante. Después fue al diario a escribir la columna que le habían reservado y al acabar, de nuevo, se quedó en su mesa a la hora de comer y le pidió a una compañera que le subiese un bocadillo de la cafetería, que comió a medias y con desgana mientras intentaba condensar la información que había reunido, seguía buscando noticias sobre la red Gladio y hacía algunas llamadas para concretar su cita en Florencia con el magistrado Pier Luigi Baresi, que, efectivamente, fue quien dictaminó la presencia de al menos un terrorista de Ordine Nuovo en el despacho de los abogados laboralistas y quien, más adelante, denunció la falta de interés del Gobierno de España en la resolución del caso.

«La red Gladio —escribió Alicia— fue creada por la CIA para impedir, por todos los medios, que los partidos de izquierdas, y especialmente los comunistas, llegasen al poder en los países de Europa occidental. La disculpa recurrente de quienes integraban la banda criminal era un supuesto peligro de invasión por parte de la URSS, y para evitarlo los pistoleros ultras, entre los que había veteranos del ejército nazi que a cambio de ser reclutados para esa causa evitaban un consejo de guerra, dejaron un rastro de sangre por todo el continente. En Italia, cometieron las masacres de la Piazza Fontana, en 1969; el atentado de Peteano, en 1972, y el de la estación de trenes de Bolonia, en 1980; intentaron provocar una sublevación en 1970, lo que se conoce como Golpe Borghese, y hay indicios que los vinculan con el secuestro y asesinato del presidente de la Democracia Cristiana, Aldo Moro, ejecutado en 1978 por las Brigadas Rojas, cuyo papel en Italia es tan ambiguo como el de los GRAPO en España y genera la misma pregunta: ¿fueron esos presuntos radicales de izquierda manipulados por las organizaciones neofascistas y por los servicios secretos que auspiciaban el terrorismo de Estado, o fueron parte de ellos? El nombre original en inglés de la red Gladio era Stay Behind.

»Resulta evidente que no sólo hubo un sistema operativo común en las acciones de Gladio en toda Europa, sino también el mismo entramado de corrupción política. En Peteano di Sagrado, en el noroeste de Italia, un coche-trampa lleno de dinamita mató a tres carabineros; en Brescia, asesinaron a ocho manifestantes antifascistas lanzando granadas de mano en la Piazza della Loggia; y en el ferrocarril que cubría el trayecto Roma-Múnich, el *Italicus Express,* estalló otro artefacto en 1974, llevándose por delante a doce personas. En los tres casos, se acusó a los ultraderechistas de Ordine Nuovo y algunos de ellos pasaron por la cárcel, pero además fueron imputados varios agentes del servicio secreto italiano y, al igual que ocurrió en España con el crimen de la calle de Atocha, las evidencias fueron desestimadas por los tribunales y las averiguaciones de la policía se pararon cuando los indicios empezaban a apuntar en dos direcciones opuestas que eran la misma: hacia los sótanos del poder y hacia sus despachos más altos. No es una metáfora: tras el atentado de septiembre de 1980 en la Oktoberfest de Múnich, que dejó trece víctimas, se encontró una mano ejecutora, la de un joven de veintiún años miembro del Wehrsportgruppe

Hoffmann alemán, integrado en Gladio; pero también se expresaron sospechas sobre la implicación de los servicios secretos alemanes, tan anclados en el siniestro pasado de su país que hasta 1968 habían estado dirigidos por Reinhard Gehlen, mayor general en la Wehrmacht durante la Segunda Guerra Mundial, responsable del espionaje nazi en el frente oriental y uno de los impulsores de la célebre operación ODESSA, montada para sacar de Alemania a los mandos de las SS y la Gestapo y llevarlos a Argentina y a España, donde vinieron a parar mandos tan destacados del Tercer Reich como Léon Degrelle, a quien apodaban "hijo adoptivo del Führer", que murió en Málaga en 1994; o Hans Joseph Hoffmann, también conocido como Albert Fuldner, que estaba al mando de un grupo llamado Red Ogro, cuya función era espiar a alemanes residentes en España y sospechosos de no apoyar a Hitler, para secuestrarlos, deportarlos y hacer que fueran ejecutados como traidores. Hoffmann, que murió en Madrid en 1992, también fue quien montó en nuestro país, junto con el general Johannes Bernhardt, un complejo entramado económico, la Sociedad Financiera e Industrial (Sofindus), que invertía y multiplicaba el dinero de los nazis mediante la exportación de productos químicos, eléctricos y agrícolas; dedicándose a la construcción; manejando entidades como el Deutsche Bank o la aseguradora Plus Ultra; explotando minas, colegios o empresas navieras y, naturalmente, dedicándose al tráfico de criminales de guerra. También estaban por aquí Gerhard Bremer, que murió en Alicante, en 1989, y que había formado parte del círculo más cercano a Hitler; y Otto Ernst Remer, que lo salvó del célebre complot que pretendía matarlo en julio de 1944 y que, como sus compañeros, murió plácidamente al sol, en su casa de Marbella, en 1997; y el temible Otto Skorzeny, que había liberado a Mussolini en el Gran Sasso, rescatándolo de un hotel situado en la cumbre de los Apeninos, donde lo tenían preso las tropas aliadas. Skorzeny, a quien se conocía como "el hombre más peligroso de Europa", murió en 1975, en Madrid.

»En cuanto a Reinhard, no tuvo que esconderse en España ni en ninguna otra parte, porque al caer Berlín lo reclutó la CIA como ideólogo de la guerra sucia contra la Unión Soviética. Los norteamericanos hicieron correr una biografía suya falsificada, en la que era presentado como un opositor a Hitler que, de hecho, había sido el único superviviente de aquella famosa conjura de oficiales que planearon asesinarlo en 1944. Él fue quien puso en marcha la Organisation Gehlen, eje de la red Gladio en Europa. Poco después, lo nombraron jefe del espionaje de la República Federal, el Bundesnachrichtendienst.

»España también se convirtió en el santuario de los neofascistas italianos, que colaboraban con los servicios secretos de la dictadura y a los que, a cambio, se les permitía vivir escondidos a plena luz del día, por así decirlo; se les dejaba hacer en la Imprenta Militar Española su revista *Confidentiel,* que era el principal órgano de expresión de los neonazis europeos, y, entre otras muchas cosas, se ponían a su disposición los estudios de Radio Exterior de España, desde donde lanzaban sus consignas, en italiano, inglés y francés, para todo el continente. Algunos de ellos eran los mismos que montaron en Milán, Brescia, Peteano di Sagrado y Bolonia las matanzas que acabo de referir, y participaron en otros sucesos como los de la calle de Atocha y los de Montejurra, Navarra, en 1976, donde liquidaron a tiros a dos militantes carlistas sin que les ocurriese nada, puesto que la policía y la Guardia Civil no intervinieron para evitar la tragedia y, cuando algunos de los culpables fueron detenidos, estuvieron siete meses en la cárcel y luego salieron libres, gracias a una amnistía general. Como tapadera de sus actividades, los terroristas de Ordine Nuovo montaron en nuestro país negocios como la mencionada pizzería Il Appuntamento, donde se reunían con los fascistas españoles, entre ellos algunos militares, policías y miembros de los servicios secretos».

Alicia releyó esos cuatro largos párrafos, subrayó expresiones como *las matanzas que acabo de referir, liquidaron a tiros* y *la mencionada pizzería,* que le sonaban farragosas, e hizo una pausa para telefonear a Mónica Grandes y citarse con ella al día siguiente, nada más regresar de Roma. Después de haber hablado con ella un par de veces, sabía que la arqueóloga iba a serle doblemente útil, por su trabajo en la ARMH y por su relación con la jueza Valdés: lo primero, le proporcionaría a los lectores una visión general del asunto, y lo segundo, a través del caso de Salvador Silva, un ejemplo de extraordinaria fuerza simbólica. «Lo de los abogados de Atocha es fascinante, pero no tienes que olvidar los demás episodios de esta historia —se dijo—. Al contrario, tienes que abrir los pasadizos que van de uno a otro».

A las cuatro y media, salió para el aeropuerto. En el taxi, en el avión y en el tren que la llevaba a Florencia, siguió preparando su entrevista con el magistrado Pier Luigi Baresi y tratando de atar los cabos que unían el crimen de la calle de Atocha con los otros atentados promovidos por la red Gladio: en Grecia, habían montado el golpe de Estado de los coroneles, en 1967; en Turquía, su mano negra estaba tras la masacre de la plaza de Taksim, en Estambul, en 1977, que dejó treinta y cuatro víctimas, y también tras la sublevación militar de 1980; en Argentina, manejaban el terrorismo de Estado; en Mozambique, asesinaron con un libro-bomba al líder del Frente de Liberación; en Bélgica cometieron en los años ochenta las llamadas Masacres de Brabante, una serie de asaltos indiscriminados a restaurantes, joyerías y tiendas de alimentación en los que perdieron la vida treinta personas. Sus métodos eran brutales y su disciplina interna era implacable: en Suiza, apuñalaron con su propia bayoneta a un coronel del Ejército que había estado en sus filas y que había decidido revelar «toda la verdad sobre la organización».

125

¿Y Juan? ¿Y su vida? Entre párrafo y párrafo, pensaba en él y, si era sincera, empezaba a verlo parecido al paisaje que iba transcurriendo a los lados del tren: algo inconcreto, algo que se alejaba. «Cuando las relaciones no van bien —se dijo—, ¿para qué continuar? En el territorio de los sentimientos, si no hay ilusión no hay futuro; y cuando eso ocurre, seguir adelante sólo te lleva hacia atrás, al pasado. Y yo no sirvo para resignarme». Alicia sacudió la cabeza intentando apartar esos pensamientos de ella, y lo hizo con tanta energía que el hombre que iba en el asiento de enfrente levantó los ojos del periódico que leía y la miró desconcertado, como si creyera que sufría un ataque o, peor aún, que iba a atacarlo a él. Luego, los dos se sonrieron igual que si se pidieran disculpas y regresaron a lo que estaban haciendo.

«El atentado más conocido cometido por las Stay Behind en Italia —escribió Alicia en su cuaderno de notas— fue un ataque contra el Banco Agrícola en la Piazza Fontana, de Milán, el 12 de diciembre de 1969, y en él murieron diecisiete personas. Se acusó del crimen a un anarquista llamado Giuseppe Pinelli, que, misteriosamente, también cayó por la ventana de una comisaría de policía al patio interior del edificio, mientras estaba siendo interrogado, exactamente igual que el joven estudiante español Enrique Ruano. Señalar esa similitud».

Cuando el tren ya entraba en la estación de Santa Maria Novella, en Florencia, su teléfono sonó un par de veces, pero al ver que era Juan, y dadas las circunstancias, prefirió no contestar.

Capítulo diez

—Una tromboflebitis, decían, y ellos se iban a preguntarle a un médico amigo, uno que pasaba consulta en el ambulatorio del barrio, si eso lo iba a matar. O se rumoreaba que era una hemorragia estomacal, o un cáncer... y los rumores empezaban a correr como la pólvora. Ellos estaban tan enfrascados en eso, y todos le dábamos tantas vueltas, que aún puedo recordar perfectamente el diagnóstico que hicieron público por la radio en uno de los partes, y que mi padre y yo, aunque nos sonara a chino, repetíamos de carrerilla como si fuésemos un par de loros: «Una hipoproteinemia con caída brutal del fibrinógeno derivada de un tratamiento desconsiderado con anticoagulantes».

La mesa estalló en una carcajada, y Mónica Grandes se fijó en el modo en que Paulino rejuvenecía al sonreír, aunque lo hiciera de aquel modo, como con mala conciencia, tratando de contenerse, y se entretuvo en imaginarlo hace cincuenta años y en tratar de encajar los rasgos del niño en el adulto. No le resultó fácil. Más sencillo resultaba lo contrario, figurárselo como a una de esas personas que desde muy jóvenes parecen adultos prematuros, lo mismo que si ya sintiesen en la espalda el peso de lo que les espera.

Eran cinco: él y su esposa, Dolores Silva, la joven Laura Roiz, el profesor de francés que era también voluntario de la ARMH y Mónica; estaban en un restaurante cercano al museo, y después de consumir la primera parte de la comida en valorar entre todos la reunión de unos días antes con Bárbara Valdés y Alicia Durán, y la segunda en calcular qué hacer para sacar a Salvador Silva del Valle de los Caídos, había llegado el momento de relajarse, y mientras esperaban a que les trajesen los cafés el matrimonio repetía la historia de cómo sus padres trataron de matar al dictador en el hospital en el que lo habían ingresado.

—O sea —dijo Laura, divertida—, me lo tiene usted que aclarar: ¿lo que ellos querían era que se muriera... o que no se muriera, para poder matarlo?

—Bueno, pues las dos cosas, pero más lo segundo. Ahora lo cuentas y yo entiendo que pueda parecer una cosa estrambótica; pero mire, eso es como todo: depende del color del cristal con que se mire —dijo Paulino, recuperando la compostura—. Y el suyo era un cristal que cortaba, ¿eh? Eso ya se lo explicó mi mujer a su amiga la periodista, cuando almorzaron juntas; y usted, Mónica, seguramente lo oiría, porque estaba delante: para la señora Visitación y para mi padre, el que aquel bandido se muriese en la cama era una burla. Y para muchos millones de españoles, claro.

—Mira tú, pues a lo mejor es que ya se veían venir todo esto —añadió Dolores, en un tono crispado—. Y qué razón tenían, ¿no? Ahí está, tan tranquilo en su tumba, exactamente igual de intocable que cuando vivía. Porque ya se sabe, aquí la única justicia que existe es la del borrón y cuenta nueva. Lo que pasa es que siempre borran a los mismos y los que echan cuentas, y vuelven a salir ganando, también son los de siempre. Y a ellos, a mis padres, al de éste y a todos los demás, ¿quién les va a pagar los años de cárcel, las palizas, las humillaciones...? ¿Saben ustedes lo que les hacían en la prisión de Porlier, donde lo encerraron a él? ¿Saben cómo vivían allí? Si no lo saben, ya se lo digo yo: hacinados como bestias, llenos de enfermedades, sarna, anemias, alimentados con basura, sopa de cabezas de pescado de primero y cáscaras de patata fritas de segundo; sin medicinas, sin higiene, viendo morir como perros a sus camaradas, aterrorizados cada día cuando llegaban los de la Falange a hacer sacas, a llevarse a unos cuantos compañeros para asesinarlos. Eso, aparte de tener que cantar un *Cara al sol* cada mañana o, como fue su caso, imprimir una revista llamada *Redención* en la que se obligaba a los presos a arrepentirse de sus pecados, renegar de sus ideas y exaltar el Movimiento Nacional, es lo que vivieron los que tuvieron suerte, como mi suegro, don Abel. A los otros los mataron en una cuneta, lo mismo que a mi padre, y los echaron a una fosa común igual que si fuesen alimañas. Y ahora llegan cuatro señoritos y te dicen: hay que olvidar. Y claro, es que los oyes y se te enciende la sangre.

—Bueno, bueno... —le cortó Paulino, tratando de frenarla con las palmas de las manos—. Pues el caso es que a Visitación y Abel, que efectivamente así es como se llamaba mi padre, que en paz descanse, en cuanto se enteraron por las noticias de que sacaban al dictador del palacio de El Pardo y lo llevaban al hospital de La Paz, se les fue la cabeza, o lo que ustedes quieran pensar, y se pusieron manos a la obra.

—... Y al mío, ¿quién le va a devolver la vida? ¡Si por no querer, no quieren ni devolvernos a los muertos! —dijo Dolores, ya a destiempo, como si la última frase que había dicho no hubiese quedado bien cerrada y aún goteara esas palabras.

—¿Se lo imaginan ustedes? Y así un día y otro día... —dijo Paulino, poniéndole esta vez un tono algo más severo a sus palabras, como muestra de que empezaban a impacientarlo tantas interrupciones, y recuperando de esa forma su sitio en la cabecera de la conversación—: Ellos copiaban los partes de la radio, con un sistema que consistía en pegar la oreja al aparato y en que cada uno apuntase una palabra de las difíciles y el otro la siguiente, ¿no?, para que les diera tiempo; o sea, que mientras hablaba el locutor, la señora Visitación escribía hipoproteinemia, mi padre fibrinógeno, y así sucesivamente; y luego se lo aprendían de memoria, porque en esa época todavía nos daba miedo tener las cosas por escrito, no fuera a ser que te parase un guardia por la calle y te dijera: ¡A ver, documentación! Y entonces se iban al doctor, le soltaban la retahíla y él les decía, por ejemplo: «Pues miren, esto lo único que significa es que le han atiborrado a pastillas para evitar una embolia». «Pero ¿palma o no?», le preguntaba mi padre; y él: «No lo creo, Abel, no lo creo; pero vaya usted a saber: un hombre de su edad, con Parkinson, una úlcera sangrante y problemas circulatorios, si no es un día será otro...».

—Los del Gobierno lo ocultaban todo, no querían informar de nada —dijo el profesor de francés—, no querían que se supiera que aquel superhombre que se habían inventado había tenido un vulgar infarto, y por eso en los partes médicos lo llamaban «insuficiencia coronaria aguda con zona electrocardiográfica eléctricamente inactivable y confirmación enzimática».

—Así que ellos querían que se muriera de una vez... pero preferían matarlo antes —insistió Mónica.

—Bueno, yo creo que a esas alturas su muerte la deseaba prácticamente todo el mundo, excepto los elementos más recalcitrantes del Régimen —remató el profesor—: Unos porque se habían quedado sin sitio en la dictadura y otros porque ya lo buscaban en la democracia.

—Pues sí, la verdad es que eso es lo que querían nuestros padres —dijo Paulino, en respuesta a Mónica y mirándolo a él con cara de desconcierto.

—¿Qué ocurrió entonces? ¿Qué es lo que hicieron Visitación y Abel? —preguntó Laura.

—En octubre del 75, se empezó a rumorear, efectivamente, que le había dado un infarto, que se había salvado por poco y que había presidido el Consejo de Ministros hecho una momia, como quien dice, monitorizado y bajo vigilancia médica. Y entonces...

—... Era cierto y no se trataba de un Consejo de Ministros cualquiera —intervino de nuevo el profesor de francés—, porque lo que se discutió en él fue qué medidas tenían que tomar con respecto a Portugal, donde estaba en marcha la Revolución de los Claveles, que ellos creían que les volvía a poner el comunismo a las puertas del palacio de El Pardo; y también qué hacían con el Sáhara Occidental y cómo se enfrentaban al rey de Marruecos, que amenazaba con lanzar hacia España la famosa Marcha Verde, para reclamar esos territorios y quién sabe si, en el futuro, también Ceuta y Melilla.

—No creo que Ceuta y Melilla tuviesen nada que ver con eso —dijo Laura, en un tono cortante—. Hassan II quería el Sáhara y se lo dieron; así de sencillo, una parte a él y otra a Mauritania. Y abandonaron a su suerte a la gente del Frente Polisario, que así continúan, dejados de la mano de Dios. Lo otro no se lo cree nadie.

—Vamos, que la cosa estaba que ardía —dijo Paulino, en su acostumbrado papel de apaciguador.

—A lo que vamos —intervino Dolores, tajante—: Que mi madre y don Abel se fueron indignando con las noticias de la enfermedad de aquel canalla; y también con la gente que rezaba en las iglesias para que se salvase; y con los que fanfarroneaban diciendo que ése no se moría ni a la de tres pero que cuando eso ocurriera no ocurriría nada más, porque su general lo había dejado todo, como les gustaba repetir, atado y bien atado... Y a ellos, claro, se los comía la amargura. Imagínense a mi madre —añadió, llenando de pequeñas detonaciones cada una de sus palabras—, pensando que los huesos de su marido esperaban en el asqueroso Valle de los Caídos a que les echasen encima a aquel criminal.

—Resumiendo —tomó el relevo Paulino—: Que un día, cuando ya se lo habían llevado al hospital de La Paz y hasta los más optimistas daban por hecho que de ahí sólo salía con los pies por delante, mi padre dio un puñetazo en la mesa y dijo: «¡Basta de lamentaciones! Ahora vamos a coger el toro por los cuernos». «¿Y cómo?», le preguntó la señora Visitación. Y él le respondió: «Pues ¿cómo va a ser, mujer? Yendo allí y matándolo».

—¿Y de qué manera pensaban entrar en el hospital, con la vigilancia que debía de haber? —preguntó Mónica.

—Al principio se les ocurrió que tenían que envenenar alguna de las medicinas que le dieran, pensaban inyectarles matarratas; pero claro, ¿y cómo llegaban al botiquín; cómo le infectaban el gota a gota, o lo que fuese, con la fama que tenía el dictador de desconfiado, que decían que llevaba a todas partes con él a uno de la Legión que probaba todo lo que él iba a comer, y cosas así? Pues, al parecer, no hubiera sido tan difícil, ni su plan era tan loco, porque fíjense lo que dice en esta entrevista que quería enseñarles —dijo Paulino, sacando un recorte de periódico del bolsillo— un tal doctor Rivera, que fue uno de los que lo atendió: «La medicación que se le administraba la traía de la farmacia el mozo habitual de la planta F, sin que se estableciera ningún control ni vigilancia en el trayecto, que incluía subir seis pisos en ascensor. Más aún, como las plantas B, C, y D seguían ocupadas por enfermos, los ascensores siguieron funcionando normalmente, con la única salvedad de la presencia, a la entrada de aquella planta F, de un miembro de la guardia».

—Pero quién iba a imaginar eso —dijo Dolores Silva—, si a todos nos habían convencido de que el país entero era una cárcel cerrada a cal y canto, en la que todo estaba bajo control... Y sin embargo, ya lo ven: además de criminales, idiotas.

—El caso es que le dieron mil vueltas —siguió Paulino—, descartaron lo del matarratas y también disfrazarse de médico y enfermera, que era lo segundo que se les había ocurrido, porque estaban demasiado viejos para eso: «Pero, Abel, ¡si tú y yo estamos más para que nos amortajen a nosotros que para ponerle una venda a nadie!», le decía ella, y se echaban a reír los dos. Después se les pasó por la cabeza hacerse pasar por pacientes del sanatorio, pero ¿de qué les iba a servir eso? Aunque consiguieran entrar allí, nunca podrían llegar hasta la habitación 609, que era donde estaba el dictador, rodeado de metralletas, como toda su vida.

—De hecho —dijo el profesor de francés—, los del Gobierno tenían tanto miedo de que sufriera un atentado si lo sacaban de su búnker, que la primera vez que hubo que operarle, para parar una hemorragia intestinal, lo hicieron en un quirófano montado deprisa y corriendo en el palacio de El Pardo, en la sala de curas del Regimiento. Para trasladarlo hasta allí, había que bajar unas escaleras casi de caracol, y como la camilla no podía hacer el giro, lo llevaron envuelto en una alfombra, desnudo y medio desangrándose. No había iluminación suficiente y los cirujanos enchufaron tres o cuatro flexos, que estaban allí con los cables tirados por el suelo, en contacto con los líquidos desinfectantes que se usan en las intervenciones que se habían derramado, de manera que empezaron a soltar chispas y se fue la luz. Hubo que llamar urgentemente al electricista del pueblo, a media noche, para que fuese a hacer una chapuza. Inexplicablemente, el tirano salió vivo, aunque fuera por poco tiempo.

—Y después de eso es cuando lo llevan al hospital —dijo Laura, mirando a Paulino.

—Exactamente. Y allí que se presentan una tarde la señora Visitación y mi padre, vestidos los dos de luto riguroso, él con un bigote postizo que había comprado las últimas navidades en un puesto de artículos de broma de la Plaza Mayor y con una corbata que en realidad era azul y que había vuelto negra con un tinte del supermercado, y ella llorando a mares, haciendo como si se le hubiera muerto un pariente.

—Y las lágrimas, en el fondo, no eran una comedia, eran de verdad —terció Dolores Silva—, porque ella lloraba por mi padre, por todo lo que les había hecho el carnicero de la planta F.

133

—Pues bueno, llegan allí y le preguntan al primer policía que ven dónde está el velatorio, se lo dice y empiezan a andar por los pasillos, venga a dar vueltas, imaginando que todos los que se les cruzaban eran de la Secreta, los celadores, los camilleros, los curas... Hasta que por fin ven unos montacargas, y suben a la planta F. Y ahí se acaba la misión, por ese día, porque efectivamente nada más abrirse las puertas se dan de cara con un guardia armado con una metralleta, que no sé si sería el gallego ese del que cuentan que todos los días se le acercaban sus superiores y le preguntaban: ¿cuáles son tus órdenes?, y que él, afirmando los pies en el suelo y dándole unas palmadas a la culata del arma, respondía: «¡Que en la habitación de Su Excelencia no entra ni Dios!»; o tal vez fuera otro, pero tanto da, porque la que sí era la misma era la ametralladora.

Volvieron a reír todos, hasta Dolores, aunque ella lo hizo a la vez que negaba con la cabeza, como lamentando que se bromeara sobre cosas tan serias.

—¿Y qué hicieron entonces? —preguntó Mónica, a la vez que miraba disimuladamente el móvil, para comprobar que Héctor no había llamado.

—Pues el guardia, que estaba sentado en una silla, empieza a levantarse; y ellos ahí en el ascensor, petrificados por el miedo, que ven que se aproxima, que va a decir algo, no saben qué, pero imaginan que aquellas palabras temibles, ¡a ver, documentación!, y las puertas automáticas que no se cierran, y la señora Visitación dándole al botón del cero para huir...

—¡Qué angustia! —exclamó Laura.

—Sí, pero en el último instante las puertas se cerraron, y volvieron a bajar los seis pisos, que a ellos les parecerían sesenta porque estaban seguros de que les iban a estar esperando en la salida... Y efectivamente: se abren las puertas en la planta baja y allí hay dos guardias civiles; y uno mira a la señora Visitación, que se echa a llorar a gritos, pero de miedo, y acerca una mano a mi suegra, y ella y mi padre levantan las dos, así muy juntas, como entregándose para que les pusieran las esposas, y el otro lo único que hace es que le toca en el hombro, se echa a un lado y va y le dice: «Pase usted, señora, ¡la acompaño en el sentimiento!».

La mesa volvió a estallar en una carcajada.

—Es una historia fantástica, Alicia Durán está entusiasmada con ella y le piensa dedicar un capítulo entero de su libro —dijo Mónica.

—Sí, pero maldita la gracia que debía de hacerle a ellos —le cortó Dolores Silva, remachando alguna de esas palabras como si les hundiese los acentos de un martillazo—. No olviden que don Abel había pasado seis años en la cárcel, acusado de auxilio a la rebelión y por tener carné del Partido Comunista, y los tres y medio últimos haciendo trabajos forzados en el Valle de los Caídos, mire usted qué casualidad macabra, construyéndole la tumba a su camarada, o sea, a mi padre. Y encima, se presentó voluntario.

—¿A qué? ¿Voluntario a trabajar en el Valle de los Caídos?

—Pues claro. Lo hizo él y lo hicieron otros muchos: mejor estar preso al aire libre que en una ratonera como el Reformatorio de Adultos de Alicante, que fue donde lo llevaron, después de haberlo cogido preso, porque ese lugar era donde metían a los artistas y donde los obligaban a colaborar en la revista *Redención*.

—¿El Reformatorio de Adultos de Alicante? —repitió el profesor de francés—. Allí es donde estuvo detenido José Antonio Primo de Rivera y donde murió Miguel Hernández.

—Pero no sólo ellos, también estaban muchos otros, desde un pintor que había sido muy amigo de mi padre, don Vicente Albarranch, que se murió allí de pura necesidad, lo mismo que Miguel Hernández, hasta otro que se llamaba Carlos Gómez y le decían Bluff, al que fusilaron en el campo de tiro de Paterna porque, según ellos, colaba mensajes cifrados y propaganda comunista en las ilustraciones que le obligaban a hacer para *Redención*. A Miguel Hernández lo vio unas cuantas veces, claro que sí, en el patio central y en el locutorio, que mi madre decía que era un lugar terrible: dos vallas llenas de alambre de espino, un guardia paseándose por el medio y los reclusos y las familias hablándose a voces de un lado a otro. Había tres mil presos y los llevaban allí, una vez por semana, de cuatrocientos en cuatrocientos. Era una cosa de locos, un auténtico gallinero.

—Así que, para escapar de todo eso se apuntó al Valle de los Caídos —dijo Laura—. ¿Cómo podía hacerse eso?

—Unos pedían el traslado a Cuelgamuros y otros se apuntaban al Batallón Disciplinario de Soldados Trabajadores Penados, que así era como lo llamaban, cuando los contratistas iban por la cárcel a buscar mano de obra. Es verdad que allí arriba, en el monte, la faena era durísima, consistía en perforar la piedra ocho o diez horas diarias, que eso es lo que hizo él, no como otros, que estaban de ordenanza o de telefonista; y que además era arriesgada, con tanta pólvora y tantas explosiones alrededor, haciendo saltar la montaña, de hecho hubo un montón de accidentes; y que a los vigilantes a veces se les escapaba alguna bofetada o, si les desobedecías, te castigaban atándote un saco lleno de arena a la espalda y haciéndote trabajar una jornada entera con él a cuestas; y que estaban sometidos a una disciplina de cuartel y crucifijo, de lunes a viernes a hacer de picapedreros vestidos con un uniforme de rayas azules y blancas, y los domingos, a misa.

—Y pasaban mucha hambre —redondeó Paulino, cortando de paso la enumeración de su mujer, que amenazaba con eternizarse—. Mi padre siempre decía que eso era lo peor, más que los insultos y las heridas. «Hijo, es que el hambre se te comía.»

—Sí, allí también pasaban hambre —siguió Dolores—, entre otras cosas porque los encargados del comedor les robaban la comida que se les enviaba desde Madrid, para revenderla en el mercado negro. Pero a cambio, aquélla era la única forma de reducir las penas, a razón de cinco años por cada uno de trabajos forzados; y les daban un pequeño sueldo con el que podían ayudar a sus familias; y además, poco a poco fueron abriendo la mano con ellos, permitieron que algunas mujeres se instalasen en chabolas que hacían cerca de los barracones, y a veces hasta dejaban a sus maridos dormir con ellas, o al menos pasar juntos un rato, desde el final de la cena hasta el toque de oración. Vivían a cielo abierto; les dieron permiso para tener una huerta; jugaban al fútbol los fines de semana, los de una empresa contra los de otra, o presos contra libres, como decían ellos... Con el tiempo, hasta fue posible montar una escuela para sus hijos, lo hizo un profesor condenado por haber sido comandante de Infantería del ejército republicano.

—Luego también estaban muy controlados, no se crean ustedes —dijo Paulino—. Los vigilaba día y noche un retén de la Guardia Civil y se sabe que había policías infiltrados entre los obreros libres, que espiaban especialmente a los comunistas. Aunque, por otro lado, también hubo muchas fugas.

—Que de todas formas no sirvieron de nada, porque no llegaban muy lejos, excepto los tres o cuatro que lograban pasar a Francia —apuntilló Dolores—. Al otro noventa por ciento los volvían a detener en cualquier parte, qué más daba dónde fuesen, si el país entero era un presidio.

—«Ningún viento es favorable para los barcos que no saben dónde ir.» Eso lo dijo un filósofo llamado Arthur Schopenhauer —citó el profesor de francés.

—¿Había muchos de esos obreros libres que han mencionado? —preguntó Mónica, para demostrar que estaba atendiendo a la conversación, aunque la vieran contestar un mensaje con el móvil: «Luego te llamo. Estoy en una reunión. No pienses cosas extrañas, por favor, no vivas enfadado...», le respondió a Héctor, que acababa de escribirle.

—Sí había, sí, por supuesto. Un diez o un quince por ciento de la plantilla, debían de ser. Gente de por allí cerca, que necesitaba ganarse el pan como fuese, y lo hacía en esa obra. ¿Por qué no?

—Pero había que estar muy desesperados para eso, tener mucha necesidad —dijo el profesor de francés—. Trabajaban en condiciones infrahumanas, sin medidas de seguridad, sin ventilación... Unos enfermaban de silicosis, o de ictericia, a otros se los comía el bacilo de Koch... Tal vez no morían en Cuelgamuros y por eso no están en ninguna relación de víctimas, pero lo hacían a los pocos años y como consecuencia de lo que habían padecido allí. Y por supuesto, muchos fallecieron, como es obvio, sepultados por los derrumbes que había en los túneles; hay quien dice que en los primeros tiempos caían a razón de dos o tres reclusos diarios.

—¿Y Abel nunca intentó fugarse? —preguntó Laura.

—Una vez —respondió Paulino—, en el año 44, en una evasión que habían preparado los camaradas del partido. Ya le tenían listos la casa donde iba a refugiarse y los documentos falsos para poder pasar a Orán. Pero cayó enfermo, de tuberculosis, y tuvo que quedarse. Los cuatro compañeros con los que iba a escaparse sí que se marcharon: a dos los cogió la policía, a uno en un tren, ya cerca de Tarragona, y a otro en plena calle, en Madrid, y les metieron otros once años de condena; pero los otros dos consiguieron pasar la frontera.

—¿Y qué fue de ellos?

—Uno, que era farmacéutico, murió en Argentina, treinta años más tarde; pero el otro regresó a España con la democracia, después de estar treinta y ocho años en México, donde creo que tenía un taller mecánico, y mi padre y él solían verse todos los sábados, para jugar al dominó. Cuando lo de ir a La Paz a cargarse al dictador, él fue quien le dio la idea de comprometer en el plan a una enfermera que trabajaba en el hospital y que era hija de un militante del PCE que había pasado diez años de penal en penal. Su amiga la periodista quería entrevistarla, pero ya le dije que había muerto hace un par de años, en un accidente de coche.

—¿Cuándo dejaron libre a su padre? —dijo el profesor de francés. Laura Roiz lo miró contrariada y le hizo a Mónica un gesto que significaba: «Este hombre siempre se equivoca, ¡en lugar de dejar que acabe la historia de la enfermera, se lo lleva por otro camino!».

—En el 46 —contestó Paulino—. Había entrado en junio del 42, o sea, que le descontaron veintitrés años de condena por cuatro y medio de trabajos en el Valle de los Caídos, que sumados a los dos y pico que pasó en Alicante, daban algo más de veinticinco. El resto hasta treinta se lo perdonaron por buena conducta y le dieron la libertad condicional; y él siempre me decía: «¿Ves, hijo, lo que es la solidaridad entre camaradas? Si los dos compañeros a los que cogió la Guardia Civil, en Tarragona y en Madrid, hubieran confesado durante los interrogatorios que yo estaba implicado en la fuga, me habría muerto en la cárcel. Les pegaron tanto que a uno le hicieron puré un riñón y un tímpano, y al otro lo dejaron casi ciego, pero ni aun así se fueron de la lengua, no me delataron».

—¿Y Abel volvió a verlos? —insistió el profesor de francés.

—No, uno falleció en la cárcel de Burgos mientras mi padre estaba en el Valle de los Caídos; y el otro, cuando salió libre en el cincuenta y tantos se fue a Alemania de emigrante y tampoco duró mucho, creo que tuvo un accidente en una mina de zinc, en Hanóver, y ahí se quedó. Repatriaron el cadáver y está enterrado en Lerma, cerca de Burgos, igual que el otro, porque eran primos; y mi padre iba allí todos los años, el 14 de abril, y les ponía flores moradas en las tumbas, que estaban en un extremo del camposanto y eran muy pobres, apenas un montoncito de arena y una lámina de pizarra con el nombre medio borrado.

—Al menos tenían una tumba donde llevarles esas flores. A mi padre se las estuvimos poniendo veinte años en una fosa en la que no estaba, al pie de las tapias del cementerio de Navacerrada.

—De manera que Visitación y Abel se enteran de que la hija de un camarada era enfermera en La Paz —terció Laura—, y se ponen en contacto con ella.

—Sí, se lo dijo aquel compañero, el que había estado exiliado en México. Pero la cosa iba más allá, porque no era sólo que esa chica, que se llamaba Amparo, trabajase allí, lo cual no era tan de extrañar, porque en una plantilla tan grande alguno tenía que ser de los nuestros, ¡es que era una de las cuatro que pusieron al servicio permanente del dictador! Por si les costaba creerlo es por lo que he traído la entrevista con ese doctor Rivera. Escuchen lo que declara ahí —dijo Paulino, volviendo a desdoblar el recorte de periódico y colocándose unas gafas de leer—: «El médico de cabecera del Caudillo asegura en sus memorias que, por motivos de seguridad, los doctores y enfermeras que debían atenderlo fueron seleccionados por él. No hubo tal. La verdad es que confió plenamente en los facultativos responsables del centro y aceptó todas las decisiones que nosotros tomamos con criterio exclusivamente profesional. Yo elegí para que rotasen en la permanencia constante junto al paciente a las cuatro mejores enfermeras de cuidados intensivos que había en mi servicio y a la monja responsable de nuestros quirófanos, y sólo varios días después me di cuenta de que una de ellas era hija de un militante comunista... y no fue sustituida».

—Amparo, la enviada de Némesis —dijo Mónica, hablando más para ella misma que para sus acompañantes, y luego, al darse cuenta, añadió, para justificarse—: Tiene gracia, porque me he pasado toda la mañana restaurando una pequeña escultura suya, preciosa, con alas negras, una corona de narcisos y una rama de manzano en la única mano que le queda. En la que falta podía haber varias ·cosas: una espada, una serpiente, una rueda o una antorcha, y yo tengo que averiguar cuál de ellas era.

—Eso es de su trabajo, ¿no? —dijo Dolores.

—Sí, sí, disculpadme, sólo pensaba en voz alta, estoy mezclando las cosas.

—Pero, señorita, no nos deje a medias, explíquelo; a mí siempre me gusta aprender —dijo Paulino. A Mónica le dieron ganas de abrazarlo.

—En la mitología griega, Némesis es hija de la diosa de la noche y personifica la venganza: se supone que su misión es castigar la desmesura, a los que son demasiado felices, o demasiado ricos, o demasiado poderosos.

—¿Usted cree en esas cosas? —dijo Dolores Silva, arqueando los labios.

—Son leyendas, fábulas... Se dice, por ejemplo, que cuando los persas tenían cercada Atenas, daban su victoria tan por segura que mandaron llevar a la ciudad un gran bloque de mármol para hacer con él un monumento conmemorativo de su conquista; pero una noche el famoso escultor Fidias esculpió en él una estatua de Némesis, que levantó hasta tal punto la moral de los soldados griegos que les hizo ganar la batalla de Maratón. Pero disculpadme, me he puesto a hablar de mis cosas y estoy desviando la conversación. Paulino, siga usted con su historia, por favor.

—Pues lo que queda por contar es que la señora Visitación y mi padre lo intentaron otra vez, disfrazados de heridos, aprovechando un accidente doméstico, porque ella se cortó mientras pelaba unos tomates, y él, en cuanto vio la sangre, dio un salto y gritó: «¡No lo toques, llama un taxi y vámonos para La Paz! ¿Dónde está el matarratas?». Y allí que se fueron. Mientras le hacían la cura, él, sintiéndose respaldado por aquella coartada tan fácil de probar, se atrevió a subir en los ascensores hasta la quinta planta y, una vez allí, a husmear todo lo que pudo en busca de una escalera de servicio, o de incendios, cualquier cosa que pudiera llevarlo al piso de arriba sin ser descubierto. La encontró, pero le bastó con entreabrir un centímetro la puerta para ver que ocho o nueve escalones más arriba estaba apostada una pareja de la Guardia Civil. Después de eso, doña Visitación y él continuaron haciendo planes, mientras se enteraban de que al dictador lo habían vuelto a operar; y de que le habían extirpado dos tercios del estómago; y de que estaba en la UCI, conectado a un respirador... Seguían pegados a la radio, turnándose para apuntar uno tromboflebitis y el otro iliofemoral, y aprendiéndose los partes médicos de memoria. Pensaron en infiltrarse en un grupo de limpieza, o en alguna empresa de proveedores, o en el restaurante del hospital. Pero yo creo que aquello ya era más por justificarse, o incluso por pasar el rato, que por otra cosa, porque a esas alturas se habían dado cuenta de que no tenían ni la más mínima posibilidad de matarlo. Cuando se entrevistaron con Amparo, les dijo exactamente eso: «Ahora mismo, es imposible y sólo dejaría de serlo preparando el golpe con más tiempo del que le queda a él de vida».

—¿Y ella? ¿No podía hacerlo ella? —dijo Mónica.

—Pues ¿saben lo que me contó unos años después, en el entierro de mi padre, al que tuvo la amabilidad de asistir? Que cuando le había dicho que ella dudaba de que pudiera matar a nadie, por mucho que se lo mereciese, pero aún mucho menos a un paciente suyo, por lo visto él se echó a llorar y le contestó: «Pues ¿quieres que te confiese algo? Yo creo que tampoco sería capaz: hubiera llegado al pie de su cama y no habría visto al asesino que siempre fue, sino a un viejo de ochenta y dos años agonizante; y me parece que no me habría llegado el odio para matarlo».

Se hizo un silencio de esos en los que todo el mundo le tira de las riendas a la emoción, baja la cabeza y se frota las manos. En el paralenguaje corporal que tanto le gustaba a Alicia Durán, esos dos gestos son contradictorios, porque uno expresa conformidad y el otro impaciencia, el primero significa que se da por concluido el mensaje que ofrece o se recibe y el segundo expresa que aún se tienen expectativas.

—Debe estar usted muy orgulloso de su padre, Paulino: sin ningún género de dudas, era un gran hombre, un ser humano extraordinario —dijo solemnemente, al cabo de unos segundos, el profesor de francés.

—Amparo me dijo lo mismo en su funeral; y también que haberle oído decir aquello a mi padre, eso de que no habría sido capaz de acabar con el hombre que tanto daño les había hecho a él y a las personas que más quería, a todas, porque no hemos hablado de mi madre, y de cómo la perdió en un bombardeo cerca de Bañolas, mientras intentaban huir a Francia, y tuvo que enterrarla con sus propias manos, cerca del río Fluvià..., bueno, pues que escucharle eso le dio valor para hacer lo que hizo el 20 de noviembre, hacia las doce del mediodía, después de que esa madrugada se hubiera certificado la muerte de aquel canalla, y de que el equipo de embalsamamiento lo preparase, y le pusieran su uniforme de gala de capitán general: entonces ella, aprovechando un momento en el que la habitación estaba casi vacía...

—... que eso lo hizo en honor de don Abel —terció Dolores Silva.

—Sí, entonces ella, en su honor, temblando de miedo, tan descompuesta que al final le vino bien porque todo el mundo pensó que era de emoción, se acercó al cadáver, unos segundos antes de que lo metieran en el ataúd, fingiendo que iba a darle un beso, y le escondió en la guerrera una insignia de metal del Partido Comunista de España que le había dado a guardar su padre, con la bandera roja ondeando y la hoz y el martillo encima. Aún tiene que estar allí con él, brillando entre sus huesos, como quien dice, bajo la maldita tierra de su Valle de los Caídos. Si no he entendido mal la historia que ha contado usted, señorita Mónica, igual ni serpiente ni antorcha ni espada: a lo mejor en este caso también podría colocársele esa insignia en la mano a su diosa Némesis.

Capítulo once

Desde la ventana de su hotel, que estaba en la Via Strozzi, en pleno centro histórico de la ciudad, se veían el Campanario de Giotto y la cúpula de Santa Maria del Fiore, y en un breve paseo que había dado aquella misma mañana antes de desayunar, muy temprano, pasó a la carrera por la Piazza del Duomo, cruzó como alma que lleva el diablo el Ponte Vecchio y, mientras buscaba en los alrededores de la catedral una famosa bodega de la que le habían hablado, le echó un vistazo a la basílica de Santa Cruz y al baptisterio de San Juan; pero ése era todo el turismo que iba a hacer Alicia Durán en Florencia: nada de museos, ni un minuto para ver el *David* de Miguel Ángel, ni el palacio Uffizi, ni las capillas de los Médici, porque sólo tenía tiempo para repasar su entrevista con el juez Pier Luigi Baresi y para cenar con él a las nueve, en el restaurante del hotel Regency, en la Piazza d'Azeglio. Pasó la tarde poniendo en orden sus notas sobre la red Gladio y su presunta relación con el crimen de los abogados de la calle de Atocha, y tratando de seguir un rastro de sangre que iba de Washington a Roma y de ahí a Milán, Bolonia, Madrid, Lisboa, Santiago de Chile, Buenos Aires, La Paz, Caracas... A las ocho se dio un baño y se vistió con una chaqueta roja, una camisa elegante y ni más ni menos escotada de lo que convenía, y unos pantalones oscuros a juego con los zapatos, bastante clásicos, por los que se había decidido, antes de salir de Madrid, después de probarse alrededor de ocho o diez pares. El conjunto, en su opinión, le daba un aspecto a la vez atrevido y respetuoso, que era justo lo que buscaba. En el taxi, sin embargo, se olvidó de sí misma y sólo tuvo ojos para las preguntas que tenía escritas en su libreta y para comprobar que llevaba con ella su pasaporte, su acreditación de periodista y sus dos grabadoras, la principal y la suplente por si la otra fallase, y también que su máquina de fotos funcionaba. Todo estaba en orden.

Vio un par de llamadas perdidas de Juan en su móvil, pero no quiso responder, y se justificó ante sí misma diciéndose que en aquellas circunstancias no debía distraerse y que, en cualquier caso, para tomar decisiones importantes se necesita tiempo, calma y espacio. Romper algo no tiene por qué ser más fácil que construirlo, de hecho las relaciones sentimentales son como las plantas: cuesta menos sembrarlas que arrancarlas.

El hotel Regency era todo cortinas rojas y cubiteras de plata, y el restaurante, llamado Relais Le Jardin, un local sofisticado con porcelana en las paredes, lámparas de araña y un mobiliario que representaba esa idea del buen gusto que consiste en creer que es posible ser moderadamente pretencioso. Intentó traducir todo eso a euros, imaginando que en el periódico iban a poner el grito en el cielo al ver la cuenta. El juez Baresi no estaba allí cuando ella llegó, tal vez porque lo hizo con diez minutos de antelación, sino en un ángulo del jardín, con un Martini seco en la mano derecha y un teléfono móvil en la izquierda, y quien la recibió y la llevó ante él fue un guardaespaldas que, antes de nada, le pidió amablemente que le permitiera inspeccionar su bolso y ver su pasaporte y su carnet de periodista. Luego, otra mujer del servicio de seguridad del magistrado la cacheó, le informó de que no estaba autorizada a tomar fotos, aunque ella podría proporcionarle una reciente si lo deseaba, y le hizo, en un tono amenazador de puro cortés, algunas preguntas de prueba: qué número de ejemplares vendía su diario; en qué estación de metro había que bajarse para llegar a él; cuál era su extensión telefónica en la redacción; cuánto cobraba al mes; cuáles eran los nombres de sus compañeros en la sección de Nacional, de los redactores jefe de Deportes, Cultura y Sociedad y de las dos secretarias del director. La mujer la interrogaba con los ojos clavados en ella, atenta a cada gesto, y luego comparaba minuciosamente las respuestas mirando la pantalla de un iPad que llevaba consigo. Cuando acabó el cuestionario, le pidió que la siguiese. Alicia se fijó en su manera de andar, un tanto profesional, mecánica. Le cayó bien, como todas las personas que hacen su trabajo con seriedad.

El juez Baresi era un hombre pequeño y macizo, que vestía con una elegancia disfrazada de simple formalidad, camisa azul hecha a medida, corbata del mismo tono y traje de un color fronterizo entre el verde y el gris. Alicia se detuvo en sus zapatos de marca, que eran brillantes y flexibles como panteras mojadas, pero sobre todo reparó en lo quietos que estaban bajo la mesa, lo cual probaba su aplomo y confianza en sí mismo. Su mirada era frugal, sus gestos competentes y sus modales defensivos, todas ellas características muy comunes entre las personas que tienen secretos que defender, que se exponen al público y que temen ser analizadas. La saludó con un apretón de manos neutro y tan rápido que en él ya estaba el aviso de que la conversación iba a ser corta y exigía a partes iguales dinamismo y concisión. De hecho, nada más saludarse, y sin siquiera preguntarle si le apetecía tomar algún aperitivo, le propuso que pasaran directamente al comedor, con un ademán que hacía acrobacias entre la cortesía y el autoritarismo y que ella vio que, en diferentes versiones, era muy habitual en aquel ser acostumbrado a tomar la iniciativa y dictar la ley. El juez sólo le preguntó qué tal habían ido el vuelo y el tren desde Roma —*«com'è andato il suo viaggio? A che ora è arrivata?»*— mientras ponía en silencio su móvil, se sentaba a la mesa, le indicaba con un gesto acompasado de la mano y de los ojos que ella lo hiciese frente a él y le informaba de que se habían tomado la libertad de pedir un pequeño menú de degustación, que él dijo que serviría para que pudiese «*di conoscere il gusto squisito di Firenze»,* y ella dedujo que era simplemente un modo de ahorrar tiempo. En cuanto le hizo la primera pregunta, pudo comprobar que Baresi hablaba una mezcla de español descuidado e italiano cuidadoso que hacía fácil la tarea de entenderlo, y que además no escatimaba ningún esfuerzo en ese sentido: cuando tenía la más mínima duda de que sus palabras hubieran sido comprendidas al cien por cien, desandaba el discurso y lo repetía de otro modo, añadiendo para asegurarse: «*Hai capito? È chiaro?».* Y si aun así le quedaba alguna sospecha, le pedía a su asistente, la mujer que había registrado e interrogado a Alicia, que lo tradujese: «*Marta, per favore, ripeti letteralmente in spagnolo».* Ella lo hacía con la eficiencia con que debía de hacerlo todo, y con la misma seguridad con que, sin pedir permiso a nadie ni dar explicación alguna, había puesto su propia grabadora sobre la mesa, para avisarla de que no intentase manipular las palabras de su señoría; es decir, que hizo exactamente lo mismo que había hecho unos días antes, en su despacho de Madrid, el abogado Juan Garcés.

Pier Luigi Baresi: «Los asesinos de la calle de Atocha trabajaban para la CIA, aunque tal vez no lo supieran».

Si alguien te pregunta qué tienen en común los malhechores más peligrosos de Italia y respondes que al juez Baresi, podrá pensar que exageras pero no que desvarías. Naturalmente, no resulta ni mucho menos sencillo acercarse a una persona que vive en el punto de mira de la Mafia y de otras asociaciones criminales, que han encontrado en él a un enemigo incorruptible y capaz de poner en jaque al propio Gobierno de su país, investigando los vínculos entre la política y la Cosa Nostra y sentando en el banquillo a relevantes cargos públicos. En 1990, junto al juez veneciano Felice Casson, forzó al propio Presidente de la República, Giulio Andreotti, a hacer públicos en el Parlamento los informes policiales que obraban en su poder y que probaban la existencia en Italia de la red Gladio, que es el nombre que adoptó en Europa la organización terrorista Stay Behind, montada por la CIA para cometer una larga cadena de atentados que lograsen crear un clima de inseguridad continua e impidieran la expansión del comunismo por el continente, puesto que todas las matanzas se atribuían por sistema a bandas paramilitares que actuaban al servicio de la Unión Soviética o a individuos de ideología comunista o anarquista. Las acciones de Gladio incluyeron masacres como las llevadas a cabo en la Piazza Fontana, de Milán, o en la Piazza della Loggia, en Brescia, y también son muchas las pistas que la relacionan con la ejecución, en 1978, del jefe de la Democracia Cristiana, Aldo Moro, al que probablemente se permitió que secuestrasen las Brigadas Rojas, o al cual, como mínimo, se dejó que asesinasen, sin hacer nada por evitarlo, pese a las cartas desesperadas que mandó a sus compañeros de partido y a la prensa pidiendo un canje de prisioneros entre el Estado y los terroristas, y por cuya muerte el juez Pier Luigi Baresi logró que en el año 2002, tras un largo proceso, se condenara al propio Andreotti, como instigador de aquel magnicidio, a veinte años de prisión. Uno más tarde, esa pena fue anulada por la corte *di cassazione* de Perugia.

—*¿Cuándo oyó hablar por primera vez de la red Gladio?*

—En mi profesión, uno no puede prestarles oídos a las habladurías, sólo a los hechos, y siempre y cuando esos hechos sean demostrables. Por eso debo contestarle que en el año 1976. Por supuesto que antes de esa fecha manejábamos ciertos indicios y algunos datos que parecían establecer conexiones entre diversos atentados llevados a cabo en diferentes países de Europa e indicar que esa organización que usted menciona existía; pero ese año, una investigación del Senado norteamericano a la CIA certificó oficialmente su existencia. Dos años más tarde, su antiguo director dio en sus memorias detalles muy exactos de cómo entrenaban y armaban a los pistoleros de Gladio.

—*¿El director de la CIA?*

—Eso es. William Colby. El libro se titula *Honorable men* y, si me lo permite, me atrevo a recomendarle que lo lea, aunque tal vez ya lo haya hecho.

—*Lo conozco y sé que en él describe a sus mercenarios de Stay Behind como «una nueva generación de templarios, encargados de defender la libertad occidental contra el oscurantismo comunista».*

—Sí, un hombre disparatado... Pero también era el jefe de la trama y nos dio una información muy útil.

—*De hecho, parece que dio demasiada: murió de manera misteriosa, nada más jubilarse, mientras pescaba en su bote...*

—Sí, así es como funcionan las cosas en ese mundo en el que todo lo que no es lealtad ciega es traición. En cualquier caso, permítame decirle que se equivoca usted en algo: no todos los extremistas que reclutaba esa gente eran simples mercenarios, aunque los había, lo mismo que había antiguos miembros de la Gestapo y las SS, casi todos ellos espías atrapados en la retaguardia después de la retirada de la Wehrmacht. Pero la mayor parte estaban allí por razones puramente ideológicas. Es el caso de los jóvenes españoles de Fuerza Nueva y de nuestros neofascistas de Ordine Nuovo, que coinciden en muchas más cosas que en el nombre. De hecho, los primeros ensayos de aquel movimiento subversivo comenzaron en Italia, cuando ofrecieron al antiguo líder de los escuadrones de la muerte, el príncipe Valerio Borghese —quien, por cierto, también encontró asilo en España y murió en su casa de Cádiz, en 1982—, la posibilidad de que revelara los nombres de sus agentes, para así poder salvarlos, convirtiéndolos en soldados clandestinos de una guerra sucia contra las fuerzas del Pacto de Varsovia. Después hicieron lo mismo en Francia, alistando al antiguo comisario general de la policía colaboracionista, y en la propia Alemania, donde pusieron al frente de los servicios secretos del país al mismo general que había dirigido la inteligencia del ejército nazi.

—*Reinhard Gehlen. A principios de los años cincuenta, la prensa alemana denunció la existencia de un grupo ultraderechista, el Bund Deutscher Jugend, cuyos militantes habían sido adiestrados por los Estados Unidos y cuya primera misión era tener lista la ejecución de los principales líderes de la izquierda, para llevarla a cabo en el momento en que se produjese una eventual invasión de Europa por parte de la URSS. Él había organizado esa nueva «noche de los cuchillos largos».*

—Exacto. Y todo parece indicar que había uno como él en cada país de Europa. Todas las comisiones parlamentarias que investigaron esos sucesos en la mayor parte de las naciones del continente llegaron a la misma conclusión: la red Gladio no era, en modo alguno, una simple fantasía.

—*Al contrario, esa gente orquestó desde Washington la famosa* strategia della tensione, *y sus comandos la pusieron en práctica dedicándose a la conspiración y el crimen.*

—Bueno, la expresión *stay behind* la usaban los británicos para calificar la tarea de sus agentes secretos atrapados detrás de las líneas enemigas, cuya misión era organizar la resistencia, y ése es un concepto muy amplio: incluye demasiadas cosas que están al margen de la ley y que si en tiempos de guerra tal vez puedan llegar a tener alguna justificación, en épocas de paz resultan de todo punto intolerables. Pero sí, en cualquier caso resulta obvio que, salvo algunas excepciones que confirman la regla, los movimientos de sus agentes no eran espontáneos, sino parte de un programa. Los asesinos de la calle de Atocha, por centrarnos en el suceso que a usted le interesa, interpretaron su papel, pero no escribieron el guión.

—*De hecho, unos documentos de la CIA que llegaron a hacerse públicos cuando fueron desclasificados explican cómo la organización se dividía en cinco grupos, dedicados a la «guerra psicológica», la «guerra política», la «guerra económica», la «acción directa preventiva» —es decir, la que tenía como cometido la ayuda a las guerrillas, el sabotaje, la destrucción y la infiltración de los agentes dobles— y, finalmente, un grupo que, bajo el epígrafe de «actividades diversas», es el más temible por ser el más indeterminado.*

—Sin duda. Es más que probable que las matanzas de Milán o Brescia, aquí en Italia, y tantas otras cometidas a lo largo y ancho de toda Europa, fuesen incluidas en esas «actividades diversas». En el ámbito criminal, el fin siempre justifica los medios. Y, de hecho, en esos papeles que usted acaba de mencionar se argumenta que las Stay Behind deben tener carta blanca a la hora de desestabilizar los países en los que operen, porque de lo contrario «el enemigo podría tomar el poder por vía electoral en cualquier momento, gracias a las votaciones democráticas».

—*Para conseguir todo eso hacen falta dos cosas: un Gobierno falso, es decir, manejado por fuerzas oscuras, y un auténtico ejército. ¿Tiene idea de cuántos paramilitares integraban la red Gladio?*

—Es difícil de saber, porque obviamente no contamos con la ayuda de ninguno de los Gobiernos implicados, esos a los que usted llama «falsos», aunque yo no llegaría tan lejos. Las únicas cifras a nuestra disposición son de 1952, y ya para entonces contaba con tres mil colaboradores, con medio centenar de células operativas en el extranjero y con un presupuesto anual de doscientos millones de dólares. En esa época, sus acciones más sonadas fueron el derrocamiento de los presidentes de Irán, en 1953, y de Guatemala, un año más tarde, aparte de una serie de acciones desestabilizadoras llevadas a cabo en países de la órbita comunista, como Albania, Corea y Polonia.

—*Pero la máquina no se detuvo ahí, la política exterior fue suplantada por el terrorismo de Estado y la violencia desplazó a la diplomacia: por qué enviar embajadores, pudiendo mandar pistoleros. En los años setenta, las Stay Behind se multiplicaron y la organización se fue propagando por toda Latinoamérica.*

—Sobre todo a partir de 1973, cuando la llamada Dirección de Operaciones lanzó una ofensiva destinada a frenar el avance de la izquierda en países como Argentina, Chile o Uruguay, y para ello se reclutó a agentes como el fundador de Avanguardia Nazionale, Stefano Delle Chiaie, o el nazi Klaus Barbie, el tristemente célebre Carnicero de Lyon, que estaba refugiado en Bolivia, donde, por cierto, colaboró con Delle Chiaie en el golpe de Estado de los militares contra la presidenta Lidia Gueiler.

—*Delle Chiaie y Barbie estaban en Bolivia, donde también fue a parar uno de los ultras que mató a los abogados laboralistas de la calle de Atocha, porque los habían llevado allí a través de lo que en su jerga se llama una* ratline, *es decir, una de las rutas de escape que montó la CIA para librar de la cárcel a los criminales de guerra que había alistado a su servicio. Barbie, efectivamente, asesoró en La Paz a varios dictadores, entre 1964 y 1981, dirigió grupos paramilitares que les hacían el trabajo sucio y hasta se dice que fue él quien diseñó la emboscada que culminó con la muerte del Che Guevara, en 1967.*

—Corren muchas leyendas. Pero lo que es seguro es su relación con el Plan Cóndor, aquel engranaje montado por la CIA para coordinar la represión llevada a cabo por las dictaduras del Cono Sur, entre 1970 y 1980. La llamada Doctrina Truman explicaba que su tarea era «perseguir, detener, torturar y promover la desaparición o muerte de personas consideradas subversivas del orden instaurado», y los escuadrones de la muerte de Uruguay, Argentina, Brasil, Chile, Bolivia o Paraguay la siguieron al pie de la letra. El rastro que dejaron es desolador y se pudo calcular a finales de 1992, cuando un juez de Paraguay mandó registrar una comisaría de los suburbios de Asunción y se encontró con los que pronto fueron conocidos como Archivos del Terror, en los que se detallaba el calvario de alrededor de medio millón de víctimas de los tétricos servicios de seguridad de Uruguay, Brasil, Argentina, Chile, Bolivia y Paraguay, cincuenta mil muertos declarados, más de treinta mil desaparecidos y alrededor de cuatrocientas mil personas encarceladas.

—*Las conexiones entre el Plan Cóndor y la red Gladio son indudables: a los ex ministros chilenos Bernardo Leighton y Orlando Letelier los fueron a matar a Roma y a Washington, igual que hicieron con el general Carlos Prats en Argentina; y el atentado que dejó parapléjico al primero de ellos fue organizado por Stefano Delle Chiaie, que además de ser uno de los líderes del neofascismo italiano, como jefe de Avanguardia Nazionale, que era una escisión de Ordine Nuovo, trabajaba para la policía secreta de Pinochet, la DINA, y para los servicios secretos españoles.*

—También hay testimonios fiables que sostienen que poco después del intento de asesinato de Leighton en Roma, el propio Pinochet le encargó en Madrid a Delle Chiaie, durante el funeral de Franco, que asesinara al secretario general del Partido Socialista Chileno, Carlos Altamirano. Para llevar a cabo ese encargo, Delle Chiaie se reunió en Francia con otros ultraderechistas, miembros de la OAS, pero no pudieron cumplir su cometido, porque Altamirano estaba amparado por la República Democrática Alemana, fuertemente protegido por la Stasi... Los caminos de ida y vuelta son innumerables: ese mismo año de 1975, por ejemplo, está demostrado que el máximo responsable de la DINA viajó a los Estados Unidos para pasar quince días en el cuartel general de la CIA en Langley, Virginia. Y los miembros de Avanguardia Nazionale, con Stefano Delle Chiaie a la cabeza, pasaron de España a Sudamérica, pelearon contra los montoneros en Argentina, organizaron el aparato represor del Ministerio del Interior en Bolivia y fueron el brazo armado de Pinochet tanto dentro de Chile como fuera, entre otras cosas.

—*Delle Chiaie estaba muy cerca de otro personaje importante, Licio Gelli, que era el Venerable Maestro de la logia masónica Propaganda Due y antes y después de eso había sido agente de Mussolini, soldado en la Guerra Civil española y miembro de la CIA.*

—Sí, y sobre todo, siempre un hombre muy cercano al poder, del que podemos recordar, a modo de ejemplo, que estuvo en la toma de posesión de tres presidentes norteamericanos, sentado en la tribuna reservada a las personalidades más relevantes del mundo. Gelli era un fascista convencido, que efectivamente había ido a combatir a España como voluntario de los Camisas Negras. Después actuó como enlace en la Alemania del Tercer Reich y acabó, al igual que tantos otros de su clase, en la CIA. Su papel esencial en la creación de la red Gladio y del Plan Cóndor es incuestionable. A ese respecto, merece la pena señalar que fue muy amigo de Perón y de los dirigentes de la Triple A. Muchos lo veían como el modelo a imitar, y Delle Chiaie estaba, naturalmente, entre ellos.

—*¿Cómo descubrió su vinculación con el crimen de la calle de Atocha?*

—No fue difícil, si quiere que le sea sincero, porque las pruebas tanto de su presencia en el país como de su colaboración con los ultras de Fuerza Nueva y con los servicios secretos, son abrumadoras; y las sospechas sobre su implicación en diversos homicidios, también. Él encontró allí, como tantos elementos de la extrema derecha, un refugio seguro; de hecho, cuando lo interrogamos, Delle Chiaie declaró haber tenido siempre «el mejor salvoconducto, que era la aprobación personal del Generalísimo». Había llegado a Barcelona en 1973, más que probablemente con la ayuda del Servizio Informazioni Difesa de Italia y a través de una falsa empresa de importación y exportación que se encargaba de desplazar y de poner a salvo a los terroristas, llamada ENIESA, y de allí pasó a Madrid, donde organizó un cuartel general para los ultraderechistas de los dos países, en la pizzería Il Appuntamento. En ese restaurante, él y los policías de la antigua Brigada Político-Social pusieron en marcha diversos actos delictivos, y uno de ellos fue el asesinato de los abogados laboralistas. Por eso el ultra al que usted se refería, y que era uno de los autores confesos de la masacre, se escapó a Bolivia, para reunirse con él, aprovechando un inexplicable permiso penitenciario. A día de hoy, sabemos a ciencia cierta que él no fue el italiano que ametralló a los abogados laboralistas de la calle de Atocha, sino otro llamado Carlo Cicuttini, pero sí que tuvo mucho que ver con aquel crimen, entre otras cosas porque el arma con la que se llevó a cabo, la famosa Ingram M-10, fue encontrada en poder de uno de sus lugartenientes, Vincenzo Vinciguerra, durante un registro ordenado por mí, y se pudo averiguar que a éste se la había entregado su jefe.

—*Pero fuese Delle Chiaie en persona o uno de sus hombres, de lo que no tienen dudas, en cualquier caso, es de que allí hubo un miembro de Ordine Nuovo al mando de los ultraderechistas españoles.*

—No, realmente no las tenemos, ni los colegas de Roma y Venecia que iniciaron la investigación sobre el neofascismo y sus conexiones con el extranjero, ni yo mismo: allí hubo una ametralladora y fue un terrorista italiano quien la disparó, muy probablemente Cicuttini, que se había refugiado en Madrid tras llevar a cabo el atentado de Peteano di Sagrado. Las evidencias son innegables y, además, las confirmó un *arrepentido* de la Internacional Negra que decidió colaborar con nosotros. El asesinato de los abogados de la calle de Atocha es un capítulo terrible, pero sólo uno más, de la guerra sucia de Stay Behind y de su filial europea, la red Gladio, contra el comunismo. A veces actuaban a pequeña escala, con golpes como ése, y otras desplegando un ataque de gran envergadura: el día que explotó la bomba de la Piazza Fontana, en las oficinas de la Banca Nazionale dell'Agricoltura, lo hicieron otras dos, una en la propia Milán y otra en Roma, y una cuarta fue desactivada en Parma. Las Brigadas Rojas surgieron, según algunas teorías, como respuesta a esos actos, lo mismo que Avanguardia Nazionale decía haber tomado las armas para evitar que la Democracia Cristiana propiciase la entrada del PCI en el Gobierno, tal y como planeaba su jefe, Aldo Moro. Todos tenían una disculpa pero ninguno tenía conciencia, y gracias a unos y otros, vivimos durante toda la década de los setenta lo que nosotros llamamos nuestros *anni di piombo*. En España ocurrió algo parecido.

—*¿Por qué fue tan difícil detener a Delle Chiaie, si las pruebas contra él eran tan concluyentes?*

—Pues porque lo amparaban los países en los que se fue escondiendo. Pero la Justicia italiana hizo su trabajo: fue condenado en rebeldía por sus actividades al frente de Avanguardia Nazionale, por el Golpe Borghese, por las masacres de la estación de Bolonia y la Piazza Fontana, por un ataque contra una escuela de Roma y por el asesinato del juez Vittorio Occorsio, que ya rastreaba la pista a la red Gladio y dictó contra él una orden internacional de busca y captura que, finalmente, dio sus frutos, porque fue detenido en Venezuela, a comienzos de los años ochenta, y deportado a Italia para sentarse en el banquillo y responder a las acusaciones que se le hacían por su participación en las matanzas de Milán y Bolonia.

—*Y no sirvió de nada, dado que fue absuelto, por falta de pruebas.*

—Sí, así es, no se le pudo condenar, pero aun así no estoy de acuerdo en que todo el trabajo llevado a cabo para ponerlo ante un tribunal fuese inútil. Ejercer la justicia nunca lo es, en mi opinión. Y Delle Chiaie arrojó luz sobre algunos puntos de gran interés durante ese juicio y también a lo largo de una comparecencia celebrada en el Parlamento, en 1997, ante la Comisión contra el Terrorismo, donde reconoció la existencia de la Internacional Negra y de la red Gladio, y dijo que ésta trabajaba para una supuesta Liga Anticomunista Mundial que, según sus propias palabras, «no era más que una fachada de la CIA». También aceptó haber participado en algunos sucesos ocurridos en España e hizo referencia expresa al secuestro, tortura y ejecución del activista vasco Pertur, en el sur de Francia, y a otros episodios de la guerra sucia contra ETA, alguno de ellos con víctimas mortales, que en su momento habían sido reivindicados por el Batallón Vasco Español. Con respecto a la matanza de la calle de Atocha, lo único que declaró fue que «los autores materiales de la matanza estaban estrechamente relacionados con un sector de la policía española que buscaba provocar una intervención del Ejército y luego culparnos a nosotros los neofascistas». Según él, cuando se dio cuenta «de las verdaderas pretensiones de esos miembros de la Brigada Político-Social que iban a Il Appuntamento» ordenó a sus hombres la retirada.

—¿Hasta dónde llegaban las raíces de la red Gladio? Ha mencionado los casos de Italia y España, y en ambos parece evidente que los terroristas no sólo tenían cómplices en las Fuerzas Armadas y los servicios secretos europeos, que se coordinaban a través del llamado Club de Berna, sino también dentro del sistema judicial; y por eso la mayor parte de los detenidos se daba a la fuga aprovechando un permiso carcelario, terminaban siendo absueltos por falta de pruebas o amnistiados si se les llegaba a condenar. Eso sirve para los ultras implicados en la matanza de los abogados laboralistas de la calle de Atocha y, como usted sabe mejor que nadie, para el ex presidente Andreotti.

—El caso de Andreotti es de otra clase, harina de otro costal, como dicen en su país. No conviene mezclar las cosas.

—*Lo es relativamente. Ustedes lo acusaron de encargar los asesinatos del periodista Mino Pecorelli y de Aldo Moro. A los dos los mataron las Stay Behind, y de hecho su colega el juez Felice Casson, que instruía el sumario, dijo que descubrió la existencia de Gladio leyendo las cartas que Aldo Moro escribió en el lugar donde lo tenían secuestrado.*

—Debemos ser cautelosos y, sobre todo, evitar a cualquier precio caer en la tentación de desprestigiar el sistema judicial en su conjunto, porque eso pondría en peligro nuestros Estados. Hay que encontrar las manzanas podridas, no tirar toda la fruta. Dejando eso claro, no puede negarse que hay demasiadas coincidencias en la sucesión de huidas, desapariciones, negligencias policiales, amnistías y puestas en libertad de los activistas de la red Gladio, especialmente en Italia y España. Y en cuanto al caso Moro, sólo hay que recordar que cuando fue asaltado en Roma por los terroristas de las Brigadas Rojas que mataron a sus cinco escoltas y lo secuestraron a él, se dirigía al Parlamento a formar un Gobierno de coalición con el Partido Comunista Italiano; y luego conviene leer sus cartas, en las que deja entrever que estaba seguro de que su detención y condena a muerte estaban organizadas por los servicios secretos norteamericanos y avaladas por algunos miembros de su propio partido.

—*Lo que ocurre es que esas manzanas de las que usted habla además de estar envenenadas eran invisibles, y muy ambiguas: del Presidente de la República, Francesco Cossiga, nunca se supo si era enemigo de Gladio o era uno de sus miembros; ni si intentó salvar a su compañero Aldo o lo abandonó a su suerte para que lo ejecutaran.*

—Bueno, a Cossiga le tocó un papel doloroso pero inevitable, que fue el de anunciar al pueblo italiano que el Gobierno no iba a negociar con los terroristas de las Brigadas Rojas, pese a que Moro les suplicaba en sus cartas que lo hiciesen. Él mismo lo dijo años después en una entrevista: «No sé si los otros miembros del partido eran conscientes de que lo estábamos condenando a muerte, pero yo sí». Tal vez por eso fue el único componente del Ejecutivo que dimitió cuando el 10 de mayo encontraron el cuerpo sin vida de Moro en el maletero de un coche. Pero, en cualquier caso, nos podemos repetir la pregunta que se hace el escritor Leonardo Sciascia, que por aquel entonces era diputado del Partido Radical y participó en la comisión encargada de investigar los hechos, en su libro *El caso Moro:* ¿Por qué tanta firmeza a la hora de negarse a negociar con las Brigadas Rojas? ¿De dónde salió esa tenacidad, en un Estado que llevaba más de un siglo conviviendo con la Mafia siciliana, con la Camorra napolitana y con la delincuencia sarda? Y con respecto a su otra pregunta, piense que cuando él denuncia la existencia de la red Gladio, hay que tener en cuenta que uno de los grandes empeños de esa organización era evitar que el mayor partido comunista de Europa, el italiano, llegase al Gobierno, y que, como acabo de decirle, en esos instantes la Democracia Cristiana y el PCI estaban hablando de formar una coalición para alcanzar el poder. ¿Actuaría él contra los intereses de su propio partido, por muy anticomunista que fuera? Es difícil saberlo, porque uno nunca pisa terreno estable con alguien así, capaz de erigirse en guardián de la democracia y, en el otro extremo, de reprimir las manifestaciones de estudiantes y obreros de la primavera de 1977 con tanta dureza que hubo varios muertos, y explicar su actitud de este modo: «Ha sido fácil aniquilar los disturbios, sólo tuve que mandar unos tanques a la Universidad de Roma y a unos *carabinieri* con metralletas a las calles de Bolonia».

—*También el director de los servicios secretos de su país, el almirante Fulvio Martini, reveló al* Corriere della Sera *que a Moro lo había mandado eliminar la red Gladio, que la CIA «promovió una serie de atentados con bomba en Italia entre los años 1960 y 1970» y que el Gobierno de su país conocía sobradamente la existencia de ese «ejército invisible» de la OTAN.*

—Lo sabía todo el mundo, incluido el propio Moro, que habla en una de las cartas que escribió durante su cautiverio de la implicación en el mismo de esa red criminal. Cómo no iban a saberlo, si Gladio llevaba operando en Italia desde 1949, que es cuando la CIA estableció aquí una unidad de inteligencia de sus fuerzas armadas, con el nombre de SIFAR, integrada en parte con los antiguos miembros de la policía secreta de Mussolini, entre ellos el agente nazi Licio Gelli, que dejó de estar al servicio de Hitler para estarlo al de Henry Kissinger, y que también era la máxima autoridad de la logia masónica P2 en Italia. Las pruebas de esa trama son abrumadoras. Durante el juicio por el atentado de 1969 en Milán, por ejemplo, el antiguo jefe de nuestra inteligencia militar, el general Gianadelio Maletti, declaró que los explosivos habían sido suministrados por la CIA, a través de un grupo terrorista alemán. Y cinco años después, su sucesor, el general Vito Miceli, sentado en el banquillo por haber «promovido, instaurado y organizado en Italia, con la ayuda de otros cómplices, una asociación secreta que agrupaba civiles y militares y cuyo objetivo era provocar una insurrección armada para modificar ilegalmente la Constitución y la composición del Gobierno», se defendió exclamando: «¡Yo no hice más que obedecer las órdenes de Estados Unidos y de la OTAN!».

—*Siempre Kissinger. Parece mentira que le dieran el premio Nobel de la Paz...*

—En este caso, es inevitable nombrarlo, porque lo que voy a decirle a continuación no prueba nada, pero resulta muy sospechoso: cuatro años antes de su muerte, en 1974, Aldo Moro fue a Washington en visita oficial, como Primer Ministro italiano, y se sabe que el secretario de Estado norteamericano le dijo: «Usted debe abandonar su política actual... o tendrá que pagar un alto precio por ello». Tal vez sólo fuera una frase.

—*¿Las Brigadas Rojas, por lo tanto, estaban en realidad al servicio de la CIA, como tal vez lo estuvieron los GRAPO en España?*

—No sé si se podría afirmar eso de manera concluyente, pero cuando uno de sus fundadores, Alberto Franceschini, fue detenido, dejó claro en sus declaraciones que el jefe de la banda era Mario Moretti, que además del líder de las Brigadas Rojas era un espía al servicio de los servicios secretos de Estados Unidos. Y él fue el cerebro del asesinato de Aldo Moro.

—*Entonces, todo encaja.*

—Las Brigadas Rojas, como ya hemos dicho, secuestraron a Moro cuando iba a dirigir en el Parlamento una sesión en la que su partido, la Democracia Cristiana, doblegándose a su apuesta por el llamado *«compromesso storico»*, iba a propiciar la entrada del Partido Comunista en el Gobierno. Un alto representante del Departamento de Estado norteamericano, enviado a Roma al día siguiente del secuestro, confesó que Moro «había sido sacrificado para ayudar a la estabilidad de Italia» y que él y Cossiga habían escrito y hecho pública la carta en la que se afirmaba que había sido ejecutado, y se la habían atribuido a las Brigadas Rojas para impedir cualquier negociación y precipitar su muerte, porque al parecer tenían miedo de que revelara ciertos secretos de Estado entre los cuales, a la luz de algunas de las cartas que escribió, bien podría estar el asunto de la red Gladio. Las investigaciones posteriores a su asesinato llevaron a los *carabinieri* a una imprenta que se llamaba Triaca y estaba en Via Pio Foà en la que se compuso ese comunicado falso, atribuido a los secuestradores pero hecho por los servicios secretos, que anunciaba la ejecución de Moro, seguramente para predisponer a sus captores a matarlo y para pulsar la reacción de los ciudadanos ante la noticia, que no era cierta pero lo iba a ser muy pronto. La policía comprobó que las máquinas que allí había eran propiedad del Ministerio de Transportes y del Ejército. Treinta años más tarde, el psiquiatra y experto en la lucha antiterrorista que los Estados Unidos enviaron como mediador ha declarado a *La Stampa* que «manipuló, por orden de su Gobierno, al grupo terrorista de extrema izquierda para que asesinara al antiguo Primer Ministro y líder democristiano».

—Según un documental de la BBC que, como no podía ser menos, se titula Operación Gladio, *todos los países que formaban parte integrante de la OTAN habían firmado un protocolo secreto en el que se comprometían a no perseguir a las organizaciones nazi-fascistas. ¿Cree usted que eso es cierto?*

—Conozco ese rumor, y creo que no es en absoluto descartable, pero como le dije al inicio de esta entrevista, mi tarea no es creer o no creer las cosas, sino demostrarlas. En cualquier caso, no creo que se pueda hablar de *todos* los países de la OTAN: sólo estuvieron implicados los más corruptos. Me temo que España e Italia estaban entre ellos.

—Usted se quejó, en su momento, de la falta total de colaboración por parte del Gobierno de España cuando le pidieron su ayuda para investigar la participación de los terroristas italianos en el crimen de la calle de Atocha.

—Eso es absolutamente cierto. Pedimos informes que nunca nos enviaron, y les dimos a conocer las confesiones del fascista arrepentido del que antes le he hablado, pero desafortunadamente las autoridades españolas ni siquiera se molestaron en respondernos. Les pedimos también que nos explicaran la base legal que sustentó la puesta en libertad sin cargos de los dos italianos interrogados en Madrid tras el asesinato de los abogados, pero tampoco lo hicieron. Y, finalmente, les insistimos en que nos dieran su punto de vista sobre las metralletas Ingram M-10 de ida y vuelta que aparecen en toda esta trama: por un lado, la que se usó para asesinar al juez Occorsio, que era propiedad de la policía española, y por otro la que se utilizó para ejecutar a los abogados de la calle de Atocha y que después fue encontrada en Roma, en poder de Pier Vincenzo Vinciguerra. Tampoco logramos que nos diesen contestación alguna.

—*Dos inspectores de la Brigada Antigolpe siguieron la pista de las Mariettas, y descubrieron que eran subfusiles pertenecientes al Servicio Central de Documentación de la Presidencia del Gobierno, compradas por la Policía española a la fábrica de armas norteamericana Military Armament Corporation, de Atlanta. Pero cuando estaban a punto de viajar a Roma y a Milán para mostrarle a Vinciguerra fotos de varios miembros del SECED, con la intención de que el ultraderechista identificase a la persona que le había dado el arma, ambos fueron cesados y la investigación se cerró.*

—Como ya le he comentado —dice el juez Baresi, recogiendo unos papeles para guardarlos en su cartera, lo cual es un signo inequívoco de que está a punto de dar nuestra conversación por terminada—, la contribución de las autoridades españolas a nuestras pesquisas fue nula, y si quiere que le sea sincero, a mis colaboradores y a mí nos dio la impresión de que tenían más deseos de pasar esa página de la historia de España que de que alguien la contase y, por qué no decirlo, también nos pareció que protegían descaradamente a los neofascistas italianos que nosotros perseguíamos y de cuyos delitos había múltiples pruebas en Italia y sospechas más que fundadas de los que pudieron haber cometido en España, por ejemplo en el caso de los abogados laboralistas de la calle de Atocha. A alguno llegaron a casarlo precipitadamente con la hija de un general para así concederle por la vía rápida la nacionalidad española y blindarlo contra los tribunales de mi país. A partir de ahí, cada uno puede sacar las conclusiones que crea convenientes. Para nosotros tampoco es nueva esa actitud: nuestro propio Gobierno también mantuvo en esos años las puertas cerradas para los jueces y abiertas para los criminales, y la mayoría de los incriminados en las diferentes acciones de la red Gladio fueron encubiertos y se han mantenido tan fuera de la ley como a salvo de ella. Y otros nunca llegaron a ser más que un fantasma, como el pistolero de Ordine Nuovo que estuvo en la calle de Atocha o el misterioso hombre con acento extranjero que ametralló en la Via Fani de Roma a los cinco guardaespaldas que formaban el servicio de seguridad de Aldo Moro.

—*¿Sabía usted que nada más cometerse el crimen de Atocha alguien se presentó en el despacho de los abogados y tapó los agujeros de bala de las paredes, sin duda para que las ráfagas de la ametralladora no fuesen evidentes?*

—Habíamos oído esa historia, sí; y de hecho también preguntamos a nuestros colegas de su país si era cierta; pero por desgracia esa pregunta también quedó en el aire.

Hablamos, para terminar, del papel de la CIA en todo aquel drama, y el juez Pier Luigi Baresi, a la vez que se pone en pie y me estrecha la mano, me recuerda que un informe del Parlamento de Italia, publicado en el año 2000, concluyó que «agentes de inteligencia de los EE. UU. estaban al corriente de varios ataques terroristas como los de Piazza Fontana, en Milán, y Piazza della Loggia, en Brescia, y a pesar de ello no hicieron nada para alertar a las autoridades italianas». Le pregunto si eso también vale para el crimen de la calle de Atocha y me dice que «no es una hipótesis descartable», y cuando le pido que me aconseje algún modo de llegar hasta uno de los jefes de Ordine Nuovo, Vincenzo Vinciguerra, que muy probablemente fue quien recibió de los fascistas españoles la Ingram M-10 utilizada en el atentado y que aún cumple condena en una cárcel de Milán, le hace una seña a su ayudante para que me facilite el contacto que necesito. Nada más apuntarlo, y cuando creo que seguramente ya no se lo espera, lanzo una última cuestión: «¿Si titulo que a aquellos abogados laboralistas los mandó matar la CIA, estaré engañando a mis lectores?». Titubea unos segundos pero se rehace pronto, me observa con un asomo de condescendencia en la cara y dice: «Si pone que, aunque quizá no lo supiesen, los asesinos trabajaban para ella, será más precisa». Regreso al hotel con la sensación de que en este mundo no hay nada más difícil que saber la verdad, porque los que la escriben son los dueños de las mentiras.

Alicia Durán transcribió y redactó esa entrevista en su hotel, frente a la cúpula de Santa Maria del Fiore, siguiendo su costumbre de hacerlo mientras aún pudiera recordar la voz y los gestos de la persona con la que había hablado, porque consideraba eso una parte esencial de su trabajo, que en su opinión consistía en lograr que lo que decían los personajes con los que hablaba fuera, de un solo golpe, su autorretrato y su radiografía. Acabó extenuada pero contenta con el resultado, segura de que las revelaciones del magistrado Pier Luigi Baresi eran una pieza de caza mayor, aunque no pudo evitar echarse en cara su alegría: pero por qué haces esto, a ti qué te importa, si tú lo que quieres es dejar el periodismo y montar tu hotel en un bosque, dar tus clases de Inteligencia Emocional y Morfopsicología, y vivir rodeada de nieve como esa arqueóloga, Mónica Grandes, y su amiga, la jueza Bárbara Valdés. En algún momento tuvo la tentación de llamar a Juan para decirle que le echaba de menos y para contarle que aquella mañana había gastado la mitad de su brevísimo paseo por Florencia en ir a la *fiaschetteria* más famosa de la ciudad, la Cantinetta Antinori, entre

Santa Maria Novella y la catedral, para comprarle una botella de Ca' Bianca Barolo, pero no fue lo suficientemente fuerte como para dejarse vencer por ella. Si hubiese sabido lo que iba a pasar, sin duda habría actuado de una forma muy distinta.

Capítulo doce

Se pasó toda la vista oral pensando en Salvador Silva, y cuando los abogados de la mujer y el hombre que peleaban en la sala por ganar su proceso de divorcio pusieron fin a sus alegatos con algún gesto sentencioso y alguna frase vulgar y aromática, dictó las mismas medidas provisionales de casi siempre: guarda y custodia de los hijos para la madre, además del usufructo del domicilio familiar hasta que aquéllos se emanciparan; régimen de visitas para el padre de unos nueve días al mes, tres horas los martes, desde la salida del colegio hasta las ocho de la noche, todos los jueves y fines de semana alternos; y una pensión alimenticia a cargo del marido que, aproximadamente, equivaliera al cincuenta por ciento de sus ganancias. El hombre palideció al oír la sentencia y se llevó una mano incrédula a la frente. La jueza Valdés lo miró y se dijo: habértelo pensado antes. Pero nada más decirse eso, recordó a Enrique acusándola de ser una amargada que sentía *rencor hacia la vida,* y el resultado fue que, sin darse cuenta, levantó la sesión en un tono tan elevado que la fiscal, los procuradores, la secretaria y el resto de las personas que estaban allí interrumpieron sus conversaciones y se la quedaron mirando con extrañeza. Ella, que ya estaba acordándose de algo más agradable, la cena con su marido en la *trattoria,* las dos botellas de Brunello di Montalcino y, sobre todo, la vuelta a casa, también los miró sin comprender. El demandado la observaba con fijeza y sus ojos, entre implorantes y rencorosos, le parecieron patéticos. Apartó la vista de él y lo maldijo en su interior: «Cuánto daño hacéis las personas inofensivas».

Aquella mañana, nada más entrar en su despacho, la jueza Valdés había hecho lo mismo que todos los días desde que comió con Dolores Silva: hojear con cierto miedo el periódico en el que escribía Alicia Durán. Seguía temiendo que esa joven «inteligente e impertinente», como la había definido ante Enrique, hiciera pública aquella reunión que a ella tanto intranquilizaba porque, dijese él lo que dijese, no sería algo irregular pero tampoco era nada frecuente y, en el peor de los casos, «les servía en bandeja a las malas personas las malas interpretaciones». Los jueces no almuerzan de ningún modo con los implicados en un proceso, ni toman declaración en los bares, por decirlo así, y si ella se enterase de que lo había hecho algún colega, su forma de actuar le resultaría muy equívoca. Es verdad que en este caso no se trataba de un pleito, por lo que de momento no había parte contraria que fuese a pedir su recusación, pero estaba completamente segura de que cuando la historia llegase a los diarios, si es que lo hacía, o apareciera en el libro que preparaba la amiga de Mónica, si es que lo era, los medios de comunicación no dejarían pasar de largo una historia tan llamativa como la de Salvador Silva. No había más que ver a Enrique, que seguía entusiasmado con el asunto del impresor republicano, y más aún desde que había descubierto a su sombra a Abel Valverde, el camarada que fue con él a inspeccionar la frontera para ver por dónde pasaban a Francia a Antonio Machado, al leer el escrito que le había remitido a su mujer la Asociación para la Recuperación de la Memoria Histórica:

—¿Sabes que Silva y Valverde, con la ayuda de otros soldados, imprimieron *España en el corazón* en un taller tipográfico que había en el monasterio de Montserrat, en Gerona? El editor fue Manuel Altolaguirre, ¿te acuerdas? Hicieron sólo tres libros, ése de Neruda, uno de Emilio Prados que se llamaba *Cancionero menor para los combatientes* y otro de César Vallejo, *España, aparta de mí este cáliz,* con dibujos de Picasso. ¿Sabes que Valverde estaba en el Reformatorio de Adultos de Alicante cuando ingresaron allí a Miguel Hernández? Tendríamos que hablar con su hijo, para que nos dijera si lo conoció, aunque no sé, porque el poeta sólo duró unos meses, y gran parte de ellos estuvo en la enfermería. ¿Sabes que hasta que no aceptó casarse por la Iglesia, ya casi agonizante, no permitieron a su mujer entrar a verlo? Allí sólo pasaban las esposas y la suya ya no lo era, porque habían anulado todos los matrimonios civiles.

—Oye, oye, perdona... ¿Cómo que *tendríamos* que hablar con él? Me parece que has olvidado dos cosas —añadió Bárbara, sonriendo—: Que yo soy jueza, no novelista, y que tú no eres ni lo uno ni lo otro.

—Lo sé, pero ¿no sientes curiosidad? Y, en cualquier caso, ¿qué te cuesta satisfacerla, si en realidad no arriesgas nada? ¿No me dijiste que tienes sobre la mesa la resolución de la ONU sobre los desaparecidos que te cubre las espaldas?

—Mi amor, no te lo tomes a mal, pero la curiosidad no está entre mis prioridades: te recuerdo que mi trabajo no consiste en *enterarse,* sino en *saber.* ¿Comprendes la diferencia?

—Entiendo que a la hora de saber es mucho mejor que sobre información antes que falte, ¿no te parece? Además, esa historia es algo fantástico, que no merece seguir oculto, está lleno de interrogantes y de coincidencias maravillosas. Por ejemplo: si parece probado que mientras huía hacia Orihuela, Miguel Hernández fue a buscar un ejemplar de *El hombre acecha* a Valencia, ¿lo tendría con él en la cárcel de Alicante? Y, en cualquier caso, ¿hablaría de ello con Abel Valverde y éste le diría: ese libro lo hemos hecho mi colega Salvador Silva y yo?

—Son preguntas muy interesantes... Si yo fuese un crítico literario, me encantaría responderlas.

—Si lo fueras, el nivel de suicidios entre los autores españoles alcanzaría el setenta por ciento, en los meses de sol. Imagínate en las frías, grises y húmedas tardes de invierno.

—Peor les iría a los supervivientes: tendríamos que mandarlos a tu consulta para que les sacases doscientos euros por pensar en tus cosas mientras te hablan y luego recetarles una caja de clonazepam.

—Eres lo peor —dijo Enrique, riéndose—. Y otra cosa: me gusta que me llames «mi amor».

—Pues eso es fácil de conseguir: sólo tienes que serlo.

Mientras recordaba todo eso, dio los primeros pasos para instruir el sumario de Salvador Silva, porque a esas alturas ya era obvio que autorizaría la exhumación de su «primera tumba», como la llamaba su hija, y más desde que la gente de la ARMH le había pedido que abriera diligencias apoyándose en esa resolución favorable de la ONU sobre los desaparecidos que acababa de mencionar Enrique y que, efectivamente, ella consideró que le ofrecía una buena cobertura legal. El hecho de que la tumba fuera una fosa común en la que además de Salvador Silva había, supuestamente, otras cuatro personas, tampoco le iba a plantear problemas, porque la Asociación para la Recuperación de la Memoria Histórica ya se había ocupado de todo eso hablando con las familias para lograr su apoyo y que sumaran sus nombres y sus firmas a la solicitud hecha por Dolores Silva. También habían localizado la fosa basándose en diversos testimonios, habían reconstruido la historia de los ajusticiados y pedido permiso al Ayuntamiento para acotar los terrenos municipales y meter en ellos una excavadora. Aun así, la tramitación del expediente sería compleja, y debía tener cuidado con cada una de sus palabras, para que no las tergiversasen o pudieran acusarla de nada. ¿Quiénes? Eso daba igual, porque ella siempre ha sido de esas personas a las que les gusta anticiparse: la mejor manera de no tener enemigos es inventándotelos para poder vencerlos cuando aún no saben que existen. De manera que tenía mucho trabajo por delante. «Y total, para nada, o casi nada —se dijo, mientras comenzaba a resumir en pocas líneas el caso Silva, esgrimiendo su condición de víctima sucesiva, su paso por Argelès-sur-Mer, su deportación a España y su asesinato y enterramiento ilegales—, porque lo de Navacerrada no será difícil, pero lo del Valle de los Caídos será imposible».

En el escrito de la ARMH se añadía al drama de Salvador el de su mujer, Visitación Merodio, y su hija Dolores, cuyo sufrimiento exigía una reparación inmediata. La jueza Valdés vio la mano de Mónica Grandes en el estilo del texto, que era inestable porque en él se mezclaban al cincuenta por ciento la reflexión y la exaltación, lo cual lo sometía al desequilibrio de las cosas que son proporcionales sin tener que serlo.

Bárbara leyó el relato de cómo en 1939, al consumarse la victoria de los golpistas, Salvador, Visitación y Abel habían seguido sendas diferentes del mismo laberinto pero sólo ella encontró la salida, al entrar en Francia y tener a su hija Dolores en Bourg-Madame. En cuanto a los dos impresores, de Silva se dudaba si fue detenido en Portbou, es decir, aún en territorio español, o ya en Cerbère, porque había algunos testimonios de personas que aseguraban haberlo visto allí por última vez, en los alrededores del hotel Belvédère du Rayon Vert. En su opinión, sin embargo, había algo que no casaba, al margen del lugar donde lo arrestasen o, como habría dicho Mónica, lo *secuestraran*. ¿Por qué a él lo fueron a buscar a un campo de concentración, lo trasladaron a Madrid, lo metieron en la cárcel de Porlier y una noche lo subieron a Navacerrada para matarlo, mientras que a su colega Abel Valverde, a quien habían apresado en el puerto de Alicante, donde esperaba un barco que lo llevara al exilio y que nunca llegó, tan sólo lo mandaron al Reformatorio de Adultos? ¿Por qué el trato fue tan diferente, si sus vidas eran tan similares? Los dos eran militantes del Partido Comunista, habían imprimido propaganda, revistas y libros al servicio de la República, tenían cierta relación con algunos políticos y con algunos célebres escritores de izquierdas, habían ido juntos a inspeccionar la frontera con Francia para facilitar la salida de personalidades como Antonio Machado... Podían pasar dos cosas: o todo se debió a la arbitrariedad de los vencedores de la Guerra Civil, lo cual en aquel tiempo de odios y venganzas no le parecía en absoluto descartable, o Salvador Silva era alguien mucho más señalado de lo que aparentaba. Bárbara Valdés telefoneó a Enrique para contarle esa teoría y al colgar no estuvo segura de si, en el fondo, la habría formulado tan sólo para acentuar el interés de su marido, que fue exactamente lo que ocurrió:

—No es una idea descabellada —dijo él, desde su consulta—, aunque yo creo que en aquel momento todo era un poco a cara o cruz, una simple cuestión de suerte. Te mataban, o no, porque sí. Y eso era todo. La mayoría de las veces no necesitaban una razón, sólo una disculpa.

—Supongo que sí. Pero ¿por qué se tomarían tantas molestias con Salvador Silva? Ensañarse con alguien requiere interés y esfuerzo.

—Y perseguir a una fiera también, pero a los cazadores les gusta... Bueno, te veo esta noche y hablamos. Tengo una tarde bastante complicada en la consulta: trastornos de la personalidad, bulimia, agorafobia y un paciente con síndrome de Stendhal que, por supuesto, es mi favorito. La contemplación de la belleza le produce vértigos, taquicardia y, en algunos casos, alucinaciones. ¿No es fantástico?

—O sea, que lo de siempre: a ése, que es el más grave, le recetas haloperidol, y a los otros tres, clorpromazina. Un trabajo agotador, sin duda —ironizó Bárbara.

—Sí, y a ti te voy a poner anestesia para caballos en la lengua, no vaya a ser que te la muerdas y te envenenes. Te inyectaré una dosis capaz de dormir a un hipódromo entero. Bueno, tengo que dejarte, Barbi, me esperan para comer. Cuídame bien a nuestro misterioso Salvador Silva.

Tres horas más tarde, la jueza Valdés y Mónica Grandes daban uno de sus largos paseos por los pinares de Navacerrada. No era sencillo añadirle el eco del horror a aquel paisaje, y las dos iban pensando en eso mientras caminaban junto al río Samburiel y veían frente a ellas las cumbres nevadas de La Maliciosa y la Bola del Mundo. Cómo cambiar el día por la noche, poner encima de esas carreteras pacíficas un camión siniestro en el que iban el impresor y otros cuatro condenados, oír las voces iracundas de los verdugos, el ruido seco de los disparos, los proyectiles contra la tapia del cementerio...

—Estoy pensando en Visitación Merodio y en Dolores Silva —dijo Mónica—. La verdad es que impresiona imaginárselos por aquí cada 10 de enero, que era el día del cumpleaños de Salvador, viniendo en tren desde Madrid para poner flores en una tumba vacía. ¿Sabes que fue Abel Valverde el que indagó el lugar en que lo habían matado?

—No le sería difícil. Supongo que los comunistas estaban bien organizados y se pasaban información. Además, por lo que yo sé, las tapias de los cementerios eran el lugar más común para esas ejecuciones sumarísimas.

—No te creas, había muchos lugares porque había muchos miles de muertos: fusilar a doscientas mil personas convierte al país entero en un paredón. ¿Sabes lo que ponía en el letrero que clavaron sobre las puertas de todas las cárceles? «La disciplina de un cuartel, la seriedad de un banco y la caridad de un convento.» Las tres cosas son asquerosas y, encima, sólo la primera fue verdad.

—No me des un mitin, que no me apetece aplaudir. Me estabas hablando del otro editor.

Antes de contestar, Mónica le hizo a Bárbara ese gesto contradictorio en el que parecen enfrentarse la cabeza que niega y la sonrisa que permite, o al menos pasa por alto, y que significa, palabra arriba o abajo: hay que ver cómo eres.

—Sí, de Abel... Su hijo Paulino me contó que le dieron la noticia de que habían ejecutado a Salvador mientras estaba en el Reformatorio de Adultos de Alicante, así que eso debió de ocurrir entre enero del 41 y mediados del año siguiente, porque a Silva lo mataron en diciembre de 1940 y él fue trasladado al Valle de los Caídos en junio del 42.

—Tampoco es que importe mucho cuándo se lo contasen, ¿no? —dijo Bárbara, irritada por lo que ella, para divertir a Enrique, solía llamar la «beatería insurgente» de su amiga.

—Sí que importa. Por supuesto que sí. El pacto de no agresión entre Hitler y Stalin es de agosto del 39, y en esa fecha uno de ellos estaba condenado a muerte en Porlier y otro en el Reformatorio de Adultos de Alicante, de manera que no sólo debieron de venirse abajo, igual que los otros miles de presos que esperaban que la Unión Soviética y los Aliados vinieran a salvarlos, sino que los fascistas se vieron con las manos libres y sus víctimas con las manos atadas; unos podían matar con absoluta impunidad a gente de la clase de Salvador Silva y otros, como Abel Valverde, tenían que ir pensando en salir adelante por sí mismos y de uno en uno, cosa que él intentó alistándose voluntario para trabajar en Cuelgamuros.

—Lo cual, como suele decirse, es cambiar el hambre por las ganas de comer.

—Bueno, pero entre lo peor y lo menos malo, todos elegiríamos lo segundo, ¿no crees? Supongo que el instinto de supervivencia funciona de ese modo: si no puedes huir, al menos muévete de sitio.

—Oye, ten mucho cuidado: ya hablas con sentencias, igual que tu compañero de la asociación esa en la que te has metido —insistió la jueza—. Ya sabes a quién me refiero, el profesor de francés con el que cenamos aquella noche. ¿Cómo se llamaba?

Mónica la miró e hizo una vez más aquel gesto: no tienes arreglo. Después, tras unos segundos en los que una y otra permanecieron en silencio, mirando volar sobre sus cabezas a una de esas majestuosas águilas reales que hay en la sierra de Guadarrama, añadió:

—... y es una persona muy inteligente, que te podría explicar, por ejemplo, lo que significaba venir a Cuelgamuros a trabajar en el Valle de los Caídos, y te diría que aquel tenebroso Plan de Redención de Penas por el Trabajo que propició el uso de los presos como esclavos es una explicación perfecta de por qué dentro de la palabra *genocidio* está oculta la palabra *negocio*.

—Una frase preciosa. ¿Significa algo?

—Explica con mucho ingenio el cinismo de esa gente que sólo quería el poder y sólo sabía tenerlo a tiros, y deja claro que todo lo demás era mentira. Por ejemplo, lo de las cárceles, porque la propaganda decía que querían conseguir «un rescate físico y espiritual» de los reclusos, pero en realidad lo único que hacían era explotarlos y torturarlos. Eran civiles pero estaban sujetos al Código de Justicia Militar, lo cual equivale a decir que no había para ellos más ley que la obediencia y el castigo. Cobraban dos pesetas al día, de las que les descontaban una y media para su manutención, y con los cincuenta céntimos restantes debían comprarse la ropa y las mantas, además de mandarles dinero a sus familias, que por lo general habían sido expoliadas por los golpistas en aplicación de la Ley de Responsabilidades Políticas, que era otro atropello jurídico pensado para robarles sus propiedades. Y sólo de postre, entre los objetivos de aquella política penitenciaria estaba «el mejoramiento espiritual y político de los presos y sus familias», es decir, un adoctrinamiento forzoso que sirviese para «arrancar de los unos y de las otras el veneno de sus ideas» —enfatizó Mónica, recalcando las citas como si las dijera subrayadas, o en mayúsculas—. Por eso es por lo que pasaron Salvador Silva, Abel Valverde y los suyos, en el Valle de los Caídos y en otros mil lugares, porque todas aquellas razones morales y religiosas de las que hablaban no eran más que simple publicidad; imagínate, si el patronato que se ocupaba de aquel engendro tenía cuatro vocales y uno de ellos era un representante del Servicio Nacional de Prensa y Propaganda; porque lo único que pretendían era lo que siempre ha querido y querrá esa gente: tener siervos, obreros a los que tratar como a bestias de carga, que estén a su servicio de sol a sol y a cambio de un plato de comida y un colchón, y además intentar convencer al mundo de que los machacan por su bien. Los hicieron trabajar en minas de mercurio, de carbón y de antracita, drenar pozos, desbrozar montes, limpiar las márgenes de los ríos, construir vías ferroviarias, túneles, carreteras, prisiones, estadios de fútbol, puertos, embalses, acequias, saltos y canales, entre otros muchos el del Jarama, aquí al lado, y reconstruir lo que ellos habían destruido con sus bombas: Belchite, Oviedo, Huesca, Teruel, Guernica, Toledo, Lérida, Amorebieta, Quinto de Ebro, Éibar, Sabiñánigo, Boadilla del Monte, Figueras... La lista es interminable.

· —Sí, sí, claro —la interrumpió Bárbara Valdés, visiblemente incómoda—, todo eso es muy interesante, pero lo que me gustaría que me contaras, si es que lo sabes, son dos cosas: la primera, si está probado que a él y a Salvador Silva los detuvieron cuando iban a inspeccionar la frontera con Francia por encargo del Partido Comunista, para ver por dónde sacaban de España a Antonio Machado; la segunda es qué fue de la mujer de Valverde. Me ha llamado la atención que en todo este tiempo nadie me haya dicho una palabra acerca de ella.

—Lo primero es fácil de responder con un sí, porque se lo contó él mismo, con todo lujo de detalles, a su hijo y a su nuera. Entre otras cosas, al parecer siempre recalcaba que la orden de dar prioridad absoluta a la salida de Machado y de tomar todas las precauciones posibles para evitar que fuese detenido y entregado a los fascistas la dio el Presidente del Gobierno, el doctor Juan Negrín, y que cuando ellos la recibieron estaban en la masía Mas Faixat, en Viladasens. Abel fue con Salvador hasta la frontera, pero aquello era un caos, había miles de personas intentando escapar, y allí se separaron y no volvieron a verse nunca más.

—¿Y por qué les preocupa tanto saber si Silva consiguió o no consiguió pasar a Francia? ¿Qué más da si lo detuvieron en Portbou o en Cerbère?

—Es muy importante, porque si llegó a Cerbère es que no había cumplido la misión que le habían encomendado, que era ir, mirar e informar. Eso, por una parte; y por otra, podría deducirse que si estaba allí es porque se quiso salvar él solo, dejando atrás a su mujer. Es algo que le dejaron caer a Visitación, cuando estaba en Burdeos, algunos camaradas del PCE que eran miembros de una fracción del partido enfrentada a Negrín, mientras que Salvador era partidario suyo. Pero eso no se puede creer. Abel Valverde decía que la prueba de que su camarada sólo pensaba en regresar a la masía Mas Faixat para dar su informe era que llevaba en el bolsillo un regalo para Machado, que pensaba darle a modo de despedida y por si no volvían a encontrarse, para que le trajera suerte, y que eran los siete tipos de imprenta que formaban su apellido y que se habían utilizado para imprimir su colaboración con la revista *Comisario*. Ya ves que eran gente romántica, nada que ver con la caricatura de rojos desalmados que hacían de ellos los golpistas.

—¿Y qué hay de la mujer de Abel Valverde?

—Poca cosa. Se llamaba Lucrecia y murió en un bombardeo, camino del exilio, cerca de Bañolas, creo que en un sitio llamado Cornellà del Terri. Es una zona preciosa, Héctor y yo estuvimos por allí una Semana Santa, visitando las iglesias románicas del Pla de l'Estany y viendo Borgonyà, Pont-xetmar, Pujals dels Cavallers, Santa

Llogaia, Sords... Son pueblos ideales para que no te asesinen, pero los aviones fascistas no pensaron igual y ametrallaron la columna de republicanos que huía hacia Francia, y en la que iba ella. Su marido la tuvo que enterrar con sus propias manos, al pie de un antiguo molino, junto al río Fluvià, y seguir adelante con Paulino, que tenía dos o tres meses. Antes de que lo detuvieran en Alicante, tuvo tiempo de entregárselo a unos camaradas del Partido Comunista que podían llevarlo en tren a Marsella, y que después de un tiempo localizaron a Visitación en Burdeos y lo dejaron en su casa. Allí se crió junto a Dolores. Ya ves, toda la vida juntos.

—¿Y no volvió a ver a su padre hasta que lo dejaron en libertad?

—Hasta que tuvo ocho años, para ser exactos. El Servicio Exterior de la Falange repatrió al niño y lo ingresaron en un seminario. Abel y Paulino se reencontraron allí, el primer día que hubo visitas. Al niño lo habían vestido de fraile y lo acompañaba un sacerdote, para vigilar la conversación.

—Terrible, sin duda —dijo Bárbara Valdés, que ahora sí que parecía sinceramente conmovida—. ¿Y qué ocurrió con su madre? ¿Recuperaron los restos?

—No, Abel hizo algo mucho más romántico: compró aquel molino.

—Vaya... ¿En serio?

—Pues sí. Estuvo ahorrando durante años gran parte de lo que ganaba como empleado en una rotativa, de lunes a viernes, y los fines de semana sirviendo cervezas en un bar, y lo compró en cuanto pudo, al parecer por muy poco dinero, porque estaba en ruinas, y lo fue restaurando poco a poco, con ayuda de algunos albañiles comunistas. No le hizo una tumba en condiciones a su mujer porque le daba miedo, pero plantó encima geranios rojos, que le gustaban mucho a ella, que era andaluza. Dolores y Paulino siguen pasando allí los veranos.

La jueza Valdés no dijo, naturalmente, que a ella esas cosas le parecían absurdas, con su épica inútil y su heroísmo doméstico; ni que en su opinión la nostalgia es un pretexto de la pereza y un síntoma de debilidad, de cobardía o de falta de imaginación. «Ser fiel es, precisamente, lo contrario de detenerse», dice el pintor y escritor Ramón Gaya, a quien ni Bárbara ni Mónica han leído ni leerán, pero que tiene muchos puntos en común con Salvador Silva y Abel Valverde, entre otros que su mujer también falleció a causa de un ataque aéreo, en ese caso sobre Figueras, al que sobrevivieron él y la hija de ambos; y que también huyó de España en 1939, cruzando los Pirineos; y que fue internado en el campo de concentración de Saint-Cyprien. A partir de ahí, tuvo más suerte que ellos, porque pudo embarcar en el famoso *Sinaia*, rumbo a Veracruz, y exiliarse en México. Las historias de los derrotados siempre se parecen, son la misma con nombres distintos, pero por fortuna no todas tienen el mismo final.

—Me ibas a contar algo acerca de Visitación y de Paulino, creo. ¿Tal vez algún detalle que se te olvidó incluir en el documento que me habéis remitido al juzgado?... —dijo Bárbara, con toda la malicia que pudo juntar en esas dieciocho palabras. Le extrañó que Mónica no sonriera, como solía hacer en esas ocasiones.

—Ah, sí, ya ves tú... Ni que yo fuera Seshat, la diosa egipcia de la escritura. Algo he tenido que ver, pero lo hemos hecho entre varios.

—Es el profesor de francés, ¿verdad? —dijo Bárbara Valdés, de repente, al tiempo que se detenía para clavarle los ojos.

—Claro, él suele ser quien redacta los documentos, y el que...

—Por el amor de Dios, Mónica... Sabes perfectamente que no me refiero a eso: te estoy preguntando si es con ese hombre con el que engañas a Héctor.

Mónica Grandes iba a soltar una carcajada; o tal vez iba a hacerse fuerte en las ruinas, como un ejército cercado, o sea, a refugiarse en sus conocimientos, en un territorio al que la mayor parte de las personas con las que hablaba no podían llegar; iba a ponerse didáctica, a comparar a la jueza Valdés con Argos, a hablarle de sus cien ojos y de cómo siempre mantenía cincuenta abiertos, hasta que Mercurio le cortó la cabeza y Juno los cosió en la cola de un pavo real, lo que, en su opinión, demostraba que hay una línea recta que va de la perspicacia a la jactancia, y que no se puede ser sagaz sin vanagloriarse, y que la presunción siempre tiene su castigo... Pero todo eso pasó de largo por ella y, simplemente, se le hizo un nudo en la garganta y se echó a llorar.

Capítulo trece

Juan Urbano llevaba varias noches sin dormir bien. Desde que Alicia había salido de su casa, tres días antes, con dirección al aeropuerto y rumbo a Italia, no había vuelto a tener noticias suyas, ni una llamada, ni un mensaje en el móvil, ni un correo electrónico. Y lo peor de todo es que ni siquiera sabía qué sentir, si indignación o miedo. ¿Le habría ocurrido algún accidente? ¿Lo había abandonado después de la absurda discusión de aquella mañana? El miedo ve debajo de la tierra, dice Cervantes, y él la veía alternativamente en una cama de hospital, llena de tubos y agujas; en un hotel, con otro hombre; en un tanatorio, cubierta con una sábana demoledoramente blanca y metida en una cámara frigorífica... ¿Dónde estaba?

Por supuesto, él también sabía que su pareja no marchaba excesivamente bien en los últimos tiempos; que Alicia estaba harta de su vida e impaciente por cambiar de rumbo y que él, por el simple hecho de estar a su lado, pagaba la cuota de rencor que las personas cansadas suelen sentir hacia quienes los rodean, porque así somos los seres humanos, tan incapaces de aceptar nuestras culpas que hemos tenido que inventar la religión, la política y el matrimonio para poder responsabilizarlos de nuestros errores.

Mientras tomaba su tercer café negro de la mañana, éste ya en el bar del instituto donde trabajaba como profesor de Lengua y Literatura, volvió a telefonear a Alicia, pero al segundo tono saltó una grabación que decía que el buzón de voz estaba lleno, igual que las otras veces que lo había intentado, la comunicación se cortó y las preguntas volvieron a dar vueltas dentro de su cabeza: ¿habría tenido una avería?; ¿se lo habían robado o lo había perdido?; ¿estaba en una zona sin cobertura?; ¿olvidó en casa el cargador?; ¿le había sucedido algo a ella y no podía cogerlo porque estaba inconsciente, escayolada, en coma?... No quiso aún llamar al periódico, por si eso la molestaba, o descubría sus cartas de algún modo, o le causaba cualquier problema. Porque lo cierto es que con Alicia nunca se sabe, es una persona llena de aduanas y de incógnitas, que divide su existencia en áreas incomunicadas entre sí, es muy reacia a permitir que Juan se relacione con su familia más allá de lo imprescindible o que tenga una conversación a solas con alguno de sus amigos o de sus colegas; y de hecho, la única vez que a él se le había ocurrido tomar una copa con uno de ellos, después de encontrárselo por casualidad a la puerta del Deméter, un restaurante vegetariano al que suele ir a comer con frecuencia, la molestó tanto que lo hiciese y le preguntó de una forma tan obsesiva de qué habían hablado y si ella había sido el tema central de la conversación, que no le quedaron ganas de repetir la experiencia; lo cual sabía, por otra parte, que era un error, el mismo de siempre, el que cometió desde el principio y que consistía en irse doblegando mientras ella se desdoblaba e iba apilando la pirámide del poder en su territorio; porque en eso consisten, por suerte o por desgracia, la mayor parte de las relaciones: si uno deja de vigilar sus fronteras, el otro cambia sus límites de sitio, y te va dejando sin espacio. Tras una relación de tres años con ella, Juan Urbano veía a Alicia Durán como una persona independiente, hermética, desconfiada y tan celosa de su intimidad que preguntarle sobre cualquier aspecto de su pasado, por irrelevante que fuese, era como intentar resolver un jeroglífico hecho de figuras borrosas, datos parciales y silencios incómodos. Si le hubieran obligado a resumirlo en un verso, no habría sido muy distinto a éste: «Hace ya mucho tiempo que no nos conocemos».

¿Por qué seguían juntos y continuaban haciendo planes como el de la escuela de Inteligencia Emocional, si los dos sabían a ciencia cierta que cada vez les quedaba más pasado y menos futuro y que, más pronto que tarde, acabarían por separarse? Alicia pensaba exactamente igual, de modo que se puede decir que si todavía estaban juntos era porque aún compartían sus dudas, algo que en su caso tenía un sentido, porque lo cierto es que ellos eran la clase de pareja más difícil de romper, esa en la que uno y otro se quieren y están bien juntos, hablan de todo, comparten muchas cosas y de ninguna manera se les podría definir con ese proverbio inglés que afirma que la única manera de salvar un matrimonio de más de tres años es consiguiendo que siempre haya invitados a cenar. Pero la locura se había terminado, y sin ella hay poco que hacer. A nadie se le ocurriría intentar conquistar a la persona de la que está enamorado diciéndole: «Estoy completamente cuerdo por ti».

Juan decidió pensar que no ocurría nada por lo que debiera intranquilizarse, y que la única explicación a tanto silencio era que Alicia estaba ocupada, tensa por la acumulación de trabajo y por la magnitud del esfuerzo que le exigía, y un poco distante a causa de las frases hirientes que se habían cruzado en casa. Todo estaba bien porque, de lo contrario, lo hubiera sabido: las malas noticias vuelan. Así que de camino a casa pararía en un local que solía frecuentar, para beberse una copa de Château Cantemerle, que era uno de sus vinos predilectos, y al llegar se pondría a escribir, porque tenía entre manos su segunda novela y había llegado la hora de dejar de pensar en Alicia para pensar en sí mismo: al fin y al cabo, la primera que publicó había tenido un éxito más que notable, y sirvió para que él se demostrara que no era un oscuro profesor de instituto, como ella parecía insinuarle. «Hasta aquí hemos llegado», se dijo, y con eso abarcaba tanto su vida privada como su vida profesional. Porque lo cierto es que aunque Alicia, siempre tan confiada en su poder de seducción y tan segura de su autoridad sobre él, no pudiera ni imaginarlo, Juan también empezaba a pensar que lo mejor sería separarse de ella, aunque sólo fuera por ser consecuente con sus principios: «No ser felices es de cobardes», suele decir; y como él es uno de esos hombres que tratan de parecerse lo más posible a sus teorías, nunca le ha temblado la mano a la hora de cortar una relación. Para él, no hay nada más fácil que escapar de un callejón sin salida: sólo tienes que dar la vuelta y correr hacia el otro lado.

La novela que escribía Juan Urbano contaba la historia, increíble pero cierta, de un estafador austriaco, llamado Albert Elder von Filek, que había venido a España en los años cuarenta, para pescar en río revuelto, y le había vendido al Generalísimo ni más ni menos que la gasolina en polvo, una supuesta fórmula para convertir el agua en combustible mezclándola con algunas plantas fermentadas y añadiéndole, como es preceptivo en esos casos, un ingrediente oculto que permitiría producir tres millones de litros diarios de carburante; lo cual, una vez que el invento hubiera sido patentado, haría de nuestro país una potencia económica. Le había creído hasta el punto de que empezaron a tramitar la construcción de una fábrica a orillas del río Jarama, le adelantaron una buena suma de dinero, diez millones de pesetas, lo que aquí y entonces, en aquel país arrasado por el hambre y la destrucción, era una auténtica fortuna, y Von Filek y su cómplice, que era el chófer del Caudillo, llegaron a convencerlo, durante uno de sus viajes a Galicia, de que el motor del coche en el que iba se alimentaba con un doble depósito, mitad gasolina y mitad agua mágica, que era el primer prototipo de la creación de aquel científico que aseguraba ser reconocido en toda Europa como una eminencia y haber sido propuesto varias veces como aspirante al premio Nobel de Química. Seguir el rastro de ese timador le estaba resultando a Juan complicado y apasionante. Se acordaba perfectamente de la conversación que había tenido con Alicia el día en que le contó esa historia.

—¿Gasolina en polvo? ¿Como la leche?

—Sí, supuestamente la disolvías en agua y a correr.

—Pero ¿y cómo es posible que se tragaran algo tan inverosímil?

—Pues supongo que porque ellos eran unos militares muy estúpidos y Von Filek un timador muy competente.

—Ya, pero ¿*tan* estúpidos y *tan* competente?

—Yo creo que sí, y que además se daban todas las condiciones para favorecer ese tipo de quimeras: en España faltaba de todo, no había industria, ni mercado, ni materias primas, ni alimentos, nada en absoluto, y entonces lo único que quedaba era espacio para las chapuzas, como los trolebuses o el gasógeno, que movía a duras penas los vehículos con carbón y madera, y para las fantasías, porque por otra parte esa gente se llenaba la guerrera de condecoraciones y proclamaba un imperio, describía su matanza como una gesta, se llamaba vigía de Occidente y trataba de colar su epopeya barata a cualquier precio. Lo de la gasolina sintética lo llegó a insinuar el dictador en un discurso, lo mismo que en otros anunció a bombo y platillo que se habían descubierto grandes bolsas de petróleo y unas inmensas minas de oro en diferentes lugares del país. El que no se lo crea puede ir a la hemeroteca, y verá como los periódicos recogieron lo que dijo en su discurso de Fin de Año de 1939, dado ya en su calidad de Jefe del Estado: «Tengo la satisfacción de anunciaros que España posee en sus yacimientos oro en cantidades enormes, lo que nos presenta un porvenir lleno de agradables presagios».

—Pero ¿y él? ¿Se lo creía o no? ¿Le habían dado gato por liebre o eran montajes que hacía por su cuenta y riesgo, para embaucar a los incautos?

—Sinceramente, yo creo que no daba para más. Siempre fue inculto por vocación y mediocre con gusto, despectivo con cualquier clase de refinamiento y sin más ideología que la que cupiese en su cartuchera; un hombre con tan pocas luces que en treinta y ocho años de gobierno no dejó una sola frase para la Historia, sólo majaderías como aquella de aconsejarles a sus ministros que no se metiesen en política, y esa clase de bobadas. Naturalmente, sus propagandistas lo presentaban como alguien que tenía mucho que callar, no nada que decir, y extendían su imagen de persona astuta e insondable. En realidad, su único mérito fue el de ser más sanguinario que los demás, eso lo decía hasta su propio padre. Lo del motor de agua, de hecho, lo intentaron más de una vez; y otros farsantes le vendieron la idea de hacer piscifactorías de delfines, que según le contaron se reproducían a tal velocidad que en cuanto se comercializara su carne, que por añadidura era muy sabrosa y muy nutritiva, los españoles se iban a hartar de comer. Como además era tan vanidoso, resultaba presa fácil para cualquiera que le dorara la píldora, que es lo que hizo Von Filek, que le contó que le perseguían los comunistas y las grandes multinacionales del petróleo y que si había elegido poner en sus manos aquel hallazgo era por lo mucho que lo admiraba desde que supo la categoría de sus hazañas en Marruecos, durante la guerra del Rif.

—La verdad es que eran bobos —dijo Alicia—, y de la peor clase, que es la de los bobos con pistola, pero lo más preocupante es que no lo eran más que otros. Hace unos días estuve consultando unos documentos desclasificados de la CIA en los que se cuenta que en 1975 España estuvo a punto de declararle la guerra a Portugal, porque creían que la Revolución de los Claveles y la llegada de la izquierda al poder eran una amenaza para nuestro país.

—No te puedo creer...

—Pues así fue. El Presidente del Gobierno se presentó en Jerusalén para decirle al representante de los Estados Unidos que España estaba dispuesta a mandar su ejército a Lisboa y que, de momento, «ya se habían tomado las precauciones apropiadas para impedir que los sucesos de Portugal se extendiesen al otro lado de la frontera». Quería que Washington, que era desde los tiempos de Eisenhower el aliado que les mantuvo a flote y que, entre otras cosas, les había dado más de setecientos millones de dólares para modernizar sus Fuerzas Armadas, le garantizase su apoyo militar si estallaba el conflicto, e incluir ese punto en la negociación que mantenían con ellos en aquel momento, que consistía en pedirles que impulsaran nuestra entrada en la OTAN a cambio de renegociar el alquiler de sus bases militares en Zaragoza, en Sevilla, en Torrejón y en Rota. Al final, autorizaron otra en Navarra.

—Y tú has investigado eso por lo que me contaste de la CIA y la red Gladio, ¿no?

—Claro. A fin de cuentas, todo lo explicaba la misma palabra: anticomunismo. Y eso no era algo que ni unos ni otros se tomasen a broma, especialmente si reparaban en las coincidencias evidentes que había entre el Movimento das Forças Armadas portugués que derrocó a la dictadura de Salazar y de sus herederos, y la Unión Militar Democrática de la que empezaba a hablarse aquí en España. De hecho, y esto es por lo que te digo que chiflados los había aquí y en la Casa Blanca, los norteamericanos llegaron a enviar a Madrid varios senadores, para estudiar el asunto, después de que su embajador les mandara un informe en el que decía que «a causa de la extensión de su frontera con Portugal, a España le resultaría difícil protegerse de una acción subversiva de sus vecinos». Y no te olvides de que el secretario de Estado era Henry Kissinger.

—... Que sería partidario de montar en Portugal el mismo golpe de Estado que montó en Chile y en otros muchos lugares...

—Lo era. Por muy increíble que pueda parecer, lo era. Estaba decidido a hacerlo y, al parecer, fue Willy Brandt, el Canciller de la República Federal Alemana, quien le convenció de que sería un error intervenir militarmente en Europa y le hizo ver que eso desestabilizaría todo el continente e impediría, en primer lugar, la reunificación de su país, que a este lado del Telón de Acero se veía cómo la mayor derrota imaginable de la URSS. También logró que los norteamericanos pusieran dinero para financiar a algunos grupos que impulsaran la socialdemocracia en los países en los que el comunismo tenía posibilidades de entrar en el Gobierno. En el caso de Portugal lo hicieron, por ejemplo con Mário Soares, que estaba exiliado en París, llevándolo de regreso a Lisboa, dándole todo el dinero que necesitó para limpiar de rojos su propia formación política, el PSP, para llegar a Jefe del Gobierno y para acabar desde allí con la influencia del MFA y del Partido Comunista. Lo logró todo, y también meter de nuevo a su país en el redil de la OTAN.

—Al suyo y al nuestro, porque supongo que luego él, Brandt, Kissinger y sus amigos se preocuparon de que la Transición en España tampoco se les fuera de las manos.

—¿Tú qué crees? Apoyaron la democracia, desde luego, pero con condiciones: nada de banderas rojas ondeando en los tejados del Congreso. Aunque después, ya sabes: cuando las cosas no van como él quiere, el amigo americano cambia de caballos en mitad de la carrera y te monta un 23-F, porque todo indica que ellos metieron la cuchara en aquel intento de golpe de Estado, como parecen probar dos cosas: la primera, que dos días antes del asalto de la Guardia Civil al Congreso, en 1981, un comandante del CESID que era el principal enlace en España de la CIA y que fue uno de los coordinadores del golpe, visitara al embajador de los Estados Unidos en Madrid para que diese su visto bueno a la conjura; la segunda, que su entonces secretario de Estado se diera más prisa de la necesaria en lavarse las manos y cuando aún no se sabía si el pronunciamiento iba a triunfar o no declarase que el golpe era «una cuestión interna de los españoles».

—Pues ya es raro que si ellos estaban detrás la cosa no saliera adelante, porque lo que suele ocurrir cuando apoyan un levantamiento es que su general acabe sentado en la silla del Presidente. Pero a ellos no les interesaba otra dictadura, sólo querían afianzar sus bases militares y que España entrara en la OTAN, cosa imposible con un gobierno golpista. Así que eso no encaja.

—Tal vez. Y también es posible que los intimidase la reacción de la gente, ¿no? Se echaron millones de personas a la calle, lo mismo que en el funeral de los abogados de Atocha. Supongo que eso les pararía los pies a unos y a otros.

—Bueno, siempre se ha dicho que el entierro de los abogados fue en realidad el de la dictadura. Y yo creo que eso es verdad, por mucho que luego ocurriese lo del 23-F, que con o sin la CIA, fue cosa de cuatro locos.

—No estés tan seguro de eso. Pero de lo otro sí: al entierro de los abogados asistieron más de ciento cincuenta mil personas, en un silencio que todavía te pone el corazón en un puño cuando ves las imágenes que hay de ese día. Miras las caras de los que estaban allí y son un libro abierto, no hace falta ser Louis Corman para verles la rabia, el dolor, la tristeza... Pero no hay miedo en ellos, y eso me llamó muchísimo la atención desde la primera vez que las vi. Quizás las vieran otros y pensasen lo mismo: esa multitud no se va a dejar amordazar tan fácilmente.

—Louis Corman es aquel psiquiatra francés del que me has hablado, ¿no? El que era alumno de Marie Curie en la Sorbona. El inventor de la morfopsicología.

—... Y las huelgas y el paro general que vinieron después avalarían aquella suposición —dijo Alicia, pasando ostentosamente de largo por sus preguntas y, al mismo tiempo, fulminándolo con la mirada, para que recordase cuánto detestaba que la interrumpieran. Y luego, para dejar claro que si a él no le interesaba lo que estaba diciendo, a ella le daba lo mismo no contárselo, añadió a modo de punto y final—: Ya sabes, *el pueblo unido jamás será vencido,* y todo eso.

No dijo nada más, ni siquiera se molestó en sacar a relucir la anécdota con la que pensaba coronar su relato, que era que entre las indemnizaciones que fijó el tribunal que juzgó el crimen de la calle de Atocha estaba la de un millón y medio de pesetas que se impuso al Colegio de Abogados de Madrid, por los gastos que le ocasionó el sepelio al ayuntamiento de la ciudad y al Ministerio del Interior.

Pero eso no lo sabría ya Juan, que por otra parte estaba acostumbrado a los enojos de Alicia y había llegado a la conclusión de que la mejor manera de huir de ellos era quedarse quieto, igual que se hace cuando te embiste un toro. Esa noche, cuando ella, para hacerle un desplante, no le quiso echar el cierre a la historia que le estaba contando, él hizo lo mismo con la suya, y no le contó que aquel truhán austriaco que había engatusado al dictador, Albert Elder von Filek, no supo retirarse a tiempo con los diez millones de pesetas que le habían dado y acabó en la cárcel —tal vez hasta su muerte, porque nunca más se supo de él— junto con el chófer del Generalísimo, que tan estupidísimamente se había tragado aquel fraude. Esos dos silencios son una buena metáfora no sólo de la relación entre Alicia y Juan, sino del carácter autodestructivo de los seres humanos: con todo lo que las parejas se callan podría evitarse el ochenta por ciento del rencor que van acumulando y que al final las sepulta. El rencor es la cáscara del odio, es decir, una auténtica basura.

Pero una cosa eran las discusiones pueriles y otra desaparecer durante tres días, y en cuanto pudo regresar de sus recuerdos, Juan volvió a preocuparse por su compañera. ¿Seguía en Italia? ¿Habría regresado y fue directamente al periódico? No pudo contenerse más y llamó por teléfono a la redacción, primero al número directo de Alicia, en el que saltó un contestador automático que decía que en ese momento no podía atenderle, y después a la centralita, desde donde le pasaron con el redactor jefe de su sección, que primero le dijo, con evidente mala sombra, que «la detective Durán» estaba de viaje, fuera de España, y luego añadió, con una sorpresa que no parecía impostada: «Ah, pero ahora que lo pienso, ¿no volvía ayer? Se supone que esta tarde tenía que cubrir una rueda de prensa».

Juan le dio las gracias, volvió a llamar al móvil de su novia, sin obtener respuesta, y se puso un plazo: si esa noche no daba señales de vida, a la mañana siguiente llamaría a la policía. De momento, se preparó un café negro como el betún, encendió su ordenador para ver los correos que Alicia se había mandado a sí misma, como hacía siempre antes de dar por concluida una sesión de trabajo, con el fin de poner a salvo sus artículos o sus entrevistas, y así poder tener acceso a ellos en caso de necesidad. «Aprietas un botón y tu despacho es cualquier cibercafé en el que puedas gastarte cinco euros», solía decir, alardeando de su carácter previsor. Esos textos profesionales los mandaba por duplicado, a su propia cuenta y a otra de la que Juan sabía la clave, por si en algún momento tuviera que recurrir a su ayuda, pedirle que le dictase algo por teléfono, que lo reenviara a la redacción en el caso de que se hubiese extraviado, ella no tuviera un portátil a mano y su móvil estuviese sin cobertura, o que solucionara cualquier otro imprevisto. Alicia no dejaba cabos sueltos.

Juan vio que los últimos archivos que había mandado eran una serie de anotaciones para su libro, una entrevista, hecha una semana antes de salir de España, con el dirigente histórico del PSOE, Isidoro Mercado, y otra, enviada desde Florencia, con el juez Pier Luigi Baresi. Las leyó, fue a la cocina para prepararse un café muy cargado y después siguió con el resto del manuscrito, que se titulaba *Operación Gladio*. A medida que avanzaba, fue sintiendo miedo.

Capítulo catorce

El silencio era una lupa que aumentaba el tamaño de los sonidos, que se hicieron enormes cuando las palas empezaron a hundirse en aquel terreno duro y alegórico. Antes de eso, nadie hablaba y sólo se oían, alternativamente, la extraña mezcla de clamor y murmullo que sale de los árboles en los días de viento y los pitidos mecánicos del georradar que manejaba Laura Roiz con una lentitud concienzuda, con un gesto grave que escenificaba a la vez su concentración y la solemnidad del momento y vestida con una ropa que parecía un muestrario o una antología de diferentes profesiones: mono azul marino de mecánico, guantes verdes de jardinera, botas militares, un casco naranja coronado por un foco de minero, gafas de monitora de esquí y auriculares amarillos de los que llevan el personal de los aeropuertos que trabaja a pie de pista, los leñadores o los policías en sus prácticas de tiro. La jueza Valdés no había ido a la excavación, pero esperaba en su casa, puesto que era sábado y no tenía que ir al juzgado, las noticias que pudieran producirse.

—La técnica del georradar está basada en la emisión y recepción de ondas electromagnéticas —le susurró el profesor de francés a Dolores Silva, que acababa de preguntarles a él y a la directora de la excavación, la catedrática de Medicina Forense Francisca Prieto, cómo funcionaba aquel aparato—. Cuando esas ondas detectan en el subsuelo alguna anomalía, es decir, una variación que rompa su uniformidad, las antenas receptoras lo recogen, las señales acústicas se hacen continuas y sabemos que hay algo fuera de lugar bajo la tierra, algo que resulta inconsecuente, o desigual, o heterogéneo. Entonces es cuestión de investigarlo. Puede ser lo que se busca o puede no ser nada, una lata, una botella, cualquier cosa.

—¿Y cómo lo reconocen esas antenas? —dijo Paulino con los ojos entrecerrados y estirando el cuello hacia sus interlocutores igual que si él también fuese algún tipo extraño de receptor en busca de una señal más intensa, como hacía siempre que algo despertaba su interés.

—Bueno, son lo que se llama antenas monoestáticas —dijo la profesora Prieto, desde el centro del corro que acababan de formar a su alrededor Dolores, Paulino y los familiares de las otras cuatro personas asesinadas en ese lugar—, y este modelo lleva dos muy potentes, de novecientos megahercios, una transmisora y otra receptora, que se mueven en distintas frecuencias, tienen una rueda de control taquimétrico que sincroniza la velocidad de emisión de los impulsos con la alineación horizontal a escala de los registros que se van produciendo y, como le acabo de comentar, reconocen cualquier incongruencia subterránea, por así decirlo. Antes de empezar a hacer el perfil, la persona que la maneja, en este caso nuestra amiga Laura Roiz, introduce algunos parámetros, por ejemplo la curva de ganancias, el nivel de profundidad, el intervalo de muestreo, la resistividad de los materiales que van a atravesarse... Es una persona idónea para esa tarea, porque gracias a sus estudios de Química puede llevar a cabo los análisis de la tierra que nos hacen falta para saber a qué nos enfrentamos, cosas como el nivel de acidez del suelo, la cantidad de materia orgánica que pueda haber absorbido o el estudio de los fosfatos que contenga. Y por supuesto, también hay que hacer previamente un estudio de campo, para calibrar la máquina teniendo en cuenta su coeficiente de atenuación, su profundidad, las constantes dieléctricas de los elementos que pueda tener...

—No se preocupen —intervino el profesor de francés, viendo la cara de desconcierto de Dolores—, parece muy enrevesado, pero sólo lo es al principio. Cuando yo empecé con todo esto, a mí también me sonaba a chino. En realidad, los georradares son una cosa bastante común; nosotros los usamos para buscar a las víctimas de la Guerra Civil, pero los arquitectos, los geólogos o los ingenieros los utilizan para hacer otro tipo de prospecciones no destructivas, como ellos las llaman, y lo mismo sirven para descubrir un muro enterrado, una canalización o una tubería que una falla, un estrato glaciar, un depósito de gas, un colector o unas ruinas del Imperio Romano, que de hecho, y como sabe mejor que nadie la compañera Mónica Grandes, a veces se descubren de carambola: te pones a buscar un cableado eléctrico y encuentras una estatua del emperador Teodosio el Grande.

—¡Lo que inventan! —exclamó Dolores, justo antes de que todos se echasen a reír, con lo que ya no se pudo saber si lo que hacía gracia era su exclamación o la frase ingeniosa del profesor de francés, y luego volvió a clavar los ojos en el lugar donde, en esos momentos, Mónica pintaba una cruz blanca por indicación de Laura Roiz.

—¿Y dónde se ven los resultados? ¿En esa pantalla que tiene en lo alto? —preguntó Paulino.

—Sí, más o menos. Es un SIR-3000, un sistema de almacenamiento que registra las señales obtenidas, las muestra en forma de hipérbola y te permite estudiar los datos que obtiene el georradar —dijo Francisca Prieto, moviendo mucho las manos mientras hablaba, lo mismo que si dirigiese la orquesta de pulseras de oro que llevaba en la muñeca.

Se detuvo ahí, porque en ese instante Laura Roiz apagó la máquina, se quitó el casco y los auriculares, le dijo algo a Mónica y las dos le hicieron señas para que se acercase. Dolores y Paulino los vieron deliberar en la distancia, porque cuando ella hizo ademán de ir donde estaban, su marido la sujetó con fuerza del brazo, y cuando lo volvió a intentar, aunque fuese ya con muy poca convicción, tiró hacia abajo de él: «Tú te quedas aquí y esperas», le dijo aquella mano autoritaria.

Francisca Prieto y dos voluntarios de la organización Psicólogos sin Fronteras fueron hacia ellos y la directora de la excavación les informó de que la fosa estaba localizada, con poco margen de error, y de que iban a empezar a abrirla. No debían impacientarse, porque aquella tarea no se podía hacer deprisa, era necesario realizarla con tino y atención, para no pasar por alto ningún detalle, ninguna pista, ningún resto orgánico o inorgánico que pudieran confirmar lo que ocurrió allí aquella noche calamitosa del año 1940.

—Los muertos hablan, pero sólo si consigues encontrarlos —dijo el profesor de francés.

—Pues a éstos no los van a encontrar, porque no están ahí —dijo Dolores Silva.

—Pero si lo estuvieron alguna vez, también nos lo dirán —añadió Mónica.

Sin quitarle ojo a la labor de los voluntarios de la ARMH, que cavaban delicadamente con sus palas y con sus azadas, discriminaban lo que iba dándoles la arena con sus cribas, hacían fotos o limpiaban con pinceles cualquier objeto que les llamase la atención, los familiares de la mujer y los cuatro hombres enterrados en aquella fosa común intercambiaban sus historias. Uno de ellos, que ha ido allí desde Rota, Cádiz, cuenta que los falangistas que los mataron tuvieron que volver la noche siguiente a echar más tierra sobre la tumba, porque uno de los compañeros de infortunio de Salvador Silva, albañil y militante de la CNT, que era el único que vivía en Navacerrada, tenía un perro que siguió su rastro hasta el cementerio, escarbó en la fosa hasta dejar al aire una mano, se sentó allí y se puso a aullar. Los de la Falange se enteraron de eso, regresaron al lugar del crimen y le pegaron un tiro al pobre animal.

—No es eso lo que yo tengo oído —le contradice un vecino de Navacerrada, que está allí en un acto de curiosidad solidaria—. A mí me aseguran que lo que pasó es que llovió mucho y hubo un corrimiento de tierras; que ésos mandaron al sepulturero a cerrar la fosa y que esa misma noche, mientras echaba una partida de cartas, el cura de la parroquia dijo: «Si serán demonios esos rojos, que ni sus tumbas los quieren».

—Mi abuelo y su hermano están ahí —dice otra de las personas presentes, señalando el lugar donde Mónica, Laura, Francisca Prieto, el profesor de francés y los demás siguen adelante con su trabajo— porque los engañaron, como a tantas otras personas. Habían ido a luchar al frente del Guadarrama, porque eran fieles al Gobierno legítimo y porque, según su entender, defendían a España de los sublevados. Cuando la guerra terminó, regresaron a Los Molinos, que era donde vivían, porque el asqueroso del Generalísimo había dicho que el que no tuviera las manos manchadas de sangre no tenía nada que temer, y la verdad es que ellos no habían pegado un tiro, porque uno trabajó de cocinero para las tropas y el otro de telegrafista; así que nada más llegar al pueblo entraron en sus casas, se arreglaron para ir al cuartel de la Guardia Civil, con el único traje que tenían, que era el de su boda, y esa misma noche los fusilaron.

—Lo de mi madre es parecido —dice una anciana vestida de luto riguroso que no ha dejado de llorar un segundo, lo mismo que si todo acabase de ocurrir y no asistiera a una exhumación sino a un entierro, tal vez porque para el dolor sólo existe el pasado, y que observa el agujero que poco a poco se abre junto a la tapia del camposanto como si temiese que en cualquier instante emergiera de él un espectro—. Fue al Ayuntamiento para preguntar si a sus dos hermanos, que habían defendido juntos la República y que estaban escondidos, les harían algo si se entregaban, y le garantizaron que simplemente les tomarían declaración y después no les ocurriría nada. Pero en cuanto llegaron, les dieron una paliza y los metieron en un camión y los trajeron aquí, fusilaron a uno y al otro le obligaron a ver la ejecución y a cavar la fosa. Luego lo trasladaron a varias cárceles, a Madrid, a Segovia, a Valladolid... Y por lo que sea quedó libre, en el año 45. Todos los días se cruzaba por el pueblo con los asesinos, por aquí los conocía todo el mundo, en los primeros años iban por las tabernas vestidos de falangistas y alardeando de cómo los habían liquidado, contaban que uno se arrodilló para pedir clemencia, que otro se hizo sus necesidades encima, que a otro le dieron de martillazos en los dedos para que no volviese a cerrar el puño y que a mi tío le quemaron la lengua con ácido para que no cantase la Internacional. A mi madre la metieron en el calabozo y después la llevaron a una granja de por aquí cerca, que usaban como cárcel. Cuentan cosas terribles de lo que les hacían, pero yo no las quise saber nunca, ni imaginarlas siquiera. Ya ves tú qué delito habría cometido ella, que era panadera. Salió a la calle en unos meses, pero no volvió a levantar cabeza, la pobrecita se me murió cuando yo tenía doce años.

Dolores escuchó en silencio aquellas historias sobre el albañil de la CNT, el cocinero, el telegrafista y el hermano de la panadera, y cuando los demás parecían esperar que ella les sumara la de Salvador Silva, siguió callada, mirando cómo se abría aquella fosa a la que había ido con Visitación, Abel y Paulino cada 10 de enero, el día del cumpleaños de su padre; y después ya sólo con su suegro y su marido, porque su madre ya no estaba, se había ido de este mundo sin poder recuperar a su esposo para enterrarlo dignamente, como siempre soñó hacer, y por lo tanto el tiempo le había dado la razón a ella y a esa sentencia que se le había quedado grabada desde que se la oyó decir a un dirigente comunista en una reunión de exiliados españoles, cuando vivía en Burdeos, y que le gustaba repetir: «La muerte de algunas personas no demuestra que hayan vivido»; y un poco más adelante, ya nada más que pudieron subir a Navacerrada ellos dos, sin su suegro... «Es decir —pensó—, que he venido aquí sesenta veces, desde 1950, que es cuando mamá y yo volvimos a España, casi tres años después de Paulino, cuando yo tenía diez para once...». Como si la hubiese oído pensar su nombre, su esposo, que no paraba de preguntar qué eran los resultados isotónicos, la desconexión anatómica o el radiocarbono, se volvió hacia ella y al verla hacer cálculos con los dedos, le preguntó con los ojos: «Pero ¿qué haces? ¿Qué andas sumando?». Ella le hizo un gesto de que no pasaba nada y de que la dejase en paz, pero antes de volver a este mundo aún se dijo: «Y seguimos viniendo cuando empezaron con que si no estaba aquí y que se lo habían llevado y que el alcalde de Navacerrada había sido de los primeros en ponerse manos a la obra, en cuanto el gobernador civil le mandó aquella famosa circular que decía que se podían enviar a Cuelgamuros "no sólo restos de quienes fueron sacrificados por Dios y por España, sino a cuantos cayeron en nuestra Cruzada, sin distinción del campo en que combatieran, según impone el espíritu cristiano de perdón, siempre que, unos y otros, fueran de nacionalidad española y de religión católica". Y a nosotros por una parte eso nos parecía increíble, pero por otra nos cuadraban las cuentas, porque recordábamos que, efectivamente, en el año 60 la tierra parecía distinta de la del 59, más fresca, menos compacta; y que le preguntamos al sepulturero y nos dijo que era porque habían estado reparando la valla del cementerio, que era verdad que le habían tapado las grietas y los agujeros de las balas, y estaba encalada. Pero claro que seguíamos viniendo. ¿Dónde íbamos a ir, si no? ¿A poner claveles al Valle de los Caídos?».

—¿Estás bien? —le dijo Paulino a Dolores, apretándole el brazo justo al contrario de como lo había hecho antes, con una presión que no llegaba a ser caricia, porque él no era esa clase de hombre, sino que se quedaba en una muestra de compañerismo, pero que de todas formas a ella pudo confortarla. «Morir es cambiar de misión», dice Tolstói, y si la primera palabra de esa sentencia, en lugar de *morir* fuera *querer,* habría descrito a la perfección a Paulino Valverde.

Ella no contestó y siguió mirando a los voluntarios que cavaban, la arena que se volvía una pirámide y el hoyo que semejaba una boca sobrenatural a punto de revelar un secreto. No quería pensar en nada, sólo concentrarse en aquella fosa, pero sus recuerdos la buscaban, las palabras parecían formar comandos, acercársele sin ser vistas y saltar sobre ella por la espalda. «Camaradas, que no cunda el desánimo; que no cese la lucha; que no nos abandone la alegría; que cuando faltemos de este mundo, no se pueda decir de nosotros ni de los nuestros lo que dicen aquí en Francia de quienes han pasado sin pena ni gloria por la tierra, sin hacer nada digno, nada relevante: seres cuya muerte no demuestra que alguna vez hayan vivido.» Eso era lo que había dicho aquel orador comunista en Burdeos y su madre no podía olvidar.

No muy lejos de allí, Bárbara Valdés estaba en el salón de su casa, tumbada en un sofá y tratando de ver una película, mientras Enrique, sentado junto a la ventana, en el sillón que normalmente usaba para leer, navegaba por la red con su ordenador portátil, buscando noticias en las hemerotecas digitales de los periódicos. Había tratado de convencerla para que asistiesen a la exhumación, pero no sólo había fracasado sino que su mujer le había prohibido terminantemente que fuera solo: «¿Con Mónica allí? ¡Ni hablar! ¿Qué es lo que pretendes? ¿Sacar mi fotografía en todos los periódicos y arruinar mi carrera?». Él no había insistido.

—La verdad es que todo este asunto es alucinante —dijo Enrique—. Estoy leyendo la historia del hijo de un republicano de Ávila al que habían matado en un lugar llamado Aldeaseca, nada más que por ser asiduo de la Casa del Pueblo, y que es en algunos puntos casi idéntica a la de tu Salvador Silva: a éste también le dijeron que a su padre se lo habían llevado en el 59 al Valle de los Caídos, y tras dar muchas vueltas se puso en contacto con la Asociación para la Recuperación de la Memoria Histórica, consiguió que le dejaran abrir el pozo en el que habían estado sus restos y los de otras seis personas, y allí lo único que quedaba era un cráneo, algunos restos óseos, unas minas de lápiz que tenían que pertenecer a dos tenderos que habían fusilado junto a él y un dedal.

—Sí, recuerdo ese caso y el detalle del dedal, que sin duda es muy... sugestivo. El hombre era de un pueblo llamado Pajares de Adaja y lo ejecutaron en el 36. ¡Cómo no lo iba a recordar, si primero me lo contó esa chica, Laura Roiz, cuando cené con ella, con Mónica y con su profesor de francés aquel día, la noche de la estatua; y luego me lo volvió a contar nuestra arqueóloga de cabecera, la *camarada Grandes* —dijo, remachando esas palabras como si las grabase en una lámina de estaño—, y ahora me lo vuelves a contar tú! Eso sí, lo de las minas es una novedad, supongo que viene bien para explicar lo concienzudos que son los desenterradores.

—¿*Su* profesor de francés? ¿Qué quieres decir? —preguntó Enrique, pasando por alto la ironía como quien salta un alambre de espino y mirándola inquisitivamente por encima de las gafas.

—Bueno, ¿y qué dice ese artículo que estabas leyendo del *Hombre de Aldeaseca*? —contestó la jueza Valdés, volviendo a recalcar sus últimas palabras, en este caso, sin duda, para dejar clara su opinión sobre el carácter prehistórico de todos aquellos acontecimientos.

El psiquiatra la siguió observando de aquella manera unos segundos, y luego volvió la vista hacia la pantalla del ordenador.

—Pues primero resumen todo el asunto y después cuentan su visita al Valle de los Caídos. Escucha: «Cuando, cinco meses después de abrir la tumba vacía de su padre, pisó por vez primera el monumento, una nevada tremenda coagulaba ese paisaje de Cuelgamuros en el que se levanta la inmensa cruz. ¿Qué hacía entre aquellas significadas rocas el hijo de un rojo asesinado por los nacionales? Buscaba a su padre, para rescatarlo. Y lo encontró. Un monje benedictino, de los que custodian la basílica, le acompañó finalmente hasta el lugar donde está enterrado, y del que pretende sacarlo a toda costa. Él había removido Roma con Santiago y sabía perfectamente cuál había sido el viaje de aquel osario, por qué estaba allí y desde qué día: una semana antes de que el 30 de marzo de 1959, víspera de la inauguración del mausoleo, llegaran a él los restos del fundador de la Falange, José Antonio Primo de Rivera, una caja con huesos del pozo de Aldeaseca quedó anotada en el registro de entrada. Para que el dictador escenificase la mitología, falsa y siniestra, de la reconciliación, su padre y otros muchos republicanos, aunque no se sabe cuántos, pues se barajan cifras muy dispares, con un arco que oscila entre los cuarenta y los setenta mil, fueron sacados de sus tumbas desconocidas y apilados en aquella necrópolis construida con la mano de obra esclava de miles de presos que habían combatido contra el general». O sea, lo mismo que Abel Valverde.

—¿Y cómo podía saber con tanta seguridad dónde estaba? El Congreso montó esa... pantomima de la Ley de Memoria Histórica, hizo un censo de fosas comunes y autorizó las exhumaciones, pero el Tribunal Supremo las paralizó.

—Por entonces esos espantapájaros con toga aún no habían sacado el martillo y se había avanzado algo. En el Valle de los Caídos, por ejemplo, dio tiempo a digitalizar los libros de registro de la abadía, y a partir de ahí era fácil localizar los restos, porque están catalogados y se conservan en cajas selladas y con una etiqueta en la que pone la localidad de la que provienen. En su caso, «columbario 198. Cripta derecha de la capilla del Sepulcro. Piso primero».

—De entrada, noto un contrasentido: ¿cómo pueden saber dónde está cada cadáver e ignorar si son cuarenta o setenta mil?

—Porque sólo se censaron los primeros veintisiete mil.

—Entonces, si alguno de ellos, pongamos que el propio Salvador Silva, llegó más tarde, será imposible de ubicar. ¿Qué hacemos entonces? ¿Desmantelamos el edificio? Porque sabrás que las solicitudes se le presentan a Patrimonio Nacional.

—¿Y a quién si no? A mí no me importaría que lo echaran abajo, si te soy sincero; pero la obligación de buscar los restos es del Gobierno, en cualquier caso, y si quiere, lo hará, porque hay muchos caminos a la verdad, hay datos, recuerdos, testimonios... De algunos se supo que los habían llevado a Cuelgamuros porque lo contó treinta años después el conductor del camión que los trasladó allí, o alguien que fue contratado para abrir la fosa, o un pariente del gobernador civil que lo ordenó, o cualquiera que pasaba por ahí y calló pero no olvidó... La gente sabe.

—¡Por el amor de Dios! La *gente,* como tú la llamas, no sabe nada. Ellos creen que sí, pero es sólo a causa de su simpleza: repiten lo que le oyen decir al político más tonto del Congreso y ya piensan que tienen una ideología; comen dos veces en un restaurante chino y ya piensan que conocen la cultura asiática. Y, por cierto, ¿de qué almanaque barato has sacado eso de: «hay muchos caminos a la verdad»? Espero que te lo vendiesen muy rebajado.

—Saben lo que recuerdan, eso para empezar; y luego hay otras personas que pueden usarlo. Se llaman investigadores y su tarea consiste en buscar piezas dispersas, juntarlas y reconstruir lo que está roto. Y para ello valen, efectivamente, todos los caminos, hasta el de la casualidad: por increíble que pueda parecer, cuando nuestro *Hombre de Aldeaseca,* como tú lo llamas, fue al Valle de los Caídos, el monje benedictino que le condujo a los sótanos de la cripta le confesó que él había descubierto por puro azar, mientras buscaba a otro desaparecido, que su propio padre, que era lechero en la Puerta del Sol, también estaba sepultado allí.

—Pues fíjate si va a ser problemático lo de nuestro impresor, cuyo traslado, suponiendo que de verdad se produjera, no estará entre los que fueron documentados, porque entonces ya me lo habrían hecho saber su hija y los de la Asociación para la Recuperación de la Memoria Histórica, cuando hasta en los casos en que todo es demostrable no se consigue nada —respondió, pasando por alto la historia que su marido acababa de contarle: para ella, todo lo que no es fundamental, es anecdótico.

—¿Qué quieres decir?

—Pues que tu *Hombre de Aldeaseca* lo sabrá todo, pero su padre sigue allí —dijo Bárbara, al tiempo que cambiaba de canal en la televisión.

—Por ahora. Esos colegas tuyos son más de derechas que el grifo del agua caliente, y por eso hacen lo que hacen. Pero si quieres mi opinión, ni mil jueces podrán evitar que, tarde o temprano, los familiares de las víctimas se las lleven.

—No me des un discurso, que no me he traído la bandera y no me apetece levantarme y hacer ondear las cortinas. Mejor sigue contándome eso del Valle de los Caídos, que me interesa. ¿Así que allí está todo claro y en orden... siempre y cuando fueses uno de los primeros en llegar?

—Pues mira, a veces lo está y otras lo está menos. Puedes consultar aquí, por ejemplo, en la entrada del 23 de marzo de 1959, y leer: «En el día de hoy han ingresado en la cripta las siguientes cajas con restos de nuestros caídos en la Guerra de Liberación: de Navarra, 16 cajas; de Vitoria, 37; de Palencia, 26; de Alicante, 16; de Ávila, 18. En total, 113». Y eso no tiene por qué ser exacto, pero sí es indicativo.

—Tan fácil como buscar en un catálogo. ¿Qué nos preocupa, entonces?

—Pues sí y no, Bárbara, te lo acabo de explicar, aunque me parece que lo he hecho en balde, dado que, por alguna razón que se me escapa, te empeñas en no querer entenderlo —contestó Enrique, contrariado por el tono entre satírico y condescendiente de su mujer—. Ya puedes suponer que los profanadores de tumbas actuaban con nocturnidad, con prisas y sin demasiado rigor, y que esos libros del Valle de los Caídos son una guía, no un manual. En la mayor parte de las cajas habrá lo que se dice que hay, en otras sólo la mitad y en otras nada.

—Perdona, sigue —dijo secamente la jueza Valdés, simultaneando la disculpa y la exigencia con esa ráfaga de dos palabras. Enrique suspiró a la vez que negaba con la cabeza, del mismo modo en que lo solía hacer Mónica Grandes cuando Bárbara se ponía así, y recordó, como quien cuenta hasta cien, una frase de Horacio que acostumbraba repetir en las clases de doctorado su profesor de Psicofarmacología: «La paciencia no arregla las cosas, pero las hace tolerables».

—Los archivos del monasterio dicen que la caja llegada de Aldeaseca contiene «seis cuerpos», y los describen así: «una señora desconocida», que en realidad se llamaba Flora y, obviamente, era la mujer del dedal, «y cinco varones igualmente desconocidos».

—¿Seis? Laura, Mónica y tú mismo hace un momento me dijisteis que eran siete.

—Lo eran. El error en el cómputo se debe a que los desenterradores, como deberías recordar, se dejaron un cráneo en la fosa. Pero, por lo demás, es un buen ejemplo de que en algunos casos recuperar los restos y devolvérselos a sus familias sería pan comido.

—A propósito —dijo la jueza Valdés, estirándose perezosamente en el sofá y desplegando su mejor sonrisa—, ¿algún voluntario para hacerme un té rojo? Ofrezco recompensa...

Enrique se quitó las gafas y mordiendo suavemente, entre frase y frase, una de las patillas, tal y como solía hacer a menudo en su consulta cuando meditaba en voz alta frente a cualquiera de sus pacientes, dijo:

—Qué curioso: una combinación discordante del trastorno de deficiencia motivacional y la hipótesis de las monoaminas, es decir, de pereza extrema e hipersexualidad.

—Mi amor, me encanta tu trabajo pero me duermo siempre en la cuarta sílaba.

—¿Y además ofreces un cuadro de Síndrome de Apnea Obstructiva del Sueño? Tendré que examinarte.

—Pero después de la merienda —dijo Bárbara Valdés, tumbándose en su sofá.

Junto a la tapia del cementerio de Navacerrada no había sonrisas, ni dobles sentidos, ni resplandores de humor inteligente. Dolores esperaba a pie firme, con una dignidad de viuda de guerra a quien van a entregar la bandera, a que Laura Roiz y Francisca Prieto llegasen hasta ella y le diesen el pañuelo blanco que la primera llevaba en las manos y en el que la segunda había puesto algo que Mónica y el profesor de francés habían descubierto al cribar la arena de la fosa. Mientras las veía acercarse, sin saber qué era lo que le iban a entregar, se le pasaban por la cabeza algunos episodios de la vida de su padre, a quien se representaba siempre como si nunca hubiera dejado de ser el hombre de la fotografía que tenía enmarcada en el salón de su casa, ese muchacho en mangas de camisa y con corbata oscura, que está a punto de cumplir veinte años y sonríe a alguien situado más allá de la cámara, tal vez a su futura esposa, y agita un brazo optimista en señal de saludo: la llegada a Madrid, la proclamación de la República, su trabajo en *Mundo Obrero,* Visitación, el Sindicato de la Aguja, la Guerra Civil, el asesinato de don Salvador en Asturias, el PCE, el Socorro Rojo, los carteles de propaganda, Rocafort, Villa Amparo, la visita a la casa de don Antonio, la revista *Comisario,* la huida, las aduanas, Portbou, Cerbère, el hotel Belvédère du Rayon Vert, la detención, Argelès-sur-Mer, Navacerrada...

El profesor de francés quiso pasar el brazo sobre los hombros de Mónica, que se zafó de él y se puso a mirar alrededor, como si temiese que Héctor la hubiera seguido hasta la excavación y estuviese en alguna parte, emboscado, vigilándola. Luego, se acercó a Paulino, con lágrimas en los ojos y una sonrisa en los labios, y le dio una palmada en la espalda. El amante rechazado asumió, sin protestar ni resistirse, el lugar clandestino al que ella lo relegaba, y en ese mismo momento ocurrió lo que ocurre siempre: que en vez de ganar su amor, perdió su respeto. Todo eso sucedía en menos tiempo del que hace falta para contarlo y en un ambiente que tenía la atmósfera de una escena final.

Laura Roiz puso frente a Dolores aquel pañuelo en el que había depositado, cuidadosamente, cada una de las siete piezas metálicas que acababan de encontrar en el fondo de aquella fosa vacía que, tal y como había profetizado Mónica Grandes, les dio la prueba que necesitaban para saber que, efectivamente, Salvador Silva había estado allí: lo demostraban aquellos tipos de imprenta con las siete letras que hacen falta para escribir *Machado,* las que sirvieron para componer el apellido del poeta en la revista *Comisario* y, sin duda, las mismas que Abel Valverde siempre dijo que su camarada llevaba en el bolsillo, la última vez que estuvieron juntos, para regalárselos a don Antonio cuando lo viera en la masía Mas Faixat, cerca de Viladasens, al regresar de ese viaje a la frontera entre España y Francia del que nunca volvió.

Capítulo quince

No había dicho nada en el hotel, y como la habitación la pagaba el periódico y al revisar la nevera comprobaron que no había consumido nada del minibar, nadie se preocupó por que se fuese de allí sin avisar de su salida y llevándose la tarjera de la puerta, como por otro lado hacían la mitad de los clientes, «*senza rendersi conto che esso genera determinati costi*», se lamentó el recepcionista que le había atendido al teléfono. En el cuarto, según le dijo, no era probable que hubiera ningún objeto o prenda de vestir olvidados, porque en ese caso las mujeres del servicio de limpieza se lo habrían comunicado, pero de todas formas haría algunas averiguaciones y, si se volvía a poner en contacto con él media hora más tarde, le podría confirmar ese extremo. *«Per noi è un piacere servirla»*, concluyó, en un tono que hacía ver que empezaba a intranquilizarse por las preguntas de Juan o, simplemente, que lo reclamaban otras obligaciones.

Mientras transcurría ese tiempo, intentó hacer otras gestiones, pero ni en la estación de tren de Santa Maria Novella, en Florencia, ni en el aeropuerto de Roma le fue posible dar con alguien que le pudiera confirmar si Alicia había salido de la ciudad y había tomado su vuelo a Madrid, porque no estaban autorizados a proporcionarle esa información ni a revelar datos sobre los pasajeros, aparte de que era incapaz de entender tres cuartas partes de lo que le decían las personas con las que hablaba, tras cuyas voces, para empeorar la complicación de entenderse en otro idioma, se oía el fragor característico de esos lugares: altavoces, escaleras mecánicas, timbres, motores, *treno per*

Milano proveniente da Bologna sul binario due; inter-regionale per Venecia proveniente da Napoli sul binario cinque; conversaciones, teléfonos, maletas nerviosas que ruedan hacia la dársena, el andén o la puerta de embarque, *Iberia annuncia la partenza de volo numero 915...* ¿Había desaparecido de repente, sin más? ¿La habían secuestrado, o algo aún peor, y a esas alturas ya estaba en el fondo del mar Tirreno, o enterrada en las colinas de Chianti? ¿Se había extralimitado en sus averiguaciones y esa gente de la que trataban sus entrevistas y su futuro libro decidió eliminarla? Juan no podía creerlo sin encontrarse paranoico, porque a él le ocurre lo mismo que nos pasa a todas las personas normales, que nos sentimos al margen del mal y, por lo tanto, leemos cada día las noticias sobre mafias, crímenes, espías, mercenarios y bandas paramilitares convencidos de que existen en otro plano de la realidad, sin darnos cuenta de que nada puede ser al mismo tiempo habitual e imposible, estar a nuestro alrededor y al margen de nuestras vidas.

«La profesión de Alicia es peligrosa y más para ella, que siempre dice que la única manera de cazar una exclusiva es metiéndose en la boca del lobo —pensó Juan Urbano—. Y es verdad que quiere dejarlo, poner un hotel en un bosque y dar clases de Inteligencia Emocional, Morfopsicología y todas esas cosas que tanto la apasionan; pero también es cierto que hasta que lo haga va a seguir bailando en el alambre. Y de ahí te puedes caer o te pueden tirar. ¿Cuántos colegas suyos son asesinados cada año en el mundo? ¿No ha ocurrido eso siempre y sigue ocurriendo hoy en día?». Juan pudo responderse esa pregunta que lo torturaba sin tener que ir muy lejos, porque en el propio manuscrito de Alicia había algunas muestras de ese horror: ¿no habían matado a tiros y en la puerta de su casa de Portugalete, cerca de Bilbao, al periodista José María Portell, que intentó negociar un alto el fuego entre el Gobierno de la Unión de Centro

Democrático y la banda terrorista ETA? ¿No habían acribillado en el centro de Roma y a plena luz del día al reportero Mino Pecorelli, tras culpar éste a la red Gladio y al Primer Ministro de Italia, Giulio Andreotti, de estar tras la muerte de Aldo Moro? De hecho, Pecorelli fue eliminado cuando estaba a punto de publicar un libro que podía dañar la reputación del jefe de la Democracia Cristiana, el cual fue juzgado y condenado por encargar el crimen, y luego absuelto de manera vergonzosa. Sintió miedo al leer en Internet que sólo en la primera década del siglo XXI habían sido asesinados más de ochocientos periodistas en todo el mundo.

Por lo demás, las operaciones de la red Gladio, tal y como las contaba Alicia en sus escritos, seguían un patrón claro que ponía de manifiesto que no les temblaba el pulso a la hora de eliminar rivales, testigos y hasta compañeros que hubiesen dejado de ser útiles o empezaran a ser comprometedores, como aquel militar suizo al que mataron con su propia bayoneta cuando quiso poner al descubierto los planes de la organización: se realizaba una matanza y se culpaba a un extremista, a veces de derechas y a veces de izquierdas; si la policía lo arrestaba, en algunos casos lo dejaban escapar, como hicieron con los acusados del crimen de la calle de Atocha y con los GRAPO que habían secuestrado, durante la Semana Negra, a los presidentes del Consejo de Estado y del Consejo Supremo de Justicia Militar; y en otros casos los liquidaban sin contemplaciones, como sucedió con dos de esos mismos terroristas en Barcelona y en Madrid, después de meterlos en una prisión, la de Zamora, de la que pudieran fugarse tranquilamente; o con el joven a quien habían culpado de la masacre de la Oktoberfest de Múnich, que apareció ahorcado mientras se encontraba bajo arresto; o con Giuseppe Pinelli, el anarquista al que atribuyeron el ataque al Banco Agrícola, en la Piazza Fontana de Milán, que supuestamente cayó de forma accidental por la ventana de una comisaría mientras estaba siendo interrogado, lo mismo que el joven estudiante español Enrique Ruano. «Esas cosas han ocurrido siempre y siguen ocurriendo ahora —reflexionó—, porque la situación no ha cambiado, sólo el enemigo: antes eran los comunistas y ahora los musulmanes, pero eso es todo». La red Gladio aún existía, se llamara ahora como se llamase, y los grupos paramilitares que operan en Oriente Próximo lo demuestran. Juan volvió a marcar el número de Alicia, y la única respuesta que logró fue el mismo mensaje de todas las otras veces: el teléfono al que usted llama está apagado o sin conexión. No sabía qué hacer, porque aunque era muy raro que hubiese desaparecido de ese modo por voluntad propia, no era imposible: cuando se peleaban, sus enfados eran una sucesión de furia, orgullo, soberbia y crueldad, así que durante la pelea sus palabras ardían y después de ella el silencio era territorio quemado, porque Alicia no era muy dada a pedir excusas y se podía pasar un par de días o tres sin hablarle, o abrir la boca sólo para hostigarlo si estaba convencida de llevar la razón; y si no lo estaba, prefería dejar pasar el tiempo y arreglarlo presentándose en casa, por ejemplo, con una botella de Château d'Yquem, o invitándolo a cenar en algún restaurante que le gustara. Él jamás se atrevió a no aceptar, pero las heridas mal cicatrizadas habían terminado por infectarse y Juan estaba furioso consigo mismo por la forma en la que, de un tiempo a esa parte, se había rebajado para intentar conservarla, porque él no era así y porque eso no suele funcionar nunca: quien se humilla, se abarata.

En el momento en que Alicia se fue de viaje a Florencia, por lo tanto, Juan estaba seguro de que la suerte estaba echada, y lo único que pretendía era encontrar el mejor modo posible de ponerle un punto y final a aquella relación. Llevaban juntos tres años, tiempo más que suficiente para convertirse en dos desconocidos, como cualquier pareja normal.

Pero, como es lógico, todo eso había cambiado de tamaño ante la desaparición de Alicia. Y, además, él se había sentido tan impresionado al leer el manuscrito de su libro y comprobar la seriedad de su investigación, que volvió a tener dudas: ¿dónde y cuándo iba a encontrar a alguien tan excepcional como ella? Dudar es estar preso: juntas dos interrogaciones y forman unas esposas de policía. Y, en cualquier caso, había una cosa de la que Juan sí estaba seguro: no era el momento de preguntarse cómo dejar a su novia, sino de encontrarla.

La lectura del libro de Alicia le había causado un gran impacto, porque aunque era verdad que habían hablado a menudo de las cosas que ella iba descubriendo, siempre había sido en conversaciones mezcladas e intermitentes, en las que él la interrumpía y también le hablaba de su novela, le iba contando lo que averiguaba sobre aquel timador austriaco llamado Albert Elder von Filek que le había vendido al dictador la fórmula de la gasolina en polvo, o acerca de otros descubridores que también habían tratado de popularizar el motor de agua y que él mencionaba en su trabajo, que era un intento de reflejar la historia de un país tan arruinado que sólo podía entregarse a las supersticiones y las utopías baratas. A Alicia, que siempre lo animaba a pedir una excedencia, dejar el instituto y dedicarse en cuerpo y alma a escribir, le gustaba mucho esa parte de *El vendedor de milagros,* que era el título provisional que le había puesto Juan Urbano a su obra.

—¡Ah!, pero ¿es que había otros Von Filek? —le preguntó Alicia la noche que habían estado hablando de eso en París, cuando le invitó a un fin de semana en el hotel de Crillon y a una cena en La Coupole que incluía una botella de Château Mouton Rothschild, para compensarlo por la paciencia que había tenido mientras preparaba sus entrevistas sobre la Semana Negra. Juan recordó que iban hablando de eso mientras paseaban por la

Place de la Concorde, junto a la iglesia de la Madeleine y al pie del Obelisco, y que le había hecho gracia que ella le contase metro a metro la historia de aquel lugar, sobre el que se habría informado en algún momento, igual que hacía siempre y con todo, porque era *incapaz de no saber*, como ella misma reconocía: «En realidad su nombre completo es Obelisco de Luxor, tiene más de trescientos años, se lo regaló Egipto a Francia y los jeroglíficos que tiene cincelados cuentan la vida de Ramsés I y de Ramsés II. ¿Sabes que esto, antes de ser la Place de la Concorde, lo fue de Luis XV y de la Revolución? ¿Sabes que aquí es donde estaba instalada la guillotina? Esas ocho estatuas son alegorías de las ocho mayores ciudades del país. Las dos fuentes son una réplica exacta de las que hay en la plaza de San Pedro, en Roma».

—No eran exactamente «otros Von Filek» —le respondió—, porque no eran timadores, sino gente que quería vender sus inventos, y como en aquellos años uno de los problemas más grandes era el del combustible, pues aparecían todas aquellas cosas, el gasógeno, el motor de agua de Arturo Estévez y hasta el automóvil a pedales.

—¡Venga ya! No fastidies...

—¿No te lo crees? Pues es tan verdad como que esto son los Campos Elíseos y aquello que brilla al fondo, la Torre Eiffel. Se llamaba Auto Acedo, y era un vehículo mixto, mitad mecánico y mitad a pedales. La gente cree que los españoles sólo hemos inventado el helicóptero, el submarino y el Talgo, pero no es cierto: el mundo también nos debe la grapadora, el afilalápices, el futbolín y el laringoscopio, ni más ni menos. ¡Ah!, y el más importante de todos: el mando a distancia.

—¿En serio?

—Claro que sí. Lo patentó en 1903 un santanderino llamado Leonardo Torres-Quevedo. Era un aparato llamado «telekino» y lo presentó en Bilbao, en presencia del rey Alfonso XIII y ante una gran multitud, guiando una barca por radiocontrol desde el puerto. Y eso no es nada: antes había inventado un dirigible, una máquina taquigráfica y un teleférico que se utilizó para unir Canadá y los Estados Unidos por encima de las cataratas del Niágara y que, lo creas o no, aún funciona.

—Bueno, me parece que el mando de tu televisión japonesa le debe tanto al *telekino* como *La Gioconda* al color negro o al lago de Como, que se supone que es lo que se ve a su espalda. Por cierto, ya que tanto te ríes de mis teorías sobre el paralenguaje, cuando mañana vayamos a verla al Louvre te voy a explicar por qué gracias a él se sabe que la Mona Lisa estaba embarazada, pesaba sesenta y tres kilos, medía uno sesenta y ocho y tenía principios de Parkinson.

—Sí, y Sigmund Freud decía que era un hombre disfrazado de mujer y sacó la conclusión de que se trataba de un amante de Leonardo da Vinci. Cada loco con su tema.

—Pero no está mal, porque en el fondo todo eso sirve para alimentar su misterio. ¿Sabes que cuando la robaron fue detenida mucha gente, y que entre los sospechosos a los que interrogó la policía estaban Apollinaire y Picasso? Por cierto, que el verdadero ladrón, un argentino llamado Eduardo de Valfierno, pertenecía al gremio de tu Albert Elder von Filek, porque también timó a cinco coleccionistas norteamericanos y uno brasileño, a los que vendió seis falsificaciones del cuadro, a un precio astronómico, jurándoles que era el original.

—¿Te he dicho alguna vez que te adoro? —dijo Juan Urbano, parándose a besarla junto a la fuente de Jacques Hittorff. Ella se separó pronto: no le gustaba mostrarse muy efusiva en público.

—¿Y lo del tal Arturo Estévez? Me parece que vi un reportaje sobre él en la televisión: un señor muy serio, de traje y corbata y de profesión perito mercantil, que le echaba agua de un botijo al depósito de una motocicleta, le añadía unos minerales, la arrancaba y se iba montado en ella, por una carretera.

—¡Sí, sí! Exacto. Siempre hacía tres cosas en sus demostraciones públicas a lo largo de toda España: beber del botijo antes de echar su agua al depósito; añadirle ese mineral secreto, que se supone que era boro, y una vez arrancado el artilugio, inclinarse sobre él, aspirar teatralmente el gas que salía por el tubo de escape y exclamar: «¡Oxígeno!».

Alicia rió a carcajadas por el tono campanudo que había usado Juan, obviamente imitando el estilo enfático que tanto les gustaba a los oradores de aquella época.

—¿Y Estévez se hizo millonario o acabó en la cárcel, como Von Filek?

—Ninguna de las dos cosas. Tenía cien patentes registradas y era pobre. Si hubiera logrado lanzar aquel artefacto al mercado, se habría hecho de oro, pero no hubo forma. Y mira que hizo de todo: se dio una vuelta por Sevilla con su moto, seguido de las cámaras de Televisión Española; en Madrid, subió el puerto de Guadarrama con un Renault-8 alimentado con su carburante prodigioso; en Badajoz, lo probó ante una muchedumbre en Valle de la Serena, donde él había nacido, añadiéndole a su representación habitual el golpe de efecto de pedirle a un niño que fuera él quien le diese un trago al combustible, antes de echárselo al generador. Pero nada, todo fue inútil y su famoso motor de agua acabó como el submarino de Cosme García, que se quedó hundido para siempre en el fondo del mar.

—Espera un momento: ¿el submarino no lo inventó Isaac Peral?

—Sí pero no. Es que el submarino lo inventamos dos veces, la primera aquel hombre, que era aprendiz de relojero y constructor de guitarras de Logroño, y que llegó a sumergirse en el puerto de Alicante con aquel ingenio que había fabricado en su taller y que él llamaba Garcibuzo, tripulándolo él mismo en compañía de su hijo y aguantando cuarenta y cinco minutos bajo el agua. Pero el Estado desestimó su compra y no llegaron ni a sacarlo otra vez a la superficie, así que allí debe de estar aún, rodeado de calamares.

A la vez que sentía caer sobre él los oscuros latigazos de la nostalgia, Juan pudo oír la risa de Alicia y ver su cara iluminándose en mitad de aquella noche monumental de París del mismo modo en que lo estaba el día en que dejó de atraerle y se enamoró de ella, sorprendiéndose a sí mismo, mientras cenaban *magret* de pato y mejillones de roca en el Caripén, un famoso restaurante del centro de Madrid que había sido el tablao flamenco de Lola Flores, a la luz de las velas y bebiendo un Mouton Rothschild. Se habían conocido en una rueda de prensa que convocó su editorial al aparecer su novela y a la que el infausto redactor jefe del periódico de Alicia la habría mandado para martirizarla, porque con toda la razón del mundo consideraría aquel debut una noticia sin importancia y por lo tanto perfecta para ella. Al acabar, estuvieron hablando un momento, ella le hizo una serie de preguntas penetrantes sobre los niños que la dictadura les había robado a los republicanos españoles tras la Guerra Civil, que era el tema de su obra, y él la invitó a un café. Al día siguiente, la llamó por teléfono al periódico, con la disculpa de que quería darle las gracias por la breve pero atinada información que había escrito sobre él, y le propuso que se vieran.

—No sé, la verdad es que ando bastante ocupada... ¿Cuándo? —preguntó Alicia.

—¿Qué te parece siempre? —dijo él.

—Hombre, para empezar, *siempre* me parece demasiado.

—Entonces, empecemos por el final.

—Mira —dijo Alicia Durán, en un tono cortante y tras un silencio que a él le hicieron creer lo que a ella le interesaba: que se había propasado—, te voy a contar una anécdota: un joven novelista le dejó el manuscrito de su primera obra a un escritor famoso, para que la leyera, y cuando al cabo de un tiempo quiso saber su opinión, el maestro le respondió, lacónicamente: «Decae un poco al principio». Una genialidad, ¿no? Bueno, pues a ti creo que te pasa justo lo contrario: comienzas demasiado arriba.

A pesar de todo, se citaron un par de días más tarde, para comer, y luego, todo siguió su curso. Durante el primer año fueron la pareja perfecta y los dos siguientes una combinación demoledora de ardor y discrepancias. En los últimos tiempos lo mejor eran las reconciliaciones y lo peor todo lo demás.

Juan miró su reloj y al ver que habían pasado tres cuartos de hora desde su primera llamada al hotel de Florencia, lamentó haberse entretenido en esa oscura burocracia del dolor que es la nostalgia. Sin embargo, ¿cómo escapar de ella? «Los lobos dan vueltas alrededor de los cementerios / donde descansan los hermosos días / que pasamos juntos», dice el poeta Louis Aragon, y ese verso resumía bien sus sentimientos.

Tardaron unos minutos en comprender lo que quería y en pasarle con el mismo encargado de la recepción que le había atendido la primera vez. *«Posso parlare con il signor Giancarlo Sissa, per favore? Lui sta aspettando la mia chiamata»,* dijo laboriosamente, en su italiano de imitación. Y en cuanto aquel hombre educado y distante, que no debía de saber con seguridad si Juan le estaba pidiendo explicaciones o un favor, le dijo con gran cautela lo que habían encontrado en la habitación de Alicia, él supo que algo le había ocurrido: se había dejado sobre el mueble del minibar una botella de vino, marca Ca' Bianca Barolo, la que había ido a comprarle a la Cantinetta Antinori, aquella célebre bodega que estaba entre la catedral y Santa Maria Novella. Eso significaba dos cosas: la primera, que algo le había ocurrido, porque ella jamás se olvidaría de un regalo así; y la segunda, que a pesar de todo aún le quería, porque si no, nunca habría ido a comprárselo. Y las dos le hicieron llorar. Las lágrimas eran calientes y su sal le buscaba las heridas.

Cuando pudo serenarse, llamó al periódico para hablar con el director, y después a la policía. Se sentía como si estuviese sufriendo una alucinación y una niebla de irrealidad cayera sobre cada uno de sus actos. No era fácil aceptar que todo aquello estuviera pasando.

Capítulo dieciséis

Bárbara Valdés y Mónica Grandes iban andando por el bosque. Habían tomado un té, como de costumbre, en un restaurante clásico del puerto de Navacerrada, la Venta Arias, rodeadas de esquiadores y alpinistas, y bajaban hacia Cercedilla por el llamado camino Schmidt. Era una excursión de unos diez kilómetros, demasiados como para recorrerlos de vuelta cuesta arriba, así que el regreso lo hacían siempre en tren. En esa ocasión, sin embargo, la jueza iba a llamar a Enrique para que fuese a buscarlas, porque su marido quería hablar con Mónica, naturalmente acerca de la tumba vacía de Salvador Silva. A ella eso la incomodó, como cualquier cosa que alterara sus hábitos, pero también le dio una ventaja: no tendría que soportar durante todo el paseo la mojigatería comunista, como ella la calificaba, de la arqueóloga. «Mejor nos lo cuentas luego, a los dos juntos, y así no lo tienes que hacer dos veces», le dijo en cuanto Mónica empezó a extenderse en el relato de lo ocurrido al pie de las tapias del cementerio; y sin poder evitarlo, añadió, con una sonrisa escorada: «Además, siempre resulta embarazoso repetir frases altisonantes».

Mientras disfrutaba de aquel aire limpio, que daba la impresión de llenarle de menta los pulmones, la jueza Valdés recordó la discusión que acababan de tener su marido y ella en casa, que había empezado cuando dieron por televisión un reportaje sobre las malas condiciones de vida que solían tener los divorciados en España.

—¡Mira! Eso es a lo que tú te dedicas —dijo Enrique—, a arruinarle la vida al género masculino.

—No te preocupes, el género masculino no me necesita para eso: a la hora de hundirse en la miseria, se basta y se sobra solo.

—Qué oportuna esa palabra: *miseria*. Te resultará familiar, porque es allí donde mandas a tus víctimas. Ya sabes, ese gueto oscuro y frío en el que se refugian los tipos a quienes los jueces les habéis quitado su casa, a sus hijos y tres cuartas partes del sueldo. Claro, que desde tu lado, las cosas se verán de otra forma: el que rompe un matrimonio es un delincuente sentimental y, en consecuencia, merece que lo aplaste el peso de la ley. A las mujeres les va mejor: se separan de sus maridos pero siguen casadas con su dinero.

—Menos mal que para pasar por un lugar común no piden el pasaporte, de lo contrario tendrías que sacarlo ahora mismo, para que te pusiesen el sello.

—Mejor un lugar común que una corriente de opinión.

—Pues mira, yo prefiero las corrientes al agua estancada, que es lo que son los tópicos: siempre están ahí, esperando a que venga un idiota a meter los pies dentro de ellos.

Enrique soltó una carcajada seca y la miró por encima de las gafas.

—¿Ves qué violencia verbal? Si ya lo decía Quevedo: «Donde hay poca justicia, es un peligro tener razón».

—No te creas. Lo que es un riesgo es pasarse de listo: al final, te dejas atrás la inteligencia y no sabes de lo que hablas.

—¡Bravo! ¡Qué demostración de autoridad! ¿Voy al trastero y te traigo un martillo para que golpees la mesa al final de cada frase?

—Se me ocurre algo mejor: ve allí y date tú con él en la cabeza.

Enrique se rió de nuevo y dijo:

—Desde luego, eres la prueba palpable de que los jueces españoles sois dignos de vuestra injusticia. Y tú en particular eres tan desalmada que resulta imposible no tenerte admiración. Ahora, que sepas que si no me gustases tanto, me parecerías horrible.

Bárbara se estaba acordando de eso cuando oyó que Mónica le decía:

—... en eso tienes razón, y la compañera Laura Roiz me dice lo mismo, que para qué seguir avanzando, si enfrente no hay nada...

Debía de llevar un rato hablándole y ella no la había oído.

—Perdona, no te estaba atendiendo —dijo—. ¿Te preguntabas para qué seguir adelante? ¿Me hablabas de la Memoria Histórica o de tu vida sentimental? O sea, ¿se trata de desenterrar a alguien o de enterrarlo?

—Te hablo de Héctor, de mí y del modo en que se hunde nuestra vida —contestó, retadoramente.

La jueza Valdés se detuvo para clavarle los ojos y se llevó las manos a las caderas. Alicia Durán habría reconocido en esos ademanes un signo de desafío, incluso una muestra de agresividad.

—Mira, Mónica, las vidas no se hunden solas, más bien se dinamitan. Y te dolerá mucho separarte de Héctor o herirle, pero el caso es que te has liado con ese profesor de francés al que, si me permites que te lo diga, no puedo ni imaginar qué atractivo le encuentras. Te pido disculpas, me hago cargo de que tal vez esto no es lo que necesitabas oír... Ya ves, no se puede ser sincera y obsequiosa al mismo tiempo.

—Las cosas no son tan sencillas, ni todo es o blanco o negro. Tal vez en tu mundo sólo se pueda ser o culpable o inocente, pero en la vida hay matices. Y, desde luego, se puede seguir queriendo a alguien y no querer seguir con él.

—Suena contradictorio, por no decir hipócrita. Y te vuelvo a pedir perdón, pero es que siempre he creído que no hay mayor inmoralidad que la doble moral. ¿Qué es lo que pretendes? ¿Echarle a Héctor la culpa de que le engañes? ¿Llorar por él mientras se la das con otro? Pues mira, no me parece justo, ni siquiera me parece razonable. Ahora, en lo otro sí que te doy toda la razón: no hace falta leer el Código Penal para saber qué se debe o no se debe hacer en una pareja.

Mónica se contuvo y trató de armar en su mente una buena contestación. «Las diosas de la paciencia —se dijo—, tú acuérdate de las diosas de la paciencia, de la egipcia Neith, que tejía los destinos de los mortales; de Ishtar en Babilonia; de Atenea en Grecia, que convirtió a Aracne de Lidia en insecto por atreverse a comparar los tapices que hacía con los suyos...».

—Eres muy brillante, Bárbara —dijo, por fin—, no me extraña en absoluto que sacaras el número uno de tu promoción. ¿Te puedo hacer una pregunta?

—Adelante —respondió, cruzándose de brazos.

—¿Nunca has engañado a Enrique?

—Nunca he engañado a nadie y, en consecuencia, a él tampoco.

—Todo el mundo miente alguna vez, Bárbara.

—Yo muy raramente, la verdad. De todas formas, mentir y engañar son cosas distintas, y tú me has preguntado por la segunda. Pero no estamos hablando de mí, sino de ti, y en tu caso la verdad es que no veo el problema: Héctor y tú no estáis casados; no tenéis hijos ni propiedades en común; la casa en la que vivís es alquilada; cada uno tiene su trabajo, su cuenta bancaria, su coche y demás. Así que separaros es muy fácil: tiráis cada uno por vuestro lado y si te he visto no me acuerdo.

—No, no lo es. Yo no he dejado de quererle, lo que he dejado es de estar bien con él. No soporto sus celos, su continua necesidad de atención, su insistencia en la cama, sus paranoias... Pero hasta eso, que en conjunto es demencial, me produce ternura, y me imagino que nadie me va a querer nunca más que él. Pero claro, imagínate lo que estoy diciendo: ternura. Dalí pensaba que la ternura es una forma de canibalismo.

—Dalí, por lo que yo sé, decía muchas estupideces, todas las que hicieran falta para llamar la atención, y las cobraba a muy buen precio. Y eso me lleva a insistirte en que se te está pegando el gusto de tu amante por las frases elevadas, y a recomendarte que tengas precaución, porque desde tan alto puedes tener una mala caída.

—Gracias por el consejo, aunque me parece que de tu ingenio se podría decir lo mismo y que la palabra *amante* te la podías haber ahorrado.

—¡Ah! ¿Qué sois, entonces? ¿Novios?

—Nada, no somos nada, sólo compañeros.

—Pues mira, sí y no al cincuenta por ciento, ¿no te parece? *Compañeros* es verdad, pero *sólo* es mentira —dijo, encareciendo el sustantivo y el adverbio.

—Mejor vamos a dejarlo. Yo no venía a que me juzgases, sino a que me escucharas. A veces, las personas normales necesitamos desahogarnos.

—Las personas normales hacéis cosas rarísimas. Pero si te he molestado o te he parecido insensible, te pido excusas. Y ahora, deja que te dé mi opinión: si yo tuviese que elegir, me quedaba con Héctor, que será tan posesivo y tan obseso como casi todos los hombres, pero no es un cantamañanas como el otro. Ten cuidado, hay mucha gente que a base de moverse lo único que consigue es estar cada vez más lejos de lo que tenía y menos cerca de lo que quiere. No añadiré nada más.

Parecía que hubiera calculado el momento de clavarle el punto y final a esa frase para que coincidiese con la llegada a Cercedilla, porque al decir la última palabra ya tenía la mano apoyada en la puerta del bar donde iban a encontrarse con Enrique, y Mónica comprendió que abrir la puerta del local cerraba la de la conversación. Estaba molesta con Bárbara, con su carácter desapacible y su falta de empatía, y estuvo a punto de atacarla diciéndole que le recordaba a Hera, que además de ser la diosa del matrimonio y la protectora de las mujeres casadas, era célebre por su terquedad, su intransigencia y su malhumor, pero sobre todo por sus celos y por la violencia con la que castigaba la infidelidad conyugal. No lo hizo, por no discutir, pero la idea se le quedó en la cabeza y mientras caminaban hacia el fondo del local, donde estaba sentado el psiquiatra junto a una ventana, ella iba viéndolo a él en la realidad y a Hera en la imaginación, el uno con un libro y una cerveza en las manos y la otra con un escudo y una granada. Unos meses antes, Mónica había formado parte del equipo arqueológico que desenterró en el municipio extremeño de Casas de Reina una maravillosa estatua de Juno, la equivalente romana de Hera, y también recordó todo eso en un segundo y lo mezcló con los tipos de imprenta que habían encontrado en la tumba vacía de Salvador Silva, y con una visión de Héctor haciendo las maletas esa misma mañana, porque había decidido irse a Madrid, a casa de una de sus hermanas. Mónica se detuvo y agarró a Bárbara por el brazo, suavemente pero al tiempo con determinación, para obligarla también a pararse. Pensó que, aunque sólo fuese por una vez, esa tarde la altiva jueza, que ya la miraba con ojos inquisitivos, no iba a decir la última palabra.

—Perdóname tú a mí, porque soy una egoísta —le dijo, recurriendo para preparar su golpe a esa famosa maniobra de distracción que es la humildad—. Siempre te estoy abrumando con mis asuntos, seguramente porque no tengo a nadie más en quien confiar. Quería contarte que Héctor se ha marchado de casa esta mañana y no creo ni que piense volver ni que yo le vaya a pedir que lo haga. Nada más que eso.

Bárbara la observó, con las cejas muy arqueadas y la boca entreabierta. Daba la impresión de no poder decidirse entre la incredulidad y el asombro, que en aquel instante parecían girar en su interior, tan pegados a sus pensamientos como la buena y la mala suerte a los dados que giran encima de una mesa. No parecía avergonzada, sino más bien sorprendida, de lo cual Mónica dedujo que a pesar de todo no se culpaba a sí misma por su insensibilidad, sino a ella por haberle ocultado semejante información. Se imaginó a Neith, a Atenea y Ishtar perdiendo su famosa paciencia y dándole de bofetadas.

—¿Cómo están mis dos senderistas predilectas? —dijo Enrique, levantándose y abriendo retóricamente los brazos, igual que si fuese a darles una calurosa bienvenida que después no les dio. De hecho, su saludo fue el mismo para las dos, un par de besos protocolarios en las mejillas. Él y su esposa eran así de fríos en público.

—Estamos muy bien, gracias. ¿Llevas mucho tiempo esperándonos? —preguntó Bárbara. Pero él, en lugar de responder, le dijo a Mónica:

—Estoy deseando que me cuentes los detalles de la exhumación. Sólo necesito eso, los detalles, porque del resto ya está hablando Navacerrada entera; todo el mundo sabe que se abrió la fosa y que estaba vacía. Y a partir de ahí, es lo de siempre: ahora resulta que cualquier hijo de vecino jura que sabía desde hace cuarenta años lo que pasaba, que los enterraron allí pero luego se los habían llevado, y que los trasladaron al Valle de los Caídos... Y claro, uno piensa: «Pues entonces ¿por qué no se lo contó nadie a los familiares? ¿Los veíais venir cada año a poner flores en ese lugar y no les dijisteis una palabra?».

—La gente tenía miedo —contestó Mónica— y no quería meterse en líos. No hay que culparlos, sólo tenerles lástima. Como suele decir un compañero de la Asociación, que le presenté a tu señora la noche de la estatua, no es imposible estar asustado y a la vez ser valiente... pero tampoco es muy común.

A Bárbara Valdés le sorprendió la velocidad con que su amiga había cambiado de tono y de actitud en unos segundos, e interpretó la referencia al profesor de francés como un reto, y el que la llamase «tu señora», como un detalle de ironía bastante elemental. «Se ha enfadado conmigo y las personas inmaduras saben ácidas cuando las muerdes», pensó, e inmediatamente se le ocurrieron un par de frases llenas de tijeras con las que herirla; pero, por una vez, decidió dejarlas pasar de largo.

—Sí, tienes razón —dijo Enrique—, el miedo es un mecanismo de supervivencia y resulta incontrolable, porque es una reacción del sistema nervioso, pero también de la piel..., que sin embargo no pueden curar ni los neurólogos ni los endocrinos. Los psicólogos hablan de las respuestas ataque-huida, de la médula y la corteza suprarrenales, de las hormonas antidiuréticas y oxitocinas o de los glucocorticoides; y nosotros sabemos dónde se fabrica: en la parte del cerebro que llamamos sistema límbico, que es el que regula nuestro instinto defensivo; y concretamente en el hipotálamo y la amígdala. Pero poco más.

—Viva la jerga científica —dijo Bárbara, impaciente—: No aclara nada, pero ocupa espacio.

—¡Y lo dice una jueza, cuando el lenguaje legal es la apoteosis de la palabrería! Una vez intenté leer en voz alta una de sus sentencias —dijo, mirando a Mónica— y tuvieron que venir dos camiones de bomberos a desenredarme la lengua.

—¿Sistema límbico?... Me parece a mí que aquella España de la dictadura era más infierno que limbo, la verdad —dijo Mónica, para reconducir la conversación—. El país de las personas asustadas.

—Seguro. O, como mínimo, sería un purgatorio. ¿Sabes que el miedo deja huellas en la memoria? —añadió Enrique, mirando a su vecina de un modo que a su mujer no le gustó—. Hay unas moléculas llamadas receptores NMDA, que reciben las señales bioquímicas que provoca el efecto fisiológico del temor y que, efectivamente, dejan una marca en las células cerebrales.

—Una vez más, pura charlatanería —dijo la jueza Valdés, sintiendo de pronto unas absurdas ganas de fumar, cosa que no hacía desde los veinticinco años. Por supuesto, apartó esa tentación de su mente en cuestión de segundos y con la facilidad de quien borra un problema aritmético de la pizarra.

—Te equivocas —le respondió su marido, con un punto de exasperación en la voz—. Existen, son subunidades moleculares y se llaman NR2B.

—Creo que necesito beber algo para poder digerir toda esa información. La verdad es que es un placer oírte hablar, Enrique: ¡sabes tantas cosas y las cuentas tan bien! —dijo Mónica Grandes, lanzándole su mirada más cautivadora.

—Sí, vamos a pedir algo: la información innecesaria no resulta fácil de tragar —soltó la jueza Valdés—: Es como comer cáscaras.

—¡Por supuesto! Soy un maleducado —dijo Enrique, sin hacer caso a su mujer—. ¿Qué os apetece tomar?

Una pidió té rojo y otra vino blanco, lo cual permitió a Enrique lucirse:

—¿Lo quieres dulce o seco? En el primer caso, aquí sirven un Palacio de Muruzábal que suele tener bastante aceptación, y también otro que se llama Nora da Neve que, según el dueño, sólo lo bebo yo porque soy el único de todos sus clientes capaz de apreciarlo. Aunque estoy seguro —añadió, mirando por encima de las gafas a Mónica, bajando la voz hasta el nivel de las confidencias y hablándole casi al oído— de que lo hace para poder cobrármelo más caro. Si te fías de mí, prueba ése. No es Castello di Canelli, pero está bueno.

—¿Y si lo quisiera seco? —preguntó Mónica, desplegando una sonrisa que empezó en su boca y acabó en el estómago de Bárbara.

—Si te apetece seco, pídete otra cosa —dijo el psiquiatra, y los dos se echaron a reír.

Mónica miró a Bárbara Valdés, vio que la cólera ardía en sus ojos y se echó atrás en su asiento, separándose de Enrique. No iba a provocarla más, por lo que pudiese ocurrir. Atenea destruyó las obras de Aracne y, cuando la joven se suicidó, quiso castigarla devolviéndole a la vida, sólo que en forma de araña y condenada a hilar durante toda la eternidad. Se recordó eso y después les contó a Bárbara y a Enrique todo lo que había ocurrido en la excavación del día antes, y mientras ella oía el relato en silencio, inmóvil y sin dejar traslucir ninguna emoción específica, él asintió con gravedad y emoción al relato, especialmente a su final, con aquella imagen de los voluntarios de la ARMH entregándole a Dolores Silva los tipos de imprenta con los que se había compuesto el nombre de Machado en las páginas de la revista *Comisario*.

—Es una historia digna de una novela —dijo Enrique—, pero sobre todo digna de una reparación. ¿Y tenéis pruebas de que lo sacaran de aquí para llevarlo al Valle de los Caídos?

—Hay testimonios, hay indicios, hay pistas suficientes como para que nos dejen intentarlo. Pero antes tienen que entender que eso es lo que debe hacerse a cualquier precio, sacarlo a él, a las otras cuarenta mil personas que están allí y al propio dictador, para que a cada uno lo entierre su familia donde crea oportuno.

—¿Y vais a obligarles a hacerlo? Porque, hasta donde yo sé —dijo la jueza Valdés, curvando la boca en señal de escepticismo—, allí hay algo menos de treinta y cuatro mil cadáveres, no los que tú dices, y las peticiones de exhumación no llegan a una docena.

—Cuando esas doce logren que se haga justicia, vendrán más. Y en cuanto al número de cuerpos que hay en Cuelgamuros, el censo dice que son treinta y tres mil ochocientas cuarenta y siete víctimas, de las que sólo ventiuna mil trescientas diecisiete están identificadas. Salvador Silva es, por lo tanto, una de las doce mil quinientas treinta que quedan. Pero nosotros estamos seguros de que hay más, ya te dije que al principio los traslados eran más o menos rigurosos, que se apuntaban los nombres de los difuntos en las cajas en las que ponían sus huesos y luego en los libros de registro del monasterio, pero después, con las prisas, lo hicieron de cualquier manera.

—Yo me he informado y al parecer aquellos de los que no se conoce el nombre sí se sabe la fosa de la que provenían los restos, de manera que la confusión no es tanta.

—Entonces, sea de una manera o de la otra, no va a ser nada sencillo reconocerlos —dijo Enrique.

—No, pero tampoco lo es datar una moneda romana o reconstruir un jarrón fenicio, y por fortuna empleamos el tiempo y los medios que hagan falta para lograrlo.

—He leído en los periódicos que el estado de la cripta es lamentable. Que la ha devorado la humedad y los restos están tan dañados que no serviría de nada sacarlos de allí, porque de todas formas serían irreconocibles.

—Eso dicen, pero no está muy claro. Una revista publicó que la fueron a visitar un biólogo, un forense del Ministerio de Justicia y un alto cargo del de Presidencia, y que la conclusión a la que llegaron era ésa, que se ha filtrado agua tal vez durante décadas y que los osarios se han mezclado. Es una disculpa absurda, que les ha servido para cerrar los ojos y para negar la subvención que habían prometido. De hecho, es la misma disculpa que han usado otros para hacer un edificio de pisos encima de un yacimiento arqueológico, o para silenciar unas ruinas con un aparcamiento. Y además, es mentira: en otros periódicos el abad de la basílica aseguró que todo se hizo literalmente «sin tocar un hueso», que se limitaron a hacer una inspección ocular, a copiar los nombres escritos en algunas de las urnas y a hacer algunas fotografías. Un periódico acusó al Gobierno de llevar a cabo esas prospecciones a escondidas, sin una orden judicial y sin informar ni a la Comunidad de Madrid, ni al Ayuntamiento de San Lorenzo de El Escorial.

—No tenían por qué hacerlo —dijo Bárbara, un poco sorprendida por la vehemencia de Mónica, que se transformaba al hablar del tema—, puesto que el edificio pertenece a Patrimonio Nacional.

—Ni siquiera eso está claro, porque la Ley de Memoria Histórica es tan confusa que nadie sabe de qué es o no es responsable. En cualquier caso, nosotros en la Asociación no sabemos nada y el Gobierno lo único que quiere es seguir mirando para otra parte y no meterse en problemas.

—Pues mira, me vas a perdonar —le cortó la jueza Valdés—, pero eso tampoco es cierto. El Gobierno ha gastado casi veinte millones de euros en la aplicación, a diversos niveles, de la Ley de Memoria Histórica; le ha dado el pasaporte español a casi cien mil exiliados y parientes de exiliados, con el gasto y el trabajo burocrático que eso conlleva; y las subvenciones que se han dado para vuestros desenterramientos ascienden a seis millones. ¿Cómo sois capaces de seguir sosteniendo que no han hecho nada?

—Se ha hecho algo, pero hay que hacerlo todo, y queda tanto para conseguirlo que ellos ni siquiera han sido capaces de cambiar el decreto que rige el monumento, que es de 1957; es decir, que hoy en día su función continúa siendo la de siempre: «Perpetuar la memoria de los caídos en la Cruzada de Liberación». Y eso no puede ser. Aquí no habrá democracia hasta que los muertos tengan los mismos derechos que los vivos.

—Cariño, no pierdas el tiempo en hablarnos con eslóganes, porque no vamos a corearlos —dijo Bárbara, antes de sorber con infinito aburrimiento su té—. Además, no es tan fácil como vosotros lo queréis ver. El Valle de los Caídos no pertenece al Estado, sino a la Iglesia. Su conservación está en manos de Patrimonio Nacional, pero su gestión no.

—Te equivocas, Bárbara, porque la solución es sencillísima: sólo hay que derogar ese decreto ley que lo tutela, y acabar con el disparate de que el Estado financie a la Hermandad de la Santa Cruz del Valle de los Caídos y además se ocupe de restaurar el monumento, pero no tenga ningún control sobre él. Es una vergüenza. Y además, hay una iniciativa muy coherente que es llevarse al dictador a la tumba de su familia en el cementerio de Mingorrubio, a las afueras de El Pardo. Allí está enterrada su mujer, en el sótano de la capilla, y a él deberían ponerlo al lado. Y eso es tan razonable que hasta el abad ha dicho que «si la familia del anterior Jefe del Estado autoriza el traslado de sus restos, los religiosos benedictinos no se opondrían». Entonces ¿a qué están esperando, si se puede saber? ¿A qué o a quiénes les tienen tanto miedo?

—No es mala pregunta —dijo Enrique—. ¿Y qué pensáis hacer?

—Seguir luchando. Estoy segura de que sólo es una cuestión de tiempo. La sinrazón no dura toda la vida.

—Pero el tiempo pasa, y por ejemplo en el caso de Salvador Silva no valdrá de nada pedir que lo saquen de allí, si de todos modos no se van a poder identificar sus restos —se lamentó Enrique—. Demasiado trabajo para nada.

—No estoy de acuerdo en ninguna de las dos cosas —respondió Mónica—. Con la primera porque no me conviene: si el tiempo fuese invencible, los arqueólogos no existiríamos. Pero, por favor, ¡si los hombres rana de la Junta de Andalucía se han pasado diez años buceando en la bahía de Cádiz para identificar un barco hundido en la batalla de Trafalgar, hasta encontrar en el fondo del océano un botón del uniforme de un soldado francés! Y con la segunda, porque creo que aquí lo que el Estado tiene que acometer es una rehabilitación colectiva, que consiste en impedir que esas personas, en su conjunto, sigan en ese cementerio siniestro contra su voluntad y la de sus familias. Y de lo demás ya nos ocuparemos nosotros.

—O a lo mejor dejáis de jugar con las palas y la arena y os buscáis otro pasatiempo. ¿Has probado alguna vez con el bádminton? —dijo la jueza Valdés, tamborileando distraídamente sobre el borde de su taza vacía, con unos dedos maquinales que daban la impresión de ser indiferentes los unos a los otros.

—Por Dios, Bárbara, si es que se trata de un asunto elemental: las tumbas no se inventaron para esconder a los muertos, sino para honrarlos, y eso es así desde hace más de cuarenta mil años, desde que enterraron al Hombre de Mungo en Nueva Gales del Sur, que es la primera sepultura de la que se tienen noticias.

Bárbara Valdés la miró con una mezcla de escepticismo y burla. Si aquella mirada hubiese sido una bebida, habría sabido a pomelo con vinagre.

—¿Sí? —preguntó—. ¿Y cómo vais a hacer? ¿Echaréis los huesos a suerte? ¿Dónde vais a poner los que sobren, los que nadie reclama, los que no tienen parientes conocidos? ¿Os los llevaréis a casa? ¿Les vais a construir un museo alrededor? ¿Quién iba a pagar todo eso?

—Es una obligación del Estado. Y por lo demás, hay mucha gente dispuesta a colaborar. Lo que no se puede es seguir echando las cenizas debajo de la alfombra. ¿De verdad crees que este país no está en deuda con gente como Salvador Silva? ¿De verdad no entiendes que se hagan todos los esfuerzos que sean necesarios para intentar devolverle a su hija parte de lo que le quitaron? ¿A quién daña eso, qué peligro tiene o qué derechos de nadie vulnera?

—Pues mira, te lo digo francamente: los derechos de un montón de personas vivas, a las que les va a ir mejor si el dinero que vale hacer eso se invierte en el futuro en lugar de en el pasado.

—¿Eso también vale para las víctimas del terrorismo, o sólo para las de la Guerra Civil?

—No digas disparates, Mónica. Las víctimas del terrorismo son el presente, por desgracia, y las tuyas son historia.

—Ése es el típico argumento de un reaccionario, el mismo que utilizaban los que querían dejar puestas las estatuas del dictador en las plazas.

—No, querida, lo reaccionario es quedarse en el pasado y meterse en un ejército de sepultureros con ganas de notoriedad. Lo mío se llama, simplemente, ser realista.

—¿En serio? Pues es raro que los realistas como tú no dijerais una palabra sobre el presente y el pasado cuando la derecha repatrió a España, desde Rusia, los restos de los voluntarios de la División Azul. Vosotros no defendéis la justicia, sino la ley del embudo, y ya se ve quiénes están en la parte ancha y quiénes están en la estrecha: los de siempre.

—Bueno, bueno, ya está bien: final del asalto y tiempo muerto —terció Enrique—. Otro día lo hacéis sobre barro y cobramos la entrada, pero por hoy me parece que ya ha quedado claro lo que piensa cada una de vosotras sobre la Memoria Histórica. En cualquier caso, Bárbara, ¿qué vas a hacer ahora con respecto a Salvador Silva, que es de quien habíamos venido a hablar?

—Nada. Absolutamente nada más. Me limitaré a hacer un informe que diga que la fosa fue abierta pero estaba vacía y cerraré el caso. Ésos son los hechos y a ellos me remito. Lo demás, efectivamente, son indicios, pistas... Hojarasca.

—Y testimonios —replicó Enrique—. También ha dicho que cuentan con numerosos testimonios, no te olvides. Y yo doy fe de que eso es verdad: como os he contado, la mitad de los vecinos de Navacerrada dice que sabía la historia de esa tumba, la de los desenterramientos y la del envío a Cuelgamuros.

—Pues ¿cómo no los iba a haber? —dijo Mónica—. Por supuesto que los hay y que son decisivos. La Asociación para la Recuperación de la Memoria Histórica comenzó en Priaranza del Bierzo, en León, porque a los hijos de un hombre llamado Emilio Silva, que era el abuelo de uno de nuestros fundadores, les dijo dónde estaba su tumba el vecino que había conducido la camioneta que lo llevó, a él y a otros doce republicanos, hasta la fosa.

—Pues con o sin esos... rumores —dijo la jueza Valdés, como si hojease las páginas de un diccionario de sinónimos hasta encontrar la palabra más despectiva de todas las posibles—, en lo que a mí se refiere, hasta aquí hemos llegado.

—No tiene por qué ser así —dijo Mónica, cambiando una vez más de tono, para endulzarlo—. También puedes admitir a trámite la denuncia que va a presentar ante tu juzgado Dolores Silva, además de hacerlo en el Tribunal Supremo, y pedir que se investigue el saqueo de la tumba de su padre y el traslado de sus restos al Valle de los Caídos. Y luego puedes ordenar que lo saquen de allí.

—No, estás equivocada, yo no puedo hacer eso.

—Entonces, lo hará otro juez —dijo Mónica, con toda la arrogancia que pudo y mientras sacaba del bolso su teléfono móvil, que sonaba con insistencia, para silenciarlo—. O, como ahora tenemos un censo de las fosas comunes que hay en toda España...

—... el cual, a propósito, también ha encargado y pagado el Gobierno...

—... ahora que lo tenemos, te decía, el peligro es que la gente mire el mapa y decida ponerse a hacer exhumaciones por sí misma, lo cual sería desastroso. Porque es verdad que el Gobierno ha hecho ese inventario, según el cual hay dos mil cincuenta y dos fosas comunes en el país, aunque nosotros pensamos que son algunas más, pero no ha establecido un protocolo que regule el procedimiento a seguir, y eso es lo que tiene paralizado el proceso a nivel judicial, como tú deberías saber, Bárbara. Lo malo es que quien se encarga de poner todas las trabas posibles para que se investiguen los crímenes de la dictadura y se rehabilite a sus víctimas es el propio Tribunal Supremo.

—¿Y si un juez no puede hacerlo, quién puede? —le preguntó Enrique a su mujer, mirándola inquisitivamente.

—Podría contestarte que otro juez más poderoso, pero ya sabes que lo intentó por su cuenta y riesgo uno de la Audiencia Nacional y prácticamente han acabado con su carrera, que supongo que es a lo que se refiere la camarada Grandes. Eso sí, él se ha podido ir al Tribunal Internacional de La Haya y yo me tendría que ir a mi casa. Hasta para hundirse hay clases.

—Sí, por supuesto que me refería al magistrado Baltasar Garzón —dijo Mónica—. Un auténtico escándalo: intenta abrir un proceso contra la dictadura y casi lo meten a él en la cárcel. Su caso demuestra que en España el fascismo no ha desaparecido, sólo ha cambiado de ministerio: se ha ido del de Defensa al de Justicia. Desde luego, tus jefes son lo peor de este país.

—Yo no tengo ni he tenido nunca jefes, sólo superiores. Y en lo demás, creo que te extralimitas, para no variar.

El teléfono de Mónica Grandes volvió a sonar, y esta vez, aunque no conociese el número, decidió contestar la llamada. Por su expresión, por su voz y por algunas palabras sueltas, Bárbara y Enrique intuyeron que se trataba de un asunto grave. De hecho, cuando ambos se pusieron alerta y ya empezaban a incorporarse para preguntarle algo, quién es, qué ocurre, ella levantó la mano y les hizo un gesto apremiante, parecido al que se haría para detener urgentemente a un coche en medio de la carretera, con el que les mandaba callar, no moverse, no distraerla...

—... Sí, soy yo... ¿La policía?... Pues... sí, la conozco, aunque no mucho, pero sé quién es... El viernes, a eso de las doce de la mañana... Que nos veríamos en cuanto regresase... al día siguiente, si no recuerdo mal, para cenar juntas... Sí, por un libro que estaba escribiendo... Pues no, la verdad es que no me extrañó, pensé que no habría tanta prisa. Pero ¿qué sucede? No, nada más... Claro, me pasaré por allí inmediatamente. ¿Mejor mañana, a primera hora? De acuerdo. Pero dígame: entonces ¿ésa fue su última llamada antes de salir de España? Ah, bien, discúlpeme... Lo comprendo. Preguntaré por usted, no se preocupe. Adiós.

—¿Qué pasa? —preguntaron a dúo Enrique y su mujer.

—Era la policía, para preguntarme por Alicia Durán —respondió Mónica, titubeando igual que si las letras de esa frase fueran bolos a punto de caer—. Ya sabéis, la periodista que acompañó a Dolores Silva al juzgado. Fue a Italia a hacer una entrevista y no se han vuelto a tener noticias de ella. Sospechan que su desaparición tiene algo que ver con el libro que estaba escribiendo.

—Pero ¿no era un libro sobre la Transición, los abogados de Atocha y todo eso? —preguntó la jueza Valdés.

—Sí, y quería saber algo sobre las actividades de la Asociación y contar la historia de Salvador Silva.

—¿Y la hipótesis que maneja la policía es que la han secuestrado por escribir eso?

—No sé, Bárbara —respondió Mónica, visiblemente turbada.

—Vaya, vaya —exclamó Enrique, al tiempo que le hacía una seña al camarero para que les llevase otro té rojo y otras dos copas de Nora da Neve—. Parece que, en el fondo, el pasado y el presente no están tan lejos como creíamos.

Capítulo diecisiete

Dos días después de haber denunciado la desaparición de Alicia, Juan Urbano seguía sin saber absolutamente nada de ella, y ni la policía ni el director del periódico habían averiguado gran cosa. En el hotel de Florencia donde se alojó, en la Via Strozzi, la habían visto por última vez al regresar de su entrevista con el juez Baresi, hacia las once de la noche; eso lo afirmaba sin dudas uno de los recepcionistas, al que pidió que le proporcionara la clave para acceder a Internet y así mandar su trabajo por correo electrónico, como siempre hacía, a su propia cuenta y a la de Juan; pero nadie recordaba que hubiera vuelto a salir de allí; ningún otro huésped había coincidido con ella, a la mañana siguiente, en el desayuno, o en el gimnasio, o en el ascensor; ningún empleado le preparó su factura, ni cargó con su equipaje, que no estaba en su cuarto, ni le pidió un taxi para ir al aeropuerto. Y al avión, en cualquier caso, no llegó a subir, sobre eso no existían dudas porque lo había confirmado la compañía aérea: la pasajera Durán no voló de Roma a Madrid, ni ese día ni los siguientes. En cuanto a los colaboradores del juez Pier Luigi Baresi, tampoco volvieron a saber de aquella periodista española, tras el encuentro en el restaurante del hotel Regency: sencillamente, la cena llegó a su fin, se despidieron de ella en la Piazza D'Azeglio y no hubo más contactos, ni llamadas, ni mensajes. Alicia Durán se había evaporado y, buscases donde buscases, no había ni rastro de ella. Era igual que si se la acabara de tragar la tierra.

Mientras la angustia se extendía por él como el moho por una manzana cortada en dos, el profesor Urbano intentaba distraerse con sus clases en el instituto y trabajando en su libro sobre el timador Von Filek o, cuando se cansaba de él, en una edición crítica de *Óxido,* la primera y única novela de una misteriosa autora de la postguerra llamada Dolores Serma, que le había encargado una editorial universitaria; y entre una cosa y la otra, se sugestionaba a sí mismo para tratar de convencerse de que tarde o temprano todo tendría una explicación, y de ese modo poder seguir adelante con su vida, pero sin mucho éxito, porque pensar no le dejaba tener ideas y porque le pisaban los talones ciertas frases del libro de Alicia que daban a entender que algunas de las personas a las que entrevistó le habían transmitido una oscura sensación de amenaza; o porque de su lectura se sacaba la impresión de que la red Gladio seguía en activo, aunque fuera con otro nombre, y por lo tanto señalarla era correr un gran riesgo; o porque la imagen de la botella de Ca' Bianca Barolo, inadmisiblemente olvidada en su habitación, daba vueltas en su cabeza mezclada con aquellos datos que hablaban de casi mil periodistas asesinados tan sólo en la primera década del siglo xxi... Para empeorar las cosas, le avergonzaba que una parte de él no lamentase lo que ocurría sino el momento en el que pasó: «Justo ahora que estábamos a punto de separarnos —se decía, sintiéndose el rey de los egoístas—. Yo sé que suena mezquino, pero también que tengo parte de razón, aunque sea una razón inoportuna», pensaba, pero eso no le hacía sentirse mucho mejor: es difícil darle esquinazo a la mala conciencia. Y además había un pequeño detalle que, sin embargo, provocaba una gran alteración en sus sentimientos, y era aquel regalo lujoso y simbólico que Alicia le fue a comprar a la Cantinetta Antinori, según su interpretación para mandarle un mensaje: no te quiero perder. Recordó que habían hablado de ese vino durante su primera cita, de la lucha que mantenía con el Château Pétrus francés por ser considerado el mejor del mundo; y que él, al ver que el tema le interesaba, aunque pronto descubriría que, en realidad, a ella le atraía casi todo, porque su curiosidad y sus ganas de aprender eran insaciables —hasta el punto de que al hacerle un comentario sobre otras marcas y cosechas que le gustaban sacó una libreta y apuntó dos, el St. Jean Millesime de 2005 y el Quintarelli Amarone de 1998—, le contó cómo se hacía aquel *oro rosso,* con uvas de una variedad llamada *nebbiolo,* en viñas que deben plantarse en pendientes arcillosas que estén orientadas hacia el sol del atardecer y dándole un tiempo mínimo de añejamiento de tres años, en toneles de roble.

—Oye, ¿y tú por qué sabes tanto de eso? Yo esperaba que me hablases de literatura —dijo ella, abultando su asombro—. Ya sabes, la ironía en Quevedo, la tumba de Lorca, Unamuno y la Iglesia...

—Por razones de salud: tuve un problema en el intestino y el médico me prohibió las legumbres, la carne picada, la lechuga y las bebidas carbónicas, así que seguí comiendo lo de siempre y cambié la cerveza por el vino. Creo que he salido ganando.

—Bueno, al menos no te prohibió el tabaco y las mujeres.

—Ninguna de las dos cosas me hubiera importado, una porque ya no fumaba y la otra porque aún no te había conocido a ti.

Alicia lo miró con cierta severidad, fue a decir algo que no dijo, se sonrojó y se echó a reír. Él contempló aquella sonrisa como quien ve caer un muro.

El primer viaje que habían hecho juntos, seis meses más tarde, fue a Italia, al Piamonte, y estuvieron en la propia Barolo, pasearon por la antigua ciudad medieval, visitaron la Enoteca y el castillo Falletti, comieron en una *trattoria* frente a las colinas de la Bassa Langa, y luego, en un coche alquilado, hicieron turismo por Alba, Grinzane Cavour, Novello, Roddi, Verduno... Juan Urbano se pasó una mano por la cara, como si los recuerdos estuvieran escritos en ella con una tiza y de ese modo los pudiese borrar. Fue a la cocina, se preparó un café negro doble y se puso a trabajar en *El vendedor de milagros*. No era fácil saltar de aquella Italia romántica de sus primeros tiempos con Alicia a la España patética de la postguerra.

A pesar de todo, cuando a eso de las once de la noche sonó el teléfono, había logrado abstraerse escribiendo sobre los años cuarenta, el estraperlo, la desnutrición, las leyes de Redención de Penas por el Trabajo, los motores de gasógeno, las cartillas de racionamiento, los jerarcas que trataban de enmascarar las epidemias de tifus, sarna o tuberculosis con los delirios de la autarquía y los nombres altisonantes: Servicio Nacional del Trigo, Comisaría de Abastecimientos y Transportes... Estaba contento porque había encontrado un ejemplar de *La Vanguardia* que anunciaba a bombo y platillo, en su portada del 8 de febrero de 1940: «Dentro de ocho meses España producirá tres millones de litros diarios de carburante». La información explicaba que eso, además de solucionar los problemas energéticos del país, iba a convertirlo en una potencia económica a causa de las seguras exportaciones de aquel producto innovador, y que todo ello iba a ocurrir gracias al invento de un científico llamado «Alberto Elder von Filek, austriaco pero español de corazón», que había desarrollado un sistema capaz de convertir el agua en gasolina, mediante una fórmula secreta. Según el diario, aquel líquido mágico era de una calidad muy superior a la del petróleo, no engrasaba las bujías ni desgastaba los electrodos y, por añadidura, facilitaba el arranque en frío del vehículo. El creador del maravilloso carburante era devoto del Generalísimo, al que admiraba desde sus tiempos de África, y había sido torturado en las *chekas* de Madrid por negarse a entregarle su descubrimiento al enemigo: «Los rojos intentaron persuadirle para que colaborara en sus industrias de guerra, pero todo fue inútil». Juan se rió del lenguaje de opereta que utilizaba esa gente y reparó en esa absurda regla de estilo de los recaderos y porteadores del Régimen, sin duda entendida como un modo de afirmación patriótica, que consistía en traducir a nuestro idioma los nombres extranjeros, de modo que los libros, por ejemplo, apareciesen firmados por Guillermo Shakespeare, Juan Milton o Enrique Heine.

«Los infiernos son el paraíso de los truhanes —escribió—, y en aquél se movía a sus anchas un ejército de oligarcas desalmados y estúpidos a partes iguales, que lo mismo asesinaban a miles de personas indefensas, o justificaban esos crímenes, que prometían repartir un millón de zapatos a los indigentes o un kilo de arroz a cada ciudadano que, naturalmente, jamás llegaban a su destino; o que se dejaban engañar por cualquier farsante que les fuera con el cuento de que los fondos marinos y el subsuelo de España estaban llenos de petróleo y oro. El Jefe del Estado era también el generalísimo de los necios, hasta tal punto que después de descubrir las argucias de Von Filek y mandarlo a la cárcel, tras haberse creído que su coche y también algunos de los camiones que traían pescado desde el norte hasta la capital funcionaban ya, en pruebas, con aquel compuesto químico revolucionario, al poco tiempo volvieron a convencerle de que unos investigadores estaban a punto de conseguir un combustible hecho con una mezcla de carbón y pizarras bituminosas, aunque no se sabe si esta vez llegarían a echarlo en el depósito de su Mercedes 540 G4, regalo de Hitler, su Cadillac Fleetwood Brougham o cualquier otro de los vehículos de lujo que usaba».

Acababa de rematar esa frase cuando sonó el teléfono. Era el director del periódico en el que trabajaba Alicia. Había repasado sus entrevistas centradas en la Semana Negra y la que le hizo al juez Pier Luigi Baresi en Florencia, esta última porque se la envió Juan, pero también quería leer el manuscrito de su libro. Estaba dispuesto a publicar en primera plana que una periodista del diario había desaparecido, a seguir el asunto hasta sus últimas consecuencias y a hacer todo el ruido que fuese necesario, pero no sin antes saber qué era lo que ella había escrito. Juan le respondió que no podía darle ese material sin el consentimiento de Alicia.

—Discúlpame —le respondió el director, con una pincelada de impaciencia en la voz—, pero a las personas desaparecidas no se les puede pedir permiso para encontrarlas.

—Seguro, y tampoco se debe vulnerar su intimidad.

—Ya, pero no puedes pretender investigar algo y a la vez esconderlo, ¿no crees?

—Supongo que no.

—Y además, en cuanto sepa que ese libro existe, la policía también te lo va a pedir, como imaginarás. Y yo creo que es mejor que nosotros lo publiquemos antes, porque eso lo hará visible y les dará ganas de resolver el caso para ponerse una medalla en público.

—Es posible. Déjame que lo piense, ¿de acuerdo?

—Pues entonces, me temo que hasta que te decidas, no tenemos nada que hacer. No le puedes pedir a la policía que investigue un robo sin decirle lo que se han llevado los ladrones —dijo, siguiendo su costumbre de ilustrar sus frases con un ejemplo en forma de parábola.

—De acuerdo, te lo enviaré —dijo Juan, porque supo que aquel desalmado tenía razón, que era absurdo ocultarle ningún dato y que si al final todo era un simple contratiempo y Alicia regresaba a casa con una explicación, él también podría justificar que le hubiera dado el libro a su jefe y a la policía.

Nada más colgar, el teléfono fijo sonó otra vez.

—¿Eres Juan, el compañero de Alicia?

—¿Quién llama?

—Mi nombre es Mónica Grandes. Soy arqueóloga y voluntaria de la Asociación para la Recuperación de la Memoria Histórica. Conocí a tu mujer en la plaza de San

Juan de la Cruz, la noche en que quitaron de allí la estatua del dictador.

—Ah, sí, Alicia me habló de ti. Te iba a hacer una entrevista, ¿verdad?

—Exacto. De hecho, me llamó justo antes de salir para Italia, se lo acabo de contar a la policía. Quedamos en vernos al día siguiente.

—¿Has ido a la policía?

—En realidad, han venido ellos a mí: al parecer, investigaron sus llamadas y vieron que el último número que marcó fue el mío. En fin, que no te quiero molestar, sólo ofrecerte mi ayuda para cualquier cosa que puedas necesitar.

—Te lo agradezco, Mónica.

—La verdad es que es un asunto muy raro. ¿Ha habido alguna novedad?

—Ninguna.

—¿Investigaba ella alguna otra cosa, aparte de lo de la Transición? Porque en este país hay mucha gente que no quiere hablar de eso, pero ¿tú crees que llegarían hasta el punto de eliminar a los periodistas conflictivos, como en Irán o en Rusia?

—Esperemos que no vayan por ahí los tiros, y que en este caso nadie haya eliminado a nadie.

—Ella estaba muy interesada en el caso de un impresor republicano llamado Salvador Silva, ¿te suena?

—Conozco la historia. He leído la entrevista que les hizo a su hija y a su yerno. Dolores y Paulino, si no me equivoco.

—Eso es. Y también fue a ver a la jueza que ha instruido el sumario. Nosotros nos ocupamos de ese asunto en la Asociación. El otro día abrimos la fosa común en la que lo enterraron en 1940, junto a otras cuatro personas, al pie de las tapias del cementerio de Navacerrada, y comprobamos que estaba vacía. La última vez que hablamos, invité a Alicia a que estuviese presente en la exhumación, y parecía tan entusiasmada con la idea que me extrañó que no apareciese por allí. Me dijo que si nuestras sospechas se confirmaban, en la tumba no había nadie y lográbamos demostrar que los restos fueron trasladados al Valle de los Caídos, veinte años más tarde, como los de otros miles de fusilados, ese episodio sería uno de los platos fuertes de su libro. ¿Cómo es posible entonces que no fuese, ni me llamara para que le contara lo que había ocurrido?

—Sí, es todo muy raro. Ojalá que se solucione pronto. Te agradezco mucho tu interés. ¿Le has contado todo esto a la policía?

—Naturalmente. No te molesto más, si quieres te dejo mi número de móvil, o me das el tuyo, como prefieras, para que podamos comunicarnos si hay alguna novedad.

—Por supuesto, el tuyo ya lo tengo registrado en éste, y ahora te hago una llamada perdida con el otro, para que grabes el mío. Oye, una curiosidad: ¿fue la propia Alicia quien te dio nuestro número fijo?

—Sí, me lo dio ella, según me comentó por si necesitaba decirle algo urgente y no la localizaba en el suyo. Espero que no te importe.

—No, en absoluto. Te lo preguntaba para saber el grado de interés que tenía en Salvador Silva y en el tema de la Asociación para la Recuperación de la Memoria Histórica: ya veo que era mucho y que quería que la tuvieses localizada. Me alegro de que estemos en contacto, Mónica: en estas cosas, cuanta más información, mejor.

Se despidieron y Juan hizo un intento de seguir con su novela, pero ya era imposible, porque la concentración se había desvanecido, y él era uno de esos escritores que sólo pueden progresar en su tarea cuando están ensimismados. Le gustaba esa frase de Antonio Machado que dice que en algunos autores lo mejor es «que la reflexión improvise y la inspiración corrija». Se puso a preparar sus clases del día siguiente en el instituto y, cuando acabó, a leer el recorte de otra de las entrevistas de Alicia publicadas en el diario, que no le dijo gran cosa, al menos no más de lo que ya sabía, aparte de hacerle reír melancólicamente al recordarle su estilo incisivo, que en esa ocasión tuvo que padecer uno de los líderes históricos del partido socialista:

Isidoro Mercado: «Algunos españoles ganaron la guerra y todos la Transición».

Sobre su mesa de despacho hay una fotografía en blanco y negro de Pablo Iglesias y otra en color de él mismo con el Rey, y nada más sentarnos, uno a cada lado de ese escritorio, le pregunto si la distancia ideológica que separa esas dos fotografías es un reflejo de su evolución y la de su partido.

—En el mundo de la política, *evolución* es una palabra mucho mejor que *involución* o incluso que *inmovilismo*. En cualquier caso, déjeme que le diga que la primera pregunta de una conversación suele servir para romper el hielo, no para formarlo.

Después de decir eso me mira expectante, con los ojos entrecerrados, como quien ve tambalearse un blanco al que no ha acertado de lleno, y luego iniciamos la charla. Mientras argumenta, suele apartar la mirada de su interlocutor y fijarla en algún objeto cercano, más para concentrarse que en señal de incertidumbre, cosa que notas por el modo en el que remata las frases, con alguna sentencia contundente y clavándote los ojos de una manera entre persuasiva y conminatoria que parece decirte: harías bien en estar de acuerdo conmigo. Cuando te escucha, suele acariciarse la barbilla suavemente con los dedos pulgar, índice y corazón de la mano derecha, dando a entender que medita lo que le dices y que va a evaluarlo con esmero antes de darte una respuesta. Y ese gesto no miente, porque su habilidad para convertir la cabeza de tus ideas en la cola de las suyas es legendaria.

—*¿A cuántas cosas renunció su partido, durante la Transición, para hacerse con el poder?*

—No renunció a nada, fue capaz de adaptarse a las circunstancias, que no es lo mismo. Renunciar es un acto de dejación y cambiar es un signo de inteligencia.

—*¿No tuvieron que echarse a la derecha para adelantar a los comunistas y, una vez allí, moverse al centro, que es donde está el poder?*

—En nuestras carreteras se adelanta por la izquierda, no por la derecha; y en nuestro partido también. Y en cuanto al poder, es mejor que lo busque a uno, en lugar de al contrario, porque eso significa que sólo lo quieres para gobernar a partir de tus principios, no a pesar de ellos.

—*Sin embargo, los puntos número diez y dieciocho del programa con el que se presentó su partido a las elecciones de 1976 señalan, literalmente, que dos de sus objetivos esenciales tenían que ser «la conquista de la hegemonía entre la clase trabajadora» y «la búsqueda del poder».*

—Exacto, y cuando tuvimos esas dos cosas, las utilizamos para hacer políticas de izquierda, para promover la libertad sindical, el derecho de huelga, la jornada laboral de cuarenta horas, la creación de un salario mínimo, la ley de divorcio, la mejora de la Seguridad Social, la objeción de conciencia... Por todo eso, que es una parte mínima de las transformaciones que emprendimos en aquellos años, y porque los españoles sabían que nosotros íbamos a cumplir con nuestros compromisos, es por lo que el Partido Socialista dio un salto tan grande y logró multiplicarse de tal manera que cuando se celebró el Congreso de Suresnes, en 1974, teníamos tres mil quinientos afiliados y ocho años más tarde ganamos las elecciones.

—*¿A costa del Partido Comunista?*

—Mire usted, yo creo que ya es hora de que en este país cada uno asuma sus responsabilidades y entre todos logremos zafarnos de esa clase de tópicos. ¿Qué quiere decir «a costa de...»? ¿Es una expresión que le quita legitimidad a nuestra tarea y minusvalora nuestros éxitos? ¿Es una acusación de juego sucio? Usted, cuando ve un partido de tenis o una carrera ciclista, ¿concluye que el ganador lo es *a costa* del perdedor? Me parece que ya nos han contado todas las historias de boxeadores a los que les han robado el combate que estamos dispuestos a oír. Y además, esas leyendas que quieren presentar a mi partido como una formación advenediza que le robó el electorado de izquierdas al PCE son un mito y una falsedad. Déjeme recordarle, por ejemplo, que en las revueltas estudiantiles de 1956, que todos los analistas señalan como el principio del fin de la dictadura, tan importante como el Frente de Liberación Popular comunista fue la Agrupación Socialista Universitaria. Como ve, nosotros ya estábamos ahí desde el comienzo.

—*¿Y no cree que ese famoso principio del fin de la dictadura al que hace mención también es una fantasía? Porque eso ocurría en 1956 y el dictador se murió en la cama y veinte años más tarde.*

—Pues no, no lo creo de ninguna manera. Lo que yo creo es que las cosas tienen unos orígenes, un desarrollo y una trayectoria. Y, de hecho, he mencionado ese episodio en particular porque si está trabajando sobre la Semana Negra quizá le interese saber que aquellas protestas también fueron el germen del neofascismo español, porque tras los desórdenes, el Régimen llegó a la conclusión de que convenía organizar un grupo violento que vigilase las facultades, y de ahí salió el grupo Defensa Universitaria, que más tarde pasaría a denominarse Guerrilleros de Cristo Rey, cuyo jefe, Mariano Sánchez Covisa, fue llamado a declarar como sospechoso en relación con la matanza de los abogados laboralistas de la calle de Atocha.

—Es un dato interesante. Y más si tenemos en cuenta que ese hombre era uno de los enlaces en España de los terroristas italianos de la Internacional Negra: dos de ellos lo acompañaban cuando fue detenido en Madrid por montar una fábrica de armas en la calle Pelayo. Pero los jueces lo dejaron libre, y también cuando fue incriminado por el asesinato del estudiante Arturo Ruiz; y una vez más tras el crimen de la calle de Atocha. Esa gente actuó con total impunidad y ninguno de los dos partidos que nos gobernaron durante la Transición, la UCD y ustedes, se atrevió a molestarlos demasiado.

—Nosotros lo que hicimos, hacemos y haremos es respetar a los tribunales. Y esa persona fue juzgada y cumplió las condenas que se le impusieron. Nada más. Un Gobierno democrático no manipula las leyes, las acata, tanto si comparte las sentencias como si no.

—¿Y no cree que de todo eso es lógico deducir que ustedes negociaron con esa gente democracia a cambio de impunidad?

—Un desvarío no puede ser lógico, de forma que la única respuesta posible a esa pregunta es: no. Se pueden hacer todas las especulaciones que se quiera, pero aquí, en el terreno de la política, no hay trampas ni intrigas ni conjuras, lo único que hay son proyectos políticos en los que confían o no los ciudadanos, sencillamente porque les merecen más o menos crédito. Y nosotros no debimos de defraudarlos mucho, como usted comprenderá, cuando nos mantuvieron doce años en el Gobierno con sus votos.

—Sin embargo, eso ocurrió a pesar de algunos incumplimientos por su parte. Por ejemplo, habían prometido desmantelar las bases militares estadounidenses y se declararon contrarios a nuestra entrada en la OTAN...

—Y convocamos un referéndum para preguntarles a los españoles qué querían hacer en esos dos casos, y ellos decidieron. Creo que los ciudadanos sabían que era muy importante estar junto a nuestros aliados y que resultaba de una importancia capital mantener unas relaciones cordiales con los Estados Unidos, que eran, son y serán una nación amiga. De todos modos, veo que avanzamos lentamente: sólo ha sustituido el «a costa de» por un «a pesar de». Hágame caso, no se fíe de sus ideas cuando esté de servicio, porque la animadversión no es compatible con la ecuanimidad, y se supone que los periodistas deben ser imparciales.

—*¿No es verdad, en cualquier caso, que ustedes cambiaron de orientación para llegar al Gobierno? En 1979 renegaron del marxismo, argumentando que su partido debía «ser consecuente y abandonar ese término si aspira a ganar dos millones de votos». ¿El suyo no fue un viaje de la clase obrera a la clase media?*

—¿Es que le parece mal eso que llama, creo intuir que con cierto menosprecio, «la clase media», que al fin y al cabo es la máxima expresión del bienestar equitativo? Por lo demás, es cierto que hubo un viaje: el que nos llevó de la dictadura a la democracia. Para hacerlo, nosotros y las demás fuerzas políticas tuvimos que atravesar un campo minado. Si usted trabaja sobre la Semana Negra sabrá muy bien que en aquellos momentos la amenaza de un golpe de Estado era palpable y muy virulenta. Y, además, que llegaba de todas partes. Esquivar el fuego cruzado del terrorismo y los extremistas no fue una tarea fácil.

—*Tal vez porque no se quiso llegar hasta sus ideólogos y siempre se recurrió a la teoría del criminal espontáneo, el saboteador anarquista o los grupos ultras que actuaban por impulsos y sin planes. Delincuentes pequeños detrás de los que se ocultan organizaciones enormes como la CIA y su mano armada en Europa, la red Gladio.*

—La fantasía no tiene límites, pero la ley llega sólo hasta donde se lo permiten las pruebas. Ésa es la diferencia entre una cosa y la otra y es también la base de la democracia. Lo demás son simples elucubraciones.

—*¿Quiere decir que los servicios de inteligencia, los espías, las bandas paramilitares y el terrorismo de Estado,* *entre otras cosas, no son más que inventos de la prensa? ¿Nunca existieron la Internacional Negra, la red Gladio, la Guerra Fría y la estrategia de la tensión?*

—Quiero decir que de todo eso hay muchas más leyendas que evidencias. Y añadiré que, en mi opinión, ni a la política ni al periodismo les conviene alimentarse de rumores.

—Ya sabe lo que se dice: el rumor es la antesala de la noticia.

—Tal vez en ocasiones lo sea, pero otras veces es la sala de máquinas de la calumnia.

—¿Supieron ustedes en su momento, o saben hoy, quién mató a los abogados laboralistas de la calle de Atocha?

—Debo responderle una obviedad: quienes los jueces dictaminaron que lo habían hecho. La sentencia dice que la matanza fue encargada por el secretario provincial de Madrid del Sindicato Vertical de Transportes y ejecutada por un comando ultraderechista.

—Ésos fueron los autores materiales del crimen, o al menos una parte de ellos. Le preguntaba por sus ideólogos.

—Mire, yo creo que no conviene quitarles a las cosas su importancia: hubo una investigación, unos encausados, un proceso y una sentencia. Muchos historiadores sostienen que aquello fue el primer juicio a la dictadura.

—Bueno, el problema es que también fue el último.

—No es verdad, y decir eso es menospreciar el coraje, el valor, la clarividencia y la generosidad extraordinarios que tuvieron los ciudadanos de este país para pasar de un régimen totalitario a un sistema de libertades, y los riesgos que corrieron muchos cargos públicos a la hora de ir tomando decisiones que desmantelaran poco a poco el entramado de la dictadura.

—Pero sin tocar a ninguno de sus jerarcas, a los que nadie ha sentado en un banquillo.

—Y en lo que respecta al juicio del caso Atocha —dice, levantando un poco la voz para que quede claro que deja aparte esa última cuestión, y después hace una pausa y se pone el dedo índice sobre los labios, lo mismo que si fuese a pedir silencio o tal vez se lo impusiera a sí mismo—, puedo asegurarle que nosotros vigilamos con enorme interés todos los acontecimientos relacionados con aquel suceso y recordarle dos cosas: la primera, que varios de los abogados que representaban a las víctimas eran militantes de nuestro partido; y la segunda, que en 1977 nosotros no estábamos en el Gobierno, y por consiguiente nuestro papel no podía ser otro que el de observadores.

—*No lo estaban entonces pero sí en 1983, que fue cuando el jefe y un inspector de la llamada Brigada Antigolpe, el famoso inspector Medina, se pusieron a seguir el rastro de la ametralladora que había sido usada en el atentado; la identificaron como un subfusil Ingram M-10, de 9 milímetros Parabellum, perteneciente al Servicio Central de Documentación de la Presidencia del Gobierno y comprada en Atlanta, Estados Unidos; después descubrieron que había sido entregada a un terrorista italiano de Ordine Nuovo, y cuando iban a viajar a Roma con la intención de mostrarle las fotos de varios miembros de los servicios secretos españoles, para que identificase al policía que se la había dado, ustedes los destituyeron.*

—Mire: en un Estado de derecho a los miembros de las fuerzas de seguridad los destituyen sus superiores, no el Gobierno. Y si esa investigación no siguió adelante, sería porque no se contaba con las evidencias necesarias.

—*Yo le puedo dar una: ¿sabe quién le entregó la metralleta Ingram a uno de los jefes de la Internacional Negra, Vincenzo Vinciguerra? Según su propia declaración fue, precisamente, Mariano Sánchez Covisa, el jefe de los Guerrilleros de Cristo Rey, y éste la recibió de un agente del CESID.*

—Pero de lo que dice un terrorista no se puede uno fiar mucho, ¿no cree? Esos individuos suelen cambiar de verdad con frecuencia.

—*¿Ustedes sabían que detrás de ese crimen, o al menos en su fondo, estaban los servicios secretos norteamericanos y pensaron, otra vez, que era mejor cerrar los ojos, archivar el caso y no soliviantar a esa nación amiga que, por otra parte, fue tan amiga de la dictadura?*

—En absoluto. Si eso hubiera sido cierto, la Justicia habría seguido adelante. Si no lo hizo fue porque no encontró ningún camino por el que avanzar. En cualquier caso, ni los tribunales españoles ni los italianos hablaron de la CIA sino, en todo caso, de algún grupo neofascista italiano.

—*Eso es cierto pero no es toda la verdad. Efectivamente, el juez Pier Luigi Baresi, de Florencia, documentó la presencia de varios pistoleros de la Internacional Negra en España y «su aseverada participación en la conocida matanza de cinco abogados sucedida en 1977 en el barrio de Atocha de Madrid». Pero resulta que esa organización terrorista estaba manejada por Washington.*

—Mire usted: yo lo que creo es que no tiene sentido regresar a todo eso para reescribirlo y lograr que la realidad se transforme en una novela de espías. Yo le recomiendo una visión más generosa del pasado, porque con ella se dará cuenta de que no conviene echar por tierra aquellos años que tienen más de admirables que de censurables y cuya consecuencia fue un país sin vencedores ni vencidos. El resultado es que hoy podemos afirmar que si algunos españoles ganaron la Guerra Civil y otros la perdieron, todos ganaron la Transición.

—*¿Las víctimas de la ultraderecha también?*

—Las víctimas siempre son un drama, pero nunca deben ser un sistema de medida. Su lugar es la memoria, no el futuro; y por consiguiente, están allí para honrarlas, no para ser vengadas.

—*Ellas y sus familias no hablan de venganza, sino de rehabilitación.*

—Y eso se ha hecho, y se continúa haciendo. Ahí tiene usted, para demostrarlo, la Ley de Memoria Histórica, que es el tipo de iniciativa que sacamos adelante los socialistas cuando tenemos el privilegio de que los votantes nos otorguen su confianza.

—*El juez Baresi, por volver al asesinato de los abogados laboralistas, se ha quejado oficialmente, en numerosas ocasiones, de la absoluta falta de colaboración de su Gobierno en ese caso. Afirma que cuando les pidió informes relativos al crimen de la calle de Atocha y a la conexión entre los pistoleros de Ordine Nuovo y la policía española, ni siquiera recibió respuesta.*

—Pues si la Justicia española no pudo, por la razón que sea, ayudarle en sus pesquisas, será porque no estaba en su mano. O porque lo que pedía era imposible: el mundo está lleno de gente que se queja de que no le den lo que no existe.

—*El otro sospechoso de haber sido el italiano que apretó el gatillo de la Ingram M-10 en el despacho de los abogados laboralistas de la calle de Atocha es Carlo Cicuttini, y los jueces italianos han acusado a su Gobierno de evitar su extradición y de protegerlo.*

—Ni el Gobierno del que formé parte ni ningún otro de la democracia ha protegido a delincuentes, de eso estoy seguro.

—*El juez veneciano Felice Casson afirmó en su día que las pesquisas judiciales para esclarecer la matanza de Peteano se vieron «al principio del proceso muy dificultadas por la negativa a entregar a Cicuttini por parte de las autoridades españolas, que en junio de 1987 firmaron su orden de expulsión y después no llegaron a ejecutarla debido a que éste adquirió la nacionalidad española, tras casarse con la hija de un general de brigada del Ejército español».*

—Pues mire, como usted sabrá que en los Estados de derecho los poderes ejecutivo, legislativo y judicial son independientes, podrá deducir que si la ley le otorgaba esa prerrogativa, el Gobierno no estaba en condiciones de impedirlo —dice, en un tono que delata que contiene a duras penas la irritación, como quien tira de la correa de un perro enfurecido.

—*Pero unos documentos desclasificados del CESIS que se entregaron al Parlamento italiano revelan que ustedes acordaron con ellos, en 1986, expulsar a Cicuttini a Alemania, de donde sería posteriormente llevado a Roma, pero que después lo incumplieron. ¿Fue para ganar tiempo hasta que se les ocurrió el truco de la boda?*

—Tenga cuidado —dice—, porque cuando los periodistas saltan de la información a la intoxicación pierden por el aire toda la credibilidad. La realidad no es una película de espías.

—*Pero la realidad es que Italia pidió dos veces la extradición de Cicuttini y que en ambas ocasiones ésta fue rechazada por la Audiencia Nacional, por estimar que sus delitos se beneficiaban de la amnistía dictada en octubre de 1977 para lograr la reconciliación entre los españoles.*

—Y así era, sin duda, si nuestros tribunales así lo dictaminaron. Lo que no se puede esperar es que exista una ley a la carta, en la que según lo que les interese a unos u otros el Código Penal cambie de dirección y de sentido. Una amnistía general es un riesgo, claro que sí, pero creo que en el caso de nuestro país no hay más que ver dónde estábamos y adónde hemos llegado para darse cuenta de que mereció la pena correrlo.

—*Otro magistrado de Módena, Alberto Bertoni, aseguró al diario* El País *que la negativa española a entregar a Cicuttini se debería a que «sabía demasiado en torno a la guerra sucia contra ETA».*

—Se lo voy a repetir: ese tipo de especulaciones no merece siquiera un desmentido, ni un análisis, ni tan sólo un minuto de conversación. Pero déjeme que añada algo más, y es que en temas como el del terrorismo no es conveniente hacer juegos de manos, ni frivolizar.

—*Un documento confidencial de la Brigada de Información Interior, fechado en 1983, recuerda que cuando*

Cicuttini fue detenido e interrogado, admitió haber trabaja-do para la policía española «llevando a cabo en Francia tareas de seguimiento y observación de activistas de ETA y una serie de atentados contra ellos».

—Pero usted comprenderá que por lo común los condenados hacen dos cosas en la cárcel: cumplir su pena y buscar disculpas. Y yo creo que es tan importante que los jueces acierten en lo primero como que los medios de comunicación no se equivoquen en lo segundo.

—*¿Su Gobierno tenía tanto interés en ser aceptado como miembro de la OTAN que se podría decir que sacrificó, entre otras cosas, a los abogados de la calle de Atocha? Tal vez es que no puede uno darles la mano derecha a los Estados Unidos y con la izquierda señalarles la CIA.*

—Naturalmente que puede usted decir eso, y también cualquier otra cosa que crea conveniente. ¿Sabe por qué? Pues porque gracias a los esfuerzos y los sacrificios que todas las fuerzas políticas y casi todos los ciudadanos de este país hicimos durante la Transición, hoy en día vivimos en un Estado de derecho y disfrutamos de la oportunidad de expresar libremente cualquier opinión, por disparatada que ésta resulte.

Y con ese latigazo verbal, que suena tan irrevocable como el martillo de un subastador en una puja, Isidoro Mercado se levanta, tensa los labios de un modo que no deja muy claro si intenta reprimir una sonrisa o forzarla, rodea la mesa que nos separaba y me tiende la mano, con el brazo muy recto y los dedos muy extendidos, lo cual le permite tomar la iniciativa y ser afectuoso al tiempo que marca las distancias. La entrevista ha llegado a su fin, pero yo aún guardo una última pregunta, que me atrevo a hacerle en el último instante:

—*Sólo una cosa más: ¿el PSOE se asustó con la espiral de violencia que hubo durante la Transición y en 1981 pactó con la Casa Real y con los otros partidos que se oponían a la UCD el intento de golpe de Estado del 23 de febrero? Se dice que ustedes apoyaban un Gobierno de concertación presidido por el general Armada y en el que el secretario general de su partido iba a ir de vicepresidente.*

Pero Isidoro Mercado no responde, sino que se limita a mover la cabeza en señal de desaprobación y de incredulidad, y le pide amablemente a una de sus empleadas que me acompañe a la salida. Hay temas e instituciones por los que en nuestro país aún es mejor pasar de largo.

Juan acabó la lectura de ese texto y mientras volvía a poner en su sitio aquellas páginas del periódico que Alicia había recortado y guardado escrupulosamente, igual que todo lo que publicaba, en un archivador que tenía en su cuarto de trabajo, cerró los ojos y negó con la cabeza, lamentándose por la evidente agresividad que destilaban algunas de sus preguntas, tan incisivas y por momentos tan atosigantes que en ocasiones parecían más propias de un interrogatorio que de una entrevista y, por extensión, lograban convertir a su interlocutor en sospechoso, les ponían una mancha o un cerco de duda a sus palabras, en las que siempre parecía faltar algo, uno de esos detalles que precisamente por ser invisibles son ostensibles y te alertan desde su ausencia, del mismo modo en que una sombra en la pared llama la atención sobre el cuadro, el espejo o el mueble que se ha retirado de allí. Era muy difícil que los personajes a los que ella se enfrentaba te pareciesen de fiar, gente digna de confianza, se dijo, temiendo que esa insolencia suya le hubiese buscado la ruina. Pero, por otra parte, no dejó de admirar su trabajo, el rigor con el que lo preparaba y el alarde de documentación que se dejaba entrever en cada una de aquellas conversaciones que, en realidad, había sacado de la nada, partiendo de cero cuando empezó a publicar su serie en el diario, porque por su edad y sus intereses, y más aún en aquel momento en el que lo que quería era cambiar de vida y montar su famoso hotel en la sierra, aquellos episodios de la Transición le quedaban muy lejos. Alicia era una buena profesional cuyo único error consistía en plantear su profesión como una pelea de la verdad contra la mentira. Cruzó los dedos para que no se tratase de un error fatal.

Capítulo dieciocho

Mónica Grandes tampoco había vuelto a saber nada de Héctor, que parecía haberse desvanecido sin dejar rastro y que ya empezaba a disiparse en su memoria, de esa manera en que las personas que salen de nuestras vidas van perdiendo consistencia, sus rasgos se deshojan y el recuerdo de su voz o de sus costumbres se atenúa como los colores de una bandera izada a la intemperie. Que él se hubiese llevado todas sus pertenencias contribuía al olvido: una tarde cuando ella regresó a casa desde el museo, su ropa, sus libros, sus discos, su ordenador y todo lo demás ya no estaban allí. Y las llaves con las que habría entrado para volver a buscar todo eso estaban sobre la mesa del salón. Al principio, Mónica no hizo nada, segura de que él intentaría regresar, pedirle perdón y volver con ella, y hasta un poco indignada al imaginárselo convencido del efecto demoledor que le causaría aquella exhibición de cables sueltos, estanterías despojadas y cajones vacíos; pero al ver que pasaban los días y no daba señales de vida, le llamó por teléfono y, como no contestaba, le escribió varios mensajes en los que le pedía que se viesen y que, al menos, acabaran su relación de forma civilizada. No obtuvo respuesta. Era evidente que había decidido cortar por lo sano, y a ella la deprimían e intranquilizaban dos cosas: no estar segura de lo que él sabía y pudiera contar, por ejemplo acerca del profesor de francés, y que las últimas palabras que le había dirigido fuesen tan amargas, tan insultantes: «Eres una simple puta», le había dicho, sin levantar la voz, igual que si en lugar de insultarla le contara un secreto; y un segundo antes de salir dando un portazo, añadió: «¡Qué gusto largarse! Estar contigo era como perder el tiempo perfumando la basura».

Ahorrándose esos detalles, le acababa de contar a Juan Urbano que su novio también se había ido y su pareja se había roto, sin duda para siempre, pensando que quizás así aliviaría en parte su pérdida, lo mismo que cuando le revelamos a un enfermo nuestros problemas de salud para que no se sienta un ser distinto, un infeliz marcado por la desventura. La arqueóloga le estaba diciendo que, desde luego, comprendía que sus penalidades domésticas no se podían comparar ni remotamente con la extraña desaparición de su novia cuando el profesor la interrumpió con un gesto de la mano y, para su sorpresa, le confesó que en realidad Alicia Durán y él también estaban a punto de separarse cuando ella se fue a Roma.

—O sea, que en nuestro caso lo único que ha ocurrido es que la desgracia se ha adelantado a la desdicha —bromeó.

—Lo siento —dijo Mónica—, imagino que debes de tener sentimientos muy... contradictorios... en estas circunstancias.

—No te creas. Aunque pueda sonar cruel, todo esto me ha abierto los ojos, me ha dado el tiempo y la distancia necesarios para pensar. Supongo que es más fácil saber por qué se derrumba una casa si no estás dentro de ella mientras se hunde. No sé, el otro día estaba leyendo una novela y el autor decía: cuesta mucho ver lo que estás mirando. Me gustó esa frase.

Se habían citado en el Montevideo, un bar que estaba casi enfrente del instituto donde él daba clases, para charlar un rato a solas y luego ir desde allí a un restaurante del centro en el que estaban citados para cenar con Bárbara y su marido, porque Enrique quería conocerle y a Juan no le parecía mala idea hablar con la jueza Valdés. Tras otras dos semanas sin novedades acerca de Alicia, había decidido hacer algunas averiguaciones por su cuenta, más para combatir la ansiedad y aquella sensación cada vez más punzante de vivir con un cuerpo prestado o de ser una oscura ramificación de sí mismo, que porque pensara que iba a poder descubrir lo que no descubriesen la policía o los medios de comunicación. La noticia sobre el viaje sin retorno de Alicia a Italia, acompañada por las primeras tesis acerca de los posibles vínculos entre ese misterio y el libro, las entrevistas y los artículos que escribía, ya habían aparecido de forma destacada en su periódico y a partir de ahí se habían propagado al resto de los diarios y las televisiones, que las mencionaban a menudo en sus páginas y en sus informativos, aunque dándoles mayor o menor relevancia según se tratase de empresas afines o rivales: en el diccionario de los negocios, *conciencia* y *competencia* suenan parecido pero una es justo lo contrario de la otra. El redactor jefe de Alicia, que se encargaba personalmente del asunto y lograba así que su firma apareciese en portada una y otra vez, le había preguntado por ese caso, durante una comparecencia pública retransmitida en directo por varios canales, a la ministra de Asuntos Exteriores, que se comprometió «a hacer todas las gestiones diplomáticas que fuesen oportunas y a movilizar los recursos necesarios para espolear la colaboración de las fuerzas de seguridad de los dos países». Nada de eso, sin embargo, había dado su fruto, de momento.

—¿Y qué piensas hacer? —le preguntó Mónica, ya en el taxi que los llevaba al encuentro de Bárbara y Enrique.

—Pues mira, he tomado una sola decisión, que es no pararme y seguir haciendo preguntas. Cuando Alicia regrese, le entregaré las respuestas, le diré que la he echado de menos y la abandonaré.

Mónica lo observó con los ojos muy abiertos y cara de no entender gran cosa.

—Eso es bueno —dijo—, que no te falte el sentido del humor.

—No es humor, es cinismo.

—Mala cosa, ¿no?

—Para nada: en mi opinión, el cinismo es en algunos casos lo contrario de la hipocresía.

—Eres muy original. Para el resto de los mortales, esas palabras son más bien sinónimas —dijo, sonriendo.

—No te creas. A mí lo que me parece hipócrita es fingir que la desgracia cambia la realidad, como hace mucha gente. Todos somos alguien maravilloso en nuestro funeral. Ya me entiendes. Y si te soy sincero y te hablo con esa confianza que a veces sólo se merecen los desconocidos, tengo que decirte que hace ya tiempo que Alicia no me trataba bien y que yo había dejado de quererla. Eso no es elegante, pero es cierto.

—Sí, tal vez tengas razón. Hay tanta falsedad, tanta impostura... ¿Sabes que en el teatro griego las máscaras que utilizaban los actores para cubrirse el rostro y amplificar su voz se empezaron llamando *per sona,* es decir, «para sonar», y acabaron llamándose *hypocritas,* que viene de *hypokrisis,* «fingir»?

—Vaya, pues gracias por el dato, porque eso lo aclara todo. Uno no puede engañar a la etimología.

Mónica soltó una carcajada, pero regresó de ella al momento, porque la diversión le parecía algo improcedente en aquellas circunstancias.

—Supongo —dijo, moviendo la mano en el aire con el ademán de quien tiene prisa por cambiar de tema—... Pero cuéntame, ¿entonces vas a continuar el libro de Alicia?

—No sé, no tengo un plan preciso; sencillamente, voy a seguir husmeando.

—¿Qué crees que ha ocurrido? ¿Es posible que la hayan... perdona... secuestrado... o no sé, algo...? Discúlpame —dijo, poniéndole una mano sobre el hombro—, es que todo esto parece tan inaudito.

—Sí, te entiendo. A mí me ocurre lo mismo. Quizás uno de los problemas de este mundo es que nos siga pareciendo increíble lo que sucede todos los días. Estamos rodeados de atrocidades y eso no cambia, tal vez se disimula porque mientras unas personas asesinan a sus semejantes igual que en la Edad de Hierro, otras clonan una oveja, construyen en Dubái un rascacielos de ciento sesenta pisos o mandan una nave espacial a Marte, pero el horror sigue ahí. No tenemos remedio. Mi lema es: témete lo peor y te quedarás corto.

—Es cierto, tienes toda la razón. Yo también he pensado eso muchas veces, porque la verdad es que abres un periódico y ahí está toda la mitología en su versión más rastrera: violadores como Poseidón; maltratadores como Zeus, que tenía a su esposa atada con cadenas; padres que matan a sus hijos como Apolo, hijos que agreden a sus padres como Cronos, locos que asesinan a su familia como Hércules... Da un poco de vértigo pensarlo.

—Así es. Hay demasiada gente intentando ocultar sus delitos y por eso descubrir la verdad es peligroso —dijo lúgubremente Juan.

El taxi había llegado ya a su destino, y mientras Mónica pagaba, anticipándose a Juan con el argumento de que aquella cita era idea suya, él bajó para observar el restaurante al que lo había llevado y hacerse una idea de lo que podría cenar: no sería gran cosa, porque se trataba de un local de cocina creativa y él era partidario de la macrobiótica o, en su defecto, de los platos vegetarianos. La última vez que había estado en uno de esos sitios, después de darle muchas vueltas al menú, pidió sorbete de cactus, guisantes al Martini y manzana cristalizada, y le pareció que los tres sonaban mejor de lo que sabían. En esta ocasión, sin embargo, todo iría sobre ruedas, porque a los diez segundos de concluir las presentaciones Enrique puso la comida en su sitio, es decir, en un segundo plano, al descorchar la conversación de la mejor manera posible:

—¿Eres aficionado al vino? Si es así, te gustará este establecimiento. Tienen unos tintos mallorquines muy interesantes, el Ánima Negra, por ejemplo, o el Pagos de María, que a mí me interesa bastante.

—No me digas más: ya me gusta. Y me divertirá probarlos, aunque te advierto que yo me inclino más por los franceses, un Château Pétrus no estaría nada mal. Pero si invitáis vosotros y queréis impresionarme, podemos pedir una botella de La Tâche.

Bárbara Valdés lo miró de arriba abajo con mala cara, como si su tono desenvuelto le pareciese fuera de lugar, pero su marido entendió la broma al instante, se tomó la confianza de pasarle un brazo por los hombros y exclamó:

—¡Bravo! O ya puestos, ¿qué tal si tiramos la casa por la ventana y pedimos un Romanée-Conti? Sólo son mil trescientos euros. Pero tranquilos, en cualquier caso no creo que lo tengan.

—Pues mira —respondió Juan—, a mí me parece que beber por encima de tus posibilidades es propio de personas civilizadas. Aunque tal vez eso sea tirar muy por lo alto. Yo suelo consumir Château Cantemerle, que vale casi treinta y eso ya es excesivo para un sueldo de profesor de instituto. Me da para una copa al día.

—Precisamente una botella de vino extraviada fue lo primero que le hizo intuir a Juan que algo no iba bien en Florencia —dijo Mónica, al tiempo que se sentaban a la mesa en el rincón más apartado del local, muy metida en su papel de modeladora de aquel encuentro.

Juan contó, dirigiéndose especialmente a la jueza Valdés, lo que le había extrañado que una persona tan metódica como Alicia Durán, que jamás se permitía despistes ni olvidos, se hubiese dejado en su habitación del hotel una botella de Ca' Bianca Barolo que, sin duda, pensaba regalarle al regresar a España. Aquello era inadmisible en alguien como ella, que siempre revisaba cada centímetro del cuarto en el que hubiera dormido, antes de abandonarlo, obsesionada con no perder su teléfono móvil, su libreta de notas, su ordenador o cualquiera de los dos *pendrives* en los que guardaba su trabajo por seguridad. Mientras hablaba de eso, otras botellas iban llegando a su memoria como a la arena de una playa y poniéndole tan melancólico como si en lugar de recordarlas las bebiese: la de Nuits-Saint-Georges que pidió la primera noche que durmieron juntos; la de Mouton Rothschild que tomaron en París cuando ella acabó su serie de entrevistas sobre la Semana Negra; la de Château d'Yquem que le regaló una vez para disculparse tras una de sus discusiones... Y por encima de todas ellas, esa que nunca había visto y nunca iba a beber, el Ca' Bianca Barolo, que compró para él en Florencia, ¿por qué, con qué intención, cuál era su significado? Se detuvo. De repente todos esos nombres siempre tan jactanciosos, esas marcas que le sonaban a música celestial y hasta su propia afición por los vinos caros le parecieron una pérdida de tiempo, uno de esos sucedáneos de la felicidad que buscan a menudo los seres desdichados para consolarse a sí mismos y exhibirse ante los demás. Su cambio de humor debió de ser notorio, porque Mónica le puso una mano sobre la suya, para darle ánimos, y Enrique le pareció exageradamente jovial cuando exclamó, mientras llenaba su copa:

—Bueno, querido amigo, ¡pues a ver qué te parece este Pagos de María!

Lo probó, dio su opinión y mientras hablaban nuevamente del tema y la charla se llenaba otra vez de etiquetas y denominaciones de origen, Vega-Sicilia, Enate, Chassagne-Montrachet, Saint-Emilion, Tignanello..., Juan se fijó en la actitud de la jueza Valdés, que parecía aburrirse y que, de hecho, cortó por lo sano aquel alarde:

—Magnífico. La verdad es que Mónica y yo estamos impresionadas. Os damos un sobresaliente en enología —dijo, con el tono tenso de quien empieza a impacientarse.

—Tienes que perdonar a mi mujer —dijo Enrique—: A ella le gusta beber a ciegas, es decir, que como a la mayoría de la gente le importa a qué sabe esta maravilla, no lo que es.

—A lo mejor es que los placeres sencillos no necesitan explicaciones complicadas —replicó Bárbara.

—No es ni sencillo ni complicado, es simple química, precisamente por ser un placer. ¿Sabías que el sentido del gusto sólo lo estimulan los líquidos? Los sólidos no nos dicen nada hasta que no se disuelven, para la lengua son un libro en blanco.

—Exacto, simple química.

—Sólo nuestra reacción lo es, querida, no me malinterpretes. El vino es mucho más que eso: es un arte, y de ahí su valor. ¿Sabías que un millonario norteamericano pagó ciento cincuenta y seis mil dólares por una botella de Château Lafitte de 1787 firmada por el presidente Thomas Jefferson?

—Bueno, pero eso sería porque es el autor de la Declaración de Independencia, no por la bebida. Así que no se trata de arte, sino de fetichismo.

—Te doy la razón. He puesto un mal ejemplo. Pero Juan sabe que beber un Romanée-Conti del 2002 es como mirar un cuadro de Velázquez.

—Te quería preguntar una cosa —dijo Juan, aprovechando para abrir el fuego de la conversación seria y dirigiéndose sin rodeos a la jueza Valdés—. ¿Cuál es la manera de investigar algo como lo de Alicia? ¿Cómo se ponen de acuerdo dos países, en este caso Italia y España, para hacerlo? ¿Hay alguna manera de conseguir que se impliquen más en la búsqueda?

—Las fuerzas de seguridad colaboran pasándose información. Y, por supuesto, se da aviso a la Interpol. Hoy en día, con los medios de que disponemos, todo es mucho más fácil de lo que era. Naturalmente, las bases de datos de todas las policías están conectadas.

—¿Tienes a algún colega de confianza en Italia, alguien que pudiera interesarse por nosotros y tal vez ayudarnos?

—No, y además estas cosas no funcionan así, hay un procedimiento...

—Discúlpame que sea tan franco, pero ¿qué es lo que crees que ha ocurrido? —preguntó Enrique, echando el cuerpo hacia delante y apoyando los codos en la mesa.

—No lo sé. Nadie lo sabe. Pero aunque a mí mismo me cueste aceptarlo, todo parece indicar que alguien ha pensado que Alicia estaba haciendo demasiadas preguntas incómodas y... bueno, sea quien sea la tiene retenida... o algo peor... Suena increíble, pero leyendo el manuscrito puedes pensar que se metió en la boca del lobo mientras rastreaba la pista de los ultras que asesinaron a los famosos abogados laboralistas de la calle de Atocha, en el año 1977, justo antes de las primeras elecciones.

—Pero yo tenía entendido que estaba trabajando sobre las víctimas de la dictadura —dijo Enrique, al tiempo que le hacía una señal a la camarera para que esperase un momento antes de tomarles nota—. De hecho, ella acompañó a Dolores, la hija de Salvador Silva, cuando fue a ver a mi mujer.

—Así es —intervino Mónica—. Y lo que le interesó de mí cuando nos conocimos, la noche de la estatua, fue que yo perteneciese a la Asociación para la Recuperación de la Memoria Histórica, pero ésa era sólo una de las vertientes de su trabajo.

—Es verdad —dijo Juan Urbano—. Empezó a hacer una serie de entrevistas sobre la Semana Negra, para el periódico, y mientras se documentaba para llevarlas a cabo, se dio cuenta de que la imagen oficial, por así llamarla, que se nos ha dado de esa época admitía muchos matices; «muchos como mínimo», recuerdo que me dijo una noche, haciendo uno de sus clásicos juegos de palabras. Al acabar la serie, que despertó tal revuelo que por increíble que parezca llegaron al diario más de cien cartas al director, una editorial le propuso convertirla en un libro sobre la Transición, y ella decidió que ahí tenía que recoger el punto de vista de las víctimas, de las personas que no creen haber sido rehabilitadas por la democracia. De hecho, una parte importante de los mensajes que llegaban al diario eran de familiares de represaliados que se quejaban del abandono en el que vivían.

—Y tienen razón —dijo Mónica, sin quitarle la vista de encima a Bárbara, que sin embargo no hizo el más pequeño gesto ni comentario, aunque en su aspecto imperturbable había un fondo de ironía.

Pidieron la comida, langostinos sobre espejo de azafrán y una ensalada de aguacate, queso blanco y dátiles frescos para compartir, y después cada uno eligió el plato que mejor le sonaba: merluza negra con compota de hinojos, rape al Pedro Ximénez, pollo con carbonara de puerro y caviar de verduras.

—Creo que cuando Alicia comenzó su trabajo —continuó Juan— su enfoque era que había una relación obvia entre Salvador Silva, los abogados de la calle de Atocha y otros muchos damnificados de la Guerra Civil, la postguerra y la Transición: sus asesinos. Al fin y al cabo, al primero lo mataron los partidarios de la dictadura y a los otros también, es decir, que no sólo es que quienes apretaron el gatillo eran la misma clase de gente en distinto momento, sino que actuaron casi con la misma impunidad y amparados por unos servicios secretos que seguían siendo los de antes y que aún se comportaban como ejecutores de un sistema que de ninguna forma quería dejar de ser un Régimen para convertirse en un Estado.

—No es así —intervino la jueza Valdés— y no conviene tergiversar las cosas, ni confundirlas, porque lo que se mezcla se lía. A los implicados en la matanza de la calle de Atocha se los detuvo, juzgó y condenó, y que yo sepa nada de eso les sucedió a los que liquidaron a Salvador Silva, de manera que no son sucesos comparables. Y por favor, no vayas a rebatirme utilizando como argumento el que alguno de ellos se diese a la fuga, o que se beneficiara de una amnistía como tantos otros delincuentes, incluidos los terroristas de ETA, porque eso ya lo ha intentado nuestra querida Mónica un millón de veces y sabe que no me parece un punto de vista admisible. Que se vulnere la ley es síntoma de que existe, y cuando existe hay que aplicársela a todos los ciudadanos, incluso a los peores.

—Habría mucho que discutir sobre eso, pero en fin —dijo Juan, sin quererse enfrentar a ella por si acaso terminaba necesitándola—. Alicia tuvo que cambiar su punto de vista mientras escribía, porque descubrió que había algo más, que el asunto de la calle de Atocha y otra larga serie de homicidios llevados a cabo durante los años más oscuros de la Transición no solamente tenían en común el fanatismo sanguinario de la ultraderecha española, sino que formaban parte de una organización llamada Gladio, tejida por la CIA nada más terminar la Segunda Guerra Mundial y tolerada por algunos otros países de la OTAN, cuyo fin era luchar contra la Unión Soviética y evitar que el comunismo se extendiese por Europa. Su táctica era llevar a cabo una serie de atentados en todo el continente y culpar de ellos a la extrema izquierda, lo que se bautizó como «estrategia de la tensión». Los soldados de ese ejército terrorista que llevó a cabo auténticas carnicerías en España, Italia, Bélgica, Suiza, Alemania, Grecia y otros países, fueron reclutados por los servicios secretos de Estados Unidos y provenían en gran parte de la Gestapo, las SS y los Camisas Negras de Mussolini. Muchos de ellos vivían refugiados aquí, en Madrid, en Barcelona o en la Costa Azul, donde eran tratados como huéspedes ilustres por la dictadura, y estaban en contacto con los policías de la Brigada Político-Social y, cuando se puso en marcha el cambio político, con los neofascistas de Fuerza Nueva y demás. En cuanto empezó a hablarse de las elecciones, la legalización del PCE y todo eso, sacaron la pistola y empezaron a disparar.

—La red Gladio... —dijo Enrique—, sí, yo he leído algo sobre eso. Pero pensé que sólo había operado en Italia.

—Allí tenían su base, pero como te digo, realizaron atentados en todas partes, y en los años setenta algunos de sus agentes dieron el salto a Latinoamérica para integrarse en el Plan Cóndor, el que propició, entre otras cosas, los golpes de Estado de Argentina, Chile o Uruguay. En Madrid, su centro de reunión estaba en una pizzería llamada Il Appuntamento.

—Vaya, pues es una historia increíble —dijo Mónica—. ¿Y esa gente estaba implicada en lo de los abogados de la calle de Atocha?

—Uno de los jefes del grupo paramilitar italiano Ordine Nuovo estaba allí y fue quien los ametralló. Alicia fue a Florencia, precisamente, para entrevistar al juez que lo había descubierto.

—¿Y por qué no se supo eso en su momento?

—Se supo, pero se quiso ocultar. Por desgracia, cuando la gente ve a la CIA, cierra los ojos y se da la vuelta.

—Y tú crees que tu novia ha sido secuestrada o asesinada por esa gente —dijo Bárbara Valdés, dejando entrever un asomo de burla que cayó sobre sus palabras como una gota de tinta en un vaso de agua—. En tu opinión, ¿esa tal red Gladio sigue en activo, entonces? ¿Por qué? ¿Para qué? ¿Contra quiénes? Ya no hay Guerra Fría, ni Unión Soviética, ni Pacto de Varsovia, ni Telón de Acero, ni muro de Berlín...

—¿Y tampoco hay espías, ni servicios secretos? ¿Tal vez —lanzó Juan— es que la CIA se ha desmantelado sin que yo me enterase? No lo creo. Esa gente nunca cambia de mentalidad ni de ocupación, sólo de enemigos. Si los tienen, los combaten, y si no, se los inventan. En cualquier caso, no tienes por qué preocuparte, porque eso es lo que nos han hecho creer a todos ahora que el pasado se ha vuelto algo inoportuno, una especie de testigo molesto del que sólo se pueden esperar recuerdos embarazosos y verdades antipáticas.

—Claro —dijo Mónica, mirándolo con admiración—. Y además, en nuestro caso es un pasado que revisar, porque está lleno de secretos y de injusticias; y en esa lucha estamos, de una parte quienes lo queremos conocer y de otra los que lo quieren ocultar.

—El pasado se puede conocer, pero no se puede cambiar —dijo Bárbara, formando una sonrisa fraudulenta, de esas que esconden alijos de arrogancia, desdén de contrabando—. Nos gusten, nos den lo mismo o nos parezcan detestables, las cosan fueron como fueron, y punto. Y algunas personas no quieren ocultar nada, Mónica, sólo piensan que es mejor ir hacia delante que hacia atrás y creen, si tú se lo permites, que no se puede ir a buscar el futuro dentro de una tumba.

—¿Una tumba como cuál? ¿Por ejemplo como el Valle de los Caídos? ¿Tengo que volver a explicarte —respondió, empuñando sus cubiertos, inconscientemente, como si fueran armas— por qué es un doble despropósito que Salvador Silva y otros cuarenta mil republicanos estén allí y que el Estado español le pague el monumento funerario más megalómano de todo el siglo XX a un dictador que masacró este país durante cuatro décadas?

—Sí, ya he visto en la prensa que vosotros exigís su demolición —dijo Enrique—, y a mí eso me parece una barbaridad. Por suerte, los visigodos no echaron abajo el Acueducto de Segovia para eliminar los símbolos romanos, ni los Reyes Católicos pegaron fuego a la Alhambra de Granada y a la Mezquita de Córdoba al reconquistar Al-Ándalus.

—¡Por favor! No compares.

—Pues claro que sí. El patrimonio cultural no se puede aniquilar bajo ningún concepto, porque eso nos pondría a la altura de los talibanes que dinamitaron en Afganistán los Budas de Bāmiyān. Y en tu caso, además, parece impropio de una arqueóloga querer destruir un monumento.

—Eso no es sólo un monumento por la misma razón que las estatuas del dictador que había en las plazas de media España no eran sólo esculturas. En cualquier caso, lo que nosotros hemos dicho es: uno, que se quite la cruz; dos, que se saque de allí al tirano y que su familia lo entierre en la capilla del cementerio de Mingorrubio, junto a su mujer, o donde crea conveniente; tres, que en su lugar se ponga un centro de estudios de la Guerra Civil; cuatro, que la nave central albergue una exposición en la que se honre a quienes fueron obligados a construir ese lugar por la fuerza, es decir, a los célebres reclusos del Plan de Redención de Penas por el Trabajo; cinco, que se acabe de una vez con la paradoja de que las víctimas y sus herederos tengan que pagar con sus impuestos la tumba de su verdugo; y seis —siguió Mónica Grandes, saltando de los dedos de la mano izquierda a los de la derecha para proseguir con su enumeración—, que los restos de los republicanos que fueron profanados y están allí contra la voluntad de sus familias les sean devueltos a éstas. Me parece que todo eso es de lo más razonable.

—Lo de la cruz no, pero el resto sí —dijo Enrique, sirviendo más vino en todas las copas y pidiéndole a la camarera que atendía su mesa otra botella de Pagos de María—. Y te voy a decir una cosa: personalmente, el Valle de los Caídos me parece un espanto. Pero también me lo parece la arquitectura modernista, y no por eso pido la demolición de la Sagrada Familia de Barcelona y del Parque Güell. En cualquier caso, te hemos interrumpido, Juan. Continúa, por favor. Nos estabas hablando del viaje de Alicia a Italia, que es lo más importante, y de sus indagaciones en relación con el crimen de la calle de Atocha y la red Gladio. Bárbara y yo hemos leído lo que se publicó en su periódico, y la verdad es que parecía todo muy inconcreto.

—Ellos hablan en condicional, como es lógico; dicen con claridad lo que saben a ciencia cierta, que es que Alicia ha desaparecido, y dejan entrever que podría tener alguna relación con el trabajo que llevaba a cabo, que es lo mismo que pienso yo. Porque si no, ¿qué otras posibilidades hay? La policía dice que todo puede ocurrir y que no hay que descartar ningún supuesto; que están acostumbrados a vérselas con las cosas más raras: personas que se borran del mapa voluntariamente, que se quieren ocultar, que se tiran en marcha de sus vidas porque no les gustan; confusiones que terminan por tener la explicación más absurda; equívocos, despistes, negligencias, irresponsabilidades y accidentes de todo tipo; enredos amorosos; dejadez, cuadros de amnesia... Y a mí la mayoría de esas cosas me parecen improbables en general e impensables en Alicia. O sea, que la situación, de momento, no puede ser peor: hay muchas alternativas y ninguna certidumbre.

—No te impacientes —dijo Bárbara—, aunque ya sé que te resultará dificultoso. Hay que dar tiempo a que la investigación avance, las pesquisas den su fruto y las conjeturas cristalicen en pruebas, por así decirlo.

—Una cosa: cuando Alicia fue a verte al juzgado con esa mujer, Dolores Silva, ¿te llamó la atención alguna cosa..., no sé..., un comentario suyo..., lo que sea?

—No. La verdad es que no habló mucho. Más bien se limitó a observar y supongo que a tomar nota de lo que oía.

—¿No mencionó, por ejemplo, que fuese a ir a Florencia para entrevistar a un magistrado italiano o tal vez, en aquel entonces, que estuviera haciendo las gestiones necesarias para conseguirlo? No hubiera sido extraño que lo comentara, tratándose de un colega tuyo.

—En absoluto. Me pareció que sólo le interesaba el asunto de las fosas de la Guerra Civil. Las dos o tres veces que intervino en la conversación fue para hacerme preguntas de tipo técnico sobre el procedimiento legal que se sigue en esos casos.

La conversación siguió por esos caminos, y la jueza Valdés le dio su palabra de que trataría de hablar con el instructor del caso en España y llamaría a una colega de Módena, que había sido compañera suya en la facultad de Derecho y con la que conservaba una buena amistad, para interesarse por el modo en que se estaba tramitando aquel asunto en Italia. Lo haría a la fuerza pero no a disgusto, azuzada por Enrique, que seguía entusiasmado con toda esa aventura y con el giro que habían dado los acontecimientos al saltar de Salvador Silva al crimen de la calle de Atocha, pero también porque Juan Urbano le agradaba, le parecía un hombre inteligente y sereno, de esos que prefieren controlarse a dramatizar y que en las situaciones complicadas frenan sus sentimientos en vez de darles rienda suelta. Le gustó el modo en que expresaba sus opiniones, de manera firme y a la vez ponderada, y que a la hora de discutir fuera comedido, sintético y respetuoso con el adversario, como demostró cuando ella quiso provocarle con el tema de la red Gladio y él supo contradecirla al tiempo que la exculpaba: no te preocupes, nadie sabe casi nada acerca de ese tema. Lo catalogó como un hombre elegante, de los que cuando ganan lo primero que hacen es ofrecerle al vencido una disculpa para su derrota. Además, le complacía notar que él y su marido congeniaban, porque en su opinión Enrique vivía excesivamente ensimismado, entre su consulta, sus pacientes y sus libros, y esa falta de novedades quedaba probada por el apasionamiento, sin duda desmesurado, con el que se puso a estudiar la historia y la época del impresor republicano enterrado y desenterrado en Navacerrada. Una persona como aquel profesor de Lengua y Literatura, que había escrito una novela que el psiquiatra consideraba magnífica; que era igual de aficionado que él al vino y que, por añadidura, cargaba con aquel misterio de Alicia Durán, que le daba una dimensión enigmática y un volumen de leyenda al personaje, sólo le podía beneficiar, ser para él un estímulo, una medicina contra la desgana, el aburrimiento y la falta de alicientes. Verlo rasgar aquella envoltura de estoicismo en la que se había refugiado la hacía feliz.

Se despidieron en la puerta del restaurante, después de que el psiquiatra le dijera al profesor Urbano lo mucho que le había gustado su primera novela, que acababa de leer, y de que éste le diera un par de detalles sobre la que estaba escribiendo y acerca de su protagonista, el codicioso Albert Elder von Filek, con la promesa de seguir en contacto, y a Juan no le sorprendió ni que el psiquiatra le palmease la espalda vigorosamente ni que su mujer le tendiera una mano repentina, como impulsada por un resorte, de esas que algunas mujeres usan a la hora de los saludos para decirles a los demás: ni se te ocurra intentar besarme.

—Por cierto —le dijo en un aparte a Enrique—, sabrás que las botellas firmadas por Jefferson, porque no se trataba de una sino de varias, eran un fraude: dicen que las fabricaban en Hong Kong.

El psiquiatra sonrió y le guiñó un ojo, pero no hizo ningún comentario.

Cuando se quedaron solos, Mónica le pidió que le contase algo más sobre su novela, y Juan Urbano se estaba luciendo con un resumen panorámico de *El vendedor de milagros,* las andanzas de Von Filek, el motor de agua de Arturo Estévez y la paradoja de que el tiempo les hubiera dado la razón y hoy en día se volviese a hablar de la necesidad de sustituir el petróleo por generadores eléctricos o combustibles limpios como el biodiésel o el hidrógeno renovable, cuando ella le interrumpió para preguntarle si le apetecería seguir contándole todo eso mientras tomaban una copa por allí cerca. A Juan Urbano le pareció una gran idea.

Capítulo diecinueve

A Dolores le hubiese gustado quedarse con aquellos siete tipos de imprenta hallados en la primera tumba de su padre, pero entendía que la gente de la ARMH y sus abogados los necesitaban como prueba de que su cuerpo había estado en la fosa de Navacerrada y, como era obvio, alguien se lo había llevado de allí. Con esa prueba, la familia de Salvador Silva estaba en condiciones de solicitar que le fuesen devueltos sus restos, enterrados de forma subrepticia en el Valle de los Caídos. Al entregárselas a Francisca Prieto y a Mónica, recordó que antes de eso, la primera noche, de regreso a casa después de la exhumación, Paulino y ella no eran capaces de dormir y que tras hablar durante horas de todo lo que había ocurrido y lo que podría suceder a partir de entonces, habían estado jugando a formar palabras con aquellas letras de plomo que en su día sirvieron para componer el apellido *Machado:* doma, hada, oca, dacha, moda, cama, oda, amado, macho, dama, coma, hado, coda, cada...

Después del trago agridulce que había supuesto la visión de aquella sepultura vacía, se encontraba bien y con fuerzas para seguir adelante, segura de estar ya a mitad del camino, aunque fuera la mitad más fácil, porque sin duda abrir la «cárcel para los muertos», como la llamaba su esposo, que era el Valle de los Caídos, resultaría mucho más complicado. Pero no iba a permitir que eso la desalentara. En la reunión que habían mantenido ellas y Alicia Durán con Bárbara Valdés, la jueza le preguntó si estaba realmente segura de lo que hacía, y ella le respondió:

—Estoy segura de lo que nos han hecho a nosotros, y con eso me basta y me sobra.

Al salir, la periodista le preguntó si siempre era tan impulsiva.

—Cuando hace falta —dijo—. Eso debe de ser herencia de mi padre, supongo, que según mi madre era un hombre impetuoso que siempre decía que «si te lo piensas dos veces, te equivocas el doble». Aunque también es verdad que ella me contaba eso y al final añadía: «Y, seguramente, así es como se buscó la perdición».

Alicia le contó que el día antes había hablado por teléfono con el biógrafo más célebre de Antonio Machado, a quien conocía por haberle hecho varias entrevistas para su periódico, cuando trabajaba en la sección de Cultura, y que él le había dicho que el nombre de Salvador Silva no le decía nada pero que su historia resultaba absolutamente verosímil.

—Me pidió que le diera su teléfono —le dijo Alicia a Dolores—, porque tiene un gran interés en hablar con usted, intuyo que para incluir la historia de su padre en la próxima edición de su libro o para hacer un artículo. Por supuesto que no le di el número, con la disculpa de que lo tenía apuntado en una agenda en el periódico, para preservar su intimidad... y mi exclusiva.

—Es que en su oficio eso es muy importante, ¿verdad? Ustedes corren para ser los primeros y dar las exclusivas.

—Claro, es lógico. Imagínese, por ejemplo, el disgusto que me llevaría yo si alguien se me adelantase con esta historia en la que he invertido tanta energía, tantas horas de estudio y tanto esfuerzo.

—Pero a usted le gusta lo que hace, se le nota, y eso es muy importante. Yo nunca he hecho lo que quería sino lo que podía. Me hubiera encantado ser doctora, soñaba con ir a la Universidad a estudiar Medicina; me veía en mi sanatorio, con mi bata blanca y el estetoscopio al cuello; y ya ve, he sobrevivido una temporada cosiendo, como mi madre, otra de cajera en un supermercado... Y todo cosas pasajeras, para salir del paso. Si es que soñar es de ricos, nosotros tenemos que tener siempre los ojos abiertos —dijo, tensando el tono de forma que pareció forcejear con esas palabras.

—El periodismo es una profesión vocacional, algo que se lleva en la sangre, pero también está lleno de impostores y de oportunistas, y resulta agotador y a menudo muy decepcionante cuando te lo tomas en serio. Hay gente que está ahí por la nómina, por figurar o por los cuatro privilegios que puedas obtener al sacar el micrófono, la cámara o la grabadora, y ésos no tienen ningún problema; pero los que creemos que la información, aunque pueda sonar grandilocuente, es la base de la verdad y el fundamento de la democracia, nos dejamos la vida en las redacciones. A mí me importa tanto que lo quiero abandonar. Mi sueño es dirigir una escuela de Inteligencia Emocional —concluyó Alicia, y mientras la acompañaba a su casa le estuvo explicando en qué consistía eso.

—Pues, hija, si eso es lo que quieres y está en tu mano, no lo dudes: hazlo y seguro que te saldrá todo bien —dijo Dolores—. Mi madre siempre repetía esa frase que oyó a un dirigente del partido en Burdeos y que tanto la había impresionado: «La muerte de algunas personas no demuestra que hayan vivido»; y yo también la tengo siempre presente y me digo: no es que vaya a dejar una huella grande en el mundo, pero si logro que me devuelvan a mi padre, sacarlo del Valle de los Caídos y enterrarlo donde tiene que estar, que es en el Cementerio Civil de Madrid, al lado de su Visitación, ya habré hecho algo justo y bueno, algo importante; ya habré cumplido con mi deber.

La hija de Salvador Silva se acordó de aquella conversación unos días más tarde, durante otra de sus noches de insomnio llenas de horas elásticas y pensamientos circulares. Estaba una vez más en el salón de su casa, mirando la foto enmarcada de su padre en la que ese hombre joven con corbata oscura y en mangas de camisa que no hubiera podido nunca sospechar lo que se le venía encima saludaba a alguna persona que estaba detrás del fotógrafo, tal vez a su futura mujer. A los muertos se les pone cara de eternidad en las fotos, da la impresión de que la desventura volviese a buscarlos desde el futuro y el más allá cayera sobre ellos con carácter retroactivo, para ponerles en los ojos un brillo de ultratumba y una mirada póstuma; pero no era el caso de Salvador, que en ese retrato era la viva imagen de la salud, la seguridad y el optimismo. «Y qué equivocado estaba... —se dijo Dolores—, venga a querer cambiar el mundo, a hacerse ilusiones y tener proyectos... Eso es lo que pasó, que de tanto mirar hacia delante no vio a los buitres arriba... Ya ves tú qué incauto, si ni siquiera sabía que los pobres no tienen derecho a hacer planes... Y mientras los quijotes como él soñaban con la revolución porque tenía diecinueve años y acababa de llegar a Madrid y estaba tan orgulloso de haber entrado a trabajar en la rotativa de *Mundo Obrero,* los otros canallas afilaban los cuchillos, y ahí los tenías conspirando en sus cuarteles y en sus iglesias, a los militares fascistas, a los obispos, a los banqueros y a los terratenientes, escondidos en sus madrigueras, preparando el levantamiento... Claro, que peor era la tropa..., sus lacayos..., esa gente servil que gritaba aquello de vivan las cadenas, o lo sentía, qué más da, los sumisos, los obedientes..., los bocabajo, como decía don Abel que los llaman en Puerto Rico... Pero qué bien vivieron después esos desalmados con tanta sangre a la espalda... y mi pobre padre asesinado igual que el suyo, uno en Asturias y otro en Navacerrada, qué miedo debió de pasar, allí solo, al revivir como en una pesadilla esa imagen que le mortificaba: el cautivo, que esa segunda vez era él, parado en medio de la oscuridad, puede que tocando con los dedos las letras esas de escribir *Machado* que llevaría en el bolsillo del pantalón o de la americana, y esperando a que lo matasen, cegado por los faros de un camión que lo iluminaba para que los verdugos no fallasen los tiros.:. Qué tristeza suponerlo en aquella fosa abierta junto a la tapia del cementerio donde nosotros le llevábamos flores cada 10 de enero por su cumpleaños, sin saber que no estaba allí porque se lo habían llevado a ese inmundo Valle de los Caídos que hicieron sólo para los suyos, para sus muertos por Dios y por España... Y ahora vienen a decirnos que ese espanto siempre quiso ser un monumento a la reconciliación... Pero qué me están contando, si hasta crearon para localizar a sus mártires un Registro Central de Ausentes donde no se decía una palabra de los republicanos, que para ellos eran antiespañoles y no merecían ni una sepultura digna... Qué cinismo, poner ahí cuatro estatuas de las virtudes teologales, la Fortaleza, la Justicia, la Templanza y la Prudencia, que son todo lo que ellos no tenían... Y mi padre allí, en ese cementerio construido por esclavos y a unos metros de aquel monstruo rodeado de sotanas, en una mano la pistola y en la otra el crucifijo... Ese carnicero asqueroso y medio imbécil cuya única virtud fue ser el más sádico de todos los asesinos... El hombre ese de la Asociación para la Recuperación de la Memoria Histórica, el que trabaja como profesor de francés, que por cierto, me pidió que le dijera cuatro frases y se quedó asombrado de lo bien que lo hablaba, fíjate, con la cantidad de tiempo que hace que no lo practico, desde que regresamos de Burdeos, y entonces yo era una niña..., nos leyó a Paulino y a mí unas declaraciones del arquitecto que hizo la obra, en las que decía que sin los presos forzados no habrían podido excavar la montaña porque a esos «hombres condenados por delitos estremecedores, que por su misma índole carecían de miedo, no les importaba en absoluto correr los mayores peligros»... Qué miserables, y así, con esa disculpa, los mandaban al matadero..., quién sabe a cuántos... Don Abel lo decía siempre, que él había visto caer a bastantes camaradas allí mismo, a pie de obra, víctimas de la dinamita, los derrumbes, las explosiones, los accidentes en las grúas y las vagonetas o las caídas desde los andamios, pero que muchísimos más se llevaron la muerte dentro, porque iban a liquidarlos poco después la silicosis y el bacilo de Koch... y encima casi estaban agradecidos de estar allí en vez de hacinados en una cárcel... Y que ahora haya quien tenga el valor de decir que eso lo hizo aquel miserable para reunir las dos Españas, cuando para ellos no existía más que la suya... Y para remachar el clavo, luego vienen los contrarios a Negrín, que en el partido había muchos, y como suele decirse: ¡cuerpo a tierra que llegan los nuestros!... Porque mi padre era muy del doctor, decía que había sido el mejor Presidente del Gobierno que tuvo la República... Y entonces los otros se atreven a ponerle a mi padre una mancha en el expediente, y dicen que se había pasado a Francia por Cerbère, en lugar de cumplir la misión de ir a ver la frontera y volverse a informar... O sea, que según esas lenguas de víbora, resulta que se quiso salvar él solo, abandonando en España a su mujer, embarazada de mí... Hace falta ser miserables y arteros... Y por más que don Abel decía que la demostración de que iba a regresar a la masía Mas Faixat para dar su informe era que llevase con él aquellos tipos de imprenta que le había dicho que quería regalarle a Machado, los otros se sonreían a lo zorro y decían: "Bueno, camarada, pero ten en cuenta que muchos al estar en la frontera aprovechaban cualquier oportunidad, y hay que entenderlo, es muy humano, simplemente veían un sitio por el que cruzar y no se lo pensaban dos veces"... Malditos sean..., ahora me encantaría echármelos en cara y hacerles tragar las siete letras de plomo, una detrás de otra... Pobre padre mío, ejecutado por los enemigos y difamado por los compañeros...».

Dolores Silva se quedó dormida y soñó que su padre salía de un agujero abierto en la pared y oculto tras una vitrina, y se quedaba junto a ella para mirarla dormir; porque Salvador no estaba muerto sino que era un *topo,* uno de esos hombres, de los que tantas veces habían hablado Paulino y ella, que al acabar la Guerra Civil vivieron escondidos durante décadas en pozos, muebles, dobles techos, almacenes, cobertizos o desvanes, ocultos casi todos ellos hasta el año 1969, que es cuando el dictador firmó el decreto ley por el que prescribían todos los delitos cometidos antes del 1 de abril de 1939, y hasta entonces tan aterrorizados que se dieron sepultura a sí mismos durante treinta años, enclaustrándose en zulos de dimensiones inhumanas, oyendo al principio a las patrullas de falangistas que los buscaban, que hacían registros e interrogatorios, que amenazaban con volver, con encontrarlos o con matar a toda su familia si no los entregaban, y después temiendo a los delatores, a los confidentes de la policía, a los indiscretos... «Ten cuidado, papá», le dijo Dolores, en un susurro y sin atreverse a abrir los ojos por si al hacerlo desaparecía cualquiera de los dos, él porque de verdad hubiese sido asesinado en Navacerrada y estaba en el Valle de los Caídos, o ella porque no era real, sino sólo una fantasía de aquel furtivo que mataba el tiempo imaginando que tenía una hija y que ella le esperaba...

—Así es —dijo Juan—, retrocedes una letra en el abecedario y lo que *tenemos* se transforma en lo que *tememos*.

—O sea que, dicho en plata, tarde o temprano todo se vuelve una eme —respondió Mónica, y ambos se echaron a reír. Él levantó su copa para brindar por su rapidez mental y ella encendió un cigarrillo e hizo un gesto de actriz que agradece los aplausos. Sin embargo, los dos recuperaron la seriedad drásticamente, de ese modo culpable en que lo hacen las personas a quienes la diversión les parece fuera de lugar. Los dos habían bebido más de la cuenta, dejándose llevar por esa matemática del desorden que dice que dos copas son demasiadas pero tres ya son pocas, y a esas alturas de la noche el alcohol les había vuelto sinceros y la fatiga perezosos, de manera que pidieron una última ronda. Tenían ganas de estar en su casa, pero no de ir hasta allí.

—El caso es que entre Alicia y yo —dijo Juan, en cuanto el camarero se fue— todo había acabado pero continuaba, que es la peor de las opciones posibles en una pareja.

—Sí, ésa es una buena manera de expresarlo —contestó Mónica, que hablaba ya laboriosamente, como si se tradujera de otro idioma—. A mí me pasaba lo mismo con Héctor, ¿no?, porque yo le tenía cariño, de verdad que sí, y él, ¿sabes?, él me adoraba, así, como te lo digo, seguro que no voy a encontrar a otro que me quiera ni la mitad, pero lo que pasa es que por lo general hacer lo que te conviene es engañarte a ti misma: hay que hacer lo que te importa, ¿me explico?, y eso era lo que no pasaba, y te juro que muchas veces, sobre todo en los últimos tiempos, miraba a mi alrededor y me decía: «Pero bueno, ¿cómo es que lo tengo todo a medias con esta persona con la que no tengo nada en común?».

—Sí, tienes razón —dijo Juan, complacido por ese monólogo que, en su opinión, demostraba que no hay un sistema de medida más fiable que el alcohol: las personas inteligentes son las que cuando no saben lo que dicen también dicen cosas muy sensatas—. Estoy de acuerdo contigo al cien por cien. La mayoría de la gente cree que repartirse las cosas es compartirlas, pero se equivoca.

—Es que nosotros nos mentimos y las apariencias engañan. Y ésa es una mala combinación, sin duda. Por ejemplo, cuando Héctor me dijo su nombre pensé: mira tú, como el príncipe de Troya. Pero ahí se acabaron las similitudes, porque éste —dijo, echándose a reír— no hay Aquiles del que no hubiera huido.

—¿Y caíste desde muy arriba? Quiero decir, ¿te gustaba tanto como para poder defraudarte?

—Le quise, pero sobreviviré —se vanaglorió Mónica, para estar a su altura.

—¡Perfecto! Ése es mi lema: lo que sí que te mata, también te hace más fuerte.

Mónica echó la cabeza hacia atrás y soltó una carcajada. Inmediatamente después, y como si pasara de una piscina de agua caliente a una de agua fría, se puso seria.

—Te felicito: eres muy rápido poniendo el dedo en la llaga. Sin embargo, a este lado de las frases certeras, separarse no es tan sencillo.

—¿Tú crees? A mí me parece que es lo más normal del mundo.

—Que sea frecuente no significa que sea sencillo —dijo, poniéndose seria y sintiéndose mareada.

—¿Sabes lo que me decía siempre mi profesor de matemáticas? «No es que sea difícil, es que no lo sabes hacer.»

—Sí, supongo que ese maestro no se equivocaba... Y claro que todas las relaciones sufren un desgaste. En fin..., que somos igual que la Venus de Milo, sólo que en lugar de perder los brazos por fuera los perdemos por dentro.

—Así es, aunque me temo que en el mundo real lo que queda de diosa no suele ser tan bonito. La costumbre transforma a mucha gente en una sombra, en una mala imitación de sí misma, y pasas de estar con una persona porque te parece única a seguir estándolo porque te recuerda a ella. Yo me niego a eso.

—Odias la rutina, ¿no? A muchos les resulta cómoda y les basta con eso.

—A mí me espanta. Para mí, la rutina es la ruina con un árbol en medio. No quiero vivir ni en un decorado, ni en un laberinto, ni en una casa en llamas.

—¿Y eso era lo que tenías con Alicia?

—Más o menos. Se podría definir con esa expresión hecha que se usa para describir el día anterior a una guerra: vivíamos en una tensa calma.

—Lo siento. Ahora me doy cuenta de que tu situación es muy complicada. Tienes que encontrar a alguien de quien querías huir. Ése es un extraño giro del destino. ¿Qué piensas hacer?

—Bueno, pues como dice Antonio Machado, que la reflexión improvise y la inspiración corrija. ¿Y tú? ¿Además de dejar a Héctor lo has sustituido?

—No... Vaya pregunta... ¿Sabes lo que dice un amigo mío, compañero de la Asociación? Que escapar al sitio equivocado es seguir preso. No quiero cometer ese error, ni tengo ninguna prisa. Además, ¿quién dice que haga falta estar siempre con alguien? A mí también me gusta estar sola.

—Es interesante ese adverbio: *también*. Parece resaltar una cosa y en realidad la reduce a algo accesorio, ¿te das cuenta? A algo circunstancial.

Estaban en un bar cercano al restaurante donde acababan de cenar con Bárbara y Enrique, uno de esos sitios de luces eclipsadas y música hostil a los que se entra a tomar impulso para marcharse a casa pero en los que al final uno siempre se queda más tiempo del que quería, y para entonces ya hablaban sin apresuramientos, sentados a una mesa de color irreconocible en cuyo centro había una vela que les entintaba la piel, hacía brillar sus ojos y falseaba sus caras.

—Mira esto —dijo Mónica, después de manipular unos segundos su teléfono móvil, poniendo la pantalla delante de Juan—. Es la foto que le hice a la estatua aquella noche, ya sabes, cuando conocí a Alicia. Disparé justo en el momento en que la arrancaban de su pedestal. ¿Qué habrán hecho con ella? ¿Dónde la tienen? Yo la habría fundido para fabricar con ella algo, yo qué sé, herramientas, carretillas... o cubos de basura; o no, aún mucho mejor:

palas de sepulturero, que habría sido muy propio, ¿a que sí? Es curioso, ahora que me doy cuenta, llevaba esta misma camisa roja.

—Allí empezó todo esto —respondió Juan Urbano, mientras miraba sin excesivo interés al patético general a caballo suspendido en el aire y con bastante atención la blusa de su acompañante—. Y dónde acabará no lo sabemos, pero sí dónde fue esa noche, porque Alicia siguió al camión en el que la cargaron y lo vio: la llevaron a un polígono y la metieron dentro de una nave industrial. Como no entraba, tuvieron que decidir entre cortarle la cabeza o abrir un agujero en la puerta de entrada, ¿y sabes qué ocurrió?

—¿No se atrevieron a decapitarlo?

—¡Premio!

—Debes de sentirte muy..., ¿cuál es la palabra?..., ¿confuso? —dijo Mónica, poniéndose seria y tratando de recuperar el control—. Por el momento en que ha ocurrido y porque estas cosas deben de ser como entrar en otra dimensión; y ya sé que ocurren cada día, que las noticias están llenas de crímenes políticos, secuestros, desapariciones de periodistas incómodos..., pero uno las suele ver como a lo lejos. No sé, resulta tan... fantasmagórico. ¿Qué crees que le ha ocurrido a Alicia y quién piensas que se lo ha hecho?

—El problema es que se lo podrían haber hecho prácticamente todas las personas a las que entrevistó. O al menos podría decirse que ninguna iba a lamentarlo. Su estilo es agresivo, provocador, y eso no es un riesgo cuando vas a hablar con el biógrafo de Machado o con un novelista, que era lo que ella hacía cuando no estaba en la sección de Nacional sino en la de Cultura, pero sí cuando lo que tienes enfrente son mafias, grupos ultras, bandas paramilitares y políticos involucrados, muy probablemente, en el terrorismo de Estado. Además, en lo que publicó en el periódico, y aún más en lo que escribió en el libro, cuestiona y a veces desacredita la verdad oficial con que se ha blindado a ciertos personajes y algunos episodios de nuestra famosa Transición que, en el fondo, son muy poco claros, entre otros el crimen de los abogados laboralistas de la calle de Atocha y el famoso intento de golpe de Estado de 1981.

—El 23-F.

—Exacto. Ella sigue la teoría de que aquello fue orquestado por el Rey, una parte más o menos liberal del Ejército y las principales fuerzas políticas de la oposición para desbancar al presidente Adolfo Suárez, que les estropeó la maniobra al dimitir por sorpresa.

—Pero el Congreso lo asaltó la Guardia Civil y quienes sacaron los tanques a la calle, por ejemplo en Valencia, fueron los militares más reaccionarios.

—Ésos eran coristas, simples figurantes; el verdadero plan, que llamaron Operación De Gaulle, era formar un Gobierno de coalición con un general del Estado Mayor como Presidente y el jefe del PSOE en la vicepresidencia. Esa maniobra contaba con la aprobación de la derecha, de la izquierda, del Vaticano y de Estados Unidos.

—Suena algo rocambolesco.

—Eso mismo me parece a mí, pero quién sabe, tal vez no sea toda la verdad pero sí lo sea hasta cierto punto. Si lees el libro de Alicia, te da la impresión de que en aquellos años ocurrieron muchas más cosas de las que se quieren recordar y que cuando se habla de ellos no se hace Historia sino mitología. Y tú sabes muy bien que ése es el territorio de las leyendas, no el de la realidad.

—Por supuesto. Y además, está todo ese asunto tenebroso de la red Gladio que has contado antes, en la cena.

—Sí, y sus sospechas sobre algunas organizaciones como los GRAPO, una supuesta banda de ultraizquierda que ella cree que estaba al servicio de la policía secreta y formaba parte de lo que se conocía como «estrategia de la tensión». Antes de salir de casa para encontrarme con vosotros, estuve leyendo sus anotaciones sobre eso y parece que hasta llegó a hablar por teléfono con alguno de sus antiguos militantes. En fin, que empezó a abrir las puertas de los sótanos y fue a dar a un infierno.

—¿Así que aquella noche en la plaza —dijo Mónica, encendiendo otro cigarrillo—, mientras veía retirar la estatua, entendió que el problema de nuestra democracia es que no se hizo contra la dictadura sino sobre ella? Si es así, estoy completamente de acuerdo. Esa gente hizo un trato: nuestras urnas a cambio de vuestros ataúdes... ¿Me entiendes? Impunidad para los verdugos y olvido para sus víctimas. Ésa es la causa, por ejemplo, de que Salvador Silva siga en el Valle de los Caídos.

—¿Crees que lograréis sacarlo de allí? Parece complicado.

—Sí. No sé si hoy, mañana o pasado, pero estoy segura de que ese monumento horrible, hecho con mano de obra esclava, terminará no sé si por desaparecer, pero sí, como mínimo, por convertirse en otra cosa. El dictador y el jefe de la Falange saldrán de allí y los republicanos que llevaron a las criptas para hacer de relleno, también.

La conversación siguió haciendo espirales y pasando de un tema a otro, como suele suceder entre personas que acaban de conocerse y se estudian igual que los boxeadores cuando bailan uno alrededor del otro en los asaltos de tanteo. Volvieron a comentar algunos episodios de la increíble historia de Salvador Silva y de las experiencias de su amigo Abel Valverde en Cuelgamuros. Juan Urbano le contó que, al menos hasta donde él sabía, la primera novela que habló en España de esos batallones de presos del Plan de Redención de Penas por el Trabajo que construyeron, entre otras muchas cosas, el Valle de los Caídos fue *Los hijos muertos,* de Ana María Matute, como la primera que habla de los topos es *La insolación,* de Carmen Laforet; y cuando ella, con un gesto que le hizo daño porque le recordó a Alicia, iba a apuntar esos títulos para poderlos comprar, le preguntó si le dejaba que se los regalase. Dijo que sí. Después volvieron a hablar de la red Gladio, de la CIA y de Ordine Nuovo, de la Asociación para la Recuperación de la Memoria Histórica, de Héctor, del juez Baresi, del crimen de la calle de Atocha, de Albert Elder von Filek y de *El vendedor de milagros;* también de las tareas que llevaba a cabo Mónica en el museo, de algunas de las excavaciones en las que había tomado parte en los últimos años y de los trabajos de restauración y catalogación que tenía entre manos en ese momento: un vaso fenicio de marfil y plata y un espejo de tocador, encontrado en Mérida, que según sus primeros análisis tuvo que ser fabricado en Egipto y que tenía grabada en la parte de atrás a Flora, la diosa romana de la primavera, a la que se solía representar con una antorcha o una lámpara en la mano y, a veces, con un gallo a sus pies... Y las copas se llenaron de nuevo por última vez. Y en el bolso de Mónica continuó viéndose la luz intermitente de su teléfono móvil, que se encendía cada vez que la llamaba el profesor de francés. No contestó, como es lógico. Se sentía bien en aquel bar y en aquel momento, y no iba a interrumpir por nadie ni con nada esa dulce sensación de abandono, que para ella era tan infrecuente: desde hacía mucho tiempo, sólo hablaba con los demás para darles explicaciones o pedirles perdón. «Qué maravilla —se dijo—, poder sentarse y descansar». Para los habitantes de los desiertos, el mejor fruto de la palmera es su sombra.

—Me cae bien ese Juan Urbano —le dijo Enrique a su mujer, que estaba desnuda a su lado, en la cama.

—No está mal —respondió Bárbara Valdés—. Parece una persona equilibrada.

—Es inteligente, escribe bien, tiene un gusto selecto para el vino y creo que lleva con mucha templanza, y sin perder nunca el compás, el drama que vive en estos momentos.

—Tienes razón. Por lo tanto, no creo que haya tal drama.

—¿A qué viene eso? —dijo, incorporándose para mirarle la cara—. ¿Es que acaso su novia no se marchó de viaje a Florencia a entrevistar a un colega tuyo y ha desaparecido?

—Sí, pero no creo que a él le afecte tanto como tú piensas. A lo largo de mi vida he tenido delante a cientos de personas angustiadas y te aseguro que él no se parece a ninguna de ellas. Demasiado analítico y..., ¿cómo te diría?..., excesivamente nivelado. O mucho me equivoco o esto para él es más una contrariedad que una preocupación.

—A ver, a ver, ¿qué intentas decirme? ¿Que se alegra de que Alicia Durán se haya volatilizado? ¿Que le da igual si está secuestrada, tal vez herida o, Dios no lo quiera, muerta?

—Pero, Enrique, ¿qué es lo que siempre te repito? Si quieres oír, escucha.

—Sí, sí, muy bien —respondió, furioso por el tono didáctico de su mujer y por la cara de indulgencia con que lo miraba—, si te parece, yo te presto atención y tú ve al grano, ¿de acuerdo?

—Yo no he dicho que no le importe, sino que no parece afectarle tanto como debiese. Un hombre a cuya pareja le podrían haber sucedido todas esas cosas que dices no se pasa media cena hablando de vinos, que si Vega-Sicilia, que si Enate, que si Chassagne-Montrachet... No tiene lógica. No es un comportamiento acorde a las circunstancias.

—Puede que tengas razón, pero ten en cuenta que eso lo hablamos a propósito de la botella de Ca' Bianca Barolo que Alicia dejó olvidada en el hotel y que para él es la prueba de que no fue ella quien recogió su cuarto.

—Te equivocas, porque empezasteis a hablar de eso en cuanto entró al restaurante.

—Eso no era hablar, era simple conversación.

—Muy ingenioso, aunque ya sabes que para mí el ingenio es como la bisutería: brillante pero barato. En resumen, mis tres conclusiones tras la cena de hoy son que Juan Urbano es un hombre notable, que él y Alicia Durán eran una pareja en crisis y que ella se ha metido en un lío del que tal vez no regrese: no hay salida de emergencia en la boca del lobo.

—En cualquier caso, ¿qué más da? Lo que importa es lo que pueda haberle ocurrido a Alicia Durán, no cuánto lo lamente o lo deje de lamentar él.

—Absolutamente de acuerdo. Sólo me limitaba a darte mi opinión.

—¿Y tú qué crees que le ha pasado?

—Pues la verdad es que, como te digo, la cosa no tiene buen aroma. Esa joven, que a mí, si te soy sincera, me pareció muy impertinente cuando fue al juzgado con Dolores Silva, de esas personas con empaque de psicoanalista, que tratan de intimidarte con la mirada y hacerte sentir como un insecto en un microscopio, tenía todas las papeletas para meterse en un lío: es prepotente, avasalladora y despectiva; se considera a sí misma una abanderada de la verdad y como todos los que se suponen respaldados por un grupo de influencia, en este caso un medio de comunicación, se cree inmune y por lo tanto es un blanco fácil. Según cuenta nuestro amigo Juan Urbano, en los últimos tiempos estaba hostigando a gente peligrosa y poderosa, con lo cual no resulta descabellado pensar que alguien haya decidido quitársela de encima y ahorrarse una molestia: no olvides que a ciertas alturas los bajos instintos son fáciles de satisfacer. Si no le hubiese ocurrido nada, ya habría dado señales de vida, ¿no? Tal vez no en su casa, si es que estoy en lo cierto y allí había problemas, pero sí en su periódico.

—O sea, que, una de dos: o está tres metros bajo tierra o está en el fondo del mar.

—Eso es muy aventurado, aunque reconozco que no es impensable. A pesar de ello, le pueden haber sucedido muchas cosas.

—Muchas no, en realidad; más bien tres o cuatro y todas ellas malas.

—No tiene por qué ser así. Hay miles de casos de personas a las que se busca desesperadamente porque alguien denunció su desaparición y al final resulta que estaban por ahí con un amante, en otra ciudad y a veces hasta en otro país; perdidos en un balneario o en un hotel de montaña; o que se habían marchado de pesca; o que los habían metido en la cárcel. Todo eso ha ocurrido, no me invento nada. Mira, ahora que lo pienso, no me extrañaría en absoluto que tu querida Mónica se pierda cualquier día de éstos por ahí y no volvamos a saber de ella. Si te pones a pensarlo, tiene muchas opciones: irse de misionera a África, hacerse voluntaria de la Cruz Roja, donar un riñón o fundar su propia ONG.

—No te metas con ella, es buena chica, y tiene lo que nosotros llamamos «inteligencia interpersonal», es decir, la capacidad de comprender los deseos de los demás.

—Se llama empatía. Si consigues recordarlo, te ahorrarás un montón de palabras.

—No es lo mismo. Y además, en mi opinión Mónica sufre una mezcla de dos complejos muy habituales en el mundo de la psicología, el de Aquiles y el de Bovary, uno la lleva a tratar de ocultar su carácter débil fingiéndose invulnerable y el otro altera su sentido de la realidad y la hace sentirse quien no es. Los dos la obligan a buscar aventuras.

—O sea, a montarse un decorado. ¿Y eso también explica desde su insaciable deseo de protagonismo hasta su costumbre de coleccionar hombres?

Enrique rió al tiempo que levantaba las manos, repitiendo una vez más ese gesto que realzaba la desmesura de las opiniones de Bárbara, siempre tan fulminantes.

—No, para lo primero tenemos los complejos de Eróstrato, que incendió el templo de Diana con la intención de pasar a la posteridad, y el de Empédocles, que se arrojó al cráter del volcán Etna para hacerse famoso.

—Pues le van como anillo al dedo. Yo le he dicho más de una vez que ella y sus compañeros de la Asociación para la Recuperación de la Memoria Histórica deberían hacerse ver ese afán de notoriedad que tienen y que desde luego en su caso no servirá de nada, porque vaciar tumbas no va a llenar su vida. A lo mejor deberían pasarse por tu consulta. Les puedes hacer un precio especial: pague dos y curo a tres, o algo por el estilo.

—¿Te he hablado alguna vez de un libro de Howard Gardner que se titula *Mentes flexibles. El arte y la ciencia de saber cambiar nuestra opinión y la de los demás*? Lo primero que supe al leerlo es que no se refería a ti.

—Eres muy gracioso. Pero yo hablo en serio. Mónica cree que desenterrando muertos y saltando de cama en cama va a llegar a alguna parte, y no es así.

—¿No eres demasiado dura?

—Puede que sí o puede que no. Pero es que me pone enferma su perenne insatisfacción, sus continuos enamoramientos y decepciones y esa supuesta búsqueda de un ideal que en el fondo no es más que una coartada para cambiar de querido. Tu Juan Urbano es el próximo de la lista. Aunque, eso sí, no creo que a él le importe. ¿Cuál era ese complejo que define su promiscuidad?

—Complejo de Brunilda, Bárbara —dijo Enrique, suspirando como quien se rinde—, proviene de una leyenda germánica y se llama complejo de Brunilda. Es la tendencia que tienen algunas mujeres a sobrevalorar a sus conquistas y despreciar a sus parejas.

—Es ella, sin duda; la valkiria Mónica buscando un papel de figurante en el *Cantar de los nibelungos*.

—En cualquier caso, allá ellos. A mí quienes de verdad me importan son Salvador Silva y Alicia Durán

—dijo Enrique, aburrido de esa conversación—. ¿Llamarás mañana a tu colega de Módena para ver si de un modo u otro puede ayudarnos?

—Un momento: ¿qué quieres decir con «ayudarnos»? A ti y a mí, que yo recuerde, no nos ocurre nada.

—Ya, ya lo sé, pero tú ya me entiendes, Barbi —respondió, pasándose a un tono zalamero—. Te repito que a mí me interesa este asunto y, además, te recuerdo que se lo prometiste a Juan Urbano.

—¡Si es que mañana tengo cinco juicios, que se dice pronto! —se quejó ella, medio en serio y medio en broma y dándole un matiz infantil a su voz, para seguirle el juego a su marido—. Y ya sabes lo que eso significa: me esperan un montón de mujeres agraviadas y hombres inmaduros, ellos aterrorizados porque empiezan a calcular lo que va a costarles haber dejado a su mujer por otra más joven y ellas tan ultrajadas que son capaces hasta de usar a sus propios hijos como escudo; o sea, que llegarán a la sala igual que se van los atracadores de los bancos: parapetadas tras un rehén.

—Y tú se lo darás todo, la custodia de los hijos, el uso de la casa y medio sueldo del ex marido, mientras que a ellos los condenarás a las tinieblas de la estrechez, para que purifiquen sus pecados. Pero eso, con la práctica que tú tienes, no te llevará más allá de tres cuartos de hora, y en cuanto acabes, harás esa llamada de teléfono a Italia.

—¿Ah, sí? ¿Por qué estás tan seguro? ¿Y tú que me das a cambio?

—Apaga la luz y verás.

Capítulo veinte

Al abrir su correo electrónico, Juan Urbano encontró un mensaje de Vincenzo Vinciguerra, uno de los terroristas de Ordine Nuovo implicados en la matanza de la calle de Atocha, que seguía en una prisión de Milán condenado a cadena perpetua por sus actividades terroristas en Italia, entre otras por el atentado que le costó la vida a tres carabineros, en el año 1972, en Peteano di Sagrado: eran las respuestas a unas preguntas que le había mandado Alicia desde su hotel de Florencia, sin duda en cuanto regresó de su cita con el juez Baresi, inmediatamente después de terminar el texto sobre él y en menos de media hora. «Yo es que como mejor nado es con el agua al cuello», solía repetir.

Nada más ver lo que era aquel texto, Juan recordó las últimas líneas de su entrevista con el magistrado, en las que le peguntaba si sabía cómo llegar hasta ese individuo «que muy probablemente fue quien recibió de los fascistas españoles la Ingram M-10 utilizada en el atentado», y que él le había pedido a uno de sus ayudantes que le facilitara ese dato. El hecho de que la contestación a ese cuestionario urgente llegara en aquellas circunstancias, cuando ella parecía ya irse haciendo cada día más inmaterial, le daba un cierto matiz ultraterreno a aquel escrito, que Juan leyó con lentitud y desconfianza, igual que si fuese un jeroglífico y pudiera encerrar significados secretos o revelaciones cifradas. Al acabar volvió a revisarlo, y después de barajar diferentes posibilidades le puso un título que creyó que a Alicia no le hubiese disgustado, y al hacerlo se dio cuenta de dos cosas: la primera, que acababa de tomar la decisión de continuarlo él; y la segunda, que eso significaba que a esas alturas ya no tenía la más mínima esperanza de que ella regresase.

Vincenzo Vinciguerra: «Las Brigadas Rojas y los GRAPO fueron herramientas de la CIA».

—*Señor Vinciguerra, usted ha declarado que tras el triple crimen de Peteano di Sagrado, pudo huir a España gracias a la ayuda de los servicios secretos italianos. ¿Lo puede corroborar hoy día?*

—Por supuesto. La verdad es fácil de recordar y de repetir, al contrario que las mentiras, y por eso algunos antiguos camaradas que hoy interpretan el papel de Judas se contradicen tanto. La respuesta a su pregunta, por lo tanto, es afirmativa: recibí ese apoyo. Imagino que cualquiera que se pare a pensarlo puede comprender que sin la cobertura de los agentes del CESIS no habría sido posible cruzar la frontera. Mi foto y mi nombre estaban en todos los periódicos, en todas las pantallas de televisión y en las paredes de todas las comisarías, así que ¿cómo iba yo a escapar por mis propios medios? Entonces todas las fronteras estaban cerradas para mí, igual que hoy lo están todos los derechos.

—*¿Por qué razón concreta lo llevaron a España y no a otro lugar? Ustedes tenían células operativas en media Europa.*

—Allí éramos bienvenidos, nadie nos importunaba y había una buena infraestructura para nosotros. El Generalísimo, que en mi opinión, si es que se me permite expresarla, fue un gran hombre al que el país se le ha quedado pequeño, siempre nos trató bien.

—*Supongo que si se eligió Madrid fue porque allí contarían también con el soporte y el amparo del espionaje español.*

—Los edificios necesitan vigas y las estatuas pedestales. Los patriotas necesitamos comprensión y hermandad. En aquella España, donde se luchaba valientemente contra el mismo adversario al que combatíamos nosotros, es decir, contra la Unión Soviética, siempre sentimos el respaldo personal del Caudillo, pero tengo que decirle que esa protección continuó existiendo tras su muerte, hasta el punto de que en diciembre de 1976, antes de actuar contra los exiliados italianos, el ministro del Interior de su país tuvo un encuentro con Stefano Delle Chiaie, que como usted sabrá fue el fundador de Avanguardia Nazionale, para informarle de que España no podía ya albergar a personas que se habían vuelto incómodas para los Estados Unidos y para agradecerle sus acciones en la guerra sucia contra los separatistas del País Vasco, que habíamos llevado a cabo desde 1975 y que le puedo garantizar que no fueron ninguna invención, como ahora dicen, porque fui yo mismo quien recibió del propio Sánchez Covisa el listado de los etarras en el sur de Francia, con sus fotos y direcciones, así como la primera metralleta Ingram del Ejército. Pero aquello tenía que terminar, claro, porque eran momentos de cambio, y había que seguir con la estrategia que comenzó cuando la CIA preparó el magnicidio del almirante Carrero Blanco, al que decidieron eliminar para que no perpetuase el Régimen y para propiciar el retorno a la democracia. El que piense que aquella acción la pudo haber hecho la ETA en solitario es que es un ingenuo. Los norteamericanos lo quitaron de en medio, además, porque se opuso a que usaran sus bases en territorio español durante la guerra de Yom Kipur. Al famoso Argala, el etarra que se entrevistó con el enviado de Washington que le encargó el trabajo y que también fue su autor material, accionando la carga explosiva que voló el Dodge Dart del presidente, lo matamos nosotros en colaboración con un oficial de la Marina, al que apodábamos «Leónidas», un miembro del Ejército del Aire, un capitán de la Guardia Civil y un agente del SECED, para que no hablase, y luego le atribuimos la hazaña al Batallón Vasco-Español. Los componentes de Gladio que estuvieron en eso fueron un francés miembro de la OAS, un argentino de la Triple A y mi compatriota Mario Ricci. El jefe del comando, Kixkur, se nos escapó de milagro, le metimos tres tiros en 1984, ya en la época de los GAL, en una carretera francesa, entre Saint-Étienne-de-Baïgorry y Cambo, pero sólo pudimos herirle, aunque nos llevamos por delante al que iba con él, un tal Goikoetxea. Como se ve, el sistema operativo fue el de siempre: se lleva a cabo la misión, se culpa a un grupo de extrema izquierda, se les ayuda a huir y posteriormente, si se deduce que puedan llegar a causar problemas o a hablar más de lo debido, se les elimina. Simple pero infalible.

—*Según su testimonio, grupos neofascistas como Avanguardia Nazionale y Ordine Nuovo actuaban a las órdenes de la OTAN. ¿Lo ratifica? ¿Estaba enmarcada su organización en la llamada red Gladio?*

—Absolutamente. Fuimos reclutados por ellos para luchar contra el comunismo e impedir que su influencia contaminase todo el continente. La OTAN no era y no es más que una simple tapadera: los hilos los manejaban los norteamericanos y el resto de los países obedecían; es decir, exactamente igual que ahora. Los Gobiernos de nuestras naciones estaban al tanto de nuestras actividades y casi todos ellos albergaban en su territorio centros de captación donde se formaba a los activistas de Gladio, como por ejemplo la supuesta agencia periodística Aginter Press, creada por la CIA para coordinar las acciones de nuestros combatientes en Europa y América Latina y apoyada, de manera muy especial, por los servicios secretos españoles, franceses e italianos.

—*¿Participó usted en el asesinato de los abogados laboralistas de la calle de Atocha, en Madrid, en enero de 1977? ¿Mantiene que fue Mariano Sánchez Covisa, el jefe de los Guerrilleros de Cristo Rey, quien le entregó la metralleta con la que los asesinaron?*

—Puedo corroborar que ese episodio formó parte de la *estrategia de la tensión* que nos había ordenado la OTAN. Se lo repito, nosotros luchábamos contra la URSS al igual que lo hacían los Estados Unidos y otros muchos patriotas, equivocados o no, incluidos algunos líderes comunistas que peleaban por no ser engullidos por los rusos, como Tito en Yugoslavia o Ceaucescu en Rumanía. Este último y su policía, la Stasi, trabajaban muy activamente para la CIA y fueron los norteamericanos quienes propiciaron su caída y eliminación cuando dejó de serles útil. En cuanto a la ametralladora Ingram, por supuesto que mantengo lo que dije: altos mandos del Ejército español vinculados a la red Gladio se la dieron al jefe de los Guerrilleros de Cristo Rey y él me la entregó a mí. Yo soy un hombre de una sola palabra, lo contrario de los traidores que nos rodean. Ellos han olvidado nuestro lema, *Il mio onore è la lealtà,* pero yo no.

—*¿Puso usted la Ingram M-10 en manos de Carlo Cicuttini, con quien había llevado a cabo el atentado de Peteano di Sagrado, y fue él quien estuvo en Atocha, 55, como certifican tanto un informe reservado del CESIS italiano como la confesión de un* arrepentido *de Ordine Nuovo?*

—Le diré tres cosas: la primera, abundando en lo que antes le comentaba, que a Carlo lo trasladaron a España en un avión militar de las Fuerzas Aéreas italianas; la segunda, ésta con respecto al asunto de Peteano, que a él no lo acusaron de ser autor material de los hechos, sino de haber realizado una llamada a la comisaría que atrajo a los carabineros al coche-bomba; y la tercera, que él era español, lo que le permitió recibir un trato imparcial por parte de la ley: ustedes le dieron la nacionalidad porque se casó con la hija de un general, pero, sobre todo, para compensarle por su lucha generosa contra ETA en el sur de Francia, que entre otras cosas logró la desaparición de su jefe militar, el famoso Pertur, y por eso la Audiencia Nacional de su país no concedió su extradición cuando le fue pedida por Italia, en 1983 y 1986, por estimar que todos sus delitos quedaban perdonados por la amnistía dictada en octubre de 1977 «para lograr la reconciliación entre los españoles». ¿Acaso no fueron absueltos otros muchos, entre los que se contaban terroristas con las manos manchadas de sangre? A él lo trataron en España con la justicia que nunca habría tenido aquí, lo mismo que no la he tenido yo, de manera que lo detuvieron en 1982 y salió de la cárcel de Carabanchel al año siguiente. En 1985 lo volvieron a arrestar y lo soltaron. En 1998 cometió el gravísimo error de viajar a Francia y fue capturado en Toulouse, donde nuestros magistrados le habían tendido una trampa, haciéndole creer que una importante empresa le quería contratar. El resto de su historia es fácil de imaginar: fue entregado a las autoridades de mi país y éstas lo dejaron morir como un perro en una penitenciaría de Parma, en febrero de 2010, aunque cuando ya estaban absolutamente seguros de que la enfermedad que lo devoraba desde hacía año y medio era incurable, montaron el simulacro de llevarlo a un hospital de Udine. Algunos dirán que murió de cáncer, pero yo afirmo que fue víctima de un crimen de Estado. Sé bien lo que es eso, ya que para mí no existen las reducciones de pena, la libertad condicional ni los indultos. Es lo mismo, me utilizan como tapadera de la verdad, pero nunca van a conseguir callarme.

—*Finalmente, el atentado de Peteano se les atribuyó en principio a las Brigadas Rojas, que fue una banda de ideología similar a los GRAPO en España. ¿Qué opina usted de esos grupos supuestamente formados por radicales de izquierda que parecen haberle hecho el juego a la red Gladio?*

—Ésa es una cuestión de extraordinaria importancia y debo decirle que comparto sus sospechas: las Brigadas Rojas y los GRAPO fueron, según las circunstancias, socios, títeres o herramientas de las naciones que movían los hilos de la OTAN. No hace falta más que leer las cartas de Aldo Moro, me refiero a las que escribió desde el lugar en que lo tenían secuestrado: en ellas explica que sus problemas comenzaron dentro de su propio partido, la Democracia Cristiana, cuando él propuso hacer un pacto de gobierno con el PCI, y deduce que su cautiverio y condena a muerte habían sido instigados por la CIA. De manera que las Brigadas Rojas eran por un lado marionetas en manos de los Estados Unidos y por el otro hostiles a los comunistas, y además lo fueron desde sus orígenes. Le quiero recordar que a principios de la década de los sesenta, en un escenario que iba a presidir la ruptura de relaciones entre China y la Unión Soviética, se empezó a difundir por Italia una serie de manifiestos en los que se alababa como modelo del paraíso comunista al régimen de Mao Tse-Tung, que por entonces estaba a medio camino entre su Gran Salto Adelante y su Revolución Cultural, y se criticaba a las claras la política revisionista del PCI para desacreditar a sus dirigentes. Esa operación de propaganda fue dirigida por el Ministerio del Interior italiano y puesta en práctica por militantes de Avanguardia Nazionale caracterizados de maoístas. Imagino que no tengo ni que decirle que a partir del enfrentamiento entre los Gobiernos de Moscú y Pekín, éste empezó a trabajar con los aliados occidentales y en contra de los rusos. El punto de contacto habitual era la embajada china en Berna. Creo que si ustedes siguen esa línea de análisis advertirán que los GRAPO surgieron en París como una escisión del Partido Comunista de España tras acusar a su Comité Central y a la propia URSS de revisionistas, y quizás entonces podrán intuir en qué bando estaban realmente y comprender por qué los servicios de inteligencia de su país montaron una guerra sucia contra ETA pero no contra ellos. Blanco y en botella, como dicen ustedes.

Juan releyó una vez más el texto con atención y con un cierto malestar, producido por el perfume siniestro que parecían desprender cada una de aquellas palabras, que imaginó envueltas en un humo de huesos calcinados. Después se lo mandó por correo electrónico al director del periódico, con una nota en la que le explicaba qué era y cómo había llegado a sus manos. Lo hizo porque pensó que tal vez le interesaría publicarlo y porque, de todas formas, ése era su destino: él conocía los ataques de indignación que sufría Alicia cada vez que un texto suyo se levantaba para poner en el diario una página de publicidad llegada a última hora, y la mezcla de expectación, pesimismo y ansia con la que buscaba su firma en los artículos cada mañana, temerosa de que los compañeros del turno de noche los hubieran suprimido o cortado por la razón que fuese. Le gustaba definirse como alguien enamorada de su profesión hasta el punto de odiarla, y cuando él le decía que su problema era el de todos los adictos, que no pueden vivir sin el veneno que los mata, ella se ponía a hablar de su futura escuela de Inteligencia Emocional y alardeaba de lo sencillo que le iba a resultar romper con todo, cambiar de rumbo, alejarse de aquella pasión a la que había dedicado tantas energías y sacarse la tinta de las venas: «Le añades cuatro letras a la vocación y se convierte en la equivocación. Así de simple».

Pero las cosas simples no existen, porque todos nuestros pasos sobre la tierra están sometidos a las complicaciones del azar —o, si se prefiere, del destino— y a la barbarie de la política, que sin duda es el gran fracaso de la humanidad, y no hay más que leer las noticias de cada día para encontrar media docena de ejemplos demoledores que confirman esa afirmación y repiten con otras palabras un célebre poema de Neruda en el que la muerte lame insaciablemente el suelo en busca de difuntos y hay miles de ataúdes flotando en el río ominoso de la sangre vertida. Todo parecía indicar que Alicia no era más que otro episodio de esa ferocidad con que los poderosos eliminan a cualquiera que intente derribarlos o cuestionar sus autoridad. «Y eso —se dijo, igual que si les hablara a sus alumnos—, tal y como se aprecia muy bien en su libro, vale para explicar las tres cosas que nos ocupan: primero, las razones del levantamiento que llevó a la Guerra Civil española y la represión terrible que la sucedió, de la que es buen ejemplo la historia del cartelista e impresor republicano Salvador Silva; segundo, la sucesión de atentados que se produjeron en nuestro país en la época de la Transición y que se enmarcan en lo que vino a llamarse "estrategia de la tensión"; y tercero, la suma de olvidos estratégicos y verdades administrativas que sepulta a la mayor parte de las víctimas de uno y otro periodo de nuestra Historia».

Mientras enjuagaba la taza y la metía en el lavaplatos se figuró una vez más a Alicia en el fondo del mar, o enterrada en un bosque, en un jardín, en un vertedero. Las fuerzas oscuras que dirigen el mundo no negocian sus privilegios, pero ella había cometido la temeridad de rebatirlos y muy probablemente pagó el atrevimiento con su vida.

Juan movió la mano en el aire lo mismo que si espantara un insecto, para tratar de desentenderse de esas especulaciones, apagó el ordenador, fue a la cocina a servirse un café negro y se quedó allí sentado, escuchando con todo el cuerpo el reloj de pared mientras los malos presagios silbaban como balas en su interior. Se acordó de lo que él mismo le dijo a Mónica Grandes: ninguna de las personas a las que entrevistó Alicia habría sentido verla desaparecer. Se dijo que si de verdad las cosas eran como parecían ser y le había ocurrido algo en Florencia o en cualquier otro lugar de Italia al que pudieran haberla llevado, es muy probable que la última cosa que pensara fuese en algo que le oyó decir en una ocasión a la sexta mujer del novelista Norman Mailer, cuando le preguntaron cómo había soportado su famoso mal humor, sus constantes infidelidades y su temperamento narcisista: «Con naturalidad y sin reproches. ¿Cómo me iba a extrañar ver elefantes si yo misma compré las entradas para el circo?». A Alicia eso siempre le había hecho gracia. A él, en ese instante, le pareció una frase de mal agüero. Se frotó las manos, en señal de impaciencia, y luego dio una pequeña palmada para animarse a salir del estado de abatimiento en el que se encontraba y que a él mismo le sorprendía, porque su tristeza le dio la impresión de ser una caricatura, una parodia similar a la de esa gente que al pronunciar una palabra extranjera se adorna hasta tal punto con el acento que parece estar haciendo una imitación. Maldijo una vez más la botella de Ca' Bianca Barolo que le había comprado Alicia en Florencia y que le estaba quemando igual que si no tuviese dentro aquel vino con aromas de vainilla y notas de roble, sino alguna especie de líquido tóxico o ácido corrosivo. ¿Y si iba a Florencia y trataba de seguir él mismo sus pasos?

Apagó las luces del salón y fue a su cuarto. Mónica Grandes seguía allí, profundamente dormida, en el centro de la cama.

Capítulo veintiuno

No iban a hacer nada. Ésa era la conclusión que sacaron Dolores y Paulino después de hablar con Mónica Grandes y con Francisca Prieto, que habían ido a su casa a comunicarles que su solicitud de exhumación había sido rechazada. Así que el Valle de los Caídos seguiría en su lugar, con su cruz diabólica, sus evangelistas y sus virtudes teologales, la Fortaleza, la Justicia, la Templanza y la Prudencia conmemorando la sanguinaria epopeya del dictador que lo hizo construir; y aunque tal vez él y el jefe de la Falange terminaran por ser trasladados a un cementerio normal, Salvador Silva y otras decenas de miles de republicanos seguirían allí por toda la eternidad, porque liberarlos de su última prisión resultaba complejo, problemático y muy costoso, y ese punto era tan importante que bastaba con mirar las cifras para darse cuenta del poco interés que tenía el Gobierno en el asunto y del carácter retórico de su Ley de Memoria Histórica, a la que había asignado un presupuesto de sesenta mil euros cuando el precio de un solo análisis de ADN con garantías judiciales era de quinientos.

—Si es que está más claro que el agua —dijo Dolores, moviendo la mano en el aire como si cortara sus frases en rebanadas—, Paulino ha echado la cuenta y si multiplicas los doce mil quinientos y pico cuerpos que dicen que hay ahí por esos quinientos euros, te salen más de seis millones. Y eso por hablar sólo de los que no están identificados, porque supongo que con los otros también habría que hacer algo. No hay que ser muy listo para ver que si no ponen encima de la mesa ni el diez por ciento de lo que vale hacer esas pruebas, es que no quieren hacerlas. Hay que comprenderlos, al fin y al cabo tienen el tiempo a favor: sólo necesitan esperar a que nos vayamos al otro mundo y listo. Muerto el perro, se acabó la rabia.

—Mujer, no te desanimes y sobre todo no seas fatalista —dijo Mónica, acariciándole la mano—. Esto es sólo el primer asalto y aún queda mucho combate. Presentaremos un recurso y, si no lo ganamos, otro más, y después de ése, todos los que sean necesarios. Apelaremos a las instancias más altas, en España y fuera, vamos a llegar al Parlamento Europeo, a las Naciones Unidas, a la Corte Penal Internacional y donde haga falta. Jamás nos vamos a rendir.

—Sí, pero imagínate —dijo Paulino— qué puedes pensar si resulta que ellos ofrecen esa limosna para sacar a los muertos de allí y resulta que el Caudillo gastó el equivalente a doscientos veintiséis millones de euros en llevarlos. Es un insulto.

—Ése es un problema importante, sin duda, pero no el principal, puesto que al fin y al cabo la gran mayoría de nuestras excavaciones las hemos hecho sin apenas ayuda, los voluntarios de la Asociación trabajando de manera desinteresada, como es natural, y las familias corriendo con los gastos de los laboratorios —le respondió Francisca Prieto—. Y también en este caso se podría estudiar alguna vía de financiación. Pero no se trata de eso. Aquí el gran impedimento es que los del Gobierno no se atreven a dar el permiso para abrir las criptas.

—Ni lo harán nunca —dijo Paulino—. Éstos han cubierto el expediente mandando hacer un censo, digitalizando los libros de registro de la abadía y dando un par de discursos o tres, y santas pascuas. Pero de Cuelgamuros no sale ni Dios.

—Ya veremos, porque además hay un precedente —dijo Mónica—: En febrero de 1980 se exhumaron ciento tres cuerpos allí. Eran víctimas que habían sido llevadas al Valle de los Caídos desde Navarra, y sus parientes, con la ayuda de un historiador muy conocido y de algunos periodistas influyentes, presionaron al Gobierno para entrar en las criptas y recuperar los osarios. Eso ocurrió y se puede demostrar, porque está consignado en el archivo de Alcalá de Henares. Es verdad que entonces yo creo que existía la voluntad política de entregarles a los descendientes de las víctimas que así lo solicitaran los restos de sus allegados, pero el 23-F lo paralizó todo.

—¿El 23-F? ¿Tanto miedo les pudo dar aquella chapuza de golpe de Estado? —exclamó Paulino.

—Pues eso parece. Pero no os preocupéis, es sólo cuestión de tiempo —les dijo Mónica Grandes—. Esa gente no se saldrá con la suya.

Paulino abrió los brazos y los dejó caer a plomo, con un ademán entre la irritación y el desfallecimiento.

—¿Por qué dice eso? ¿No se quejaba usted misma de que el Tribunal Supremo se dedique a expulsar de la Audiencia Nacional a los jueces que intentan investigar los crímenes de la dictadura?

—Sí, eso es verdad. De hecho, una de las cosas que ordenaba el auto del magistrado Baltasar Garzón era proceder a las exhumaciones de los republicanos en el Valle de los Caídos. Y se lo han cargado, lo cual es vergonzoso y explica la catadura ética e ideológica de esa gente, que, en mi opinión, son lo peor de este país: soberbios, inmorales, tendenciosos, caraduras y fachas a más no poder.

—Bueno, bueno, hay de todo, Mónica —la reconvino la doctora Prieto, sonriendo ante aquella catarata de insultos—, incluidos algunos jueces progresistas y otros que pueden tener las ideas que quieran pero son honestos. En cualquier caso, estoy de acuerdo en que esto es nada más que cuestión de tiempo. Al final se impondrán la justicia y el sentido común.

—Sí, sí, pero de qué nos va a valer a nosotros, si ya no estaremos aquí para verlo —se lamentó Dolores, con una nube en los ojos; aunque al instante, en uno de esos cambios de humor que caracterizan a las personas orgullosas, invirtió el gesto y el tono—. ¿Ustedes se dan cuenta de lo que lucharon nuestros padres por esta democracia que ahora los considera una molestia y se desentiende de ellos? Al mío lo secuestraron, lo asesinaron, lo enterraron en una fosa común y luego robaron su cadáver. Pero ¿y don Abel y todos los que se le parecían? El padre de Paulino se dejó la vida luchando por la libertad: perdió a su mujer en aquel bombardeo, en Cornellà del Terri; pasó las de Caín en el Reformatorio de Adultos de Alicante y en Cuelgamuros, donde se jugaba el pellejo cada día para construir esa basura que es el Valle de los Caídos; le quitaron a su hijo cuando tenía dos años y no lo volvió a ver hasta los ocho, en un seminario y bajo la vigilancia de un cura; y todavía tuvo agallas para seguir peleando al cumplir su condena y desde que volvió a pisar la calle se dedicó a combatir la dictadura. Iba a recibir órdenes a una oficina que puso el PCE en la calle de Carretas, donde se reclutaban guerrilleros para hacer sabotajes y atracos, y siempre cumplió con todo lo que le pedían, entre otras cosas imprimir propaganda en una imprenta clandestina que habían montado en un sótano de Carabanchel y distribuirla por la Universidad, sabiendo que estaba bajo vigilancia, lo mismo que todos los comunistas, y que si le pescaban iban a caerle otros veinte años de cárcel. O hacer circular los ejemplares de *Mundo Obrero* que se pasaban de contrabando desde Francia y que estaban hechos en papel biblia, para que se pudieran echar al inodoro si de pronto se presentaba a hacer un registro en tu casa la policía. Ésos eran los hombres a los que ahora se les da la espalda y se les niega el pan y la sal.

—Así que no abandonó ni la revolución ni las artes gráficas —dijo Mónica, tratando de suavizar un poco la aspereza del momento y justo cuando llamaban al timbre y Dolores le iba a abrir la puerta al profesor de francés. Francisca Prieto debía de haberle contado dónde estaban.

Se miraron, él con los ojos llenos de interrogaciones y la arqueóloga con cara de contrariedad.

—Por supuesto que no —dijo Paulino—. Siguió en el oficio y en la lucha política, lo primero a duras penas, explotado por jefes que se aprovechaban de su situación y le pagaban una miseria, porque esos bandidos eran así, tan católicos que en vez de pagar sueldos daban limosna; y lo segundo, como dice mi señora, por convicción y por pura dignidad, pero corriendo un peligro enorme, ¿eh? Por ejemplo, él fue también uno de los que compusieron los dos únicos números que fue posible hacer del periódico *Ataque,* donde se pedía a los militantes seguir con las armas y realizar atentados. Tuvo suerte, porque vivía al borde de la perdición y no llegó a caer. De hecho, a los camaradas que dirigían las operaciones en la sede de la calle de Carretas, con Cristino García al frente, los cogieron uno por uno y los fusilaron sin contemplaciones en el campo de tiro de Campamento.

—Cristino García, uno de los símbolos españoles de la Resistencia francesa —dijo el profesor recién llegado, sin quitarle los ojos de encima a Mónica—, teniente coronel en la famosa División 158. El PCE lo mandó a Madrid para que organizase la guerrilla contra la dictadura y cuando fue detenido y lo condenaron a muerte, se produjo un escándalo internacional, y figúrense en qué momento ocurrió eso, unos meses después de la derrota de Alemania y de las muertes del Führer y de Mussolini, así que hubo muchas presiones, políticos e intelectuales de izquierda que reclamaban que los Aliados invadiesen España, que no permitieran que se ejecutase a un héroe de la Liberación cargado de condecoraciones y que, entre otras muchas cosas, había participado de forma decisiva en la batalla de la Madeleine y había logrado hacer prisioneros a mil doscientos soldados del ejército nazi. Pero todo dio igual.

—Y tanto que dio igual. Les hicieron un consejo de guerra, los liquidaron a él y a otros once y los echaron a una fosa común en el cementerio de Carabanchel. A los asesinos no les tiembla el pulso.

—Y dígame, ¿su padre también participó en las acciones armadas del grupo? Quiero decir, en la colocación de explosivos y en los atracos.

—No, eso no, lo suyo eran las rotativas, no la dinamita. Pero estaba al corriente de todo, y eso lo hubiese llevado ante el pelotón de fusilamiento si le llegan a descubrir. Él asistía a las reuniones y sabía de antemano si iban a poner una bomba en un transformador de luz en la carretera de Extremadura; si pensaban asaltar las oficinas de la Renfe en el paseo Imperial, o un cuartel de la Falange que había en la calle de Ayala, o el Banco Central del paseo de las Delicias, que fueron golpes muy sonados. Y también sabía que planeaban robar un polvorín del Ejército en Valdemorillo y repartir el arsenal entre los reclusos de varios campos de concentración y de batallones de trabajos forzados como el del Valle de los Caídos para que se sublevaran el 20 de noviembre. El objetivo era asaltar las cárceles de Madrid ayudando a evadirse a miles de republicanos, plantarles cara a los fascistas y resistir hasta que la URSS y el resto de los ganadores de la Segunda Guerra Mundial viniesen a completar su victoria, derrocando al Generalísimo. Una locura, supongo. Y una ingenuidad, porque por lo que nos ha contado la periodista Alicia Durán sobre la red Gladio y todo eso, las prioridades de esa gente ya eran otras y estaban en una batalla distinta: «Cuando el cañón de la pistola con que Hitler se había pegado un tiro en Berlín aún estaba caliente, en Washington ya preparaban la Guerra Fría»; así nos lo dijo, literalmente, y a mí se me quedó grabado. Pero en fin, imagínense de lo que estaba enterado mi padre y dónde habría acabado si lo descubren.

—¿Y por qué no lo hicieron? ¿Por qué no cayó en la redada? —preguntó Francisca Prieto.

—Pura suerte. Cuando detuvieron a Cristino y a sus lugartenientes en la Plaza Mayor, él y la señora Visitación se dirigían a su encuentro —respondió Paulino—, mi padre con la prueba de imprenta de un cartel subversivo, en el que se veía a unos soldados rusos llegando al Palacio de Oriente, escondida en el forro del abrigo; y si lograron salvarse fue porque ella se detuvo en una pastelería de la calle del Arenal para comprar unas yemas de Santa Teresa y dárselas a los compañeros.

—Siempre contaban que habían ido todo el resto del camino discutiendo —intervino Dolores—: Que si dónde vas con eso; que si a quién se le ocurre ponerte ahora a comprar dulces; que si no recuerdas que nos dijeron que en este oficio la impuntualidad es la inseguridad por adelantado y que debe interpretarse como una señal de peligro... Y mira, resulta que al final esas yemas de Santa Teresa les salvaron la vida, huyeron al ver que toda la zona estaba tomada por la policía y esa noche, mientras ellos se las tomaban en casa, Cristino estaba siendo torturado en los calabozos de la Dirección General de Seguridad.

—Por lo menos a él y a otros dos maquis los pudieron desenterrar a escondidas su familia y algunos compañeros del PCE, diez u once años más tarde, y poner sus huesos en una sepultura digna, en el mismo Cementerio Sur de Carabanchel —dijo Paulino—. Ahí deben de seguir, bajo su lápida barata, con sus nombres y la fecha en que los mataron grabados en el mármol de imitación y unas rosas de plástico rojo clavadas en la tierra de la jardinera.

—Pues mira, eso ya es más de lo que le he podido dar yo a mi padre —dijo Dolores, volviendo a hacer ese gesto tan suyo de quien se muerde la lengua o trata de contener las lágrimas con desesperación, como si intentara taponar los agujeros de un barco que se hunde.

—Permítame una última pregunta, don Paulino —dijo el profesor de francés—. ¿En qué año falleció su padre?

—El 24 de diciembre de 1991.

—¿Y cómo vivió la llegada de la monarquía, la Transición, las elecciones...?

—Pues y qué quiere usted —saltó Dolores—: Igual que todos los demás —le respondió, mientras su marido iba a buscar un álbum de fotos—. O sea, con la sensación de que el país se le iba alejando, como él mismo decía. Viendo, sin casi poderlo creer, la velocidad con que el PCE se rompía en peleas internas y escisiones, con su secretario general y el resto de sus dirigentes hablando de eurocomunismo, arrodillándose ante el Rey y haciendo patente que la famosa reconciliación nacional consistía en pasar por el aro y aceptar que el sufrimiento de tantos Salvador Silva y Abel Valverde y Lucrecia Zúñiga y Visitación Merodio como había habido en España era papel mojado. Y total a cambio de nada, ya ves tú, porque cuanto más renegaban de todo, más se los veía como una panda de nostálgicos sin futuro, y el resultado fue tan palpable que si en el 77 habíamos tenido diecinueve diputados, y eso ya se consideró una hecatombe, en el 82 tuvimos cuatro.

Al tiempo que Dolores Silva se entregaba a ese nuevo desahogo, Paulino fue pasando las hojas del álbum, en las que primero se veía a Lucrecia y Abel, muy jóvenes, junto a la fuente de la Cibeles, en una romería a orillas del Jarama y en una verbena, rodeados de bailarines, faroles de cartón y serpentinas; luego a él con su hijo, en alguna fiesta municipal y al lado de una caseta de tiro al blanco, y delante del Congreso, y en la Puerta del Sol. Después, pasando ya del blanco y negro al color, había un retrato de ellos dos con la Pasionaria y con el poeta Rafael Alberti, ella de luto riguroso y con el pelo recogido y él con una larga melena blanca, camisa de flores y una gorra de marinero, y una serie de imágenes de la fiesta anual del PCE en la Casa de Campo y de ocho o nueve mítines en los que cada vez se apreciaban menos banderas, menos público y más sillas vacías.

—Si es que aquí se ve muy bien lo que ocurrió —dijo Paulino—: Que se fueron quedando al margen, más solos que la una, transformados por sus rivales y por sus propios errores en un anacronismo, en una reliquia; viejos en un país que sólo quería novedades; encerrados en un círculo vicioso donde cada vez había más pasado y menos horizonte; sintiéndose rebajados, excluidos; quejándose de una ley electoral que no es equitativa, desde luego que no, pero con la que otros llegan a la Moncloa; con sus puños cerrados y su Internacional, que cada vez se sabía menos gente y que también se fue quedando antigua... Y luego es natural que ustedes, por su edad y por su educación, no puedan entender lo que fue para ellos la caída del Muro de Berlín, la desintegración de la Unión Soviética y el fin de todo aquello en lo que habían creído y por lo que habían dado su sangre, que no era por el Telón de Acero y el Pacto de Varsovia sino por las utopías obreras, por el sueño de la igualdad y por los paraísos del proletariado —dijo Paulino, golpeando con el dedo índice la última instantánea de la colección, en la que se veía un árbol, un río y, al fondo, un molino, mientras su tono, que durante ese discurso había crecido hasta volverse vibrante y lograr una musculatura trágica, una elocuencia pasada de moda que debía de haber aprendido de los oradores que arengaban a las masas en las asambleas, las concentraciones y los mítines a los que lo llevaba su padre, bajaba de golpe la intensidad y el volumen, hasta retroceder a su voz habitual, que era apacible, sofocada, tímida—. Para ellos fue devastador aquel vivir en un mundo en el que sus ideas estaban casi proscritas, porque la verdad oficial y sin matices era que el capitalismo es sólo la democracia y el comunismo fue sólo Stalin. Y claro, una vez ahí los otros lo tenían muy fácil, no se trataba más que de echar en unas tumbas la tierra que quitaban de otras y pasarse todo el tiempo hablando de Siberia y del maldito Archipiélago Gulag para no tener que decir nada del Valle de los Caídos y de los otros cientos de fosas comunes de nuestro país.

—O sea, exactamente igual que ahora —dijo Dolores—, cuando al mismo juez que jaleaban por investigar la dictadura argentina o la chilena lo desacreditan, lo calumnian, lo echan de la Audiencia Nacional y lo sientan en el banquillo por meterse con la nuestra. Aquí no hay democracia que valga, sino lo de siempre disfrazado de otra cosa, es decir, el mismo perro con distinto collar, unos que mandan y otros que obedecen, muchos trabajando para muy pocos. El pueblo vota y no pinta nada. Y las personas con ideas estamos de más y para ellos somos lo de siempre: unos indeseables, un estorbo.

—Tiene usted toda la razón, Dolores —dijo el profesor de francés—, y es verdad que en el mundo de la política, según se desciende van desapareciendo los peldaños de la escalera, pero lo que ocurre es que cuando nosotros reclamamos, por ejemplo, que saquen a su padre del Valle de los Caídos y se lo entreguen a ustedes, no estamos hablando de política, sino de Historia, no pedimos que nos den nada, sino que nos devuelvan lo que nos quitaron; y en ese terreno, como bien apunta Mónica, las cosas van a cambiar.

—¿En serio? ¿Y cuándo? ¿Y por qué está usted tan seguro? ¿O no lo está, y sólo quiere darnos falsas esperanzas? Y además, ¿a mí qué me importa, si ya no lo voy a ver?

—Cornellà del Terri —dijo Paulino, señalando de nuevo la última foto del álbum—. Al pie de esos chopos, detrás de nuestro molino y a veinte metros del río Fluvià, están mi madre y mi padre. Cuando murió, a causa de una neumonía mal curada, lo incineramos para llevar sus cenizas allí y que estuvieran juntos, que era lo que él siempre quiso. Como teníamos miedo de que nos quisieran hacer sacarlos de allí o de que alguien pudiese hacerles cualquier cosa, no hay ninguna lápida, ni nada, sólo sus nombres, escritos a cuchillo en el árbol, Lucrecia y Abel. Bueno, nosotros no creemos en el más allá, pero es una sepultura agradable.

—Al final lo conseguiremos, no lo duden, y será más pronto que tarde —dijo Mónica, queriendo que sus palabras resultaran a la vez enardecedoras y sedantes—. Pero me alegro de que antes haya mencionado a Alicia Durán, porque tenemos que contarles algo sobre ella que les va a sorprender.

Dolores y Paulino oyeron con estupor lo que les decían, turnándose en el relato, Francisca Prieto y Mónica Grandes, y cuando la historia se detuvo de pronto en aquel hotel de Florencia donde se había perdido de la noche a la mañana el rastro de la periodista, una y otro dieron la impresión de quedar profundamente conmocionados.

—¿Lo ves? —exclamó la hija de Salvador Silva, tras un largo silencio y sin dirigirse a nadie en particular—. Si es que no tiene vuelta de hoja, y es lo que yo digo: ellos siempre están ahí, en la sombra, con el cuchillo en la mano.

Todos los presentes entendieron a la perfección de quiénes hablaba y lo que quería decir.

Capítulo veintidós

—La Historia no cuenta la verdad, la fabrica. Por desgracia, no es su resultado, sino su origen, y eso representa una subversión de las leyes de la justicia y de la lógica; pero como quienes la imponen son poderosos y carecen de escrúpulos, tratar de desenmascararlos es ponerse en peligro. Me temo que eso es lo que le ocurrió a su esposa.

—No estábamos casados, aunque... en realidad, qué más da eso... —dijo Juan, hablando con toda la lentitud posible y mezclando palabras en español y en un italiano postizo y como hecho de retales de los dos idiomas, para que le pudiese entender el juez Baresi, que estaba sentado enfrente de él, al otro lado de la mesa de su despacho de Florencia—. Pero me gustaría preguntarle algo, ya que ha tenido usted la amabilidad de recibirme: ¿quién cree que la pudo haber secuestrado, y por qué? Y otra cosa: ¿significa su desaparición que la red Gladio sigue existiendo?

Baresi lo miró igual que si buscase diez diferencias entre dos dibujos aparentemente iguales, emparejó los dedos de sus manos, haciendo una especie de figura triangular con ellas, y pareció meditar su respuesta lo mismo que si pesase cada palabra en una balanza. Juan aprovechó el silencio para ratificar los detalles de todo tipo que Alicia había bosquejado en su entrevista como rasgos definitorios del magistrado: su elegancia prudente, sus zapatos con apellido, los modales algo afectados que le servían tanto para ser educado como para ser impermeable y, en general, una especie de amabilidad reglamentaria, *«com'e andato il suo viaggio? A che ora é arrivata?»,* que ponía un hermoso muro entre él y sus interlocutores. También esta vez estuvo presente en la conversación la colaboradora eficaz e imperturbable que había recibido a Alicia en el restaurante del hotel Regency, la encargada de interrogar a las visitas después de que un guardaespaldas las registrase, que actuaba como traductora cuando su jefe se lo pedía, *Marta, per favore, ripeti in spagnolo,* y colocaba una grabadora sobre la mesa «para evitar manipulaciones y equívocos».

—No es fácil saberlo —dijo, al fin, Baresi—. Gladio no puede existir porque ya no hay Unión Soviética ni comunismo contra los que luchar, pero qué importa eso si sus impulsores siguen aquí, tienen nuevos adversarios y defienden los intereses de siempre, los que les llevan a invadir, someter, asesinar... Las misiones cambian de lema pero no de objetivo, antes se llamaban Plan Cóndor, Operación Mangosta, que consistió en hacer que se llevasen a cabo más de setecientos sabotajes en Cuba y propició la Crisis de los Misiles en la isla, o, entre otras muchas, Operación Estrella Blanca, desarrollada en Vietnam; y después se llaman, por ejemplo, Operación Tormenta del Desierto, pero como usted acaba de decir, ¿qué más da el nombre que les demos a las cosas? En mi opinión, su... novia... jugaba con fuego y se buscó algunos contrincantes peligrosos, gente a la que no le gustan las preguntas embarazosas ni los recuerdos inoportunos. Usted mismo me ha contado que en ocasiones era un poco agresiva... Y su profesión, por desgracia, es arriesgada: este mismo año, según acaban de publicar los medios de comunicación, han sido asesinados cincuenta y siete periodistas, en Pakistán, en México, en Egipto, en Rusia, en Grecia, en Japón, en Letonia..., así hasta veinticinco países distintos.

—Sí, lo he leído —dijo Juan, sombríamente—. Y lo peor es que son unas cifras esperanzadoras: el año pasado fueron setenta y seis.

—Sin embargo, no debe desanimarse. A veces las cosas no son lo que parecen. Y esto no es una ciencia exacta, el ser humano es un animal imprevisible que vive sometido a sus propias pasiones, y por lo tanto aquí no hay fórmulas ni teoremas que valgan y puede suceder que lo inexplicable forme parte de la solución. De hecho, ocurre cada día.

Juan asintió y, después de un silencio, volvió a la carga:

—De todas formas —dijo—, ¿de quién sospecharía usted en primer lugar? Sé que Alicia cuestionaba el verdadero propósito de la Democracia Cristiana y de las Brigadas Rojas en el asesinato de Aldo Moro y que lo vinculaba con la red Gladio, y ya le he contado que estuvo en contacto, a través del correo electrónico, con uno de los terroristas de Ordine Nuovo, el que está encarcelado en Milán por la matanza de Peteano di Sagrado.

—Vincenzo Vinciguerra. Sí, yo mismo hice que mis colaboradores le proporcionasen el contacto, que supongo que incluyó el teléfono del jefe del departamento de comunicación de la cárcel donde está recluido y la dirección de una página web en la que escribe cada semana disparates de todo tipo, expresa opiniones políticas volubles y trata de incriminar a media humanidad en sus atrocidades, naturalmente con la misma pretensión de casi todos los delincuentes, que suele ser la de absolverse a sí mismos o, al menos, buscarse coartadas, atenuantes... Entre tanto despropósito, a veces da alguna información útil, o más bien la repite, porque lleva años con la misma canción, lloviendo sobre mojado, por lo cual merece la pena perder el tiempo con él pero siempre y cuando sea de forma moderada.

—Sí, eso tal vez sea así en Italia, pero le aseguro que en la entrevista con Alicia habla de muchas cosas que en España se desconocen por completo, entre otras la implicación de la CIA en el crimen de la calle de Atocha, pero también en el asesinato del presidente Carrero Blanco y en la guerra sucia contra ETA.

—Y seguramente algunas de esas cosas serán ciertas, al menos en parte, pero yo le recomiendo que las analice con cuidado antes de darlas por buenas, porque como le digo esa gente tiene una visión desenfocada de los acontecimientos y es incapaz de asumir sus crímenes, se justifica echándoles la culpa de sus actos a sus ideales, se presenta como víctima de extrañas conjuras y, sobre todo, no suele considerarse responsable del dolor que causa, ni lamentarlo demasiado. Los asesinos no sienten más remordimiento del que cabe en sus balas.

Juan nunca estaba muy de acuerdo con esa clase de generalizaciones, que suelen aguar los razonamientos, pero no quería dispersar la conversación ni mantener polémicas con el magistrado, así que se limitó al único tema que le interesaba.

—Vinciguerra confirma en sus respuestas a Alicia que él fue quien recibió del Ejército español el arma con la que mataron a los abogados laboralistas y quien se la entregó a su compañero Carlo Cicuttini, que fue quien apretó el gatillo, tal y como usted ya descubrió e hizo público en su momento. Pero también habla de algo que estaba investigando Alicia y que pudiera ser importante: la posible condición de agentes dobles de los terroristas de las Brigadas Rojas y de los GRAPO, que tal vez no eran bandas de extrema izquierda sino mercenarios a sueldo de la OTAN.

—No creo que los pagasen, pero sí que los manejaban o, como mínimo, se servían de ellos. Mi impresión es que eso último es lo que ocurría, a nivel general, con aquellos grupos supuestamente maoístas. Ahora bien, ¿pudo alguno de sus miembros ir más allá y ser un infiltrado de la CIA? Pues claro que sí, porque no existe en este mundo gobierno, ejército, formación política o empresa en los que no sea capaz de introducirse un espía; de modo que ¿por qué ahí no? Sin duda, tenía que haberlos. Y en ese caso, a ellos también hay que considerarlos parte de la red Gladio.

—Lo cual, en realidad, no es tan raro como pueda parecer, porque los maoístas, y eso también lo recalca Vinciguerra, eran rivales a muerte de los prosoviéticos. ¿La lucha era de China y Estados Unidos contra la URSS? En el caso del secuestro y ejecución de Aldo Moro hubo algo de eso, ¿no?

—En cierto sentido, pero sólo eso. Es verdad que en el comunicado que hicieron público cuatro días antes de matarlo, las Brigadas Rojas responsabilizaban del crimen y de la ruina moral, económica y política de Italia «a la Democracia Cristiana, a los asesinos de Andreotti y al secretario general del PCI, Enrico Berlinguer, y sus seguidores». Eso parece confirmar lo que usted dice, pero sin embargo es contradictorio con el hecho, sobradamente conocido, de que Berlinguer hubiera roto con los rusos; lo cual era inevitable, porque por un lado defendía el compromiso histórico, es decir, la necesidad de una coalición con la Democracia Cristiana, y por el otro predicaba el eurocomunismo, que no era otra cosa que la negativa a seguir las órdenes de Moscú y, en el fondo, el deseo de integrarse en la OTAN. La pregunta, entonces, es por qué lo criticaban tan violentamente las Brigadas Rojas, si en el fondo, como usted sostiene, defendían casi lo mismo.

—Tal vez es que no hay personas más irreconciliables que las que comparten una misma idea.

—Quizá sea así. O puede que, efectivamente, sus GRAPO, nuestras Brigadas Rojas o la Baader-Meinhof alemana sólo fueran, como muchas personas sostienen, pandillas de locos con una pistola y sin más ideología que la destrucción ni más programa o método que la violencia, sustentada por tres o cuatro consignas y un par de disculpas: luchar contra el sistema y combatir el imperialismo, aunque nadie pudiese entender qué culpa tenían de una cosa ni de la otra las víctimas inocentes de sus atentados. En realidad, la filosofía de esas sectas criminales se entiende a la perfección cuando se detiene uno a mirar y oír, por ejemplo, a la última de las bandas que he mencionado, la Fracción del Ejército Rojo, cuyo emblema estaba formado por una estrella y una ametralladora y cuya doctrina se resume en la frase más célebre de una de sus líderes, la periodista Ulrike Meinhof: «Incendiar un coche es una fechoría; quemar cien es un acto político». ¿Fueron manipulados esos salvajes con piel de idealista por los agentes de Gladio, y estaban éstos infiltrados en sus filas? Sin duda, y además les resultaría muy fácil.

—Estaban allí y eran los encargados de usar las ametralladoras: en el despacho de los abogados de la calle de Atocha apretó el gatillo Cicuttini, y los testigos que vieron el asalto a la comitiva de Aldo Moro en Via Fani y el asesinato de sus cinco escoltas aseguran que el hombre que realizó la mayoría de los disparos tenía un fuerte acento extranjero...

—Así es. No olvide que todo esto surge del asesinato del presidente de la Democracia Cristiana, puesto que la existencia de Gladio fue detectada por un colega mío, el juez Felice Casson, de Venecia...

—Sí, esta noche estoy citado con él en Módena.

—Salúdelo de mi parte, es un gran amigo. Pues, como le decía, él había dirigido la investigación del crimen de Peteano y fue al leer las cartas que Moro envió a la prensa y a su familia desde la «cárcel del pueblo», como la llamaban las Brigadas Rojas, a quienes durante diez años se había atribuido aquella masacre, cuando decidió reabrir el caso y pudo demostrar algunas cosas relevantes, como por ejemplo que el experto de la policía italiana que dictaminó que los explosivos utilizados en el crimen eran los que usaban los extremistas de izquierdas era en realidad miembro de Ordine Nuovo y agente de la CIA, y que la dinamita utilizada era C4 proveniente de los arsenales subterráneos que la OTAN tenía enterrados en bosques, iglesias y cementerios de todo el país, como revelaría luego en el Parlamento el Primer Ministro, Giulio Andreotti. Y también probó sus vínculos y los de otros ultraderechistas con el SID, el Servizio Informazioni Difesa del Ejército italiano, y su colaboración en aquel homicidio, además de identificar a Vincenzo Vinciguerra como el terrorista que puso la bomba. En su declaración, éste le dijo que él y otros militantes de su organización neofascista y de otras como Avanguardia Nazionale «habían sido movilizados por la Alianza Atlántica, a través de la red Gladio, para luchar contra el comunismo» y que «absolutamente todos los atentados perpetrados en Europa después de 1969 eran parte de esa misma estrategia de la tensión».

—¿Y a Moro también lo eliminó Gladio?

—Bueno, como mínimo creo que conviene recordar la amenaza brutal que le lanzó el secretario de Estado norteamericano, Henry Kissinger, durante una visita oficial a Washington: «Usted debe abandonar su política de colaboración con los comunistas, o pagará el mismo precio que Salvador Allende en Chile».

—Todo es tan parecido que no puede ser una coincidencia —dijo Juan, sin atender a las últimas palabras de Baresi—: Un crimen fue en Madrid y el otro en Roma, pero todo lo demás es idéntico. Vinciguerra puede mentir en los detalles, pero en el resto decía la verdad.

—Quién lo sabe a ciencia cierta. En el caso Moro, por seguir con el mismo ejemplo, hay varios detalles enigmáticos: uno, que en el escondite donde lo tenían retenido apareciera una cuartilla manuscrita en la que les agradece a las Brigadas Rojas que le vayan a soltar; otro, que al registrar su cadáver la policía hallara en el bolsillo de su pantalón unas monedas, como si hubiera sido puesto en libertad con dinero suficiente para hacer una llamada telefónica... ¿Lo dejaron ir los terroristas y alguien que los vigilaba lo volvió a apresar y lo asesinó? No lo creo, sinceramente, pero resulta muy significativo que esa especulación además de falsa nos parezca verosímil.

Juan permitió que esa frase, tan característica del modo de hablar de Baresi, a quien evidentemente le gustaba consumar sus discursos soltando un faisán, como decía Ortega y Gasset, se deshiciera en el aire como un redoble de tambor, y luego volvió a la carga.

—Cuando el juez Casson forzó al Primer Ministro, Giulio Andreotti, a que le dejara inspeccionar los archivos del Palazzo Braschi, la sede del SISMI en Roma, éste no sólo reconoció que Gladio había existido, sino que aún estaba operativa. Eso fue en 1990. ¿Cree que aún está en activo? ¿Podrían ellos haberle hecho algo a Alicia?

Baresi suspiró igual que haría un maestro obligado a repetirle la lección a un alumno distraído.

—Todo el mundo puede hacerte algo malo, y ésa es una de las primeras lecciones que se aprenden en mi profesión. Nadie está libre de la vileza ni a salvo de la infamia. Y, lamento decirlo, pero en esta vida hay más tentaciones que personas honradas. La ambición nos ciega, el dinero nos enloquece, la envidia y el rencor nos llenan de veneno... Así que ¿quién pudo haberle hecho daño a la señorita Durán, si es que tal cosa ha ocurrido? Cualquiera de los que usted teme y otros que no sospecha y que podrían haberse cruzado en su camino por puro azar y sin ninguna razón, porque por mucho que todo esto pueda parecer una novela de espías es la pura realidad, y aquí las situaciones no siempre obedecen a la lógica y los personajes pueden cambiar de historia como si saltaran de un libro a otro. Quiero decir que a su Alicia también la pudo asaltar un simple ladrón de bolsos o llevársela por delante, en cualquier paso de cebra, un conductor borracho que se asustó y la ha hecho desaparecer. ¿Existe Gladio? Pues claro que sí, aunque sea, como ya le dije antes, con otro nombre y con otros enemigos ciertos o inventados a los que combatir. Pero se llame como se llame, su espíritu y sus métodos son los mismos, y no hay más que mirar hacia Irak, Afganistán o Israel para comprobarlo.

Estamos hablando de seres para los que la muerte no vale nada: si alguien los incomoda, lo eliminan. Así de inconcebible y así de fácil. ¿Usted no ha visto lo que le han hecho al magistrado de la Audiencia Nacional de su país, Baltasar Garzón?

—Pero Alicia...

—... En el mundo en que ella se metió no existen las mismas normas que en el nuestro, como puede ver, y la vida vale lo que le tengas que pagar a un asesino para que te la quite, nada más... La señorita Alicia jugaba con fuego, ya se lo he dicho; andaba entre pantanos y arenas movedizas, y algunos de los individuos a los que les fue a poner el dedo en la llaga son peligrosos. Y se lo vuelvo a decir, era demasiado... incisiva... y ya sabe lo que se dice: *chi semina vento raccoglie tempesta...*

—Sí, conozco el refrán —dijo Juan—. En España también se usa.

—Buscar lo que otros han escondido te convierte en su rival, y ya sabemos de qué modo resuelven sus diferencias esos criminales... Pero, a pesar de todo, le insisto en que debe tener fe, mantenerse entero y no desesperarse —dijo el juez Pier Luigi Baresi, poniéndose en pie y ofreciéndole su mano, para dar por acabada la reunión e invitarlo a marcharse—. A veces las cosas se arreglan o al menos pueden resultar menos calamitosas de lo que nos tememos. *La speranza è l'ultima a morire.* ¿Me entiende? *Hai capito?*

Juan comprendía perfectamente: el juez Pier Luigi Baresi también se temía lo peor y por eso trataba de animarlo. «Mientras hay vida hay esperanza» es una frase que se inventó para consolar a los incurables y los sentenciados. De hecho, desde que llegara a Florencia la noche anterior, para intentar seguir el rastro de Alicia, su desánimo no había hecho más que crecer. Se había alojado en el hotel Pendini, de la Via Strozzi, el mismo en el que ella estuvo, entre el Duomo y la galería Uffizi, y desde su ventana se veían el Campanario de Giotto y la cúpula de Santa Maria del Fiore, pero no se veía nada que pudiera sugerir qué le había ocurrido. Al entrar en la Cantinetta Antinori, la bodega en la que le había comprado la botella de Ca' Bianca Barolo, a Juan se le hizo un nudo en la garganta. Preguntó a los dependientes si recordaban a la mujer que había ido buscando ese vino suntuoso que tal vez no se vendía muy a menudo, pero no obtuvo más que un comentario presumido del dueño, que le hizo notar lo difícil que era fijarse allí en nadie, con la enorme clientela que pasaba cada día por su negocio, y una frase cómplice del empleado que se encargaba de la caja registradora: *«Lo vedo: si segue la strada del vino per raggiungere le donne. Eh? Fai bene. In amore e in guerra tutto è lecito»,* dijo, guiñándole un ojo.

Nada más salir del despacho de Baresi, lo llamó Mónica Grandes, para decirle que los compañeros de la Asociación para la Recuperación de la Memoria Histórica habían localizado al inspector Medina, el perseverante inspector de la Brigada Antigolpe que siguió el rastro de la ametralladora Ingram M-10 usada en el crimen de la calle de Atocha y al que retiraron de la investigación cuando estaba a punto de viajar a Milán para que Vincenzo Vinciguerra identificase a los agentes de los servicios secretos que se la habían entregado.

—Pero no tiene muchas ganas de hablar —dijo Mónica—. Insiste en que está jubilado y en que eso no cambia absolutamente nada, porque un policía no puede revelar datos confidenciales ni mientras está en activo ni después. Y asegura que, en cualquier caso, no sabe más sobre la matanza de Atocha de lo que a estas alturas sabemos nosotros.

—Ya... ¿Y estaba al corriente de la desaparición de Alicia?

—Sí, lo había leído en los periódicos, porque le llamó la atención que ella estuviese trabajando en lo mismo que él trabajó treinta años antes, y yo creo que mi insistencia y eso, que igual ha despertado su instinto de detective, son las dos cosas que al final, tras muchos rodeos, le han animado a tomarse un café con nosotros, dentro de dos horas. No nos va a permitir que le fotografiemos, lo cual me ha hecho pensar que si él mantiene tantas precauciones cuando ya han pasado tres décadas de todo aquello, será porque aún cree correr peligro... En cualquier caso, espero que te sea útil.

—Gracias por tu ayuda, aunque...

—... No tienes por qué dármelas. Pero... lo que sí me hubiera gustado es que me dieras los buenos días la otra mañana.

—Tienes razón, perdóname. Salgo muy pronto para el instituto y no quería despertarte.

—Podías haberme llamado más tarde... o al día siguiente.

—Lo siento de verdad, Mónica. No pretendía ser desconsiderado contigo, porque no te lo mereces. Tienes que disculparme, me encuentro un poco confuso, en estos momentos.

—Claro, claro, no te preocupes, es natural. Y..., oye..., en cuanto a lo demás, tampoco te sientas... violento... ni obligado. Son las cosas que ocurren cuando se ponen a beber juntas dos personas que están pasando un mal trago...

—¿Tú crees? ¿Y tú y yo somos tan ingenuos como para pensar que la suma de dos cosas rotas produce una entera?

—No lo sé, Juan, supongo que nadie se equivoca a propósito, ni sospecha lo iluso que puede llegar a ser. Pero es cierto, los arqueólogos sabemos que con los fragmentos de dos ánforas distintas no se puede hacer nada. Pero bueno, vamos a centrarnos en lo que importa: ¿quedamos directamente en la cafetería o me recoges antes, para que hablemos? Medina nos espera a las seis.

—Eso es lo que intentaba decirte: no puedo ir porque estoy fuera de España. He venido a Italia y ahora mismo estoy en Florencia, saliendo del despacho del juez Baresi, y voy camino de la estación para tomar un tren a Módena, donde he quedado para cenar con la amiga de Bárbara Valdés.

—¡Ah! Pero ¿es que has hablado con ella?

—No, con ella no. En realidad me llamó su marido, Enrique, para decirme que había telefoneado a la colega de su mujer y que ella y el juez Felice Casson, que como sabes es quien descubrió la existencia de la red Gladio, me esperaban hoy a las nueve en la *osteria* La Francescana, que según él es el mejor restaurante de la ciudad. Me recomendó los *tortellini in crema densa di parmigiano,* el Lambrusco Salamino di Santa Croce y que me aproveche sin miramientos de la magistrada, que está en deuda con ellos porque vivió en su casa seis meses mientras hacía un curso en Madrid.

—Ah, pues... en ese caso... lamento no haberte avisado de mis intenciones —dijo Mónica, sin lograr parecer sarcástica y ostensiblemente herida por el doble impacto de la sorpresa y el disgusto—. Pero no hay problema: le llamo, anulo la cita y asunto resuelto.

—¿Por qué? Ve tú, por favor, y así trabajamos en equipo. Eso me ayudaría mucho. ¿Lo harás? ¿Te reúnes tú hoy con el inspector Medina y me cuentas mañana lo que te haya dicho, mientras cenamos en el Montevideo? Al día siguiente ya tengo que ir a trabajar: sólo he conseguido que me dieran dos días libres.

Los dos se quedaron en silencio, a la expectativa.

—Muy bien, Juan, así lo haremos, cuenta conmigo y déjalo en mis manos —dijo Mónica, al fin, en un tono algo más sosegado—. Intentaré ayudarte en todo lo que pueda. Además, ya he leído el manuscrito de Alicia que me dejaste cuando estuve en tu casa, he hecho algunas averiguaciones por mi parte y me interesa el asunto, así que tengo claro qué le podría preguntar. De hecho, ayer estuve leyendo en Internet, en las hemerotecas de *El País* y *ABC,* algunas informaciones sobre él que me parece que van a sorprenderte. No te anticipo nada, para castigarte por haberme abandonado, pero creo que si las sé interpretar y él quiere hablarme de ellas el encuentro de hoy nos será muy útil. En cuanto salga del museo iré a tomar un café con Dolores Silva y su marido, porque les tenemos que contar las últimas novedades sobre el asunto de su padre y el Valle de los Caídos, y después me voy a ver a Medina.

—Gracias. Te debo una. Y oye..., escucha esto, porque te lo digo muy en serio: eres fantástica.

—Al contrario, soy muy real, así que no me hago invisible, no vuelo, no me transformo en pantera al anochecer y cuando me apuñalan por la espalda, sangro... ¿Y tú? ¿Qué tal por ahí? ¿Te ha servido de algo la charla con el juez Baresi?

—Bueno, tal vez para añadirle algunos detalles importantes al libro de Alicia... por si de verdad tuviese que completarlo. Por cierto, que hablé con sus editores y les parece una gran idea que lo haga. Aunque ya les he explicado que... *preferiría no hacerlo.*

—Bueno —dijo Mónica, unos segundos antes de despedirse y colgar—, estoy segura de que, pase lo que pase, harás lo que sea más apropiado. Que tengas mucha suerte con el juez Casson. Y si te da tiempo, visita la galería Uffizi, date un paseo por la Piazza della Signoria para ver la fuente de Neptuno y la estatua de Hércules y, sobre todo, visita el Ponte Vecchio, que empezó en la Edad Media y acabó en el Renacimiento, es decir, justo al contrario que la mayoría de las parejas.

A Juan le divirtió la ironía, pero no le hizo caso, sino que fue a ver a toda velocidad la fachada del Duomo, cruzó sobre el río Arno por el Ponte Santa Trinita y después fue con tiempo de sobra a la estación de Santa Maria Novella, para no arriesgarse a perder su tren a Módena. Pero dio igual una cosa que la otra, porque en realidad no vio nada de eso, sino a Alicia y a él de viaje por el Piamonte, tan seguros uno del otro como todas las personas que aún no se conocen lo suficiente, recorriendo en su coche alquilado Barolo, el castillo Falletti, las colinas de la Bassa Langa, Grinzane Cavour, Novello, Verduno... Sintió una tristeza infinita, porque «nada le duele más al desdichado / que recordar un tiempo en el que fue feliz», como dice Dante, cuyo sepulcro en la basílica de Santa Cruz habría ido a visitar de no ser porque él no está allí sino en Rávena, en la iglesia de San Francisco de Asís, donde murió exiliado porque en su ciudad lo persiguieron, lo calumniaron, lo desacreditaron y fue condenado a muerte. Tenía que contarle eso a Mónica Grandes y que ella se lo repitiera a Dolores Silva para que supiese que la historia de su padre, por desgracia, no era más que la misma de siempre. El ser humano se perfecciona pero no mejora, como demuestran tantas tumbas de este mundo que, una de dos, o están vacías o tienen dentro al muerto equivocado.

Capítulo veintitrés

Mientras caminaba hacia el café en el que se había citado con el inspector Medina, tuvo la impresión de que Héctor, el profesor de francés y Juan Urbano daban vueltas en su cabeza igual que ropa de tres personas distintas dentro de una lavadora. A sus treinta y tantos años, después de haber tenido más relaciones ocasionales, interinas y esporádicas de las que hubiese querido, Mónica Grandes se acusaba de ser feliz sólo en grado de tentativa y era consciente de llevar, por así decirlo, una vida eventual, en la que todo parecía inestable, confuso, estacional, discontinuo... Se dijo que tal vez tuviesen algo de razón Bárbara y Héctor al pensar que todo aquel asunto de la Asociación para la Recuperación de la Memoria Histórica era un modo de llenar lo que estaba desocupado, pero ¿y qué? Mejor gastar el tiempo en una tarea noble que en una persona indigna, como le dijo en una ocasión a la jueza Valdés. Y además, ella siempre fue así, alguien que nunca se conformaba con menos de lo que creía merecer y a quien sólo podría saciar un hombre al que quisiera y admirase. Cuando Juan le dijo que para él la rutina era «la ruina con un árbol en medio» y que todos sus fracasos sentimentales se debían a que jamás quiso aceptar ni decorados, ni laberintos, ni casas en llamas, sintió que además de identificarse la definía. Si alguien la hubiese obligado a elegir la palabra del diccionario que menos la caracterizaba, es muy posible que hubiera elegido *resignación*.

Pero aparte de otro posible error suyo, ¿quién era Juan Urbano, qué había ocurrido entre ellos y qué podía esperar de él? Por fuera era inteligente, guapo a su manera y un poco cínico, y a ella le gustaban las tres cosas. Por dentro, era difícil imaginárselo. Es verdad que la situación en la que se encontraba era muy compleja, forzado por las circunstancias a convertir en su principal preocupación a una mujer que ya no le importaba, como le vino a decir la noche en que habían salido, con una sinceridad algo violenta que, en su opinión, hablaba bien de él porque demostraba que podía ser un farsante pero no era un hipócrita. «Abandonaré a Alicia en cuanto aparezca, pero nunca antes», le había dicho, y a ella la impresionó el sentido del deber que ocultaba ese sarcasmo.

Lo que ocurrió entre ellos después de la cena con Bárbara y Enrique no tenía por qué ser otra cosa que el resultado de sumar el alcohol, la noche y sus problemas, así que Mónica decidió no ilusionarse con Juan, ni correr tras él, ni mucho menos pedirle explicaciones. «¿Para qué apresurarse? —se dijo—. Si la cosa cristaliza, perfecto. Si no, calma: no puedes llegar tarde a donde no te esperan».

Había estado con Dolores y Paulino al salir del museo, para comentarles que desde la ARMH habían mandado un escrito al Presidente del Gobierno y al Tribunal Supremo para exigirles que aplicasen la Ley de Memoria Histórica que había sido aprobada por el Congreso y que, entre otras cosas, dieran los permisos oportunos y pusiesen los medios necesarios para sacar del Valle de los Caídos a Salvador Silva y a todos los republicanos cuyas familias así lo habían solicitado. El ejemplo que ponían en su informe, que también se había remitido a las agencias de noticias y a los principales medios de comunicación, era la historia del impresor asesinado en Navacerrada, porque la consideraban un símbolo de los atropellos que cometió la dictadura y del abandono en que se encontraban los familiares de sus víctimas. El documento calificaba de «insulto a la inteligencia» la tesis de que el deterioro de los restos impedía su identificación y desaconsejaba su rescate: «La ciencia es capaz de reconstruir a un homínido de cuatro millones de años, aparecido en Adís Abeba, a partir de una tibia, medio fémur y dos vértebras; y la civilización consiste en gastar millones de euros e invertir cientos de horas de estudio para demostrar que el Hombre de Hielo tiene treinta y cinco siglos, trabajó en una mina de cobre, usaba un gorro de piel de oso y una espada de sílex y comió carne de ciervo antes de que lo asesinaran en los Alpes y fuese enterrado al pie de un glaciar. Todo lo demás es barbarie».

—Bueno, pues esa carta está muy bien, pero ¿qué va a pasar ahora? —le preguntaron Dolores y Paulino. Y ella les respondió que no tenía la más mínima duda de que aquel despropósito iba a solventarse, pero que el problema no estaba en el *qué* sino en el *cuándo*, y eso no se podía saber.

—No se crea —dijo él—, está más claro que el agua: cuando ya sea demasiado tarde. Fíjese en nosotros: no tenemos hijos, ni parientes cercanos, así que si nos vamos de este mundo sin resolver esa sinrazón, nadie lo hará. A eso esperan, a que nos muramos.

Mónica le respondió que probablemente estuviera en lo cierto pero que, en cualquier caso, no se iban a salir con la suya. La verdad es que se fue de su casa tan indignada por el abandono en que el Estado tenía a esa gente, que el enfado le vino bien, porque lo aprovechó para librarse del profesor de francés, contestando por fin al teléfono cuando volvió a llamarla: «¿Sí? Hola... Muy bien... No, no puedo... No, mañana tampoco... Mira, no lo hagas más difícil, ¿vale?... Ésa es tu opinión, pero no es la mía... Tú crees que tenemos que hablar y yo no... Pues lo siento, y créeme que no me gustaría herirte, pero para mí ha sido una simple equivocación, o tal vez una disculpa, no sé, algo que hice para obligarme a dejar a Héctor... Exacto, no era por ti sino contra él... Te pido perdón, pero en estos momentos sólo quiero vivir tranquila y no necesito estar con nadie. Adiós, espero que podamos ser buenos amigos».

Con esos pensamientos en la cabeza, llegó al Café Comercial, en la glorieta de Bilbao, donde había quedado con el inspector Medina, a quien nada más entrar reconoció al fondo de la barra, donde la esperaba con un periódico sobre el mostrador y una taza en la mano, por la mirada vigilante con la que controlaba a todo aquel que entrase al local, propia de quien está acostumbrado a vivir alerta y parece rastrear en cada movimiento de los demás un posible peligro, una amenaza latente. Con las cosas que había leído sobre él la noche anterior y aquella misma mañana, en el museo, no le pareció extraño que ese hombre no se fiara ni de su sombra. Tenía pensado hacerle la entrevista, transcribirla y editarla igual que si fuera a publicarse en un periódico, y así se la entregaría a Juan. Se dijo que lo importante era conseguir que el texto produjese la misma impresión que ella había sacado al leer en los periódicos la historia de ese hombre, contada en las noticias, casi todas diminutas, que fueron apareciendo sobre él a lo largo de unos diez años, tal y como sabía hacer Alicia Durán en sus textos, que siempre te dejaban claro, aunque fuera implícitamente, cuál era su punto de vista. Y lo que Mónica había deducido acerca del inspector Medina era que había sufrido dos persecuciones, una por parte de sus compañeros y otra por parte de sus rivales, ambas para evitar que contase la verdad. «Haz que te hable primero de cuando estaba a punto de ir a Roma para identificar a los del CESID que le dieron la metralleta de Atocha, 55 a los italianos —se dijo—. Que te dé su versión de por qué lo metieron en el gallinero de la Brigada Antigolpe para que vigilase a los policías involucionistas y luego filtraron el informe y lo pusieron al pie de los caballos. Pregúntale por cuando estuvo infiltrado en el PCE. Y quién tomó, según él, la decisión de que no fuera a ver a Vinciguerra y, por lo tanto, de parar la investigación del asesinato de los abogados. Y si es inocente o culpable del delito que le atribuyeron poco después, cuando fue detenido por robar documentos del Ministerio del Interior. Y si todo eso tendrá algo que ver con la CIA, con la guerra sucia contra ETA y con el ministro que la ordenó. O sea, que si fue traicionado por sus superiores, porque él era un socialista convencido y todos sus infortunios los padeció mientras gobernaban los suyos. Y qué tiene que decir del resto de las acusaciones gravísimas que le hicieron en los siguientes años, en los que aparece en la prensa como un policía corrupto que lo mismo robaba aceite requisado que falsificaba talones bancarios o trataba de extorsionar a una serie de empresarios haciéndose pasar por activista de los GRAPO... Que te diga lo de las amenazas de muerte que le hacían, lo del notario en el que depositó un informe en el que salían muy malparados algunos líderes políticos y varios mandos de las Fuerzas Armadas. Y cómo se sintió al padecer aquel calvario judicial... ¿O todo eso es una mala interpretación tuya, derivada del deseo de inventarte un héroe, y el inspector Medina sí que es aquel delincuente sin escrúpulos que dibujaban los diarios, especialmente los más conservadores?».

Mónica puso su mejor sonrisa y avanzó hacia él con paso firme. Juan valoraría que le ayudase con aquel asunto que, por otro lado, una vez más le hacía ver que sus pequeños problemas sentimentales no tenían ninguna trascendencia al lado de los dramas de las familias Silva y Valverde y de la desaparición de Alicia Durán. Incluso al lado de las penalidades del inspector Medina. El verdadero tamaño de las cosas no se sabe al medirlas sino cuando se las compara.

En Módena, Juan Urbano había dejado su maleta en el hotel Donatello y paseaba junto a la Torre Cívica de la catedral para hacer tiempo hasta las nueve, que era la hora en la que había quedado con la amiga de Bárbara Valdés y con el juez Casson en la *osteria* La Francescana; atravesaba la Piazza Grande y, sintiéndose un poco absurdo, echaba una moneda en la Fuente de los Dos Ríos para formular un deseo: que Alicia esté viva.

Las esperanzas, sin embargo, se iban haciendo más pequeñas cada día, y ése también, porque después de hablar a última hora de la tarde, por teléfono, con la policía española, tuvo la impresión de que las investigaciones estaban tocando fondo: no tenían ninguna pista, ni testigos que hubiesen observado algo extraño; según les informaban desde Italia, los *carabinieri* no encontraron nada irregular en su llegada al aeropuerto de Roma, ni señales de que la puerta de la habitación de su hotel de Florencia hubiese sido forzada, cosa que él mismo comprobó mientras estuvo hospedado en el Pendini, y el sistema informático de la recepción demostraba que no se había hecho ningún duplicado de la llave magnética, así que nadie pudo entrar allí de ese modo y, en consecuencia, todo parecía indicar que Alicia salió del edificio por voluntad propia. Tampoco recibió ninguna llamada en el teléfono del cuarto, de manera que en Italia sólo estuvo en contacto con el juez Baresi y sus colaboradores, y a través del correo electrónico con Vinciguerra, a quien habían interrogado en la cárcel de Opera, en Milán, sin ningún éxito: el ultraderechista les dijo que se había limitado a contestar aquel formulario lo mismo que contestaba todas las cartas y mensajes respetuosos que llegaban a su página web, y que no tenía la más mínima idea de quién era su autora, aunque nada más verlo advirtió que se trataba de alguien «informado, serio y relativamente ecuánime». Las incógnitas, por lo tanto, seguían siendo las mismas. Por ejemplo, ¿para qué salió a la calle a esas horas, sin duda ya muy tarde, como demostraba el hecho de que las preguntas al terrorista de Ordine Nuovo fueran remitidas a las doce y cuarto de la noche, es decir, que hasta ese momento tuvo que estar obligatoriamente en el hotel? «Todo resulta más enigmático precisamente porque no parece haber nada anómalo —le explicó el agente con el que hablaba, que como suele ser habitual en ese tipo de funcionario recurría a un lenguaje de complexión burocrática—. Entiéndame, quiero decir que aparte del hecho ya constatado de que la señorita Durán se encuentre en paradero desconocido, no parece haber pasado nada fuera de lo común; no se perciben movimientos extraños a su alrededor, ni actividades que ella pudiera haber emprendido en Florencia y que nos pareciesen temerarias o susceptibles de comportar algún riesgo; no fue, al menos que nosotros sepamos, a ningún lugar presuntamente peligroso; ni se encontró con individuo alguno de quien se pudiera temer una acción agresiva, tan sólo con el juez Baresi y sus ayudantes; ni tenía previsto en su agenda, que estaba en su mesilla de noche y ha sido estudiada cuidadosamente, reunirse con ninguna otra persona a la que hoy nos pudiésemos dirigir, porque de lo contrario no hay duda de que se lo hubiera dicho al magistrado... A día de hoy, todo esto parece un misterio insondable —se lamentó—, pero a ver qué pasa, estamos a la espera de que el juez dé la orden oportuna para poder comprobar las llamadas recibidas en su móvil o realizadas desde él, y en el momento en que tuviésemos alguna novedad se lo comunicaríamos».

Entró a tomar un café en el bar Molinari, y le preguntó a uno de los camareros cómo llegar a Via Stella. Mientras iba hacia allí, se dijo que tal vez había llegado el momento de avisar a la madre de Alicia, que al parecer era su único pariente cercano, de su desaparición, aunque no sabía de qué manera hacerlo gracias al modo en el que durante tres años ella lo había mantenido absolutamente al margen de su familia, de casi todos sus amigos y, en realidad, de todo su pasado, a lo que él reaccionó como lo hacen todas las personas orgullosas: fingiendo que no le importaba y pagándole con la misma moneda, con lo cual salía perdiendo dos veces, una porque ella lo maltrataba y otra porque él se veía obligado a tratarla peor de lo que querría. «Lástima que no se haya descubierto ningún antibiótico para el rencor», se dijo, sintiendo su memoria infectada por aquellos recuerdos que lo asediaban a la vez que le seguía dando vueltas a la pesadilla en la que de repente se había convertido su vida y al modo en que aquella calamidad lo apartaba de todos sus proyectos. Pensó en *El vendedor de milagros* y en la «ilusión sin prisas», como él la llamaba, que había depositado en ese segundo libro que tal vez consolidase la buena reputación que se había ganado con el primero, una novela titulada *Mala gente que camina* con la que logró cierta notoriedad y que le había dado el suficiente crédito como para que sus editores aguardasen con alguna expectación su siguiente trabajo. Él lo quería hacer de forma metódica, sin precipitarse ni dejar que lo hipnotizaran los cantos de las sirenas, y Alicia le incitaba a escribir dándole unos ánimos que él recibía como un insulto, porque parecían ridiculizar todo lo que hacía al compararlo con lo que ella preferiría que hiciese: así, al lado de sus aspiraciones la realidad resultaba tan insignificante que toda ella, el instituto, sus artículos para alguna revista literaria y sus clases, se volvía algo trivial, vacío, sin futuro. Consigo misma actuaba del mismo modo, era exigente, rigurosa y autocrítica hasta el límite y, a fin de cuentas, su famoso hotel de montaña en el que dar clases de Inteligencia Emocional era una forma de desacreditar su profesión y su modo de vida. Juan, eso sí, tuvo que reconocer de nuevo la manera en que Alicia se dejaba la piel en todo aquello que hacía, y en este caso, con sus agotadoras investigaciones sobre la red Gladio, y el modo en el que trataba de salir por la puerta grande de un oficio en el que ya no creía y del que desde hace mucho tiempo deseaba alejarse, lo cual era una extraordinaria lección de integridad. Aunque visto desde la otra orilla, ¿era posible que hubiese tenido la mala suerte de que acabaran con ella cuando estaba a punto de abandonar el barco? «Bueno, pues entonces igual que yo —se dijo—, que estoy aquí y la tengo que buscar porque la he perdido, o alguien se la ha llevado, un segundo antes de abandonarla». Se sonrojó, porque esa clase de ideas le producían vergüenza, pero ¿cómo evitarlas? En este mundo no hay nada más difícil que saber dónde acaba el espíritu de supervivencia y empieza el egoísmo.

Pero para entonces esa clase de razonamientos ya no tenía sentido alguno, porque lo cierto es que estaba en Módena, había ido allí para entrevistarse con el juez Casson y tras un agradable paseo por el casco histórico de la ciudad en el que admiró a la carrera la Chiesa di San Bartolomeo o el Palacio Ducal, ya se encontraba en Via Stella, 22, y frente a él brillaban suavemente las distinguidas luces doradas de la *osteria* La Francescana.

—Mire usted, a mí me han calumniado, me han perseguido, me han utilizado, me han tenido incomunicado sin una orden judicial en el calabozo de una comisaría, he recibido amenazas de muerte, me han procesado... y siempre guardé silencio. Ahora quizá ya no tengo nada que perder, pero aún no confío en nadie, de manera que no me importa que hablemos, pero me va usted a permitir que yo también registre la conversación, por si acaso.

El inspector Medina dijo eso y, efectivamente, colocó su propia grabadora sobre la mesa a la que se acababan de sentar, en un ángulo, al fondo del establecimiento y de cara a la puerta. Mónica Grandes le había dicho que acababa de leer sucesivamente un manuscrito de la periodista desaparecida en Florencia en el que se diseccionaba el atentado de la calle de Atocha y se lo citaba a él, y después las noticias que salieron en los periódicos cuando fue incriminado en varios delitos, y que su conclusión era que una cosa era consecuencia de la otra.

—Déjeme, antes de nada, que le pregunte algo que tal vez no quiera responder —dijo Mónica, intentando copiar el estilo directo de Alicia Durán—: ¿Es o ha sido usted un espía?

La observó con una expresión torva en la que también había un punto de fatiga, como si aquella cuestión le aburriese. Era un hombre serio, de rasgos tupidos y ojos inescrutables, labios cautelosos que apenas se separaban al hablar, muy probablemente para que nadie pudiera leer a distancia en ellos lo que decía, nariz atormentada por el recuerdo de alguna fractura, que le daba un cierto aspecto de boxeador, mandíbula maciza y unas manos lentas que, de todos modos, entrelazó antes de empezar a hablar, como si le encomendase a cada una de ellas la neutralización de la otra para que sus movimientos no dijeran nada que no quisiese decir él. Miró hacia los lados, para comprobar que no había nadie con Mónica, tal vez un fotógrafo que pudiera tomar imágenes suyas de manera encubierta, y luego dijo, en un tono de voz sorprendentemente grave y bajo, en el que cada palabra parecía desconfiar de la anterior y de la siguiente, y que sin duda usaba para que no le pudieran oír las personas que estaban a su alrededor:

—¿Ha puesto ya su grabadora en marcha?

—Todavía no —dijo Mónica.

—Pues hágalo y empecemos. Yo no tengo por qué decirle a usted nada que no merezca saber todo el mundo. Ya he estado callado demasiado tiempo.

Capítulo veinticuatro

Inspector Medina: «La investigación del crimen de Atocha la detuvo el ministro del Interior».

En los años más duros de la Transición y en la época del primer Gobierno socialista de la democracia, el nombre del inspector Medina se hizo bastante familiar entre los españoles, que veían en él un símbolo de que los nuevos tiempos también habían llegado a las fuerzas del orden. Sus investigaciones en casos tan relevantes como la matanza de la calle de Atocha o la expropiación del entramado empresarial Rumasa hicieron de él un modelo de detective honrado, sagaz e incorruptible, pero su intento de depurar las comisarías de agentes de ultraderecha y de funcionarios inoperantes, su implicación en una serie de luchas de poder dentro de la propia policía y su enfrentamiento con un ministro del Interior que acabaría en la cárcel acusado de ejercer el terrorismo de Estado, fueron minando su imagen pública y, finalmente, su estela se apagó, lo detuvieron y fue acusado sucesivamente de robo, insubordinación, falsedad documental y chantaje. ¿Tuvieron algún fundamento aquellos cargos? ¿Fue todo un ajuste de cuentas, una larga venganza que no cesó hasta verlo hundido? ¿Por qué le impidieron que demostrase la participación de espías de los servicios secretos en el asesinato de los abogados laboralistas y cuando iba a viajar a Italia para enseñarle las fotos de los sospechosos a un miembro de la banda criminal Ordine Nuovo, encarcelado por sus crímenes, fue apartado del caso? Antiguo miembro de la Guardia Civil y de la inteligencia de la Marina, infiltrado en el PCE y comisario de la Brigada Antigolpe, Medina acabó siendo inhabilitado, puso en marcha una agencia de detectives y terminó mezclándose de nuevo en asuntos turbios que lo volvieron a sentar en el banquillo de los acusados de la Audiencia Provincial de Madrid. Su historia es un buen ejemplo de cómo algunos ases de la Transición acabaron rotos en mil pedazos sobre la mesa en la que se jugaba la partida.

—Lo que han corrido sobre mí —dice, para romper el fuego, con su manera de hablar áspera y obstinada, hecha de frases cortas y palabras que parece separar cuidadosamente del resto del lenguaje antes de dejarlas caer— son muchas leyendas, la mayor parte malintencionadas y todas mentira: que si me dedicaba al espionaje, que si era un correveidile del Presidente del Gobierno, que si manejaba al sindicato y, en el otro extremo, que si hacía negocios con estafadores y me dedicaba a colocar en el mercado negro mercancías decomisadas... Nada de eso es verdad. En absoluto. Lo único que he sido a lo largo de toda mi carrera profesional es inspector del Cuerpo Superior de Policía. Al menos hasta donde me dejaron.

—*Y otras cosas, ¿no? Por ejemplo, perteneció a los servicios de información de la Marina. Y también trabajó como infiltrado en el PCE.*

—Siempre seguí las órdenes de mis superiores y traté de cumplir con lo que me mandaban. Ésa es una ley contemplada en Derecho Penal: se llama obediencia debida. Cuando vistes un uniforme es así, el que lleva las estrellas en el hombro decide y los demás acatan.

—*Sin embargo, de lo que le acusaron fue justamente de lo contrario: de saltarse el escalafón e investigar por su cuenta a los miembros más involucionistas del cuerpo, los más vinculados a la dictadura, casi todos procedentes de la Brigada Político-Social y algunos de ellos implicados en la matanza de la calle de Atocha.*

—Cumplía con mis obligaciones, sólo eso. Ahora, lo que pasa es que aquí el amo tira el palo y ustedes acusan al perro de habérselo traído.

—*El caso es que empezó a poner cruces y se buscó enemigos peligrosos...*

—Los enemigos siempre son peligrosos, y los amigos sólo a veces. Eso es lo único que los diferencia. No te puedes fiar. La historia de la policía está llena de agentes que salieron vivos de auténticas guerras con terroristas, narcotraficantes o atracadores y a los que el día menos pensado se llevó por delante un atracador de farmacias. Pero sí, claro que allí, en la antigua Dirección General de Seguridad, nadaban muchos peces gordos, o sea, fáciles de ver y difíciles de pescar. En cualquier caso, creí que íbamos a hablar de esa periodista desaparecida.

—*En cierto sentido, ya lo estamos haciendo.*

—¿Sí? ¿Y qué sentido es ése?

—*Bueno, Alicia Durán fue a Italia a lo mismo que iba a ir usted en el año 1983: a investigar la posible relación de las fuerzas de seguridad y los servicios secretos españoles con el asalto a los abogados laboralistas. Y la relación de todos ellos con la red Gladio, dependiente de la CIA.*

—Pues entonces que Dios la pille confesada, porque se ha metido en un avispero. Ahí hay muchos intereses, mucha suciedad bajo las alfombras y muchos cables sueltos.

—*Cuando le apartaron del caso iba a Roma para enseñarle a uno de los líderes de Ordine Nuovo, Vincenzo Vinciguerra, las fotos de varios agentes del CESID, con el propósito de que identificase a los que le habían entregado la metralleta Ingram M-10 que luego se usó en el atentado; y cuando un año más tarde fue detenido, lo acusaron de robar esos mismos documentos de los archivos del Ministerio del Interior. Parece que había que ocultar a esa gente a toda costa.*

—Yo no robé nada, y culparme de tener en mis manos el mismo material que necesitaba para cumplir las misiones que se me encomendaban me parece que aclara las intenciones de mis perseguidores, y por si hubiera dudas, no hay más que ver cuáles eran los cargos contra mí: «infidelidad en custodia de documentos», es decir, que no los sustraje, sino que los tenía bajo mi cuidado. Y ni eso era verdad: esos papeles estaban en todas las mesas de la comisaría. En realidad, lo que buscaban era otra cosa: más de dos mil informes que ellos habían intentado hacer desaparecer antes de mi llegada, porque probaban sus vínculos con la ultraderecha, y que yo había localizado. Eso es lo que fueron a buscar a mi casa.

—*¿Y por qué eran sus «perseguidores»? Deberían haber sido sus compañeros.*

—En todas partes hay camarillas, y allí también. Había, por ejemplo, dos sindicatos, uno más liberal, que era al que yo pertenecía, y otro..., bueno, para ser suaves digamos que menos democrático... Ahí se mezclaba mucha gente, alguna con un pasado muy negro en los calabozos de la Puerta del Sol y no muy dada a aceptar que llegase otra época y se acabaran muchos privilegios. Yo hice una investigación interna sobre las actitudes e ineptitudes profesionales de determinados individuos, todos ellos destinados en la Brigada de Información Interior, y al tener noticia de ella, pidieron que me destituyeran: muerto el perro, se acabó la rabia. El secretario de Estado para la Seguridad se puso de mi parte, me felicitó por mi trabajo y dispuso el traslado de algunos de aquellos conspiradores. Y dos meses más tarde, montaron aquel número del robo de los papeles secretos, y me echaron. La política da muchas vueltas, como la ropa sucia.

—*Es de suponer que entre esos «digamos que menos demócratas» estaban los que maquinaban crímenes y sublevaciones, es decir, entre otros los asiduos de la pizzería Il Appuntamento.*

—Pues sí. Ellos jugaban a conspiradores y nosotros sabíamos quiénes eran, cuáles eran sus amigos y dónde se encontraban con ellos. Había muchos sitios de reunión. Los italianos, Delle Chiaie, Cicuttini y todos esos, se reunían, efectivamente, en Il Appuntamento. Luego estaban los de la Triple A, que habían huido de Argentina y frecuentaban el Drugstore de la calle Velázquez. Ésos eran casi los peores, todos llevaban armas y alguno tuvo un papel de cierta relevancia en la preparación del 23-F y en la guerra sucia contra ETA, y luego fundó una empresa de seguridad muy conocida... En fin, que son muchas cosas. Pero sí, unos cuantos de los nuestros y otros del entonces llamado SECED se movían en esos ambientes y eran uña y carne con los de la Internacional Negra.

—*Y de ahí salió la idea de asesinar a los abogados comunistas.*

—Yo no puedo decirle de dónde salieron o dejaron de salir las ideas o en dónde se montaron los planes, pero sí que allí, en Il Appuntamento, coincidían muchos de los involucrados en el ataque al bufete de Atocha, 55, incluido el neofascista de Ordine Nuovo que apretó el gatillo de la Marietta.

—*Porque en su informe quedaba claro que la teoría del tirador solitario con una pistola Browning era insostenible.*

—Aquí no hay claro ni oscuro, y a lo insostenible se lo sujeta con cuatro mentiras. Pero el trabajo de un policía es seguir rastros y encontrar pruebas, nada más. Luego, esas pruebas se pueden perder en el camino que va desde el lugar del crimen al juzgado, y eso es lo que pasó allí: los estudios periciales y el informe de los expertos en balística confirmaban que se había disparado un subfusil, pero después esa ametralladora no aparece en el sumario.

—*Y eso que usted le había seguido la pista al arma y descubrió que había hecho un largo viaje Washington-Madrid-Roma.*

—Washington no, Atlanta. Y no era una sola arma, sino tres, dos Ingram M-10 y una M-19, calibre 9 milímetros Parabellum, adquiridas en Estados Unidos y entregadas al Servicio Central de Documentación de la Presidencia del Gobierno.

—*Y usted descubre que una de ellas le fue entregada a Vinciguerra por algún miembro de los servicios secretos españoles.*

—Así es. Teníamos gente infiltrada en los grupos ultras, como usted comprenderá, y ésas eran efectivamente las noticias que nos llegaban y que con mucho trabajo y un poco de paciencia pudimos verificar.

—*Pero entonces ocurre algo inesperado, y es que justo en el momento en que iba a viajar a Italia para interrogar a Vinciguerra y juntar las dos mitades del misterio..., lo cesan.*

—Así es. Mis hombres y yo fuimos separados del caso, de manera fulminante y sin explicaciones.

—*¿Por qué y por quiénes?*

—Lo segundo está más claro que lo primero, porque es evidente que en asuntos de esa magnitud la decisión de no llegar más lejos y echar tierra sobre un suceso de semejante envergadura sólo la puede tomar el Ministerio del Interior.

—*... que por entonces ya era socialista, lo cual parece muy contradictorio, ¿no? Entre otras cosas porque se trataba de su partido.*

—Yo no tenía ningún partido. Como sabrá, dentro de un uniforme no se puede llevar un carnet.

—*Pero más al fondo sí...*

—Ésas son convicciones de cada uno, en cualquier caso. Yo lo que sé es que me apartaron del caso pero no me sustituyeron, es decir, que la investigación se paró ahí. Después me dejaron sin destino, fui relevado como jefe de grupo en la Brigada de Información Interior y a los dos meses me detuvieron, me acusaron de sustraer documentos confidenciales que, como le digo, circulaban en fotocopias por todos los departamentos del Centro de Investigación, me encerraron en un calabozo el tiempo necesario para meterse en mi casa y recuperar los informes que los comprometían y que estaban en mi poder, y me suspendieron de empleo y sueldo. Fui a juicio y el fiscal rebajó la pena que pedían para mí a un año en libertad vigilada y una multa simbólica, es decir, a casi nada, y eso por la presión que sufría por parte del Ministerio del Interior y de la prensa reaccionaria. Por otra parte, reconozco que la cosa no les salió mal, porque mataron dos pájaros de un tiro: los ultras se quedaron en las comisarías y los abogados en sus tumbas. Todo en orden.

—*¿No sería también que querían borrar la pista de las metralletas porque se dieron cuenta de que iba a dar a la red Gladio y a la CIA?*

—Tendría que preguntárselo a ellos. Pero a lo mejor no hace falta irse tan lejos ni levantar tanto el punto de mira. Bastante tenían ya con esconder sus propios cadáveres en el armario. Yo lo único que puedo decir es que sabíamos de dónde venían los subfusiles, para qué se usaron y dónde fueron a parar. De hecho, todos acabaron en Italia: el que había servido para llevar a cabo la acción de Atocha, 55 se lo llevaron allí los de Ordine Nuovo y los otros dos les fueron entregados a las Brigadas Rojas.

—*Eso parece confirmar la conexión de los grupos maoístas con la red Gladio, de la que hablan varias de las personas a las que entrevistó Alicia Durán.*

—Cada uno puede sacar las conclusiones que quiera, pero dos y dos seguirán siendo cuatro.

—*¿Es cierto que también tenía en su poder una serie de pruebas que comprometían al propio ministro del Interior en la guerra sucia?*

—Le puedo asegurar que esas pruebas existían. No digo que las tuviese yo.

—*¿Y tenían algo que ver con el terrorismo de Estado?*

—Posiblemente tendrían que ver con algunas de las cosas que acabaron con él y con sus colaboradores más cercanos en la cárcel.

—¿*Eran esas evidencias las que le hizo llegar al Presidente del Gobierno y fue eso lo que desató las iras contra usted?*

—Yo no hice llegar nada a las manos de nadie y siempre respeté el orden jerárquico.

—*Por respeto al orden jerárquico y a la obediencia debida, ¿calló usted lo que sabía de la guerra sucia contra ETA cuando lo llamaron a declarar por la desaparición de Pertur?*

—Uno siempre sabe cosas, pero yo he aprendido a base de golpes que en esta vida es importante comprender cuándo conviene decirlas y cuándo es más oportuno callar. Soy un hombre paciente y sé tomar mis precauciones. Quién sabe si algún día habrá que contar algunas cosas.

Mientras ese momento llega, el inspector Medina no quiere hablar más que del caso de los abogados laboralistas, que según dice nunca ha dejado de obsesionarle, pero lo cierto es que sus andanzas darían para escribir un libro, porque tras ser apartado de aquella investigación la controversia siguió rodeándolo. Cuando investigaba las cuentas del holding Rumasa, que le había sido expropiado a su dueño por el Gobierno, y acababa de localizar el zulo en el que estaban escondidos los libros de contabilidad de la empresa, había descubierto un fraude a la Hacienda pública de cientos de millones y estaba a punto de demostrar que también se había producido una evasión de capitales provenientes de las ganancias de la compañía cuyos beneficiarios eran una serie de miembros del Opus Dei y cuyos cómplices eran algunos altos cargos policiales a los que planeaba denunciar por los supuestos delitos de encubrimiento y prevaricación, volvió a ser detenido por aceptar, supuestamente, un soborno de los encausados. Cuando la Audiencia Nacional anuló la fianza que le habían exigido y lo dejó en libertad y a la espera de juicio, declaró a los periódicos que «si le ocurría algo tenía bien guardadas las espaldas con un dosier de ochocientas páginas muy comprometedor para muchas personas». La respuesta fue un nuevo e insólito auto de procesamiento contra él por apropiación indebida, pues lo involucraban en la desaparición de dos millones de litros de aceite, incautados a Rumasa, de un almacén del Servicio Nacional de Productos Agrarios. La última vuelta de tuerca de esta rocambolesca historia se produjo poco después de que Medina tirase la toalla y abandonara la policía para montar una agencia de detectives privados: al poco tiempo los fiscales de la Audiencia Provincial de Madrid pedían para él dos años de cárcel por hacerse pasar por activista de los GRAPO para extorsionar a un empresario. Al final, un antiguo socio de la víctima, a quien ésta debía una gran cantidad de dinero, confesó que la idea de enviarle una carta exigiéndole el pago de un impuesto revolucionario había sido suya, que lo había hecho para intentar cobrar lo que el otro se negaba a devolverle y que lo único que hizo Medina fue proporcionarle el logotipo de la banda terrorista y ofrecerse como mediador. Fue absuelto, una vez más.

—*Me gustaría hacerle una última pregunta: ¿cree que los protagonistas de aquellos sucesos siguen en activo? Y si así fuera, ¿quién de ellos podría tener algo que ver con la desaparición de Alicia Durán?*

—Ellos siempre están en activo. No tienen derecho a descansar porque uno no puede jubilarse de sus pecados. Si de verdad han decidido eliminar a esa chica, lo habrán hecho sin que les temblase el pulso y les habrá gustado, porque esa gente necesita matar para sentir que aún está viva, y además lo habrán hecho todos, unos en persona y otros a distancia, porque tienen muy bien repartidos los papeles y porque ninguno da un solo paso sin la autorización de los demás. No son una red, son una secta. El clan de los asesinos. Y se lo vuelvo a decir: no hay que irse muy lejos para encontrarlos.

Y con esa ráfaga de titulares tan propia de él, da por cerrado nuestro encuentro. ¿Con quién he estado hablando?, me digo, mientras lo veo salir del local en el que hemos estado y perderse entre la multitud: ¿con un mártir o con un demonio? ¿Con un intrigante o con la víctima de una fabulosa conspiración? Es imposible estar con este hombre, oír su historia y no hacerse esas preguntas.

En Módena, casi al mismo tiempo en que el inspector Medina se despedía de Mónica Grandes en aquel café de Madrid, Juan Urbano y sus acompañantes se disponían a pedir la cena en su lujosa *osteria*. La Francescana era uno de esos lugares con cuadros abstractos en los muros, comidas de seis colores en los platos y un chef que se ve a sí mismo como el Leonardo da Vinci de las sartenes, en los que no existen ni los precios bajos ni los nombres cortos: la colega de Bárbara Valdés pidió *uovo di livornese, succo di prosciutto, pane crocante fonduta di bettelmat e tartufo nero;* el juez Casson, *risotto con la zucca appassita, chicchi di picolit di Marco Sara mostarda di mele campanine e polvere di amaretto,* y él una *insalata di mare.* Por fortuna, el italiano de Casson era más comprensible que el del menú, y pudieron entenderse con la ayuda impagable y generosa de su acompañante, que dominaba el español desde sus tiempos en Madrid, cuando estuvo viviendo en casa de Bárbara y Enrique.

El juez escuchó con curiosidad, más tarde con atención y finalmente con gran interés lo que le contaba Juan, empezó a tomar algunas notas cuando la historia de Alicia se fue metiendo en el territorio de la red Gladio y soltó un silbido de asombro cuando en medio de la conversación llegó un sms de Mónica que decía «Medina increíble, una estatua de Mercurio arrojada a un vertedero. Los ultras sacaron tres Mariettas del cuartel, una se la dieron a los de Fuerza Nueva y las otras dos acabaron en manos ¡de las Brigadas Rojas! El informe que demostraba eso se lo confiscaron cuando fue apartado del caso y detenido».

—Claro, eso encaja perfectamente —dijo Casson, después de leer el mensaje varias veces en el móvil de Juan, como si tratara de memorizarlo—, y es uno de los documentos que las autoridades españolas no quisieron dejarnos consultar cuando les solicitamos que nos transfirieran cualquier información que evidenciara las conexiones entre los extremistas de nuestros dos países. En cuanto a esas metralletas Ingram, no me sorprende lo que le dicen de ellas: es característico de los grupos terroristas intercambiarse el armamento para conseguir que sea más difícil seguirle la pista. El trabajo de los delincuentes es dispersar las cosas y el nuestro volver a reunirlas. Pero esto es un dato de extraordinaria importancia, «un pequeño detalle de dimensiones épicas», como suele decir nuestro amigo Pier Luigi Baresi, y si el inspector Medina, que como comprenderá no es ningún desconocido para nosotros, le ha contado eso a su colaboradora, me gustaría tener lo antes posible una copia de la entrevista que le ha hecho, porque lo que dice de esas Mariettas y de su aparición en Italia es un dato que acentúa las sospechas más que fundadas de que hubo algún tipo de relación entre la CIA, su red Gladio y las Brigadas Rojas. Por mi parte, no dude que moveré los hilos que crea necesarios para intentar averiguar algo sobre la señorita Durán.

—Se lo agradezco mucho.

—Créame que yo a usted también. Manténgame informado y no deje de avisarme si pasa por Venecia. Le invitaré a cenar en la *trattoria* La Canonica, que es donde comen los gondoleros, y a un café en el hotel Danieli.

—Dígame una cosa: ¿cree que hay alguna posibilidad de que Alicia esté viva?

El juez Casson lo miró con un brillo de piedad en los ojos.

—Es difícil de saber —dijo—. De todas formas, yo no me alejaría mucho de Madrid, porque a menudo esa gente actúa con las personas igual que con las metralletas de las que hemos hablado: los criminales creen que llevarse sus delitos a otra parte los separa de ellos y los pone a salvo. Por suerte, se equivocan a menudo. Por desgracia, no lo hacen siempre.

Cuando Juan Urbano leyese entera la entrevista que Mónica Grandes le había hecho al inspector Medina, notaría la coincidencia: tanto él como Casson pensaban que, aunque Alicia hubiese desaparecido en Italia, los culpables no estaban allí.

Capítulo veinticinco

Salvador Silva (1910-1939 y 1959). Mientras Paulino vigilaba, Dolores había estampado eso en la cruz del Valle de los Caídos, con pintura roja y en un instante, rociando con un aerosol la cartulina en la que antes, en su casa, había escrito y luego recortado esa enigmática inscripción. El servicio de seguridad, que controlaba con cámaras todo el monumento, los detuvo cinco minutos después y avisó a la policía. Ahora, el matrimonio era conducido en un coche patrulla a El Escorial, para prestar declaración en comisaría. Por el camino, preguntaron si podían hacer una llamada y telefonearon a Mónica Grandes para contarle lo que sucedía.

Dolores y Paulino habían decidido hacer eso la noche antes, mientras cenaban, hartos de ver que el tiempo iba pasando y nada ocurría, que todas sus peticiones de justicia eran como palomas mensajeras ahogándose en el agua estancada de la burocracia. Desde la tarde en que tuvieron con Francisca Prieto, el profesor de francés y Mónica aquella conversación en la que la primera les anunció que la Asociación para la Recuperación de la Memoria Histórica había presentado una demanda ante la Audiencia Nacional, el segundo les dijo que estaba seguro de que lograrían rescatar los restos de su padre y la tercera les puso al corriente de la desaparición de Alicia Durán, ya habían transcurrido siete meses en los que hubo muchas promesas, la seguridad, en un momento concreto, de que estaban a punto de conseguir su objetivo y, finalmente, ningún resultado. La idea de hacer esa pintada en Cuelgamuros se les ocurrió al evocar aquel encuentro y acordarse de que ese día Paulino contó que había grabado a cuchillo los nombres de sus padres, Lucrecia y Abel, en uno de los chopos a cuya sombra descansan, en Cornellà del Terri, a veinte metros del río Fluvià. ¿Por qué no hacer lo mismo en la tumba apócrifa del impresor republicano? Al recordar el título que Alicia Durán le había puesto en su libro al capítulo sobre él, «Los dos entierros del camarada Salvador Silva», decidieron que poner tras su fecha de nacimiento las de su muerte y su traslado al Valle de los Caídos era un buen modo de denunciar la injusticia que sufrían y la tortura que significaba saber que su familiar estaba allí, secuestrado después de muerto, pero no se lo podían llevar donde querían, que naturalmente era al Cementerio Civil de Madrid, para que reposara junto a su mujer, Visitación. ¿A quién podía hacerle daño eso? ¿Qué derechos de otros vulneraba?

Después de la denuncia presentada ante la Audiencia Nacional, aquélla había seguido una serie de trámites y saltado de unas instancias a otras sin ningún resultado, pero con un pequeño éxito, que fue lograr que Patrimonio Nacional le confirmara que Salvador Silva estaba allí y que era una de las 21.317 víctimas que están identificadas: la inscripción del registro del 1 de febrero de 1959 dice que ese día llegaron al Valle de los Caídos, procedentes de Navacerrada, los restos de cinco personas, una sin identificar y las otras cuatro, entre las que se encontraba el padre de Dolores, con su documentación metida en una botella atada al pie, como era bastante habitual que ocurriese. Estaban localizados en el columbario número 274. Cuando esa información llegó a ellos, y mientras su mujer lloraba lágrimas agridulces, Paulino se quedó mirando esa cifra y dijo: «Fíjate qué casualidad: dos más siete más cuatro suman trece, igual que *Salvador Silva*».

Pero ¿de qué iba a servir eso, si la Audiencia Nacional había paralizado las exhumaciones que ordenó el juez Garzón de forma cautelar, justo a tiempo para impedir que se iniciaran, y muy poco después, con una velocidad y eficacia increíbles en un país donde la Justicia es de una lentitud exasperante, lo declararon incompetente para indagar ese asunto y fue perseguido con saña hasta que el Tribunal Supremo logró expulsarlo de su puesto e iniciar una implacable cacería contra él? Como tantos millones de ciudadanos, Dolores Silva y Paulino Valverde se habían quedado perplejos al ver el modo en que una parte sustancial de la magistratura se apresuró a cubrirle las espaldas al genocida, con una devoción sólo comparable a la que de principio a fin sintió por él la Iglesia católica, «siempre dispuesta a lamer la sangre de las espadas de los asesinos», según suele decir la joven Laura Roiz. No hacía falta irse muy lejos para darle la razón, bastaba recordar que en el año 2003, en la misa que, como cada 20 de noviembre, se ofició en la basílica del Valle de los Caídos en honor del atroz Caudillo, el abad afirmó ante la familia del general, dos ministros de sus Gobiernos, el coronel de la Guardia Civil que comandó el asalto al Congreso del 23 de febrero de 1981 y varios cientos de nostálgicos falangistas, que aquel lugar que «resume su espíritu como hombre y como cristiano», «no es el monumento a una victoria sino la lamentación por una guerra», y para concluir el sermón, quiso dejar en el aire un consejo con atmósfera de advertencia: «No abráis viejas heridas, no cavéis viejas trincheras ni desatéis vientos que presagian y traerán tempestades».

Después de ver cómo el Tribunal Supremo, sin duda con el beneplácito del Gobierno socialista, aniquilaba sin contemplaciones todas sus esperanzas, Dolores y Paulino quedaron destrozados: la costumbre de perder no hace menos amarga la derrota. Mónica Grandes solía llamarlos por teléfono desde el museo, para saber cómo estaban y para darles ánimos, y les mantenía al corriente de las iniciativas de la ARMH. Un día, por ejemplo, les contó que habían mandado una carta sobre el Valle de los

Caídos a la Moncloa, en la que le preguntaban al Presidente «hasta cuándo va a seguir obligando el Estado a las víctimas de la dictadura a financiar con sus impuestos el mausoleo del responsable de la muerte de decenas de miles de civiles y de la persecución de millones de españoles», y en la que reclamaban que la necrópolis se convirtiese en un «lugar que honre el recuerdo de quienes fueron obligados a construirlo por la fuerza, como esclavos políticos», a la manera del Centro de Interpretación del Nazismo, en Núremberg; el Museo Gulag en Perm, Rusia, el del Holocausto en Jerusalén o el del Distrito Seis en Ciudad del Cabo, Sudáfrica; el Espacio para la Memoria, en la Escuela Superior de Mecánica de la Armada, en Buenos Aires; la Casa de los Esclavos, en la isla de Gorée, en Senegal, o el Parque por la Paz Villa Grimaldi en Santiago de Chile. Por supuesto, no habían obtenido ninguna contestación. ¿Qué iban a contestar, si en el artículo 16 de su Ley de Memoria Histórica ya sancionaban que ese monumento «se regirá estrictamente por las normas aplicables con carácter general a los lugares de culto y a los cementerios públicos» y recalcaba que «en ningún lugar del recinto podrán llevarse a cabo actos de naturaleza política ni exaltadores de la Guerra Civil o de sus protagonistas». Es decir, que nada de museos ni centros de estudios: aquello era un camposanto y una iglesia, nada más. Aunque también siguió siendo el santuario de los fascistas españoles y de toda Europa. Ante tal despropósito, ellos y el resto de las organizaciones pertenecientes a la Federación Estatal de Foros por la Memoria intentaron endurecer su postura y habían celebrado varias concentraciones en Cuelgamuros bajo el lema «Verdad, Justicia, Demolición».

—Ha habido más de un intento de echarlo abajo, no te creas —le dijo a Bárbara Valdés su marido, una noche en la que, como tantas otras, hablaban del tema—. En agosto de 1962 explotó un artefacto en la basílica y como no sabían de dónde venían los tiros ni por dónde empezar a buscar, detuvieron a un estudiante de Ciencias Económicas que estaba fichado por repartir propaganda anarquista, pero que evidentemente no tuvo nada que ver en aquel ataque, lo acusaron de rebelión militar y lo condenaron a veinticinco años. En abril del 99, tras más de dos décadas de democracia, los GRAPO colocaron otra bomba en un confesionario y pasó un poco lo mismo: atraparon a una terrorista que ni mucho menos había sido la autora material del atentado, fue juzgada por un delito de «estragos terroristas» y le cayeron siete años. Y en 2005 ETA colocó otro explosivo junto al funicular que sube a los visitantes hasta la base de la cruz. Pero fueron ofensivas pequeñas, yo creo que más propagandísticas que otra cosa, hechas para llamar la atención, o para distraerla, no para derribarlo.

—Cosa que a ti no te parecería bien que se hiciera, ¿no? —preguntó la jueza Valdés—. O al menos eso le dijiste a Mónica en Cercedilla... Hasta me acuerdo de que comparaste a los partidarios de la voladura con los talibanes que destruyeron los Budas de Bāmiyān.

—Y no he cambiado de opinión; por una parte, porque me parece que la dinamita nunca es un buen argumento y que destruir obras de arte te pone a la altura de Hitler, que quemaba los cuadros que no le gustaban, por ejemplo *El pintor en el camino a Tarascón,* de Van Gogh; y por otra, porque para mí no hay mejor modo de recordar lo patético, cruel, vengativo, inmisericorde, megalómano y hortera que fue aquel canalla, que visitar su mausoleo de imitación mientras recuerdas que lo puso en pie usando a doce mil esclavos como albañiles.

—¿Eso no vale para dejar allí a tu Salvador Silva? Las cosas son como fueron.

—Pues mira: no, para eso no sirve. De hecho, son cuestiones que no tienen nada que ver. Vaciar las fosas comunes es un deber moral y un acto de civilización, lo mismo que conservar una obra de arte: cuando un criminal de guerra asesina a un inocente y lo sepulta en una cuneta, hay que sacarlo de allí; y cuando un loco entra a la basílica de San Pedro y destruye a martillazos la *Piedad* de Miguel Ángel, hay que restaurarla. Así de sencillo.

Sin embargo, los jueces del Tribunal Supremo no compartían esa idea, y su defensa a ultranza del olvido y la impunidad dejaban en el más absoluto abandono a personas como Dolores y Paulino. Pero perder y rendirse son verbos distintos, y aquella noche, mientras volvían a repasar las historias de sus padres, recordaron a Visitación y Abel tratando de liquidar al dictador en el hospital de La Paz, para evitarles a todos los españoles demócratas la vergüenza de verlo morir en la cama sin haber llegado a pagar por sus miles de crímenes; y a él ahorrando toda su vida para comprar el molino de Cornellà del Terri donde estaba enterrada Lucrecia; y a los dos impresores componiendo en el monasterio de Montserrat los libros de Neruda, César Vallejo y Emilio Prados; y a Amparo, la enfermera que le escondió una pequeña insignia del Partido Comunista en la guerrera al general; y al propio Salvador dirigiéndose a la muerte con las siete letras de plomo de la palabra *Machado* en el bolsillo... Eran lecciones que ellos no tenían derecho a olvidar.

Subieron en tren a El Escorial, como habían ido durante tantos años a Navacerrada, cada 10 de enero, desde el regreso de Visitación y Dolores a España, para poner flores en la tumba vacía de Salvador. Después tomaron un autobús al Valle de los Caídos, donde ninguno de ellos había estado jamás, él porque su padre no quería ni oír hablar de volver a aquel mausoleo aborrecible que había ayudado a levantar trabajando prácticamente como un esclavo, en una de las cuadrillas del Plan de Redención de Penas por el Trabajo; ella, porque se había jurado que sólo pisaría ese lugar una vez, cuando fuese allí para que le entregaran los huesos del suyo. En vivo y recortado violentamente sobre el portentoso cielo azul de la sierra de Guadarrama, les pareció aún más horrible que en las fotografías, aunque también les impresionaron sus dimensiones, aquella grandiosidad conminatoria y fúnebre que lo impregnaba todo; los arcángeles del atrio; la basílica excavada en la roca; la nave central de la cripta, con su oscura solemnidad; los cuatro evangelistas, con sus ojos apocalípticos y sus animales simbólicos, y las cuatro virtudes teologales, la Prudencia, la Justicia, la Fortaleza y la Templanza; Juan y el águila, Marcos y el león, Lucas y el toro, Mateo y el hombre alado... Todos eran sus enemigos, monstruos adiestrados por el siniestro sepulturero que estaba allí enterrado y cuya tumba se negaron a visitar.

Se dirigieron al coro, con un ramo de margaritas, porque ésas eran las flores que Salvador solía regalarle a Visitación cuando eran novios e iba a buscarla a La Bordadora Española, el taller de costura del barrio de Lavapiés en el que ella, Petra Cuevas y otras mil mujeres hacían la ropa de las mujeres de la alta sociedad. Avanzaban entre sitiales de madera labrada y les pareció que sus pasos tenían un sonido sobrenatural, un eco de otro mundo. En los laterales, encontraron las ocho capillas que acogen los restos de las al menos cuarenta mil víctimas, aunque Mónica Grandes le había dicho que ellos calculaban casi el doble, llevadas a aquella necrópolis entre 1959 y 1983, que es la fecha del último apunte hecho en el registro. Le preguntaron a un benedictino si era posible acceder a los columbarios, pero les dijo que esa zona estaba cerrada y que su acceso era restringido, y ellos tampoco quisieron darle más explicaciones. Dolores Silva lloró silenciosamente y sintió que las lágrimas le quemaban la piel mientras miraba aquellos tabiques como si pudiera ver a su padre a través de ellos: en la imaginación las paredes son de cristal.

Después salieron de nuevo al exterior y tomaron el funicular que llevaba a la base de la cruz. Lo habían inaugurado en 1975, para sustituir el ascensor original, y en el año 2004 se gastaron dos millones y medio de euros en reformarlo. Al llegar a su destino, Dolores sacó su spray de pintura roja y su plantilla y estampó aquella leyenda en el granito, *Salvador Silva (1910-1939 y 1959)*, y unos minutos más tarde, cuando descendían por el camino de la cara oeste, fueron arrestados. A los dos meses, el juez les impuso una multa de dos mil euros, la mitad como indemnización a los responsables de la abadía y el resto por daños al patrimonio cultural, lo que explica lo mucho que ha avanzado el país: en 1960, a un joven falangista recién licenciado en Magisterio que se atrevió a llamar traidor al Generalísimo durante un funeral celebrado en la basílica en honor de José Antonio Primo de Rivera, le torturaron en la DGS, lo condenaron a doce años de cárcel y lo enviaron a un batallón de castigo en el Sáhara. Dolores y Paulino pagaron la multa con sus ahorros, pero hasta el momento nadie ha borrado el epitafio de Salvador Silva. Es más, desde entonces, y tras la pequeña polémica que originó su iniciativa y que fue reflejada por algunos periódicos, entre otros el de Alicia Durán, han ido apareciendo otras inscripciones similares que misteriosamente no logran detectar las cámaras, por lo que se sospecha que tal vez se realicen de noche, o en connivencia con algún empleado, y que poco a poco van ascendiendo por la cruz, cuya altura es de ciento cincuenta metros. Todas siguen el modelo de la que hizo Dolores Silva, acaban con las tres fechas del nacimiento, la muerte y el segundo entierro de cada víctima y empiezan con su nombre: Walérico Canales, Flora Labajos, Celestino Puebla, Víctor Blázquez, Pedro Ángel Sanz, Emilio Caro, Mercedes Calatrava, Román González, Pedro Gil, Fausto Canales...

Algunos periódicos han repetido últimamente este titular: «Los republicanos saldrán del Valle de los Caídos en 2011», pero aunque muy pocas personas lo han creído,

Dolores Silva y Paulino Valverde están entre ellas, porque a la hija de Salvador no se le olvida esa frase que, según su madre, él solía repetir para justificar su decencia, quitarle hierro a su valor o disculparse por su honradez: «Yo no tuve valor para rendirme, no lo tuve jamás».

Capítulo veintiséis

Se sentía otro mientras volaba por segunda vez en seis meses a Roma. Los acontecimientos se habían sucedido tan deprisa entre uno y otro viaje que le daba la impresión de que habían ido más rápido que él y las cosas habían pasado de largo antes de que pudiera entenderlas. Se acordó a menudo de aquella frase que a Alicia le gustaba citar, «la vida es lo que sucede mientras la planeamos», pero no supo cómo hacer que fuese mentira: cuando empieza la avalancha huyes, no te pones a contar las piedras.

Al regresar de Florencia y Módena había escrito un artículo para el periódico de Alicia en el que resumía a grandes rasgos sus investigaciones, les sumaba las que habían hecho él en Italia y Mónica Grandes en Madrid y acusaba a los antiguos dirigentes del Ministerio del Interior en los años ochenta y noventa de su misteriosa desaparición, haciendo notar que personas tan diferentes en todos los sentidos como los jueces Pier Luigi Baresi y Felice Casson, el inspector Medina, el abogado ultra Juan Garcés, el terrorista Vincenzo Vinciguerra o aquel hombre del traje azul al que había conocido Alicia la noche en que fue arrancada de su pedestal la estatua del dictador, estaban de acuerdo en eso, aunque cada uno lo expresara a su modo. «Sé lista y encuentra a los que estaban allí», le dijo el último, y luego añadió algo que ahora cobraba otro sentido: «Quién sabe, igual te dicen que todos los caminos van a Roma... y empiezan en Madrid». Sus palabras, por tanto, coincidían al cien por cien con las del antiguo inspector Medina: «No son una red, son una secta. El clan de los asesinos. Y se lo vuelvo a decir: no hay que irse muy lejos para encontrarlos». El juez Baresi había recalcado en las dos conversaciones que mantuvieron con él «la nula contribución de las autoridades españolas» en el asunto de la calle de Atocha y la participación en él de un pistolero de Ordine Nuovo, y llegó a decir que en su opinión «tenían más deseos de pasar esa página de la historia de España que de que alguien la contase; y también nos pareció que protegían descaradamente a los neofascistas italianos que nosotros perseguíamos y de cuyos delitos había múltiples pruebas en Italia y sospechas más que fundadas de los que pudieron haber cometido en España, por ejemplo en el caso de los abogados laboralistas de la calle de Atocha. A alguno llegaron a casarlo precipitadamente con la hija de un general para así concederle por la vía rápida la nacionalidad española y blindarlo contra los tribunales de mi país». Un colega suyo, el magistrado Alberto Bertoni, de Bolonia, había afirmado que la negativa española a entregar a Cicuttini se debería a que «sabía demasiado en torno a la guerra sucia contra ETA». Y Casson había sido muy directo: «Yo no me alejaría mucho de Madrid, porque a menudo esa gente actúa con las personas igual que con las metralletas de las que hemos hablado: los criminales creen que llevarse sus delitos a otra parte los separa de ellos y los pone a salvo. Por suerte, se equivocan a menudo. Por desgracia, no lo hacen siempre». En el extremo opuesto, los dos políticos que en esa época habían tenido responsabilidades de gobierno, uno de la UCD y otro del PSOE, se sintieron tan irritados por sus preguntas acerca de ese tema que su violencia resultaba sospechosa: «Ese tipo de especulaciones no merece siquiera un desmentido, ni un análisis, ni tan sólo un minuto de conversación», fue la respuesta de Isidoro Mercado. La furia es en muchas ocasiones la escalera de incendios de la mentira.

Todos esos testimonios, pensó Juan mientras miraba desde las ventanillas del avión un cielo que le parecía frío e inapropiadamente azul, concordaban, además, en otra cosa, que era la implicación de la CIA en casi todos los sucesos trágicos de aquella época, desde el atentado contra el almirante Carrero Blanco hasta la matanza de Atocha, 55. Y aunque al principio Juan pensó que esos temas estaban llenos de leyendas, bulos, fantasías y exageraciones, poco a poco fue cambiando de opinión, al ver que hasta lo más increíble algunas veces ocurrió y otras estuvo a punto de pasar: cuando Alicia le contó, por poner un ejemplo, que el último presidente del Gobierno de la dictadura y primero de la Transición, Carlos Arias Navarro, tuvo la idea de declararle la guerra a Portugal tras la Revolución de los Claveles, y que se fue a Jerusalén a preguntarle al segundo de a bordo de Kissinger si Estados Unidos pensaba ayudarles, creyó que era una broma, y de hecho llegó a descubrir algunos errores en la investigación de Alicia, por ejemplo que aquella reunión no se había producido en Israel, como ella afirmaba, sino en España, y que con quien habló fue con el embajador norteamericano en Madrid, que tras escuchar sus temores ante la llegada del comunismo a la Península Ibérica mandó un cable al secretario de Estado contándole el contenido de aquella conversación. Pero el caso es que Juan acababa de leer las memorias de un ministro de aquel Gobierno, el monárquico José María de Areilza, y en ellas cuenta que en las sucesivas reuniones que tuvo con Kissinger éste se mostró obsesionado por lo que acababa de suceder en Lisboa: «Sigue con gran atención el desarrollo de la política española y repite que lo que desea sobre todo es que no vayamos por el camino de Portugal». Un riesgo que, por otra parte, veía en toda Europa: «En Francia —le dice en otra ocasión, muy agitado— hay peligro de comunismo. En Italia, más que peligro. ¡Y pensar que hace unos años financiamos y apoyamos nosotros mismos el *centro-sinistra*!». El libro de Alicia dejaba bien claro cuál fue el remedio que quiso aplicar el futuro premio Nobel de la Paz: la *strategia della tensione* y las masacres de civiles en Italia, Grecia, Turquía,

Alemania, Bélgica, España... El fin justifica los medios: la humanidad está atrapada en esa idea.

¿Era eso lo que había ocurrido? ¿En realidad las supuestas democracias que sobrevivieron en esta parte del mundo a la Segunda Guerra Mundial no son más que una gran representación y nuestro país sólo es otro de sus escenarios desde el mismo momento en que pasó a formar parte de ellas? «En el fondo —se dijo Juan Urbano—, Dolores Silva y los abogados de la calle de Atocha se parecen mucho, porque el sacrificio de unos y de otros es el precio que han tenido que pagarle los españoles al imperio capitalista a cambio de su Estado del bienestar; y eso lo supo o lo intuyó Alicia la noche de la estatua, cuando decidió que era necesario contar en paralelo las historias de esa gente a la que, en cierto sentido, había matado la misma bala en épocas distintas». O sea, más o menos como en el poema de Lorca: «de la esfinge a la caja de caudales hay un hilo tenso / que atraviesa el corazón de todos los niños pobres». Y también de los periodistas entrometidos... Juan le pidió a la azafata que le trajese una copa.

El artículo en el que contaba todo eso fue respondido por otro del antiguo ministro del Interior en el que negaba una por una aquellas acusaciones; y un antiguo miembro de los GRAPO que, corroborando las reservas del juez Baresi y de otras personas hacia aquel grupo terrorista, había acabado en la derecha más reaccionaria y defendía tesis tan irrisorias como la de que en realidad quienes se sublevaron contra la República en 1936 fueron los socialistas, por lo que el Ejército, con el Generalísimo al mando, sólo salió en defensa de la legalidad, publicó un texto plagado de descalificaciones en el que llamaba a Juan oportunista y demagogo y lo culpaba de entregarse a la ciencia ficción. Otros historiadores intervinieron en la disputa y la polémica terminó por llegar hasta el Congreso, donde la oposición, y no porque Alicia les interesase lo más mínimo sino porque sus tiburones olieron en aquel escándalo la posibilidad de desgastar a sus rivales, exigió al Gobierno «que demostrara que aquellas acusaciones no eran ciertas y que pusiese todos los medios necesarios para esclarecer la desaparición de la periodista y hacerle saber a la opinión pública qué le había ocurrido, dónde estaba y quién la había llevado allí». Juan sostuvo en una carta al director, con la que contestaba a quienes consideraron sus tesis y las de Alicia «fabulosas como argumento de una novela de espías pero increíbles en el mundo real», que el problema de nuestra democracia era que no se hizo sobre las cenizas de la dictadura sino sobre sus cimientos, y que quizás por esa razón había heredado algunas de sus prácticas, entre ellas la del oscurantismo: lo que le había dicho Alfonso Llamas en Cádiz a Alicia de que «en los Estados de derecho sólo ocurre aquello que se puede probar», era una muestra de la ambigüedad que caracterizaba a nuestra clase política. El propio Llamas, en otra carta, y un sociólogo que solía colaborar en las páginas de opinión del diario le quisieron desairar con una mezcla de paternalismo y menosprecio, asegurando que entendían su ansiedad pero recomendándole que no permitiera que eso le cegase, para pasar luego a una defensa cerrada de la Transición a la que no le faltaba un solo tópico. En cualquier caso, la trifulca se fue radicalizando y las acusaciones que se cruzaban los contrincantes no hacían más que distanciarlos a unos de otros y a todos ellos del asunto que estaban tratando, con lo cual la desaparición de Alicia pasó de ser el tema a ser la disculpa. En medio del combate sólo se piensa cómo ganar, no por qué se lucha.

Juan trató de orientarse en ese caos de la mejor manera posible. Por supuesto, continuó sus clases en el instituto, puso exámenes, recomendó lecturas y corrigió trabajos, daba casi por acabado el libro de Alicia y hasta avanzó un poco en su novela sobre Albert Elder von Filek, el falso inventor de la gasolina en polvo, cuya pista se borraba en el instante en que fue detenido y enviado a una prisión de Madrid que, según algunos testimonios que él tenía pensado ir a comprobar sobre el terreno muy pronto, podría haber sido sustituida no mucho más tarde por un destino bastante peor: posiblemente lo trasladaron a un batallón de castigo en el Cuartel de Artillería de El Aaiún, en el Sáhara, construido junto al río Saguia el Hamra, que treinta años después, tras la Marcha Verde, se convertiría en la espantosa Cárcel Negra en la que Marruecos confina a los seguidores del Frente Polisario. Albert Elder von Filek podría haber muerto allí y estar enterrado bajo la arena del desierto. Hay quien dice que en sus últimos días aseguraba poder construir una máquina capaz de provocar la lluvia, que convertiría aquel territorio en un oasis. Por si todo eso fuera verdad, Juan ya había planeado su viaje en busca de aquella tumba perdida, una más: iría a Tánger y de ahí, por tierra, a Casablanca, Agadir, Goulina, cabo Juby y El Aaiún. Se preguntó si para entonces le apetecería que Mónica Grandes le acompañara en esa aventura.

Por el momento, sin embargo, su única meta era llegar a Roma y de ahí a Florencia, donde si los peores pronósticos se cumplían le esperaba el momento más terrible de toda su vida. El día antes, nada más llegar a su casa, había recibido una llamada del juez Pier Luigi Baresi, que le quería informar de que los *carabinieri* acababan de localizar en un depósito de la capital toscana el cuerpo de una mujer sin identificar que llevaba allí justo desde el día siguiente de la desaparición de Alicia y cuyas características encajaban con la descripción que se tenía de ella. Y también la ropa, que el propio magistrado y sus ayudantes recordaban a la perfección: chaqueta roja, pantalones oscuros y zapatos a juego... Al parecer, y de acuerdo con la autopsia que se le realizó, había sufrido un infarto en plena calle, puesto que fue descubierta, a la mañana siguiente de su entrevista con él en el Regency, tendida sobre un banco del Parque delle Cascine, a la orilla del río Arno, y la hipótesis que manejaban era que había ido a pasear por allí, como hacen casi todos los turistas que visitan la ciudad, y de repente se sintió indispuesta, se sentó para tratar de reponerse y ya no se volvió a levantar. No presentaba ningún signo de violencia.

—Parece que el ataque al corazón tuvo que ser fulminante —dijo el juez—. Es algo dramático, pero muy común, por desgracia: cuatro millones y medio de europeos mueren por ese motivo cada año. Y desde luego, ella bien pudo ser una más. Después alguien le debió de robar el bolso, cosa nada rara de noche y en ese lugar, y por ello no llevaba encima documentación alguna cuando fue hallada. Tampoco tenía equipaje.

—¿Y usted cree que eso es cierto? —preguntó Juan, sintiendo que los ojos se le llenaban de lágrimas y las manos le temblaban.

Baresi se tomó su tiempo para responder.

—De entrada, es verosímil. Como le acabo de decir, esas tragedias ocurren todo el tiempo y en todas partes. De cualquier modo, hasta que no se proceda a la identificación no merece la pena perder el tiempo con especulaciones.

—¿Y si resulta ser ella?

—Entonces empezaríamos a trabajar a partir de ese hecho. Y lo primero, naturalmente, sería comprobar si su muerte se debió a causas naturales.

—Si no es así, ¿por dónde empezaría?

—Bueno, ya le di mi opinión sobre eso: si sus enemigos estaban en España es allí donde hay que buscarlos. De hecho, y tengo que decirle que por sugerencia de mi colega el juez Felice Casson, a quien como usted bien sabe le interesa sobremanera todo este asunto, eso ya habíamos empezado a hacerlo. Después de hablar con ella y con usted en su anterior visita aquí y a Módena, pedimos la lista de pasajeros del vuelo en el que vino a Italia la señorita Durán y... en fin, que no quisiera crearle expectativas de ninguna clase, pero lo cierto es que en él viajaba un antiguo miembro del espionaje de su país. Aunque, claro, eso no tiene por qué significar nada en absoluto, ni ser más que una simple coincidencia, como tantas de las que se producen a cada momento —concluyó, intentando darles un tono casi accidental a sus últimas palabras—, y además se trata de un hombre mayor, retirado hace años.

Juan se acordó de lo que le había dicho el inspector Medina a Mónica: «Ellos siempre están en activo. No tienen derecho a descansar porque uno no puede jubilarse de sus pecados. Si de verdad han decidido eliminar a esa chica, lo habrán hecho sin que les temblase el pulso y les habrá gustado, porque esa gente necesita matar para sentir que aún está viva». Tenía razón, esa gente mata sin titubeos, con profesionalidad, su único argumento es el crimen, su única solución la violencia y sus únicos amigos quienes estén dispuestos a ejercerla en su nombre. ¿Acaso no habían creado los GAL, Grupos Antiterroristas de Liberación, para combatir al terrorismo con sus mismas armas y, según todos los indicios, los responsables del Ministerio del Interior y algunos miembros de la policía secreta se aliaron para cometer sus crímenes con grupos de extrema derecha como los pistoleros neofascistas de Ordine Nuovo o de la OAS? ¿Y acaso antes de que los socialistas creasen los GAL sus antecesores no habían tenido la Triple A, el Batallón Vasco Español, los Comandos Antimarxistas, los Grupos Armados Españoles y Antiterrorismo ETA? Podía uno dudar todo lo que quisiese de la palabra de individuos como Vincenzo Vinciguerra o Juan Garcés, o de las acusaciones del inspector Medina, o de las hipótesis de Baresi y Casson, pero el caso era que lo que decían combinaba bastante bien con las pruebas que encontraron los jueces para mandar a la cárcel a los responsables del Ministerio del Interior, contra los que había imputaciones que la Junta de Fiscales del Tribunal Supremo consideró «precisas, reiteradas y concordantes». A pesar de eso y de los diez años de prisión a los que fueron condenados el ministro del Interior y el secretario de Estado para la Seguridad, cuando los socialistas perdieron las siguientes elecciones el Gobierno conservador que se hizo con el poder les negó a los jueces los papeles del CESID que reclamaban para continuar la investigación de los GAL porque «afectaban a la seguridad del Estado», con lo que pareció que unos y otros eran enemigos a la luz y aliados en la sombra. ¿Vivimos en ese mundo terrible, dirigido por fuerzas ocultas y poderes subterráneos que parecen revelar estos sucesos? Uno no deja de temer que las palabras brutales de Vinciguerra a Alicia Durán resuman al mismo tiempo su manera de pensar y la de quienes le pagaron con fondos reservados sus delitos a lo largo de toda la Transición: «Al famoso Argala lo matamos nosotros en colaboración con un oficial de la Marina, un miembro del Ejército del Aire, un capitán de la Guardia Civil y un agente del SECED, y luego le atribuimos la hazaña al Batallón Vasco Español. El jefe del comando, Kixkur, se nos escapó de milagro, le metimos tres tiros en 1984, ya en la época de los GAL, en una carretera francesa, entre Saint-Étienne-de-Baïgorry y Cambó. Por lo menos nos llevamos por delante al que iba con él».

Mientras el avión perdía altura y atravesaba las nubes para iniciar su maniobra de aproximación al aeropuerto de Fiumicino, las preguntas lo acosaban como escorpiones. ¿Había ido Alicia a dar un paseo por ese parque de Florencia? Eso era posible pero no probable. Entonces ¿por qué estaba allí? ¿La llevó alguien a la fuerza? Y si realmente se trataba de ella, ¿sufrió un ataque al corazón o la habían envenenado? Eso no es tan difícil, el cianuro de hidrógeno, por ejemplo, provoca un paro cardiaco y luego se evapora sin dejar apenas señales. El KGB y la CIA lo han usado con frecuencia. ¿Qué habrían hecho con sus cosas, su pasaporte, su cámara digital, el pequeño ordenador portátil que él le había comprado en un viaje a Estados Unidos? «Os va a dar igual —se dijo, como si les hablase a otros—, porque lo que no le dejasteis acabar a ella lo he terminado yo, y con eso no contabais».

Juan no podía huir de esos pensamientos mientras el avión se aproximaba a su destino, ni dejar de imaginársela allí, tan sola, en un congelador a veinticinco grados bajo cero... Es verdad que esas cosas ocurren a cada instante, pero también que nunca dejan de ser inconcebibles. También cuesta admitir que nuestras vidas estén manejadas por esos imperios del mal que financian golpes de Estado, arman a dictadores y asesinan a inocentes cuyo sufrimiento no es para ellos nada más que un asunto político, una muerte táctica: la estrategia de la tensión. La diplomacia de los canallas.

Se le vinieron encima los recuerdos, que parecían vibrar dentro de él como la música de la muerte en el metal de una campana, y sintió que se mezclaban en su cabeza las imágenes del día en que conoció a Alicia en una rueda de prensa, y las de la primera noche que cenaron juntos, y las de sus viajes por el Piamonte y a París, las calles de Alba, Grinzane Cavour, Novello, Roddi, Verduno, la plaza de la Madeleine, La Coupole, las copas llenas de Château Mouton Rothschild... Y su hermosa fe en el periodismo... Y su sueño de dejarlo y montar una academia de Inteligencia Emocional... Su vida juntos... Sus peleas cada vez más ardientes y sus reconciliaciones cada vez más frías... Y el modo en que se fue de casa la última vez... Y su decisión irrevocable de dejarla o permitir que ella lo dejase a él... Y la maldita botella de Ca' Bianca Barolo... La vida es una línea recta que nosotros transformamos en un laberinto.

El escándalo que se produjo con sus denuncias en el periódico contra los antiguos jefes del Ministerio del Interior, los servicios secretos españoles y la CIA, entre otros, seguramente terminaría por disiparse, se dijo, o alguien lo iba a detener en el momento en que el barro empezara a salpicar los trajes más caros. Dolores Silva dice que no puedes esperar gran cosa de un país que va al revés del mundo y echa a patadas de la Audiencia Nacional al juez que pretendía acabar con la impunidad de la dictadura y defender los derechos de sus damnificados, mientras en Argentina condenan a cadena perpetua al sanguinario general Videla y lo mandan a la cárcel aunque tenga ochenta y cinco años; o en Chile, por ejemplo, se presentan más de setecientas querellas contra la Junta Militar y se manda investigar la muerte de Salvador Allende en el Palacio de la Moneda. Él está de acuerdo con ella, pero sólo de forma temporal, porque en el fondo piensa que de España se puede esperar lo mejor, aunque eso no llegará hasta que no logremos arrancarles la sábana a todos nuestros fantasmas, quitarles los candados a todos nuestros Valles de los Caídos y devolverles sus derechos a todas las víctimas de la perversa dictadura que pisoteó el país durante casi cuarenta años con sus botas militares: a muertos como el impresor republicano Salvador Silva o los abogados de la calle de Atocha no se les pueden seguir dando falsas esperanzas ni es necesario contarles más mentiras. Cuando eso ocurra y nuestro pasado nos deje en libertad, todos seguiremos adelante más tranquilos, Dolores Silva y Paulino Valverde con sus nostalgias zanjadas, sus difuntos en orden y las siete letras de plomo de la palabra *Machado* en una vitrina del salón; Mónica Grandes con su museo, sus excavaciones, sus libros de mitología y su búsqueda exigente de la felicidad; Bárbara Valdés de hierro en su juzgado y de seda en casa, siempre dispuesta a mantener una batalla intelectual con Enrique, si es que él no regresa a su mundo impasible de filósofos alemanes y vinos franceses. Los asuntos normales de un país que no se merece vivir a la sombra de sus cicatrices.

Juan Urbano piensa en todo eso y en que tiene que concluir el libro de Alicia lo antes posible para que la historia que se va a contar en él no siga oculta; y tratar de entrevistar a los supervivientes del crimen de la calle de

Atocha, sobre todo a la enigmática Dolores González; y verse con el inspector Medina; y quizá también con algún antiguo miembro de los GRAPO, para preguntarle, entre otras cosas, de dónde habían sacado las armas del ejército de Tierra que usaron en el secuestro de los presidentes del Consejo de Estado y el Consejo Supremo de Justicia Militar que el último declaró recordar perfectamente, durante el juicio celebrado tras su liberación: «Las que han quedado en mi retina han sido las dos pistolas Star con las que me apuntaban»... Pero, sobre todo, le gustaría que todo acabara y poder volver a su vida, dar sus clases, leer, escribir *El vendedor de milagros* y luego una novela de aventuras que ya tenía pensada, ver qué ocurría con Mónica, preparar su edición crítica de *Óxido,* disfrutar de algún buen vino a veces, un St. Jean Millesime de 2005, un Quintarelli Amarone de 1998... Y seguir adelante, curtido por el dolor: con el tiempo, las heridas se juntan como gotas de mercurio y forman una armadura.

Y sin embargo ahora mismo, mientras camina por un sótano helado junto a un policía, un médico forense, dos empleados del depósito de Florencia y el juez Pier Luigi Baresi, lo único que quiere es que Alicia no esté ahí. Nada más que eso, que sea una falsa alarma. Que siga desaparecida... Que no sea ella, por favor.

Para Dylan Prado y María Escobedo

Todos tus libros en
www.puntodelectura.com